W0224448

BASTEI
LÜBBE

Von Theodor J. Reisdorf sind bei Bastei Lübbe erhältlich:

13 886 Das Dünengrab
13 997 Deiche, Dünen, Friesenmorde
14 226 Tod vor Borkum
14 352 Friesischer Tod
19 535 Friesen-Morde
19 540 Du sollst nicht begehren ...
19 574 Tödliche Teestunde
19 580 Die Tote vom Nordstrand
19 600 Noch mehr Friesenmorde
19 602 Mord im Fischerhafen
19 609 Todestörn vor Juist

THEODOR J. REISDORF

MÖRDERISCHE FRIESEN-HOCHZEIT

BASTEI LÜBBE

BASTEI LÜBBE TASCHENBUCH
Band 14 541

1. Auflage: Mai 2001
2. Auflage: Juli 2001

Vollständige Taschenbuchausgabe

Bastei Lübbe Taschenbücher ist
ein Imprint der Verlagsgruppe Lübbe

Originalausgabe
© 2001 by Verlagsgruppe Lübbe GmbH & Co. KG,
Bergisch Gladbach
Lektorat: Dorothee Cabras / Karim Schmidt
Umschlaggestaltung : Tanja Dieckmann
Titelbild : Tubbesing
Satz: hanseatenSatz-bremen, Bremen
Druck und Verarbeitung: Brodard et Taupin
Printed in France
ISBN 3-404-14541-0

Sie finden uns im Internet unter
http: / / www.luebbe.de

Der Preis dieses Bandes versteht sich einschließlich
der gesetzlichen Mehrwertsteuer

Ein starker Nordwestwind trieb Schneeregen über den Deich. Es schien an diesem trüben Novembermorgen nicht hell werden zu wollen.

Franz Uhlendorf stand reglos am offenen Balkonfenster im Gästezimmer seines weitläufigen Hauses in Rüstersiel und hing seinen Gedanken nach. Seit dem Tod seiner geliebten Frau Senta mied er das gemeinsame Schlafzimmer mit dem großen Doppelbett. Doch auch im Gästezimmer fand er nachts kaum Ruhe. Zu frisch war noch die Trauer, zu groß der Verlust, und er fragte sich, ob er jemals ganz verstehen würde, dass Senta nicht mehr bei ihm war. Senta, die so tapfer und entschlossen gegen die schwere Krankheit gekämpft und die doch alle ärztliche Kunst nicht hatte retten können.

Sie hatte an ein Leben nach dem Tod geglaubt. Franz hatte ihr skeptisch zugehört, wenn sie abends bei einem Glas Wein zu diesem Thema gefunden und Trost bei ihrem Gott gesucht hatte. Meist war er ohnehin mit seinen Gedanken nicht ganz bei der Sache gewesen, weil ihn auch zu Hause die Probleme der Firma nicht losgelassen hatten.

Franz fuhr zusammen, als irgendwo im Haus eine Tür zuschlug, und schloss das Fenster. Mit müden Schritten ging er in sein Studier- und Arbeitszimmer hinüber, das ebenfalls im ersten Stock des Hauses lag. Er hatte noch nicht an seinem Schreibtisch Platz genommen, als es leise an der Tür klopfte und Trudi Patten mit einem Tablett das Zimmer betrat.

»Guten Morgen, Herr Uhlendorf«, sagte sie. »Ich bringe Ihnen das Frühstück.« Vorsichtig schob sie einige Akten zur Seite, breitete eine kleine Decke auf dem Schreibtisch aus, stellte ein Gedeck, Teekännchen, Sahnetopf und Kluntjebecher darauf und reichte dem sechzigjährigen Unternehmer Brotkorb und Aufschnittplatte an. »Greifen Sie nur tüchtig zu, Herr Uhlendorf! Es wird höchste Zeit, dass Sie wieder einmal ordentlich frühstücken.«

Für einen Moment erschien ein dankbares kleines Lächeln auf dem faltigen Gesicht des Unternehmers mit dem eisgrauen Bart und den blauen Augen. »Danke schön, Frau Patten. Danke für alles. Sie arbeiten nun schon so viele Jahre in diesem Haus – lassen Sie mich nachdenken, zwanzig Jahre sind es bestimmt –, und meine verstorbene Frau, Henning und ich, wir konnten uns immer auf Sie verlassen.« Während Franz Uhlendorf ein Kluntje in die Tasse legte, zur Teekanne griff und sich Tee einschenkte, wollte er nachdenklich wissen: »Sagen Sie, Frau Patten, glauben Sie an ein Leben nach dem Tod?«

»Ich weiß es nicht genau«, antwortete sie ehrlich. »Ihre Frau war ein herzlicher, lebensoffener Mensch. Ich habe sie sehr gemocht. Oft, wenn ich hier oben aufräume oder in der Küche arbeite, habe ich das Gefühl, sie ist im Haus.«

»Tot ist tot«, murmelte Franz bitter, schnitt ein Brötchen auf und bestrich es langsam mit Butter.

»Nein, Herr Uhlendorf. Irgendetwas gibt es da. Die Seele«, widersprach die achtundvierzigjährige Haushälterin, die mit einem Busfahrer der Wilhelmshavener Verkehrsbetriebe verheiratet war und schon einen erwachsenen Sohn hatte. Als Franz Uhlendorf wieder in nachdenkliches Schweigen verfiel, beschloss sie, das Thema zu wechseln: »Soll ich Ihnen zu Mittag noch einmal Sauerkraut mit Kasseler zubereiten? Das haben Sie doch immer so gern gegessen«, fügte sie hinzu und zupfte verlegen an ihrer Schürze, denn sie fühlte sich unbehaglich, wenn ihr Chef, den sie in all den Jahren stets als erfolgreichen Unternehmer und entschlossenen Familienvater kennen gelernt hatte, so niedergeschlagen war.

Franz hob nur müde die Schultern. »Wie Sie meinen, Frau Patten, wie Sie meinen. Es fällt mir immer noch schwer, allein am Mittagstisch zu sitzen.«

Doch dieses Argument wollte Trudi Patten nicht gelten lassen, auch wenn sie Franz Uhlendorf nur zu gut verstand. »Verzeihen Sie, aber Ihre Frau hat mich kurz vor ihrem Tod gebeten, dafür zu sorgen, dass Sie Ihre Mahlzeiten regelmäßig einnehmen. Und das werde ich auch tun. Sie haben ohnehin schon so viel abgenommen.«

»Keine Sorge, Frau Patten. Und bereiten Sie in Gottes Namen Sauerkraut zu. Ich werde schon etwas essen.« Seufzend fuhr sich Franz Uhlendorf durch sein dichtes Haar. »Es muss ja weitergehen, schließlich sind da noch der Betrieb und Henning. Der Junge hat mich gestern angerufen. Stellen Sie sich vor, er hat sein Diplom mit Auszeichnung gemacht. Jetzt will er noch seinen Doktor machen! Na ja, mir soll's recht sein. Er ist ein fleißiger Junge.«

Trudi Patten nickte. Sie kannte Henning Uhlendorf, der sehr unter dem Tod der Mutter gelitten hatte, schon von Kindesbeinen an. Er hatte an der Technischen Hochschule in Aachen Maschinenbau studiert, war nun also frisch gebackener Diplom-Ingenieur und bewohnte in der Pontstraße eine Eigentumswohnung. »Ja, auf Henning können Sie stolz sein«, erwiderte sie voller Überzeugung, auch wenn sie nicht sicher war, ob der »Junge« die Erwartungen des Vaters erfüllen würde. Franz Uhlendorf hoffte, dass sein Sohn in absehbarer Zeit in die Firma einsteigen und ihn selbst entlasten würde. Doch Trude Patten befürchtete, dass Henning ganz andere Pläne hatte.

In der historischen Grenzstadt Aachen, die für ihr Heilbad, den Dom und die Technische Hochschule bekannt und die einst Regierungssitz Karls des Großen gewesen war, weihnachtete es. Mit Lichtgirlanden und Kugeln geschmückte Tannenbäume und große Lichterketten erhellten die Einkaufsstraßen, die Schaufenster waren weihnachtlich dekoriert, und der traditionsreiche Weihnachtsmarkt lockte Touristen von nah und fern, nicht zuletzt aus Belgien und Holland, in die Einkaufsstadt am Rande der Eifel.

Als Henning Uhlendorf an diesem Morgen sein Appartement in der Pontstraße verließ, hatte er nur wenig Sinn für das vorweihnachtliche Treiben. Kalte Luft schlug ihm entgegen. Raureif lag auf den Ziersträuchern und klebte in den Ästen der kahlen Bäume. Ärgerlich stellte er fest, dass die Scheiben seines Kleinwagens wieder einmal zugefroren waren. Kurz entschlossen stellte er den Kragen seines dicken Anoraks hoch und machte sich zu Fuß auf den Weg zum Institut.

Wie immer herrschte rund um das Ponttor dichter Verkehr. Der Bus der Linie zweiundvierzig näherte sich hupend der Haltestelle. Die Geschäfte öffneten ihre Türen, und nach und nach füllten sich die Bürgersteige. Studenten strömten der Hochschule entgegen.

Henning Uhlendorf, Doktorand und Assistent, betrat das Institut für Maschinenbau. Als langjähriges Institutsmitglied kannte er sich im Hause aus und nahm keine Notiz mehr von der Hektik, die zu dieser frühen Stunde hier herrschte. Entschlossen klopfte er an eine der vielen Türen und betrat das Vorzimmer Professor Garrels'. »Guten Morgen«, grüßte er die Sekretärin höflich, »ich habe einen Termin bei Professor Garrels.«

»Herr Uhlendorf, einen Moment. Ich melde Sie sofort an.«

Während die hübsche mollige Institutsmitarbeiterin nach kurzem Klopfen im Zimmer des Professors verschwand, wuchs Hennings Lampenfieber. Hoffentlich hatte Professor Garrels gute Nachrichten für ihn! Doch ihm blieb keine Zeit mehr, sich einige Worte zurechtzulegen, denn schon öffnete sich die Tür zum Büro des Professors erneut, und die Sekretärin winkte Henning lächelnd herein.

Professor Dr. Augustin Garrels, eine international anerkannte Kapazität auf dem Gebiet der Lasertechnik, erhob sich hinter seinem Schreibtisch, kam Henning einige Schritte entgegen und reichte ihm lächelnd die Hand. Er war Ende fünfzig, Anfang sechzig, schlank, hoch gewachsen und trug eine feine Goldrandbrille. Seine intelligenten grauen Augen ruhten wohlwollend auf Henning. »Junger Mann, nehmen Sie Platz«, sagte er und wies auf die Stühle vor dem Besuchertisch. »Stellen Sie Ihre Tasche ruhig ab, ich benötige keine weiteren Unterlagen von Ihnen.« Er setzte sich Henning gegenüber und lächelte ihn offen an. »Ich habe eine gute Nachricht für Sie. Ein früherer Doktorand und Assistent von mir bietet einem jungen, tüchtigen Diplom-Ingenieur an seinem Institut die Chance zu promovieren. Die Aufgabe besteht darin, ein Verfahren für computergesteuerte Lasertechnik bei hoch empfindlichen Bi-Metallen zu entwickeln. Basis soll das Verfahren sein, das wir in Aachen zum ersten Mal angewendet haben.«

Henning schaute den Professor überrascht an. Die Aufgabe berührte das Thema seiner Diplomarbeit, die er bereits als Grundlage für weitere Forschungsansätze ausgearbeitet hatte.

Professor Garrels wollte seinen ehemaligen Studenten nicht länger auf die Folter spannen. Deshalb fuhr er fort: »Sie haben doch in Monterey/Kalifornien ein Praktikum absolviert und besitzen, soweit ich weiß, hervorragende Englisch-Kenntnisse. Ich könnte mir vorstellen, dass Sie für diese Aufgabe der richtige Mann wären.« Er zündete sich eine Zigarette an und ließ seine Worte eine Weile auf den jungen Ingenieur wirken.

Henning fuhr sich nervös durch das dichte blonde Haar, dann erschien ein erfreutes Lächeln auf seinem Gesicht. »Ich müsste natürlich noch Genaueres erfahren, aber ich denke, ich nehme die Herausforderung gern an. Wo ist der Sitz des besagten Instituts?«

Professor Garrels lächelte verschmitzt. »In Singapur. Ihre Aufgabe wäre es, die dortige Universität vom Know-how unseres Instituts profitieren zu lassen. Mein ehemaliger Doktorand und Assistent, Professor Kim Lee, ein Chinese, leitet den Transfer in die Wege. Der Staat Singapur trägt im Rahmen eines Kulturabkommens einen Teil der Kosten. Sie wissen, dass ich mit Ihrem Theorie-Ansatz mehr als zufrieden bin; nicht umsonst habe ich Ihre Diplom-Arbeit mit ›sehr gut‹ bewertet. Seien Sie also unbesorgt. Nach meinem Dafürhalten sind Sie für Professor Kim Lee und seine Studenten eine Bereicherung.«

»Mein Gott!«, entfuhr es Henning. Dann beeilte er sich, ruhig hinzuzufügen: »Herr Professor, die Aufgabe würde mich sehr interessieren. Ich danke Ihnen für das Vertrauen, das Sie in mich setzen.«

Professor Garrels winkte ab. »Meine Bemühungen, bei den hiesigen Betrieben das Interesse für Ihre Grundlagenarbeit zu wecken, schlugen leider – wie so oft in der Vergangenheit – fehl. Das Stipendium des Staates Singapur wird nicht ausreichen, die Kosten für Ihren Aufenthalt voll abzudecken. Meines Wissens besitzt ihr Vater aber einen florierenden eigenen Betrieb. Ich denke, dass es ihm nicht schwer fallen wird, Ihnen finanziell unter die Arme zu greifen.«

Henning nickte begeistert. »Mein Vater wird vielleicht von diesem Vorschlag nicht so angetan sein, wie ich es bin, denn er hätte mich lieber heute als morgen in seinem Betrieb. Aber er wird mir mit Sicherheit keine Steine in den Weg legen, Herr Professor.«

»Gut, über die Einzelheiten sprechen wir dann später noch. Ich faxe Professor Kim Lee also Ihre vorläufige Zusage zu.«

»Und wann wird es losgehen?«, fragte Henning aufgeregt.

»Ich kündige Ihren Besuch bereits für Ende Januar an. Sie müssen sich nämlich vor Semesterbeginn mit der Universitätsverwaltung und dem Assistenten des Professors wegen eventueller Anschaffungen von Geräten auseinander setzen, die zum Teil in Deutschland oder Japan eingekauft werden müssen.«

»Und eine Wohnung ...?«, erkundigte sich Henning vorsichtig.

»Sie wohnen in einem Appartement in der Nähe des Campus«, antwortete Professor Garrels, drückte seine Zigarette im Aschenbecher aus und erhob sich mit einem herzlichen Lächeln. »Übrigens, im April haben wir in Singapur unsere internationale Tagung. Kollegen aus aller Welt werden zu diesem Termin anreisen. Ich halte dort einen Vortrag und werde Sie aufsuchen, um mich nach Ihrem Wohlergehen zu erkundigen«, versprach er und drückte Henning die Hand.

»Danke, Herr Professor, vielen Dank«, erwiderte Henning und verließ eilig und mit aufgeregt klopfendem Herzen das Büro des Professors.

Am Samstag vor dem dritten Advent zog eine Schlechtwetterfront an der deutschen Nordseeküste entlang. Das eintönige Grau vor dem Fenster, die kalte Nässe und der stürmische Wind, der an den Läden rappelte, verstärkten Franz Uhlendorfs trübe Stimmung noch. Wässrige Schneeflocken zerrannen an der Scheibe und nahmen ihm die Sicht auf den geliebten Deich. Die Einsamkeit setzte ihm zu.

Henning wollte das Wochenende über in Aachen bleiben. Er hatte für seine Reise nach Singapur einiges vorzubereiten. Da hatte er keine Zeit, nach seinem alten Vater zu sehen! Bitter schüttelte Franz den Kopf. Wie kam der Junge nur auf die Idee, an der Universität in Singapur seinen Doktor zu machen? Nein, das passte ihm ganz und gar nicht.

Es waren ja nicht die zusätzlichen Kosten, die ihn ärgerten. Die wollte er bereitwillig tragen. Er war stolz auf seinen Sohn. Henning war hoch gewachsen und sportlich. Während der ersten Studienjahre hatte er in der Regionalliga als Libero für Alemannia Aachen gespielt. Franz Uhlendorf musste sich eingestehen, dass er Angst um Henning hatte, Angst, dem Jungen könnte in Singapur etwas zustoßen. Er wusste nur wenig über den asiatischen Stadtstaat und die Gefahren, die dort auf Henning lauerten.

Franz fuhr aus seinen düsteren Gedanken, als Trudi Patten den Kaffee servierte.

»Butterkuchen, frisch gebacken!«, verkündete sie, ohne auf die schlechte Laune ihres Arbeitgebers einzugehen, und deckte den Tisch.

»Henning kommt morgen nicht. Da brauchen Sie nichts zu kochen. Ich wärme mir was aus der Gefriertruhe«, brummte er und nahm einen Schluck Kaffee. »Ein Wetter ist das! Noch nicht mal spazieren gehen kann man!«

»Ich war in der Stadt. Da ist vielleicht ein Betrieb! Die Leute kaufen wie verrückt«, erzählte Trudi Patten, um Franz Uhlendorf ein wenig abzulenken.

»Ich kann den Rummel nicht ausstehen!«, erwiderte er und schaute die Haushälterin missmutig an.

»Ach, Herr Uhlendorf, Sie müssen endlich wieder ein wenig unter die Leute. Immer ganz allein, das tut Ihnen nicht gut.«

»Papperlapapp. Gestern war ich den ganzen Tag im Betrieb. Das reicht mir vollkommen.«

Trudi Patten seufzte unmerklich auf. Es würde noch lange dauern, bis Franz Uhlendorf den Tod seiner Frau verkraftet hatte. Wenn er ihn überhaupt je verkraftete. »Ich gehe jetzt«, sagte sie. »Das Abendessen habe ich vorbereitet. Es steht in der Küche.«

»Ja, ja. Grüßen Sie Ihren Mann von mir. Ihren Sohn habe ich heute im Betrieb gar nicht gesehen. Ist er krank?« Trudi Pattens Sohn arbeitete als Meister bei der Uhlendorf-Technik.

Frau Patten schüttelte den Kopf und lächelte glücklich. »Nein, nein. Er hat sich ein paar Tage Urlaub genommen. Unsere Schwiegertochter erwartet ein Baby. Es kann nun nicht mehr lange dauern.«

»Gratuliere. Auf diese Freuden muss ich ja wohl noch lange warten. Na dann, tschüss, bis morgen.«

Als Trudi Patten das Zimmer verlassen hatte, ließ sich Franz Uhlendorf mit ungeahntem Appetit ein Stück Butterkuchen schmecken. Dann zündete er sich eine Havanna an und griff zur *Wilhelmshavener Zeitung*. Doch lange konnte er sich nicht auf die Lektüre konzentrieren. Bald schweiften seine Gedanken ab. Sie wanderten zu Senta, zurück zu glücklicheren Jahren. Es war schon ganz dunkel im Zimmer, als Franz Uhlendorf wieder in die Gegenwart zurückkehrte. Seufzend erhob er sich, machte Licht und schaltete den Fernseher ein. Er sehnte sich danach, menschliche Stimmen zu hören.

Diplom-Ingenieur Kurt Hammes, einer der beiden Direktoren der Uhlendorf-Technik, war neunundvierzig Jahre alt, klein, schlank und hatte welliges, braunes Haar, das wie sein Oberlippenbart immer akkurat geschnitten war. Seine hübsche blonde Frau Gabriele, die sehr viel Wert auf ihr Äußeres legte, war examinierte Krankenschwester und spielte leidenschaftlich gern Tennis. Die Hammesens lebten »Am Wiesenhof« in Wilhelmshaven, in der Nachbarschaft angesehener Anwälte, Ärzte und gut verdienender Kaufleute. Ihr großzügig geschnittenes Haus belastete sie längst nicht mehr.

Wann immer ihre Zeit es ihr erlaubte, sah man Gabriele auf dem Tennisplatz. Viel zu selten, wie sie fand, denn die Hammesens hatten drei Kinder, die es zu versorgen und zu beaufsichtigen galt, zwei reizende

Töchter im schulpflichtigen Alter und einen achtzehnjährigen Sohn, der die dreizehnte Klasse des Gymnasiums besuchte und kurz vor dem Abitur stand. Auch wenn sich ein Gärtner regelmäßig um die Anlagen kümmerte und eine Zugehfrau Gabriele im Haushalt zur Hand ging, blieb im Haus noch genug für sie zu tun. So wollten die beiden Mädchen täglich in eine Pferdepension im benachbarten Fedderwarden gefahren werden, denn dort stand ihre Stute Friesendeern, ein prachtvolles, anhängliches Tier edler Herkunft, mit deren Anschaffung Kurt seinen beiden Töchtern erst kürzlich einen Herzenswunsch erfüllt hatte.

Gabriele und Kurt Hammes hatten es geschafft, sie lebten auf der Sonnenseite des Lebens. Dank des üppigen Direktorengehalts sowie der nicht zu verachtenden Tantiemen für einige Patente, die Kurt regelmäßig erhielt, mussten sie auf nichts verzichten – weder auf den alljährlichen Skiurlaub in Davos noch auf den ausgedehnten Sommerurlaub in Florida. Kurt und Gabriele besuchten regelmäßig Konzerte in Bremen und fehlten auch nicht, wenn sich die Stars der klassischen Musik vor dem wohlhabenden Hamburger Publikum die Ehre gaben. Längst war die kleinbürgerliche Herkunft vergessen. Wie Kurts Mutter, die im St. Anna-Stift in Oldesloe gepflegt wurde und oft vergeblich auf den Besuch der »Kinder« wartete.

Der zweite Direktor der Uhlendorf-Technik war Diplom-Kaufmann Johannes Saalmann. Er entstammte einer Hotelier-Familie aus Bad Zwischenahn und hatte nach dem Tod des Vaters das Hotel an eine Kette verkauft. Strebsam und ehrgeizig wie er war, hatte er es nach seinem Studium in Köln und einigen erfolgreichen Jahren in der Marketing-Abteilung einer rheinischen Schraubenfabrik zum Verkaufsdirektor der Uhlendorf-Technik in Wilhelmshaven gebracht. Wie seine Frau Anette, der Tochter eines Lehrers aus dem Westerwald, die bis zu ihrer Eheschließung als Reisekauffrau gearbeitet hatte, war er achtundvierzig Jahre alt.

Anette war häuslich und hatte ein gepflegtes Äußeres. Sie trug das dunkle Haar, das schon von einzelnen grauen Haaren durchwebt war, kurz und wirkte charmant und anziehend. Die Saalmanns hatten in Horumersiel ein altes Bürgerhaus mit Hafenblick gekauft und es durch aufwändige Umbaumaßnahmen zu einer gemütlichen, repräsentativen Adresse herrichten lassen. Ihre neunzehnjährige Tochter studierte in Göttingen Zahnmedizin, der dreiundzwanzigjährige Sohn hatte sich kürzlich in Berlin für Theaterwissenschaften eingeschrieben und besuchte zurzeit eine Schauspielschule. Er war ein liebenswerter Träumer – und das Sorgenkind der Familie.

Johannes Saalmann, ein Mann von kräftiger Statur, trug das dunkle Haar im Fassonschnitt. Sein breites Gesicht hatte einen selbstsicheren Ausdruck. Seine flinken, huschenden Augen verrieten ein gesundes Misstrauen der Welt und den Menschen gegenüber – er war ein Skeptiker, wie er im Buche stand. Doch auf ihn war Verlass. Er war konsequent und zielstrebig und galt im Betrieb als Garant für steigende Umsätze.

Kurt Hammes und Johannes Saalmann waren in der Uhlendorf-Technik ein eingespieltes Team und ergänzten sich hervorragend. Der nüchterne Ingenieur und Mathematiker Hammes lieferte das technische Know-how, das für die Entwicklung der Produkte – Zulieferteile für die Auto-Industrie – nötig war, der distanziertere Marketingmann Saalmann, der ein untrügliches Gespür für neue Absatzmärkte besaß, überzeugte die Einkäufer von der Qualität der Uhlendorf-

Erzeugnisse und trug Sorge für ihre termingerechte Auslieferung.

Seit einiger Zeit hatten die beiden Direktoren ihre Fühler nach dem asiatischen Markt ausgestreckt. Die koreanische Auto-Industrie steckte in einer tiefen Krise. Ihre Bemühungen, auf dem europäischen Markt Fuß zu fassen, waren gescheitert, und die Japaner starteten bereits die ersten Versuche, über bankrotte Zulieferfirmen Einfluss in Korea zu nehmen. Es galt, früh genug im erloschenen Feuer nach Funken zu suchen, lautete Saalmanns Motto, und so hatte er über das Deutsche Konsulat erste Erkundigungen eingeholt und selbst die Deutsche Botschaft um entsprechende Orientierungshilfen gebeten. Um von Anfang an dabei zu sein, waren bereits deutsche Großbanken in Korea auf dem Sprung. Der starke Dollarkurs und der zurzeit schwache Euro weckten berechtigte Hoffnungen, auf dem asiatischen Markt Fuß fassen zu können.

Hammes und Saalmann saßen an diesem Abend im gemütlichen Arbeitszimmer im renovierten Altbau in Horumersiel zusammen. Von dem Zimmer mit den schweren, dunklen Dachbalken im ersten Stock aus hatte man einen Blick auf den Hafen. Sie tranken kühles Pils, studierten Unterlagen, analysierten Computer-Tabellen, stellten Aufwands- und Ertragsvergleiche auf und kamen, während ihre Frauen im behaglichen Wohnzimmer am knisternden Kamin saßen, zu dem Entschluss, ihrem Chef Franz Uhlendorf ein Konzept für den Einstieg ins Ostasiengeschäft vorzulegen. Gleich nach der IAA in Berlin wollten sie ihm ihre Pläne schmackhaft machen. Saalmann beabsichtigte, nach Korea zu fliegen, um erste Kontakte mit den Herstellerfirmen aufzunehmen – vorausgesetzt, der »Alte«, wie sie Uhlendorf im Stillen nannten, gab grünes Licht.

Als Köder für eine erste Zusammenarbeit sollte ihnen das weltweit geschützte Patent dienen, mit dem sie die Japaner ins Abseits verwiesen hatten.

Ungewöhnlich früh betrat Franz Uhlendorf an diesem Morgen das große Bürogebäude der Uhlendorf-Technik in Voslapp, einem Gewerbegebiet am Rande von Wilhelmshaven. Er hatte sich für diesen Tag einiges vorgenommen.

Hannelore Pelzer, seine langjährige Sekretärin, grüßte ihn freundlich und begleitete ihn in sein Büro. »Ich habe die Post bereits vorsortiert und verteilt. Hier ist noch ein Einschreiben von der TTAG. Es ist an Sie persönlich adressiert«, sagte sie und legte das Kuvert auf seinen Schreibtisch.

Franz Uhlendorf warf nur einen kurzen Blick darauf und legte den Brief dann in seine Schreibtischschublade. »Frau Pelzer, bitten Sie die Herren Saalmann und Hammes gegen neun Uhr zu mir. Ich muss sie in einer dringenden Angelegenheit sprechen.« Er griff in seine Aktentasche und nahm einige Unterlagen heraus. »Fertigen Sie davon bitte je zwei Kopien an – unter dem Siegel der Verschwiegenheit.«

Hannelore Pelzer war seit fünfzehn Jahren Franz Uhlendorfs rechte Hand. Er vertraute ihr bedingungslos. Für einen Moment glaubte er, Erschrecken in ihren Augen zu lesen. »Sie wollen doch nicht ...?«, fragte sie leise und blickte ihren Chef ernst an.

Doch er lächelte nur verschmitzt und legte seinen Zeigefinger an den Mund. »Sehen Sie, Senta ist nicht mehr bei mir, und Henning beabsichtigt, nach Singapur zu gehen, um dort seinen Doktor zu machen. Alles, was mir in den letzten Jahren lieb und teuer war, ist nicht mehr, alles ist im Umbruch ... Hammes und Saalmann sind engagierte Mitarbeiter – und sie waren stets am kreativsten, wenn ich an Bord meiner Yacht auf dem Ijsselmeer herumgeschippert bin.« Er lächelte ein wenig spöttisch. »Und seien wir doch mal ehrlich: Die beiden sehen in mir einen Bremser, wenn es um ihre gewagten Expansionspläne geht.« In seinen letzten Worten hatte Ärger mitgeklungen.

»Sie mögen Recht haben. Aber Sie werden doch nicht ans Aufhören denken. Viele unserer Politiker beginnen erst in Ihrem Alter ihre Karriere.«

Franz winkte ab. »Der Zeitpunkt des Absprungs ist eine Gefühlssache. Ohne Senta ist alles anders geworden. Übrigens, Frau Pelzer, glauben Sie eigentlich an ein Leben nach dem Tod?«, wollte er nachdenklich wissen.

Die Sekretärin mit den kurzen grauen Haaren zuckte die Schultern. »Weder mein Mann noch ich sind große Kirchgänger. Unsere Tochter studiert Philosophie in Göttingen. In ihrer Gedankenwelt mag es etwas wie ein Jenseits geben, ja. Doch niemand kann die Auferstehung der Toten widerlegen oder beweisen ...« Sie stand noch eine Weile ratlos vor dem Schreibtisch ihres Chefs, der, ganz in Gedanken versunken, eines seiner Ölgemälde an der Wand betrachtete. Es stammte von einer ostfriesischen Künstlerin und zeigte einen Gitarre spielenden Narren, hinter dem der Teufel seinen Hammer schwang. Franz Uhlendorf mochte dieses Gemälde besonders.

Als er hörte, wie sich die Tür hinter Hannelore Pelzer leise schloss, nahm er den Umschlag aus der Schublade, öffnete ihn und begann zu lesen. Die TTAG bot ihm einen ansehnlichen Betrag für die Übernahme der Uhlendorf-Technik. Franz lehnte sich zurück, zündete sich eine Havanna an und schaute dem Rauch nach, der sich in grauen Fäden in Richtung Fenster verflüchtigte. Seine Gedanken wanderten zu seinem Sohn Henning.

Für ihn war gesorgt. Senta hatte vor ihrem Tod testamentarisch verfügt, dass ihr Aktienpaket Henning an seinem achtundzwanzigsten Geburtstag zur freien Verfügung ausgehändigt werden sollte. Sie hatte ihr Erbe nach der Übernahme des elterlichen Betriebs durch ihren Bruder in Wachstumsaktien angelegt.

Und dennoch ... Franz Uhlendorf rang mit sich. Er drückte die Zigarre im Aschenbecher aus, erhob sich und blickte aus dem Fenster auf die im winterlichen Einheitsgrau daliegenden Freiflächen hinter der Uhlendorf-Technik, die für eine eventuelle Expansion wie geschaffen zu sein schienen. Sollte er sein Lebenswerk von den Multis schlucken lassen? Alles in ihm sträubte sich dagegen, aber Henning verfolgte offenbar andere Ziele; er dachte nicht daran, die Firma zu übernehmen. Er hatte Franz enttäuscht. Doch was sollte bei einem Verkauf aus den tüchtigen Mitarbeitern werden? Ihre Zukunft lag Franz Uhlendorf am Herzen.

Während der Firmenchef über die Geschicke der Uhlendorf-Technik nachdachte, betrat Johannes Saalmann das Büro seines Kollegen Hammes. Er trug den Ordner mit den Korea-Unterlagen unter dem Arm. »Moin, Kurt. Der Alte erwartet uns. Versuchen wir, ihm die Sache mit Korea schmackhaft zu machen!« Er grinste Hammes verschwörerisch an.

»Seit dem Tod seiner Frau ist er störrischer denn je«, erwiderte Hammes. »Der Junior kommt uns übrigens nicht in die Quere. Wie ich gehört habe, greift er demnächst in Singapur nach der Doktorwürde.«

»Nicht auszudenken, wenn der Alte das Segeln aufgibt, ideenlos hier im Betrieb rumsitzt, an allem und jedem herumnörgelt und sich überall quer stellt. Es geht schon viel zu lange so, dass er ohne Durch- und Überblick an veralteten Strukturen festhält!«

»Dabei sind wir in Kürze so weit, dass wir Schlösser entwickelt haben, die auf den Zündschlüssel ganz verzichten können. Meine Experimente machen Fortschritte: Der Motor zündet nur nach Eingabe einer Geheimzahl – der Wagen ist somit diebstahlsicher«, meinte Kurt Hammes stolz.

Saalmann nickte. »Ja, ja – falls der Alte die Entwicklungsgelder bewilligt und deine Grundlagenforschung nicht als Larifari vom Tisch fegt«, brummte er ärgerlich.

»Das wäre fürchterlich. Ich darf die Technik ja laut Anstellungsvertrag nicht mal an die Konkurrenz verkaufen. Alle unsere Erfindungen gelten als Eigentum der Uhlendorf-Technik. Das heißt, dass meine Idee womöglich in der Schublade verschimmelt«, schimpfte der Diplom-Ingenieur.

»Ach, Kurt, das ist noch alles Zukunftsmusik. Heute geht es um Korea. Komm, gehen wir. Der Alte hat gerufen«, bemerkte Johannes Saalmann und grinste.

Hammes griff seufzend zur Brille und erhob sich. »Und wir folgen ihm«, murmelte er.

Als die beiden Direktoren das Chefzimmer betraten, schauten sie überrascht auf den gedeckten Tisch. Franz Uhlendorf hatte Kaffee sowie Käse- und Mettbrötchen bei seiner Sekretärin geordert.

»Setzen Sie sich, meine Herren, und greifen Sie zu«, begann er jovial und wies mit einer einladenden Bewegung auf die Stühle am Konferenztisch.

»Haben wir etwas übersehen? Sie haben doch im Mai Geburtstag«, meinte Johannes Saalmann scheinbar unbefangen.

»Ob es etwas zu feiern gibt, steht noch nicht fest. Der kleine Arbeitsimbiss hat einen anderen Grund. Ich möchte mit Ihnen über die Zukunft der Firma sprechen.«

Die beiden Direktoren wechselten einen erstaunten Blick und schenkten sich Kaffee ein, gespannt, was der Chef ihnen als Nächstes eröffnen würde. Doch Uhlendorf schwieg. Im Zimmer herrschte eine angespannte Atmosphäre.

Wer spielt hier die Gitarre, und wer schwingt den Hammer, überlegte Hammes, während er zu einem Käsebrötchen griff und ohne großen Appetit hineinbiss.

Diplom-Kaufmann Saalmann entschloss sich, die Flucht nach vorn anzutreten. »Herr Uhlendorf, Sie machen mich neugierig«, unterbrach er die Stille. »Und Sie scheinen offenbar Gedanken lesen zu können. Denn auch wir wollten heute mit Ihnen etwas besprechen, das uns sehr am Herzen liegt.« Er sah, dass Franz Uhlendorf irritiert die Stirn runzelte, dennoch fuhr er fort: »Fast die gesamte europäische Auto-Industrie hat unser neues patentiertes Sicherungszündschloss mit Getriebesperre vorab geordert.«

»Das ist doch ein alter Hut! Als wäre mir das entgangen!«, unterbrach Uhlendorf ihn verärgert. »Noch habe ich den Überblick.«

»Wir müssen uns entscheiden: Überstunden oder Neuanstellungen«, beeilte sich Hammes einzuwerfen.

Franz winkte genervt ab. »Ich werde mir entsprechende Unterlagen von der Personalabteilung schicken lassen«, antwortete er kurz angebunden.

»Unser Know-how erlaubt es uns, einen Vorstoß auf dem koreanischen Markt zu wagen. Das ist eine Riesenchance. Ich habe bereits erste Kontakte geknüpft. Wir verweisen die Japaner ins Abseits«, verkündete Saalmann euphorisch. Er achtete nicht auf den skeptischen Blick seines Chefs, sondern schob das Kaffeegeschirr beiseite und legte den Korea-Ordner auf den Tisch.

»Korea«, murmelte Franz Uhlendorf seltsam abwesend und ließ seinen Blick aus dem Fenster schweifen.

Hammes nickte. »Solange unser technischer Vorsprung von der Konkurrenz in Amerika und Japan nicht aufgeholt wird, sollten wir unsere Chancen wahrnehmen, Chef.«

Franz Uhlendorf wandte sich wieder seinen beiden leitenden Angestellten zu. Ihr Ehrgeiz nervte ihn. Offenbar hatte er die dynamischen Manager wegen der Krankheit seiner Frau viel zu lange frei schalten und walten lassen. Er räusperte sich, fuhr sich durch den eisgrauen Bart und griff dann nach dem Ordner. »In den fünfziger Jahren habe ich mit nur fünf Mitarbeitern die ersten Schlösser für Borgward angefertigt«, meinte er und studierte dann die Expansionspläne seiner Direktoren. Während er las, drückte sein Gesicht tiefes Misstrauen aus. Nach ungefähr zehn Minuten hob er den Blick und schob Saalmann den Ordner wieder zu. »Auch wenn mein Sohn demnächst in Singapur promoviert und im Moment wenig Interesse an meinem Betrieb zeigt, tangieren Ihre optimistischen Expansionspläne auch seine Zukunft. Ich denke, es wird Zeit, die Weichen neu zu stellen. Ich fühle mich zu alt für Entscheidungen in dieser Größenordnung. Die TTAG ist an mich herangetreten. Sie hat mir ein Übernahmeangebot gemacht. Die Bedingungen sind in Zeiten der Globalisierung mehr als zufrieden stellend. Die TTAG garantiert den Standort Wilhelmshaven für weitere zehn Jahre und hat zugesichert, keine Entlassungen vorzunehmen. Sie beide, meine Herren, bleiben für fünf Jahre unkündbar und haben keine Einkommenseinbußen zu befürchten. Es bleibt allerdings bei der bisherigen Regelung, dass die Rechte aller Patente und die damit verbundenen Tantiemen der neuen Eigentümerin zustehen«, trug er vor.

Saalmann stand die Enttäuschung deutlich ins Gesicht geschrieben. Auch Hammes hatte es offenbar die Sprache verschlagen. Es war doch nicht zu fassen! Da hatte sie der alte Fuchs ganz schön hinters Licht geführt!

»Das ist nicht Ihr Ernst«, begehrte Johannes Saalmann endlich auf. »Sie verkaufen und lassen uns im Regen stehen? Und wir sollen tatenlos zusehen, wie andere das Korea-Geschäft machen?« Er fuhr sich aufgeregt durch das dunkle Haar, das sich an den Schläfen schon grau färbte.

»Die Manager der TTAG profitieren von unserem Know-how, setzen uns junge Hochschulabsolventen ins Nest, die unsere Grundlagenforschung ausbauen, uns in die Abstellkammer verbannen und nach fünf Jahren auf die Straße setzen«, warf Hammes empört ein.

Franz Uhlendorf hatte sich eine Havanna angezündet und schaute seine Mitarbeiter ruhig an. »Meine Herren, Sie erwarten von mir Entscheidungen, die mich überfordern. Mit dem Erlös aus dem Verkauf des Betriebes kann ich in aller Ruhe die Weichen für meine und auch die Zukunft meines Sohnes stellen.«

»Sie legen also Ihre Millionen schön an und pfeifen auf unser selbstloses Engagement während all der Jahre!«, schimpfte Saalmann aufgebracht. Er wollte noch etwas hinzufügen, doch Franz Uhlendorf unterbrach ihn entschieden:

»Einen Moment, Herr Saalmann! Bevor Sie anfangen, Ihre – zugegebenermaßen nicht unbeträchtlichen – Leistungen hervorzuheben, möchte ich Sie bitten, einmal Rücksprache mit Ihrem Steuerberater zu halten. Neben Ihrem nicht gerade bescheidenen Manager-Gehalt sind Ihnen Umsatzprämien in fünfstelliger Höhe zugeflossen. Und auch Sie, Herr Hammes, sind nicht zu kurz gekommen. Sie haben von den Tantiemen für Ihre Erfindungen reichlich profitiert. Ich kann mich an Zeiten erinnern, in denen ich als Firmenchef und persönlich haftender Unternehmer ein weit geringeres Einkommen gehabt habe. Hinzu kommt, dass ich Sie nicht ans Sozialamt verweise, wenn ich mich aus Altersgründen aus meinem Betrieb zurückziehe«, fügte Franz ironisch hinzu.

Draußen hatte der Regen nachgelassen. Für einen Moment blinzelte sogar die Sonne ins Zimmer. Der Qualm der Zigarre zog dem geöffneten Oberlicht entgegen.

»Sie kommen uns also mit knallharten Tatsachen! Hammes und ich haben bei der Übernahme einen beachtlichen Marktwert! Danach können uns die Bosse kastrieren!« Saalmann warf den Kugelschreiber, mit dem er die ganze Zeit über gespielt hatte, zornig auf den Tisch.

»Beruhigen Sie sich doch, Herr Saalmann«, bat Franz beschwichtigend und sah seine Direktoren verschmitzt an. »Es gibt eine Alternative ...«

»Ja, natürlich. Wir trennen uns, kassieren eine Abfindung, weil wir der Übernahme nicht zustimmen, und suchen einen neuen Kapitalgeber für unsere Patente«, warf Diplom-Ingenieur Hammes ein. Auf seiner Stirn hatte sich ein feiner Schweißfilm gebildet, seine Hände fuhren unruhig über den Tisch. Das war ein böses Spiel, das der Chef da mit ihnen trieb.

»Das würde juristische Folgen nach sich ziehen. Ihre Erfindungen gehören zum Firmeneigentum«, wiederholte Uhlendorf, »selbst die bis dato in Angriff genommenen Neuerungen dürfen Sie nicht ohne meine Genehmigung beziehungsweise die der TTAG verwerten.«

»Und die Alternative?«, fragte Johannes Saalmann.

Franz Uhlendorf nickte. »Der Verkauf an die TTAG wäre für mich profitabler. Aber ich denke, wir finden einen Kompromiss ...«

»Und Korea?« Saalmann schaute den Firmenchef beschwörend an.

»Korea liegt mir so fern wie Singapur.«

»Sie spielen mit uns Katz und Maus«, warf Hammes ein, der seinem Ärger nun endlich Luft machen musste.

»Keineswegs. Aber gut: Ich habe auch ein Konzept ausgearbeitet, das Ihnen beiden die Übernahme ermöglicht – vorausgesetzt, Sie akzeptieren meine Bedingungen. Ich denke an eine angemessene Leibrente bis zu meinem Ableben, weiterhin an einen Kommanditistenanteil mit der herkömmlichen Verzinsung, der nach meinem Tod unverändert an meinen Sohn übergeht. Aufgrund Ihrer Vermögenslage werden Ihnen die Banken entsprechende Kredite bewilligen. Zusätzlich bestehe ich darauf, dass die Firmierung beibehalten wird, und gestatte Ihnen wahlweise die Zusätze ›Nachfolger‹, ›GmbH & Co.‹ oder ›GmbH & Co. KG‹«, trug Uhlendorf vor und erhob sich. »Die TTAG erwartet bis zum fünfzehnten Februar nächsten Jahres meine Antwort«, sagte er noch, ging zu seinem Schreibtisch und nahm die angefertigten Kopien zur Hand. Dann trat er wieder an den Tisch, setzte sich und reichte den Direktoren die Unterlagen. »Denken Sie daran: Es geht nicht nur um meine Zukunft, sondern auch um Ihre.« Nach diesen Worten verabschiedete er die überraschten Mitarbeiter und lehnte sich schmunzelnd in seinem Stuhl zurück.

Henning Uhlendorf war wie geplant Ende Januar nach Singapur geflogen und freundlich von Professor Kim Lee, einem sympathischen und intelligenten jungen Mann, und seinen Mitarbeitern empfangen worden. Kim Lee sprach fließend Englisch und Deutsch und nahm sich vor allem in den ersten Tagen viel Zeit für den Doktoranden aus Aachen, der noch ganz überwältigt von den vielen neuen Eindrücken war, die in der asiatischen Metropole auf ihn einstürzten.

Gleich am ersten Tag seines Aufenthalts hatte Henning ein hübsches Appartement bezogen, das nicht weit vom Youssuf College entfernt war und in dem er sich rasch heimisch fühlte. Es verfügte über zwei kleine Zimmer, ein Bad, eine Küchenzeile und recht ansprechendes Mobiliar. Außerdem gab es in Singapur offenbar nichts, was man nicht kaufen konnte. So entdeckte Henning bei seinen Streifzügen durch die Stadt zu seiner großen Überraschung Käse aus Oldenburg und deutsches Bier.

Henning hatte keinerlei Schwierigkeiten, sich einzuleben. Das schwüle Klima machte ihm kaum zu schaffen, und auch im College fand er schnell Anschluss. Mit den Assistenten des Professors, meist Doktoranden wie er selbst, stellte er eine Liste für das noch zu beschaffende Arbeitsmaterial zusammen. Mitte Februar startete er bereits seine erste Versuchsreihe, und nach anfänglichen Misserfolgen und Korrekturen verzeichnete seine Arbeit schon bald erste Erfolge.

Aufgeschlossen und offen wie er war, fiel es Henning nicht schwer, in der asiatischen Metropole rasch Bekanntschaft mit anderen europäischen und asiatischen Studenten zu schließen. Seine Freizeit verbrachte er hauptsächlich am »Strand von Sentosa«, führte angeregte Gespräche mit jungen Asiaten und schrieb ausführliche Briefe nach Deutschland.

Sein Heimweh hielt sich in Grenzen. Sein Vater hatte ihm kürzlich mitgeteilt, dass er seine Pläne in die Tat umgesetzt und sich zur Ruhe gesetzt hatte. Die beiden Direktoren Hammes und Saalmann hatten seine Bedingungen akzeptiert und leiteten nun voll haftend die Uhlendorf-Technik. Er selbst, so hatte sein Vater weiter geschrieben, habe inzwischen fast vollkommen das Interesse an den Belangen der Firma verloren, die ihn, abgesehen von der Kommanditisteneinlage, nichts mehr angehe. Doch er habe sich, neben der angemessenen Beteiligung am Kapital, ein Mitspracherecht in der Firma gesichert. Mehrmals hatte Franz betont, dass er mit dem Austritt aus dem Arbeitsleben einen neuen Lebensabschnitt beginnen wolle. In anschaulicher Sprache, die Henning nicht von seinem Vater kannte, beschrieb Franz Uhlendorf, wie er auf dem Speicher nach seinem alten Geigenkasten und längst vergessenen Noten gesucht hatte, um seinem alten Hobby, dem Geigenspiel, nachzugehen. Angeblich hatte der Vater sämtliche Wirtschafts- und Politmagazine abbestellt und genoss es nun, all die Romane zu lesen, zu denen er in der Vergangenheit nie die Zeit gefunden hatte. An schönen Tagen spazierte Franz über die Deiche nach Voslapp, radelte nach Jever und besuchte an Schlechtwettertagen die Cafés in Wilhelmshaven. Sorge bereiteten Henning allerdings die letzten Sätze des Briefes:

»Lieber Junge, nach vielen Grübeleien und vergeblichen Versuchen, mit deiner Mutter in mentalen Kontakt zu treten, bin ich nun endgültig davon überzeugt, dass der Tod der menschlichen Existenz ein Ende setzt. Es gibt kein Leben nach dem Tod, auch keines des Geistes. Da dem so ist und ich die sechzig bald überschreite, habe ich mir fest vorgenommen, meine letzten Jahre noch zu genießen, der Einsamkeit zu entfliehen und mich den irdischen Freuden hinzugeben. Auch ich habe noch Wünsche und Bedürfnisse, und die Einsamkeit macht mir sehr zu schaffen ...«

Den irdischen Freuden hinzugeben? Henning schüttelte bei dem Gedanken an diese Worte nachdenklich den Kopf. »Papa ist und bleibt ein Trotzkopf. Er wird doch nicht wie viele Männer seines Alters Ausschau nach einer jüngeren Lebensgefährtin halten? Das hat Mama nicht verdient«, murmelte er beunruhigt vor sich hin. Doch schon bald nahm seine Arbeit im College ihn so in Anspruch, dass er den Brief seines Vaters fürs Erste wieder vergaß.

Am Nachmittag des sechzehnten Februar erreichte ein Tiefdrucksystem aus Skandinavien die Danziger Bucht. Über der Stadt Oliva mit der historischen Klosterkirche, der berühmten Orgel und dem weitläufigen Schlossgarten zogen schwere schwarze Wolken auf.

Auf dem neuen Friedhof hielten die Trauergäste ihre Schirme gegen den stürmischen Wind, der ihnen nasskalten Regen entgegenwarf und durch Lebensbäume, Rhododendren und Birken fuhr. Dicke Tropfen fielen auf den hellen Eichensarg und sammelten sich vor dem offenen Grab in großen Pfützen.

Der Pfarrer, durchnässt und verfroren, segnete ein letztes Mal den Sarg. Seine Gebete trug der Wind davon. Die Sargträger hoben zum letzten Gruß ihre Mützen, Regen nässte ihre Gesichter. Dann verbeugten sie sich und griffen nach den Leinengurten, um den Sarg ins Grab hinabzulassen.

Die kleine Trauergemeinde stand mit wehenden Jacken auf dem zertretenen Gras. Einige weinten, andere trauerten stumm, und manche sehnten nur das Ende der Zeremonie herbei, während sie zusahen, wie der Pfarrer erneut an das Grab trat und eine kleine Schaufel Erde auf den Sarg fallen ließ. »Asche zu Asche, Staub zu Staub ...«

Olga Stocheck, eine auffallend schöne Frau Mitte fünfzig, löste sich vom Arm ihres ältesten Sohnes, trat blass und mit vom Weinen rot geränderten Augen vor und ließ einen Strauß roter Rosen auf den Sarg fallen. Ihre Lippen bewegten sich lautlos im Gebet, und einige Strähnen ihres langen schwarzen Haars hatten sich aus dem Knoten gelöst und wehten nun traurig um ihr Gesicht. Ihre beiden Söhne traten an ihre Seite. Sie senkten den Blick und verharrten so sekundenlang, um stumme Zwiesprache mit dem verstorbenen Vater zu halten und dann von ihm Abschied zu nehmen.

Jerzy Stocheck, stellvertretender Leiter des staatlichen Postamtes von Oliva, treu sorgender Ehemann und zweifacher Vater, war mit neunundfünfzig Jahren plötzlich und unerwartet an den Folgen eines Herzinfarktes verstorben.

Über Singapur lag an diesem Tag im April eine feuchte Dunstglocke. Das Thermometer zeigte wie so oft dreißig Grad an, doch der vom Meer einfallende Wind brachte ein wenig Kühlung. Der Verkehr kroch an diesem Nachmittag wieder einmal quälend langsam durch die Innenstadt. Im Schatten der Hochhäuser wimmelte es von Menschen, die in sommerlicher Kleidung die Einkaufsstraßen mit den vielen kleinen Läden bevölkerten. Händler boten an Ständen Obst, Gemüse, Fisch, Geflügel, Fleisch und Gewürze feil; der Duft fremder asiatischer Speisen erfüllte die Luft.

Henning Uhlendorf bahnte sich zielsicher einen Weg durch das Gewimmel auf der Orchard Road und betrat das *Singapur Hilton*, in dem er am Vorabend im Rahmen der internationalen Tagung der Maschinenbauer mit einer Gruppe von Professoren, Dozenten und Doktoranden, zu der auch Professor Garrels gehört hatte, zu Abend gegessen hatte. Mit einer Plastiktüte in der Hand, in der sich die Hose befand, die er bei diesem Anlass getragen hatte, durchquerte er die exklusiv ausgestattete Hotelhalle, ging zur Rezeption und erklärte dem jungen Chinesen, der dort seinen Dienst versah, sein Anliegen.

»One moment, please«, bat dieser, wies galant auf die elegante Sitzecke, die von Palmen und anderen exotischen Grünpflanzen umgeben war, und griff zum Telefon.

Während Henning Platz nahm, sah er sich interessiert in der weitläufigen Halle um. Ein riesiger Deckenventilator sorgte für einen gleichbleibend kühlen Luftzug, den Boden zierte ein kostbares Mosaik, das einen Drachen darstellte, und irgendwo im Hintergrund plätscherte ein Springbrunnen munter vor sich hin.

Henning schmunzelte erwartungsvoll, als er daran dachte, dass er sie gleich wiedersehen würde ...

Bei dem exquisiten Dinner am Vorabend war der jungen Kellnerin, die für Hennings Tisch zuständig gewesen war, ein kleines Missgeschick passiert. Beim Servieren des Nachtischs hatte sie eine Schale mit roter Grütze fallen lassen, die unschöne Flecken auf Hennings Hose hinterlassen hatte. Das kleine Malheur hatte im Restaurant für Aufregung gesorgt, schließlich wollte man sich vor den internationalen Gästen von der besten Seite zeigen. Und so war Henning vom eilig herbeigelaufenen Oberkellner unter tausend »Beileidsbekundungen« gebeten worden, die Hose am nächsten Tag ins Hotel zu bringen, damit man sich um die Reinigung kümmern könne.

Natürlich wäre es für Henning kein Problem gewesen, selbst die Kosten für die Reinigung zu tragen – doch ein Blick in die dunklen Augen der hübschen, zierlichen Kellnerin mit dem modischen Pagenschnitt hatte genügt, um in ihm den Wunsch zu wecken, sie wiederzusehen.

Während Hotelgäste aller Nationalitäten in die Eingangshalle strömten, hörte Henning, wie der Aufzug hinter ihm mit einem hellen Klingeln anhielt. Die Türen rauschten auseinander – und da war sie. Schüchtern und mit einem leicht verlegenen Lächeln trat sie auf ihn zu. Wie am Vorabend trug sie eine dunkelblaue, weit geschnittene Hose, eine weiße Bluse und hochhackige Schuhe. Ihr hübsches Gesicht mit den schmalen Augen und der kleinen Nase erschien Henning seltsam vertraut.

»Sorry«, begann sie und reichte ihm die Hand.

Sie sieht aus wie eine zerbrechliche Porzellanpuppe, dachte er gerührt, erhob sich und schaute die Kellnerin fasziniert an.

»Ich bitte noch einmal um Entschuldigung für mein Missgeschick«, sagte sie in fließendem Englisch, schaute fragend auf die Tüte in Hennings Hand und nahm sie ihm dann ab. »Ich bringe deine Hose selbst zur Reinigung. Bis neunzehn Uhr dreißig habe ich frei.«

Henning sah auf seine Uhr. Ihm war es nun doch ein wenig peinlich, dass er die junge Chinesin bemüht hatte. »Darf ich dich begleiten?«, fragte er rasch. »Dann erfahre ich auch gleich, wo ich die Hose abholen kann.«

Sie lächelte, und ihm kam es so vor, als spürte sie seine Verlegenheit. »Gern«, antwortete sie freundlich. »Die Reinigung, die für das Hotel arbeitet, befindet sich an der Scotts Road.«

Sie verließen das Hotel, traten auf die Orchard Road hinaus und mischten sich unter die Passanten. Henning warf immer wieder verstohlene Blicke auf seine hübsche Begleiterin, die ihm gerade einmal bis zur Brust reichte. Sie gefiel ihm – nein, es war mehr als das. »Ich heiße Henning Uhlendorf und bin Deutscher«, sagte er, nur um etwas zu sagen. »Ich mache gerade am Youssuf College meinen Doktor.«

»Ich habe dich für einen Amerikaner gehalten. Mein Name ist Suzie Kin«, erwiderte sie und wies auf einen kleinen Laden, an dessen Fassade wie an den Geschäften in der Nachbarschaft ein buntes Werbetransparent mit asiatischen Schriftzeichen angebracht war. »So, da sind wir schon! Hier ist die Reinigung«, erklärte sie und betrat an Hennings Seite das Ladenlokal. Nachdem sie einige Worte mit der Chinesin an der Theke gewechselt und den Abholschein für die Hose eingesteckt hatte, lotste sie Henning wieder auf die belebte Straße. »Am Donnerstag liegt deine Hose an der Hotelrezeption für dich bereit«, erklärte sie und machte Anstalten, ihn nach kurzem Gruß zu verlassen.

Henning schaute sich suchend um. »Bis zu deinem Dienstantritt bleibt dir doch noch etwas Zeit für einen Kaffee«, meinte er und wies auf ein kleines Straßencafé, dessen gemütliche Korbstühle zum Verweilen einluden. »*Café de Paris* – hier gibt es bestimmt französischen Kaffee.«

Suzie Kin lächelte ihn belustigt an. »Gern, mein Vater hat übrigens in Straßburg studiert. Er hat immer von der französischen Art, Kaffee zuzubereiten, geschwärmt.«

»Was machst du, wenn du nicht im Hotel bedienst?«, wollte Henning wissen. Sie hatten bereits an einem kleinen Tisch Platz genommen und ihre Bestellung aufgegeben. Suzie Kin sah einfach bezaubernd aus, wenn sie lächelte, fand Henning.

»Ich befinde mich in der Ausbildung. Ich habe Wirtschaftswissenschaften studiert und absolviere im *Hilton* ein Traineeprogramm. Danach hoffe ich, im Amt für Touristik eine Anstellung zu bekommen.«

Henning erzählte, was ihn nach Singapur verschlagen hatte. Er berichtete von seiner Arbeit im Institut und von dem schweren Schicksalsschlag kurz vor seiner Abreise.

»Mein Vater lebt auch nicht mehr«, meinte Suzie Kin leise. »Er war Arzt. Meine Mutter wohnt aber wieder mit einem Mann zusammen – er besitzt ein Fahrradgeschäft.«

»Und hast du noch Geschwister? Ich leider nicht.«

Suzie Kin nickte und sah ihr Gegenüber eine Weile nachdenklich an. Dann sagte sie: »Einen jüngeren Bruder. Er ist behindert, seit er in jungen Jahren an Kinderlähmung erkrankt ist. Meine Mutter kommt nicht gut mit ihm zurecht. Ich bin es, die sich um ihn kümmert. Aber ich muss jetzt zurück ins Hotel ...« Sie machte eine kleine Pause. »Henning, Henning Uhlendorf, das ist ein sehr langer Name – und sehr kompliziert für mich.«

Henning lachte. Er fand sie entzückend. »Ich würde dich gern wiedersehen, Suzie. Wir könnten doch mal zusammen tanzen gehen ...«, schlug er vor und spürte, dass ihm das Blut in die Wangen stieg.

Sie legte Geld für ihren Kaffee neben die Tasse und sah ihn offen an. »Die Hose liegt am Donnerstag für dich an der Rezeption bereit. Wenn ich es schaffe und mein Dienst es zulässt, gebe ich sie dir persönlich. Sagen wir, um achtzehn Uhr?«

Henning nickte, und als sie sich zum Abschied noch einmal umwandte und ihm ihr strahlendes Lächeln schenkte, hätte er vor Glück die ganze Welt umarmen können.

Am Karsamstag war die sechsundfünfzigjährige Olga Stocheck wie jeden Tag zum Friedhof gefahren, um am Grab ihres verstorbenen Mannes ein Licht anzuzünden, den Boden ein wenig aufzuharken und nach den Narzissen zu sehen, die sie ihm am Vortag gebracht hatte. Noch immer saß sie im Schatten der alten Trauerweide auf der Bank und gab sich ihren Erinnerungen hin.

Auf den Tag genau vor sechsundzwanzig Jahren

hatte sie Jerzy auf dem Sportfest der »Jungen Brigaden« im Ostseebad Zopott kennen gelernt. Jerzy, ein polnischer Leichtathlet, hatte damals den Marathon »Rund um Zopott« gewonnen. Olga war an jenem Abend bei der Siegerehrung im Kurhaus als Geigerin aufgetreten – zu dieser Zeit hatte sie zu den Danziger Symphonikern gehört. Es war Liebe auf den ersten Blick gewesen. Der bekannte polnische Sportler hatte die schöne dunkelhaarige Musikerin nach der Feierstunde zu einem Glas Sekt an der Bar eingeladen. Am späten Abend hatten sie sich am Strand zum ersten Mal geküsst. Olga erinnerte sich noch heute an den kühlen Seewind, an das Plätschern der Wellen und an den sternenklaren Himmel über ihnen.

Sie hatte mit Jerzy viele glückliche Jahre verlebt. Nun war er tot.

Mühsam löste Olga sich aus ihren Gedanken. Morgen war Ostersonntag. Ihr Sohn Leszek und seine Freundin Agniezka hatten sich zum Frühstück angemeldet. Wladyslaw, der Jüngere, wollte zum Mittagessen kommen, und Olga freute sich auf den Besuch der Kinder, die den Tod des Vaters, wie ihr schien, recht gut verkraftet hatten. Ganz im Gegensatz zu ihr selbst. Noch immer wurde sie häufig nachts wach, weil sie im Schlaf geweint hatte.

Leszek wohnte mit seiner hübschen Freundin Agniezka in einer Dachwohnung in Danzig. Der Junge hatte Jerzy und Olga vor Jahren viel Kummer bereitet. Nach heftigen Auseinandersetzungen hatte er die Schule geschmissen, mit dubiosen Freunden untätig in den Tag hinein gelebt und war schließlich irgendwo in Warschau untergetaucht. Erst nach dem Militärdienst hatte er sich wieder gefangen und eine Ausbildung zum Kfz-Mechaniker gemacht. Heute arbeitete er in einer Skoda-Werkstatt in Danzig. Agniezka, seine Freundin, war gelernte Schneiderin und verdiente ihr Geld in einer exquisiten Boutique. Sie hatte eine Schwäche für Mode, Kosmetik und westlichen Schick.

Olga bedauerte sehr, dass ihr jüngerer Sohn Wladyslaw, der ihr äußerlich sehr ähnlich sah, nach dem Abitur am Musischen Gymnasium sein musikalisches Talent nicht weiterentwickelt hatte. Er studierte Wirtschaftswissenschaften in Warschau, doch Olga hielt ihn nach wie vor für einen begabten Pianisten. Schon als Kind war Wladyslaw ernsthafter, besonnener und verlässlicher als sein Bruder gewesen. Ein kleines Lächeln schlich sich in ihre Mundwinkel, als sie an das letzte Telefonat mit Wladyslaw dachte, in dem er vorsichtig, aber dennoch unmissverständlich angedeutet hatte, dass er sich in eine junge Kommilitonin verliebt hatte. Es muss wirklich etwas Ernstes sein, dachte Olga nun. Noch nie zuvor hat er mir von einem Mädchen erzählt. Sie nahm sich vor, ihm wie seinem Bruder bei ihrem Besuch wieder ein wenig Geld extra zuzustecken. Die Kinder sollten sich etwas leisten können ...

Dabei stand es seit Jerzys Tod mit Olgas Finanzen nicht zum Besten. Doch sie wollte nicht klagen. Die Oberpostdirektion hatte ihr mitgeteilt, dass ihr fünfundsiebzig Prozent der Bezüge ihres verstorbenen Mannes zustanden. Das musste bei ihren bescheidenen Ansprüchen reichen. Die Dienstwohnung in Oliva stand ihr noch ganze fünf Jahre zur Verfügung, und die Gebühren für Wladyslaws Studium übernahm das Amt. Danach würde sie weitersehen. Dennoch nahm sie sich vor, am Abend noch einmal all ihre Kosten genau aufzulisten. Vielleicht gab es doch noch irgendwo eine Möglichkeit, Geld zu sparen. Möglicherweise ließ sich der Leiter der Volkshochschule, für die sie als Musiklehrerin arbeitete, ja auch zu einem weiteren Geigenkurs überreden.

Bei ihrer Heimkehr verstaute Olga zuerst einmal die Lebensmittel, die sie unterwegs eingekauft hatte, im Kühlschrank, schlüpfte aus dem schwarzen Mantel und nahm die Post zur Hand. Neben einer Reklamesendung und einer Karte ihrer Cousine Wanja war ein Brief gekommen. *Künstleragentur Frederic Sloboda, Warschau,* lautete der Absender. »Die gibt es also immer noch«, murmelte Olga leise vor sich hin und öffnete den Umschlag. »Was die wohl von mir wollen?« Als sie die Maschine geschriebene Seite auffaltete, verspürte sie mit einem Mal eine seltsame innere Anspannung, und mit klopfendem Herzen begann sie zu lesen:

Sehr geehrte Frau Stocheck,

wir wenden uns auf Anraten von Professor Tadeusz Adamski an Sie, der Ihnen auf diesem Weg sein herzliches Mitgefühl zum Tode Ihres Herrn Gemahls zum Ausdruck bringen möchte.

Professor Adamski war bei den Danziger Symphonikern Ihr Kollege. Inzwischen ist er, wie Sie sicher Presseberichten entnommen haben, Chefdirigent des Staatlichen Polnischen Symphonieorchesters.

Während der Hauptsaison gastiert er mit seinem Ensemble auf der deutschen Nordseeinsel Norderney und bittet Sie, sich ihm und seinen Musikern anzuschließen. Das Eröffnungskonzert im »Haus der Insel« auf Norderney findet am sechsundzwanzigsten Juni statt, die Abschiedsvorstellung ist für den achtundzwanzigsten August geplant.

Schon heute sichert Professor Adamski Ihnen ein lukratives Honorar zu. Unterbringung und Verpflegung entspre-

chen westlichen Standards. Die Kosten hierfür übernimmt die Kurverwaltung Norderney.

Professor Adamski erwartet Ihre Antwort bis zum neunten Mai.

Mit freundlichen Grüßen

Frederic Sloboda

Als Olga Stocheck den Brief gelesen hatte, standen Tränen in ihren Augen. Doch diesmal waren es Tränen der Dankbarkeit.

Mit klopfendem Herzen betrat Henning am Donnerstag kurz vor achtzehn Uhr das *Hilton*. Er hielt eine weiße Orchideenblüte hinter dem Rücken versteckt, die er für Suzie gekauft hatte. Die dunkelhaarige Rezeptionistin schaute ihm mit einem freundlichen Lächeln entgegen. Henning stellte sich vor. »Ich komme wegen meiner Hose, vielleicht wissen Sie ja Bescheid ...«, fügte er auf Englisch hinzu.

Die junge Frau nickte, bückte sich und reichte Henning wenig später eine weiße Plastiktüte.

»Kann ich bitte Fräulein Kin sprechen?«, fragte er schüchtern. »Ich möchte mich gern bei ihr bedanken. Sie hatte wegen mir viele Unannehmlichkeiten.«

»Meine Kollegin hat bereits Feierabend. Sie ist morgen wieder im Hause«, kam es in verbindlichem Ton zurück.

»Danke«, murmelte Henning enttäuscht, verabschiedete sich und verließ das Hotel. Warum hatte Suzie nicht auf ihn gewartet? Die Orchidee steckte er in die Plastiktüte, schlenderte langsam über die Orchard Road, die ihm mit einem Mal gar nicht mehr so bunt erschien, und stand wenig später – er wusste selbst nicht, wie er dort hingekommen war – vor dem *Café de Paris*. Gedankenverloren ließ er sich auf einen der freien Korbstühle sinken und dachte an seinen letzten Besuch in diesem Café. Eine Schar meist elegant gekleideter Passanten flanierte an ihm vorbei, doch Henning hatte keinen Blick für sie. Seine Gedanken wanderten zu Suzie, an die er in der Zwischenzeit so oft hatte denken müssen, und er nahm sich vor, am nächsten Tag auf jeden Fall im Hotel nach ihr zu fragen. Zu dumm, dass er sich nicht nach ihrer Adresse erkundigt hatte!

Er dachte plötzlich an zu Hause. Sein Vater hatte ihm wieder geschrieben. Er hatte sich von dem Ferienhaus am Ijsselmeer getrennt – alles erinnerte ihn dort an die glücklichen Zeiten mit Hennings Mutter – und sich eine schöne Eigentumswohnung auf Norderney gekauft, wohin er auch seine Yacht überführt hatte. Franz Uhlendorf freute sich darauf, den Lebensabend auf der schönen Nordsee-Insel zu verbringen, und Henning hatte vollstes Verständnis für diese Entscheidung. Mit Freunden war er vor einiger Zeit auf Norderney gewesen, und er hatte eine vage Vorstellung, wo die Kaiserstraße – dort befand sich die Wohnung mit Seeblick, von der sein Vater geschrieben hatte – liegen musste. Ja, Norderney war für seinen Vater sicher eine Alternative! Die Insel bot mit ihren edlen Geschäften, den gut geführten gastronomischen Betrieben und einem breit gefächerten, interessanten Kulturprogramm, mit Wellenbad und Sauna und nicht zuletzt mit der zauberhaften Dünenlandschaft älteren Menschen, die dem Lärm der Großstadt entfliehen wollten, ein breites Spektrum. Und Vater war dort auch nicht aus der Welt. Sollte es ihn nach Wilhelmshaven ziehen, würde er vom Fähranleger in Norddeich nicht länger als eine Stunde zu fahren haben.

Henning bezahlte den Café au Lait, der er getrunken hatte, und beschloss, zum Flughafen zu fahren. Er verspürte plötzlich Sehnsucht, am Lufthansa-Schalter einige Brocken Deutsch aufzufangen. Er wollte seine Geldbörse eben in die Plastiktüte schieben, als ihm ein kleiner weißer Umschlag ins Auge fiel. *Henning*, stand in einer grazilen, fein geschwungenen Schrift auf dem Umschlag. Lächelnd öffnete er das Kuvert und begann zu lesen:

Lieber Henning,
ich musste mich um meinen Bruder Hang kümmern und den Dienst mit einer Kollegin tauschen. Können wir uns am Freitagabend im ›Café de Paris‹ treffen? Ich hoffe sehr, du bist dort.
Suzie

»Natürlich werde ich da sein, kleine Suzie«, sagte Henning zärtlich, und er spürte, wie sein Herz bei dem Gedanken an die junge Frau unwillkürlich schneller klopfte.

Das urige Ausflugslokal *Wattscheune* lag, umgeben von hoch gewachsenen Buchen, in der Nähe der Kreisstraße, die Voslapp und Rüstersiel mit Wilhelmshaven verband. Gleich neben dem repräsentativen, reetgedeckten Haus mit dem bekannten Restaurant schlängelte sich die nur wenige Meter breite Maade durch das idyllische Wandergebiet. An ihrem seichten Ufer wuchsen Sumpflilien und hellgrünes, fast mannshohes Schilf, das mit dichtem Strauchwerk durchsetzt war.

An diesem Abend fegte der Wind kalt über den

nahe liegenden Deich des Jadebusens und trieb dunkle Wolken über den Himmel. Die Außenleuchten der Gartenanlage spiegelten sich in den Pfützen, als Johannes Saalmann aus seinem Mercedes stieg, fröstelnd den Kragen seines Mantels hochstellte und mit einem hübsch verpackten Paket unter dem Arm eilig zum Eingang der *Wattscheune* lief. Sein Freund und Kompagnon Kurt Hammes hatte eine große Gesellschaft in das Lokal geladen, um seinen fünfzigsten Geburtstag zu feiern.

Als Saalmann den Festsaal betrat, schlug ihm bereits ausgelassene Stimmung entgegen. An einem Tisch in der Nähe des Jubilars entdeckte er seine Frau Anette und einige Honoratioren der Gegend und winkte ihnen lächelnd zu. Als er an ihren Tisch trat, sagte er mit einem charmanten Lächeln: »Erst meine Frau, auf die ich einige Tage verzichten musste ...« Er gab ihr einen zärtlichen Kuss auf die Wange, begrüßte dann ihren Tischnachbarn Heyena, der Professor an der Fachhochschule war und ihnen in der Firma hin und wieder beratend zur Seite stand, dessen Frau sowie Monika und Albert Buss, den Leiter der Weser-Ems-Bank, und nahm dann neben Anette Platz. Das Fest hatte schon vor einer Stunde angefangen.

Der Professor stopfte genüsslich seine Pfeife und wollte jovial wissen: »Na, werter Herr Saalmann, lohnt es sich für Sie überhaupt, nach Ihrer Seoul-Reise den Koffer auszupacken? Wohin zieht es Sie denn als Nächstes?«

Saalmann gab ihm Feuer und lachte. »In die Staaten, nach Detroit. Ja, ich würde wirklich gern einige Zeit im schönen Wilhelmshaven bleiben. Doch die Uhlendorf-Technik ist im nordwestdeutschen Raum nach VW das einzige Unternehmen in der Auto-Industrie mit Wachstumsraten. Da muss man bereit sein, Abstriche zu machen, was Privatleben und Freizeitgestaltung angeht.« Nachdem er die Bestellung aufgegeben hatte, blickte er sich im Festsaal um. Er entdeckte Geschäftsfreunde, Mitglieder des örtlichen Tennis- und Golfclubs, Rotarier, den IHK-Präsidenten, den Stadtdirektor nebst Gattin sowie eine Reihe Honoratioren aus Politik und Wirtschaft und sah, dass Kurt Hammes, der ihm gut gelaunt zugewinkt hatte, sich nun erhob, auf die Bühne trat und das Mikrofon ergriff.

»Liebe Familie, liebe Freunde, liebe Gäste, ich heiße euch alle herzlich willkommen und freue mich, dass ihr so zahlreich erschienen seid, um mit mir in meinen fünfzigsten Geburtstag hineinzufeiern. Ich hoffe, dass es mir und meiner Familie gelingen wird, euch im Gegenzug einen unvergesslichen Abend zu bereiten. Zur Eröffnung des kleinen Programms bitte ich das ›Jadequartett‹ auf die Bühne.«

Während die Musikanten auf den bereitgestellten Stühlen Platz nahmen und die »Muntere Forelle« in gekonnter Weise intonierten, verließ Hammes die Bühne und mischte sich ins Getümmel. Die Musik wurde von den Gästen begeistert angenommen, viele wippten im Takt mit und freuten sich auf den Moment, in dem der offizielle Teil der Feier beendet war und endlich getanzt werden durfte. Als Nächster betrat der Präsident der IHK die Bühne. In seinem Vortrag wies er auf die hohe Arbeitslosigkeit in der Region hin, sandte kritische Worte in Richtung Berlin und hob die Verdienste der Uhlendorf-Technik und ihres Leiters Kurt Hammes lobend hervor.

Nach dem IHK-Präsidenten, der mit seiner Rede Beifall erntete, betraten Hammes' ehemalige Kommilitonen die Bühne. Sie überreichten dem Jubilar flachsend einen Präsentkorb mit Leckereien und erzählten lustige Anekdoten aus der gemeinsamen Studienzeit. Die Stimmung hätte besser nicht sein können.

Nachdem der Personalrat im Namen aller Angestellten der Uhlendorf-Technik Kurt Hammes gratuliert und ihm ein wertvolles Fahrrad mit allen technischen Finessen überreicht hatte (»... damit Sie fit und gesund und uns allen noch viele Jahre als Chef erhalten bleiben ...«), betrat Johannes Saalmann in Begleitung seiner Frau Anette die Bühne. Herzlich drückte er seinen Freund und Kompagnon an sich und überreichte ihm ein Paket. »Lieber Kurt«, meinte er dann für alle gut hörbar, »das ist mein Geschenk an dich. Es wiegt nicht viel, besitzt aber dennoch für uns alle ein sehr großes Gewicht.« Schmunzelnd schaute er in Hammes' verwirrtes Gesicht und beobachtete, wie sein Freund neugierig das Papier aufriss und der Schachtel schließlich Formulare in mehrfacher Ausfertigung entnahm.

Mit fliegenden Fingern blätterte Kurt Hammes durch die Seiten, dann lief ein Strahlen über sein Gesicht, und er klopfte Saalmann glücklich auf die Schulter. »Johannes, alter Fuchs!«, rief er begeistert und verkündete dann mit einem Blick in die Menge laut und deutlich: »Der erste Auftrag aus Seoul – in Höhe von neunhundertfünfzigtausend Mark!«

Das saß. Nun hielt es niemanden mehr auf seinem Stuhl. Unter tosendem Beifall verließen die beiden Leiter der Uhlendorf-Technik die Bühne und verschwanden gemeinsam an der Bar, um sich erst einmal einen ordentlichen Schluck auf diesen sensationellen Geschäftsabschluss zu genehmigen.

Als um vierundzwanzig Uhr die Gäste ein vielstimmiges »Happy Birthday« anstimmten, erreichte die Stimmung ihren Höhepunkt.

An den Firmengründer und Kommanditisten Franz Uhlendorf, der zu dieser Feier nicht erschienen war, dachte an diesem Abend kaum jemand.

Der Wind wehte mit Stärke vier aus westlicher Richtung. Es war sonnig, und am Himmel trieben weiße Schäfchenwolken, als Franz Uhlendorf von einem Törn nach Baltrum zurückkehrte.

Pfeifend verließ er die Plicht, raffte die Segel und steuerte die »Tulipan« unter Motor umsichtig in den Yachthafen von Norderney. Nachdem er am Steg angelegt und das Schiff vertäut hatte, sprang er von Bord, nahm sein Rad aus dem Ständer und radelte über den Gorch-Fock-Weg und den Habbenpatt zur Kaiserstraße, an der sein weitläufiges Appartement lag.

Der Hausmeister mähte gerade den Rasen vor der gepflegten Wohnanlage, und Franz atmete den Duft von frisch geschnittenem Gras tief in die Lungen. Es riecht nach Frühling, dachte er, als er die Treppen hinaufstieg und wenig später seine hübsch eingerichtete Wohnung betrat.

Franz stellte den Rucksack in die Diele und ging erst einmal in die Küche, um sich einen Tee zu kochen. Dann deckte er den kleinen Tisch auf dem Balkon, machte sich einen Imbiss zurecht und ließ es sich unter freiem Himmel gut gehen. Ein herrlicher Frühabendhimmel spannte sich über dem Land, und Franz' Gedanken wanderten zu Henning im fernen Singapur, dessen Forschungserfolge am Youssuf College ihn freuten. Sein Verfahren hatte sich als vielversprechend erwiesen. Nun galt es, es durch weitere Versuchsreihen zu bestätigen und für die Industrie nutzbar zu machen. An die Firma dachte Franz Uhlendorf nur noch selten, und auch die Jahre mit Senta begannen sich allmählich zu verflüchtigen. Ihr Grab wurde von der Gärtnerei Schluppenkamp gepflegt. Nur hin und wieder fuhr Franz noch in das Haus in Rüstersiel, um das sich Trudi Patten nach wie vor kümmerte.

Franz hatte sich inzwischen recht gut auf der Nordseeinsel eingelebt. Der Norderneyer Seglerverein hatte ihn zu seiner diesjährigen Mitgliederversammlung eingeladen. Der Präsident des Vereins beabsichtigte, Franz bei dieser Gelegenheit den Segelkameraden vorzustellen.

Franz Uhlendorf seufzte, als er an den langen Abend dachte, der auf ihn wartete. Er nahm noch einen kleinen Schluck Tee zu sich und griff nach dem Veranstaltungskalender. Die Ankündigung sprang ihm gleich ins Auge: Das Staatliche Polnische Symphonieorchester unter der Leitung von Tadeusz Adamski gab am Abend im »Haus der Insel« sein Eröffnungskonzert mit Werken von Beethoven, Schumann und Mahler.

»Hervorragend«, murmelte Franz, griff zum Telefon und ließ sich im Veranstaltungsbüro eine Karte reservieren. Voller Vorfreude auf den Abend dachte er an längst vergangene Zeiten. Er hatte das Abitur am Humboldt-Gymnasium in Wilhelmshaven gemacht. Das Fach Musik war ihm immer eines der liebsten gewesen, nicht zuletzt, weil sein Vater, der Lehrer an der Volksschule Heidmühle gewesen war, Franz früh das Geigespielen beigebracht hatte. Als Zwölfjähriger hatte er zweimal pro Woche bei dem Berufsmusiker und Geiger Anton Gesell vom Hamburger Rundfunkorchester Privatunterricht erhalten; später hatten ihn die Eltern in die Obhut eines Musikpädagogen in Jever gegeben. Während seines Studiums an der TH Aachen und in den ersten Berufsjahren war das Musizieren dann immer mehr in den Hintergrund getreten. Erst seit kurzem griff Franz wieder hin und wieder zu seiner Geige, und das nicht ohne Erfolg.

Als Franz Uhlendorf einige Stunden später in der hellen Frühjahrskombination, die ihm so gut stand, und einem weißen Oberhemd, zu dem er seine Lieblingskrawatte (die mit dem Schottenkaro) trug, das »Haus der Insel« betrat, drängten sich im Foyer bereits die Besucher. Er ging an die Kasse, nahm die Eintrittskarte entgegen und betrat wenig später den eleganten Konzertraum. An der Seite führte eine Treppe zur Empore hinauf, von der aus Franz einen guten Blick auf das Podium hatte.

Es gab nur noch wenige freie Plätze, als das Orchester unter großem Beifall das Podium betrat. Es bestand aus knapp fünfzig Musikern aller Altersstufen, die nach kurzer Verbeugung vor ihren Notenständern Platz nahmen. Sie stimmten ihre Instrumente, dann erloschen im Saal die Lichter, und das Konzert begann.

Berauschend schöne Musik erfüllte den Saal, der eine hervorragende Akustik besaß. Franz Uhlendorf gab sich ganz den bezaubernden Klängen hin. Ergriffen lauschte er dem Geigensolo einer schönen dunkelhaarigen Musikerin, die ihrer Geige die herrlichsten Töne entlocken konnte. Mit gesenktem Blick vertiefte er sich ganz in die Bilder, die die Musik vor seinem geistigen Auge heraufbeschwor.

Als der letzte Ton verklungen war, setzte frenetischer Beifall ein. Das Staatliche Polnische Symphonieorchester hatte sich auf Anhieb in die Herzen der Insulaner und Feriengäste gespielt.

Als Henning an diesem Nachmittag vor dem Shaw Center aus dem Bus stieg, spürte er eine ungewohnte Aufregung in sich aufsteigen. Obwohl vom Meer ein kühler Wind in die Stadt fiel, schwitzte er. Hinter den vielgeschossigen Hotels, Kaufhäusern und Verwaltungsgebäuden warf die Sonne ein milchig-rotes Licht auf die Straßen. Quälend langsam bewegte sich der Feierabend-Verkehr durch die Orchard Road. Kauflustige strömten in das Shaw Center und die vielen Läden in der Nachbarschaft. Im Schatten einer Ladenpassage näherte sich Henning nun dem *Café de Paris*, in dem er mit Suzie verabredet war. Er sollte heute zum ersten Mal ihrem behinderten Bruder Hang begegnen.

Henning sah Suzie und ihren Begleiter sofort und blieb hinter einem Pfeiler stehen, um sie einen Moment unbemerkt zu beobachten. Hang war, wie Henning wusste, einundzwanzig Jahre alt und hatte von der Kinderlähmung körperliche Schäden davongetragen, die ihn hin und wieder aggressiv reagieren ließen. Außer diesen seltenen Wutanfällen, die meist dann auftraten, wenn er an seine körperlichen Grenzen stieß oder wegen seiner Behinderung gehänselt wurde, war Hang ein geistig normal entwickelter, recht intelligenter junger Mann. Er hatte die Schule besucht und arbeitete nun in einer Behindertenwerkstatt in der Hokkien Street.

Hang hatte kurz geschnittenes schwarzes Haar und rutschte gerade ungeduldig in seinem Korbsessel hin und her. Den Kopf hatte er ungelenk zur rechten Seite geneigt, seine Arme lagen reglos auf dem Tisch, doch sein Blick wirkte wach und offen.

Es ist sicher keine leichte Aufgabe für Suzie, sich um ihn zu kümmern, dachte Henning, während er hinter dem Pfeiler hervortrat und auf die beiden zuging.

Suzie wirkte ungewöhnlich nervös, doch sie strahlte

Henning erleichtert an, als er zu ihnen trat, erhob sich und küsste ihn zärtlich auf die Wange. »Das ist mein Bruder Hang«, erklärte sie und machte die jungen Männer miteinander bekannt. Hang erhob sich ungelenk und ruckartig, doch er lächelte, reichte Henning mühsam die Hand und sprach einige chinesische Worte.

»Hang sagt, dass er sich freut, eine Langnase kennen zu lernen, und möchte wissen, wie groß du eigentlich bist«, übersetzte Suzie.

Henning fand ihren Bruder auf Anhieb sehr sympathisch. »Die Europäer sind in der Regel größer als die Asiaten, das stimmt – und ihre Nasen sind dementsprechend länger. Sag ihm das, Suzie«, bat er, und sie übersetzte.

Hang lachte, führte sein Cola-Glas umständlich an die Lippen und leerte es. Henning bestellte für alle drei Croissants und Café au Lait. Die Unterhaltung gestaltete sich recht schwierig, doch die beiden jungen Männer tauten immer mehr auf, und Hang schien den Nachmittag mit seiner Schwester und dem Doktoranden aus Deutschland zu genießen. Man sah ihm an, dass er den hoch gewachsenen, blonden Henning, der gebildet und sportlich war, bewunderte, und bald ließ er ihn nicht mehr aus den Augen.

Es wurde ein schöner Abend, den auch Henning in vollen Zügen genoss.

»Hang bittet dich, ihn bald einmal an seinem Arbeitsplatz im Care House zu besuchen. Da war noch niemals eine Langnase«, übersetzte Suzie schließlich schmunzelnd und zwinkerte ihrem Freund zu.

»Sag ihm, dass ich ihn gern besuchen komme und dass es mir eine große Ehre ist«, bat Henning und schenkte dem jungen Chinesen einen herzlichen Blick.

Als die drei sich erhoben und sich auf den Heimweg machten, war es längst dunkel geworden, und unzählige Lichter warfen ihren vielfarbigen Schein auf den Boulevard. Wie selbstverständlich ergriff Henning Hangs Arm und half ihm, zur nahe gelegenen U-Bahn-Station zu gelangen.

»Für Hang war die Begegnung mit dir eine schöne Abwechslung. Sein Alltag ist manchmal sehr eintönig. Hab vielen Dank«, sagte Suzie zum Abschied und küsste Henning zärtlich auf den Mund. »Sehen wir uns morgen?«, wollte sie dann wissen.

Henning nickte glücklich. »Ja. Was hältst du von siebzehn Uhr am Strand von Sentosa? Und bring Hang mit, wenn er Zeit hat.«

Der Konzertsaal im »Haus der Insel« war an diesem Freitagabend nicht voll besetzt. Niemand nahm von Franz Uhlendorf Notiz, als er sich mit einem großen Strauß Margeriten links außen in der ersten Reihe niederließ. An diesem Abend standen Auszüge aus berühmten klassischen Werken auf dem Programm.

Wieder bot das Staatliche Polnische Symphonieorchester eine glanzvolle Vorstellung. Als sich die Mitglieder des Ensembles erhoben, um die Ovationen des Publikums entgegenzunehmen, hielt Franz Uhlendorf die Gelegenheit für günstig. Rasch erhob er sich, trat über die seitliche Treppe an den Rand der Bühne und reichte der hübschen schwarzhaarigen Geigensolistin Olga Stocheck, die sich eben in die Garderobe zurückziehen wollte, den Margeritenstrauß.

Olga, noch ganz von der Anspannung des Vortrags gefangen genommen, blickte überrascht in das Gesicht des bärtigen Mannes, der sich im gleichen Augenblick auf dem Absatz umdrehte, die Bühnentreppe verließ und sich unter die anderen Besucher mischte, die den Ausgängen des Konzertsaals entgegenströmten. Olga war vor Verlegenheit die Röte ins Gesicht gestiegen. Die gutmütigen Hänseleien ihrer Kollegen schien sie nicht zu hören, denn sie stand noch eine Weile reglos da, die Blumen in der Hand, und lächelte versonnen vor sich hin. Seit Jerzys Tod war der Fremde mit dem eisgrauen Bart der erste Mann, der ihre Aufmerksamkeit geweckt hatte.

Olga hatte sich problemlos in das Ensemble eingefügt. Sie empfand ihren beruflich bedingten Aufenthalt auf der Nordseeinsel als einen gut bezahlten Urlaub, der ihr nach Jerzys Tod dabei half, sich neu zu orientieren. In der Zeit zwischen den Proben und Konzerten hatte sie oft Gelegenheit zu ausgedehnten Strandspaziergängen, Meerbädern und Dünenwanderungen. Mit Begeisterung besuchte sie aber auch die schicken Mode- und Schuhgeschäfte der Insel.

Mit ihrem Hotel war sie mehr als zufrieden. Bisher hatte sie noch kein Heimweh nach Danzig oder Oliva verspürt.

Heute, am veranstaltungsfreien Mittwoch, spazierte Olga bei frühsommerlichen zwanzig Grad am Wattenmeer entlang, beobachtete die Seevögel, die kreischend in den wolkenlosen Himmel stiegen, wanderte über den Deichkamm am Flughafen vorbei und erreichte schließlich den Yachthafen. Voller Bewunderung betrachtete sie die luxuriösen Schiffe, spazierte am Fähranleger vorbei, der ihr einen Blick auf die offene See bis zum Weststrand erlaubte, und kehrte schließlich zufrieden im Café *Alte Teestube* ein.

An einem kleinen Tisch auf der Empore nahm sie Platz und bestellte bei der Bedienung ein Kännchen Kaffee.

Die junge Frau lächelte Olga freundlich an. »Darf es auch ein Stück Kuchen sein?«, fragte sie höflich. »Ich kann Ihnen die Rumflockentorte empfehlen.«

Olga nickte, während sie durch das Fenster auf die vorgelagerten Dünen der Insel Juist blickte. Wenig später ließ sie sich Kaffee und Kuchen schmecken und schaute verträumt auf die Dünenlandschaft in der Ferne. Zwischen Juist und Norderney glitten schnittige Segelboote im Wind. Ihre Segel hoben sich weiß vor dem blauen Frühsommerhimmel ab. Da fiel ihr Blick plötzlich auf einen Gast, der sich einem Fensterplatz im vorderen Bereich des Cafés näherte. Nur zu gut erinnerte sie sich an das faltige Gesicht mit dem eisgrauen Bart und den buschigen weißen Augenbrauen. Ihr schlug das Herz bis zum Hals, als der Herr den Tisch, den er ursprünglich angesteuert hatte, links liegen ließ und sich ihr näherte. Verlegen griff sie nach der Illustrierten, in die sie noch keinen Blick geworfen hatte – doch vergebens. Er stand schon neben ihr.

»Das ist ein schöner Zufall«, sagte er mit sonorer Stimme. »Sie sind doch ...« Den Rest des Satzes ließ er unausgesprochen, und Olga beeilte sich zu erwidern:

»Ja, ich bin Olga Stocheck ...«

»Und ich bin Franz Uhlendorf, ehemaliger Unternehmer, Witwer, Segler, Hobbygeiger und seit kurzem Insulaner«, stellte er sich vor. »Darf ich mich zu Ihnen setzen?«

Sie nickte. »Sie haben mir doch vor einigen Tagen die Blumen geschenkt, nicht wahr?«

Er lächelte und warf der Bedienung einen freundlichen Blick zu. Wenig später servierte sie ihm eine Tasse Kaffee. Franz Uhlendorf schien in diesem Café Stammgast zu sein. Nachdem er einen Schluck aus seiner Tasse genommen hatte, schaute er Olga offen an. »Frau Stocheck, nach dem Tod meiner Frau habe ich mich von meiner Firma getrennt, alle Brücken hinter mir abgebrochen und bin nach Norderney gezogen. Obwohl ich mich hier wohlfühle und viel segle, macht mir die Einsamkeit zu schaffen. Ihr Geigenspiel hat mich sehr glücklich gemacht. Es hat mir – wie soll ich es ausdrücken? – einen inneren Frieden geschenkt, den ich lange vermisst habe.«

Olga Stocheck schaute ihn forschend an, doch seine Augen hielten ihrem Blick stand. »Es freut mich, wenn unser Konzert Ihnen gefallen hat«, erwiderte sie schlicht. »Aber mein Beitrag ist nicht der Rede wert.«

»Werte Frau Stocheck, ich weiß, wovon ich spreche, und möchte Ihnen nicht nur schmeicheln. Sie sind eine hervorragende Geigerin. Nie zuvor habe ich jemanden so spielen hören wie Sie, und ich habe in meinem Leben schon einige Geigenvirtuosen gehört.« Er erzählte von seiner musikalischen Vergangenheit, von seiner Schulzeit, seinem Studium, seinen Eltern und der Firma. Wie von selbst kamen ihm in Olgas Gegenwart die Worte über die Lippen, und er sprach sogar über die schwere Zeit nach Sentas Tod und über Hennings Aufenthalt in Singapur. Wie schön ihr schwarzes Haar mit den Silberfäden glänzt, dachte er dabei manches Mal, und wie ihre Augen sprechen!

Auch Olga erzählte von ihrer Vergangenheit, sie berichtete, was sie nach Norderney geführt hatte und welch schwerer Schicksalsschlag der Reise vorangegangen war. »Das Engagement hilft mir über meine finanziellen Sorgen ein wenig hinweg. Ich allein käme ja mit der Witwenrente aus, doch mir liegt viel daran, auch meinen beiden Söhnen ein wenig unter die Arme zu greifen. Ich möchte, dass die zwei sich auch ein wenig westlichen Luxus leisten können. Sie sollen einfach nichts entbehren. Dass ich in Oliva in einer Wohnung ohne jeden Luxus lebe, macht mir nichts aus. Ich brauche nicht viel.«

Franz nickte. »Das kann ich gut verstehen. Mir liegt auch viel daran, dass es meinem Jungen an nichts fehlt.« Als die Serviererin an ihren Tisch trat und fragte, ob die beiden Gäste noch einen Wunsch hätten, schüttelte er nach einem kurzen Blick auf Olga Stocheck den Kopf. »Nein, danke, ich möchte zahlen. Sie sind eingeladen, Frau Stocheck. Wie wäre es mit einer Fortsetzung unseres Gespräches in den nächsten Tagen? Davon abgesehen, werde ich selbstverständlich weiterhin Ihre Konzerte besuchen.«

Olga lächelte, und es war nicht genau zu erkennen, ob es ein verlegenenes oder ein geschmeicheltes Lächeln war. »Überlassen wir eine weitere Begegnung dem Zufall«, sagte sie zum Abschied und reichte Franz die Hand.

»Warum mit dem Zufall spielen?«, meinte der. »Treffen wir uns heute in einer Woche zur gleichen Zeit in diesem Café«, doch Olga antwortete nicht, sondern wandte sich nur mit geheimnisvollem Lächeln zum Gehen.

Die Sonne schien von einem blauen, wolkenlosen Himmel. In der Stadt staute sich die Hitze. Bereits am späten Vormittag hatte das Thermometer an der Apotheke am Kurplatz fünfundzwanzig Grad angezeigt.

Olga hatte sich nach dem Morgenkonzert umgezogen und war mit den Badesachen hinunter an den Hotelpool gegangen. Während sie die warmen Sonnenstrahlen genoss, die ihre Haut zu streicheln schienen, spürte sie, dass ihre Aufregung wuchs. Heute Nachmittag würde der interessante Witwer im Café *Alte Teestube* auf sie warten ...

Auch wenn sie es sich nur ungern eingestand: Die ganze Woche über war kein Tag vergangen, an dem sie nicht an den attraktiven, erfolgreichen Franz Uhlendorf hatte denken müssen, der ihr so offen seine Bewunderung gezeigt hatte. Er gefiel ihr sehr – und er war wie sie einsam.

»Ach, Jerzy«, flüsterte sie gedankenverloren und konnte nicht verhindern, dass ihr eine Träne über die Wange lief. »Du hättest nicht gewollt, dass ich allein bleibe ...«

Leszek und Wladyslaw führten ihr eigenes Leben. Darin war kaum Platz für eine alternde Frau, und wenn Olga ehrlich zu sich selbst war, begann ihr das großzügige Leben in Deutschland zu gefallen. Es machte Spaß, sich etwas leisten zu können, und es erfüllte sie mit großem Stolz, dass sie den größten Teil ihrer Gage den Söhnen hatte überweisen können. Wladyslaws Wünsche waren recht bescheiden, doch er hatte sich sehr gefreut, sich die teure schwarze Lederjacke, von der er so lange geschwärmt hatte, endlich kaufen zu können. Er war sehr verliebt, hatte er ihr am Telefon erzählt. Marzena Malowski hieß seine Freundin, sie studierte in Warschau, um Lehrerin zu werden, und entstammte, wie Wladyslaw angedeutet hatte, einem wohlhabenden Haus. Marzenas Vater besaß einen florierenden Instrumentenhandel und pflegte gute Handelsbeziehungen mit dem Westen. Noch immer musste Olga lächeln, wenn sie an Wladyslaws begeisterten Tonfall dachte. Konnte man seinen Worten glauben, war seine Marzena das bezauberndste, hübscheste und intelligenteste Mädchen von ganz Warschau.

Leszek und Agniezka hingegen waren von Olgas Geld für zwei Wochen nach Mallorca geflogen – es war für beide der erste Urlaub im Westen. Trotz allem hatte Olga bei ihrem letzten Telefonat das Gefühl gehabt, dass Agniezka noch immer nicht zufrieden war.

Olga seufzte. Ja, auch sie träumte von besseren Zeiten, und sie wagte sich gar nicht vorzustellen, wie schwer es ihr fallen würde, nach Ablauf des Sommers in die bescheidene Wohnung in Oliva zurückzukehren. Doch fürs Erste wollte sie alle trüben Gedanken vergessen. Noch zwei Stunden, stellte sie bei einem raschen Blick auf die Uhr fest, dann würde sie den eleganten Witwer mit den eisgrauen Haaren wiedersehen. Höchste Zeit, zurück ins Hotelzimmer zu gehen und sich ein wenig hübsch für ihn zu machen ...

Einige Wochen waren ins Land gegangen. Über Norderney spannte sich zu dieser frühen Stunde ein roter Morgenhimmel. »Ideales Segelwetter«, freute sich Franz Uhlendorf, als er Olga Stocheck an Bord der »Tulipan« half. Rasch verstauten sie das Gepäck unter Deck und stiegen wieder nach oben.

Es hatte Franz einige Überredung gekostet, bis Olga seine Einladung zu dem Törn nach Juist angenommen hatte, denn der Gedanke, eine Nacht mit ihm an Bord des kleinen Segelbootes zu verbringen, hatte sie verlegen gemacht. Was war schon dabei?, sagte sie sich inzwischen. Sie kannte Franz mittlerweile recht gut, und sie verstanden sich blendend. Der Segeltörn würde eine nette Abwechslung zwischen den allabendlichen Auftritten werden.

Über das Wochenende hatte Olga frei. Justus Frantz gastierte mit seinem Ensemble auf Norderney und würde an den nächsten drei Abenden das Programm im »Haus der Insel« bestreiten.

Bevor sie in See stachen, machte Franz Olga erst einmal mit einigen wichtigen Handgriffen vertraut, erläuterte das An- und Ablegemanöver und erklärte ihr, wie sie sich in einem Notfall zu verhalten hatte. Gut gelaunt legten sie die Sicherheitswesten an, dann trat Olga auf den Steg, löste die Leinen, kletterte wieder an Bord und zog die Fender ein. Erwartungsvoll beobachtete sie, wie Franz ans Steuer trat, den Motor startete und das Schiff sicher aus dem Hafen steuerte. Es ging vorbei am Tonnenanleger »Buchana«, am Polizeiaufsichtsschiff »Norden« und dem Seenotrettungskreuzer »Bernhard Gruben«, die alle am Kai lagen. Nachdem sie den Fähranleger passiert hatten, näherten sie sich nun der offenen See. Es gab nur wenig Wellengang, und Franz Uhlendorf stellte den Außenbordmotor ab und setzte die Segel, während Olga stolz das Steuer hielt.

»Herrlich«, rief sie ausgelassen und betrachtete begeistert den Weststrand und die imposante Silhouette der Insel. Franz war so recht in seinem Element, und es machte ihm große Freude, die schöne Olga, die seinem Vortrag interessiert lauschte, in die Kunst des Segelns einzuweihen. Vor ihnen, noch etliche Seemeilen entfernt, lagen die grün bewachsenen Dünen der Insel Juist im Licht der aufgehenden Sonne.

Die »Tulipan« schnitt mit vollen Segeln das Wasser. Sie lag gut im Wind. Am milchig-blauen Horizont zogen Yachten entlang, ein weißes Fährschiff steuerte das Festland an. Fischkutter kreuzten ihren Kurs. Das Wasser glitt plätschernd an den Bordwänden entlang. Gischt spritzte auf das Vorschiff.

Olga fühlte sich rundherum wohl; die befürchtete Seekrankheit war zum Glück bisher ausgeblieben. Selbst als die »Tulipan« sich gefährlich nach Steuerbord neigte und, wie es schien, die Segel der Yacht die Wasseroberfläche zu berühren drohten, hatte sie keine Angst. Sie vertraute dem Mann am Steuer, der das Schiff sicher und umsichtig gen Juist lenkte. Immer wieder wanderten ihre Blicke zu Franz, der mittlerweile seinen Vortrag beendet hatte. Wie sehr sie ihn in den letzten Wochen doch lieb gewonnen hatte! Man sah ihm sein Alter nicht an, und er plauderte so unbeschwert und vertraut mit ihr, als würden sie sich seit Jahren kennen. Der Wind streichelte Olgas Gesicht, und das Rauschen des Meeres hüllte sie ein. Es ist wie ein Traum, musste sie denken und schloss für einen Moment glücklich die Augen. Nur nicht an zu Hause denken ...

Sie fuhr aus ihren Gedanken, als Franz auf die Dünen in der Ferne wies und rief: »Der weiße Fleck da vorn, das ist der Flughafen. Und dort siehst du den Hafen der Insel.« Wie von selbst waren sie in den letzten Tagen zum vertraulichen Du übergegangen. »Backbord liegt Norddeich, und die roten Umrisse dort, das ist die neue Kurklinik.«

Olga nickte versonnen. Sie lauschte dem Gesang des Windes und dem Plätschern des Wassers, atmete die frische Seeluft ein und schmeckte das Salz auf ihren Lippen. Wider Willen errötete sie, als sie plötzlich an Jerzy denken musste und daran, dass ihre knapp bemessene Rente nicht einmal ausreichen würde, um sich zu Hause in Hela oder Zopott in einer kleinen Pension am Strand einzumieten.

»Wir essen in der *Barke* auf Juist zu Mittag«, entschied Franz gut gelaunt, der nicht bemerkt hatte, dass

Olga mit einem Mal ganz still geworden war. Und sie bemühte sich, die dunklen Gedanken gleich wieder zu verdrängen.

»Ja, die Seeluft macht hungrig«, stimmte sie Franz zu. »Vor allem, wenn man wie ich am Morgen nur ein halbes Brötchen gegessen hat«, fügte sie lächelnd hinzu.

»In der Pantry findest du Brot und Aufschnitt«, erwiderte er und schaute sie belustigt an. »Wenn du satt bist, zeige ich dir die Insel. Dort gibt es keine Autos, nur Pferdefuhrwerke und Droschken«, erklärte er und nahm Kurs auf den Hafen.

»Wie zu Hause«, meinte sie. Sie lachten und schauten sich verliebt an.

»In ungefähr zwanzig Minuten legen wir auf Juist an. Im Café *Pirola* gibt es übrigens eine hervorragende Rumflockentorte«, sagte er und warf ihr einen vielsagenden Blick zu. »Ich finde, die dürfen wir beide auf keinen Fall auslassen.«

Wieder errötete Olga, doch sie hatte ihre Verlegenheit rasch überwunden. »Und dazu trinken wir echten Ostfriesentee mit Kluntje«, meinte sie dann.

Franz nickte. »Für den Abend habe ich einen guten Wein besorgt. Wir übernachten an Bord. Deine Koje habe ich bereits hergerichtet.«

Olga senkte den Blick und schwieg, während Franz die »Tulipan« dem kleinen Yachthafen der Insel entgegensteuerte.

Sie verbrachten wundervolle Stunden auf der kleinen Nordseeinsel, die für Olga viel zu schnell vergingen. Für sie stand fest, dass sie irgendwann noch einmal nach Juist zurückkommen wollte – am liebsten gemeinsam mit Franz.

Es war schon dunkel, als sie wieder an Bord der

»Tulipan« stiegen und Franz die teure Flasche Wein öffnete. »Auf uns beide, Olga«, sagte er leise und nahm sie zum ersten Mal zärtlich in die Arme. Beide empfanden in diesem Moment das Gleiche. Jeder von ihnen genoss die Nähe des anderen, sie waren verliebt und fühlten sich beieinander geborgen.

Als Franz Olga tief in die Augen sah, da las sie in seinem Blick all die Zärtlichkeit, die er für sie empfand, aber auch die Hoffnung, die er in sie setzte – die Hoffnung, dass sie beide im Herbst ihres Lebens noch einmal glücklich werden konnten. Und da wusste sie, dass sie in dieser Nacht nicht allein in ihrer Koje schlafen würde.

Am Nachmittag lag über dem Jadebusen ein milchiggrauer Sommerhimmel. Der Wind strich in Böen über den Helgolandkai. An der Kaimauer lagen die Hochseeschlepper »Neptun« und »Uranus«. Ihre Dieselmotoren tuckerten; die Besatzungen bereiteten sich auf den Einsatz vor. Sie hielten Funkkontakt mit der Brücke des Tankers »Dingo«, der die Schifffahrtsstraße verlassen hatte und Kurs auf Wilhelmshaven nahm.

Während »Neptun« und »Uranus« ablegten und der »Dingo« entgegenstampften, um sie an die Löschköpfe des Ölhafens zu schleppen, fuhren teure Limousinen im Schritttempo über den Kai und parkten vor dem Hotel *Columbus*. Die Fahrgäste stiegen aus und gingen zum Eingang des Hotels.

Johannes Saalmann und Kurt Hammes, die Firmeneigentümer der Uhlendorf-Technik & Co., hatten anlässlich der Grundsteinlegung des Erweiterungsbaus zu einer kleinen Feierstunde geladen. Die Verträge waren unterzeichnet. Die Finanzierung hatte die Norddeutsche Regiobank übernommen.

Den Firmeneigentümern ging es bei dieser Zusammenkunft einerseits um eine nochmalige Harmonisierung der Termine mit den anwesenden Unternehmensvertretern, die an der Errichtung der »Halle C«, wie der Erweiterungsbau genannt wurde, beteiligt waren. Andererseits sahen Saalmann und Hammes in dieser Feierstunde eine unverzichtbare PR-Maßnahme. Schließlich hatten sie wichtige Persönlichkeiten aus Politik und Wirtschaft eingeladen. Selbst ein Redakteur des *Handelsblattes* war aus Düsseldorf angereist, um sich über die Expansionsabsichten der Uhlendorf-Technik zu informieren. Schon seit Jahren waren die erzielten Bilanzgewinne nicht mehr das alleinige Kriterium für die Beurteilung industrieller Investitionen. Das Interesse der Medien galt vor allem der Anzahl neu geschaffener Arbeitsplätze. Diese Tatsache hatte auch ein Fernsehteam von Nord 3 auf den Plan gerufen. Es hatte bereits vor dem Hotel mit Nordseekulisse einige Filmaufnahmen von den elegant gekleideten Damen und Herren aus Politik und Wirtschaft gemacht, die gekommen waren, um den Erweiterungsbau und die damit verbundenen Investitionen zu würdigen. Werbewirksame Architekturzeichnungen der Halle C sowie der gesamten Uhlendorf-Technik, übergroße Statistiken und eine Weltkarte, auf der die Absatzmärkte des Unternehmens markiert waren, bedeckten die Wände des Konferenzsaales. Diplom-Ingenieur Hammes und Diplom-Kaufmann Saalmann lächelten in die Kameras, erläuterten die Expansionspläne und sprachen über anvisierte neue Absatzmärkte auf dem asiatischen Kontinent.

Die zu einem Karree zusammengerückten Tische im

Sitzungssaal mit Seeblick waren bewusst – um regionalen Gewohnheiten Tribut zu zollen – mit dem Service »Ostfriesische Rose« eingedeckt, neben jedem Gedeck lag eine Prospektmappe mit weiterem Informationsmaterial bereit. Stövchen standen an jedem Platz, Kluntjebecher und Sahnetöpfe befanden sich in Reichweite. Bewusst hatten Hammes und Saalmann es so eingerichtet, dass jeder ihrer Gäste von seinem Platz aus eine schöne Aussicht auf das kabbelige Wasser des Jadebusens hatte.

Nachdem alle Gäste reichlich dem Tee und den regionalen Kuchenspezialitäten zugesprochen hatten, erhob sich Saalmann und dankte allen Anwesenden für ihr Erscheinen.

»... Für mich und meinen Kompagnon Kurt Hammes wird der heutige Tag in die Firmengeschichte eingehen. Dank unseres Engagements und Know-hows haben wir mithilfe unserer Mitarbeiter und Partner mit der Errichtung der Halle C einen positiven Beitrag zum Standort Deutschland geleistet. Um das begonnene Werk erfolgreich zu Ende zu bringen, benötigen wir aber auch in Zukunft Ihr Vertrauen ...«

Als Saalmann endete, applaudierten die Gäste, das Fernsehteam fing Bilder der Harmonie ein und verließ dann nach kurzem Gruß das Hotel *Columbus*, bevor gegen achtzehn Uhr, wie im Programmheft angekündigt, das »Jadequartett« den Raum betrat und vor den Werbeflächen und Bauzeichnungen der Uhlendorf-Technik zu spielen begann.

Für die beiden Firmeneigentümer wurde die Veranstaltung ein voller Erfolg. Noch am gleichen Abend berichtete das Fernsehen über die Investitionen des Unternehmens, die Namen Hammes und Saalmann erschienen in Wirtschafts- und Tageszeitungen.

Franz Uhlendorf, bis über beide Ohren in die schöne Geigerin aus Oliva verliebt, glaubte, sich nun den schönen Seiten des Lebens widmen zu dürfen. Er war ein vermögender Mann im Rentenalter, segelte gern und oft, liebte die Musik und empfand nicht das geringste Bedürfnis, sich um die von ihm gegründete Firma zu kümmern, mit der ihn nur noch die hohe Kapitaleinlage verband. Erst recht befasste er sich nicht mehr mit politischen Fragen, und nur selten las er überregionale Zeitungen. So kam es, dass er, der Gründer der Uhlendorf-Technik, nichts von den durch seine Nachfolger in die Wege geleiteten Betriebserweiterungen und den neu geschaffenen Arbeitsplätzen in Wilhelmshaven erfuhr. Die juristisch zu klärende Frage, ob Hammes und Saalmann Franz Uhlendorf in Anbetracht seiner nicht geringen Kommanditisteneinlage hätten ins Vertrauen ziehen müssen, blieb ungestellt.

Franz bereitete es eine große Freude, für die geliebte Olga bei »Ingemann und Schlösser« an der Badestraße auf Norderney eine Halskette nach eigenen Entwürfen in Auftrag zu geben. Das Juwelierhaus besaß seine Werkstatt und sein Atelier an der eleganten Königsallee in Düsseldorf.

Der Schmuck sollte sein Verlobungsgeschenk an Olga werden; der Entwurf sah eine massive Goldkette vor, deren Glieder wie Meereswellen ineinander liefen. Dazu sollte ein Anhänger angefertigt werden, der, dem Logo der Insel entsprechend, ein großes doppelbalkiges ›N‹ darstellte.

Die hübsche Angestellte, eine junge Goldschmiedin aus Emden, nahm den Auftrag zuvorkommend und interessiert entgegen, dann servierte sie Franz einen Kaffee und erstellte einen Kostenvoranschlag.

Franz nickte und schaute die junge Frau, die ihre Aufregung nun nicht mehr verbergen konnte, belustigt an.

»Ich muss den Auftrag in Düsseldorf bestätigen lassen«, erklärte sie verlegen. »Es geht um meine Kalkulation ...«

Franz lächelte verschmitzt. »Ja, ja, machen Sie nur, meine Liebe. Wenn es sich nicht um eine grobe Abweichung handelt, erteile ich Ihnen den Auftrag. Wichtig ist für mich nur, dass der vereinbarte Termin eingehalten wird. Am Fünfzehnten des Monats muss die Kette fertig sein. Reicht Ihnen eine Anzahlung von zehntausend Mark?« Ohne eine Antwort abzuwarten, griff er zur Brieftasche, füllte einen Scheck aus und reichte ihn der Verkäuferin.

Mit strahlendem Lächeln begleitete sie ihn zur Tür. »Vielen Dank für Ihr Vertrauen, auf Wiedersehen!«, rief sie ihm nach. Dieser märchenhafte Auftrag überstieg alles, was sie bisher als Goldschmiedin erlebt hatte, und würde ihr mit Sicherheit eine ansehnliche Provision einbringen.

Das stabile Hochdrucksystem blieb wetterbestimmend und bescherte der Nordseeküste hochsommerliche Temperaturen um die achtundzwanzig Grad. An den Stränden herrschte reger Badebetrieb; die Strandkörbe waren restlos ausgebucht. Auch im Kurpark gab es keinen freien Stuhl mehr, wenn das Staatliche Polnische Symphonieorchester zum Kurkonzert aufspielte.

Franz Uhlendorf hatte im kleinen Containerbüro der Kurverwaltung vor der Promenade in der Nähe seiner Wohnung einen Strandkorb mit Blick aufs Meer gemietet. Während Olga ihren Konzertpflichten nachging, saß er im Strandkorb, sonnte sich, las und genoss den angenehm frischen Seewind. Stundenlang konnte er auf das Meer schauen oder die Spaziergänger beobachten, die über die Promenade bummelten.

Der Himmel war an diesem Tag wolkenlos blau. Auf den Strand liefen rauschend die Wellen auf. In einer Stunde, gegen vierzehn Uhr, würde die Flut einsetzen.

Möwen hingen im Wind, schossen über die Strandkörbe, landeten auf den Laternen und schrien sich die Seele aus dem Leib. Die Krabbenkutter der Norddeicher Flotte zogen ihre Netze, schaukelten leicht und glitten langsam vor dem Horizont aus Franz' Blickfeld.

Franz Uhlendorf machte auch in der Badehose eine gute Figur. Sein Körper war tief gebräunt, und manch neugieriger Blick streifte sein energisches Gesicht mit dem eisgrauen Bart. Er repräsentierte das, was er war: ein erfolgreicher Unternehmer, ein Freizeitkapitän, der das Leben in vollen Zügen genoss, ein rüstiger, gesunder Rentner.

Versonnen griff er nun in seine Badetasche, nahm das Etui von »Ingemann und Schlösser« heraus und ordnete mit einem zärtlichen Lächeln die Zierschleifen. Er konnte es kaum noch erwarten, Olga sein Geschenk zu überreichen ...

Voller Vorfreude erhob er sich, trat neben seinen Strandkorb und blickte auf die imposante Silhouette der Insel. Teure Hotels und architektonisch interessante Hochhäuser säumten die Kaiserstraße. Bei diesem traumhaften Sommerwetter, das stand für Franz fest, konnten selbst die Kanaren Norderney nicht den Rang ablaufen.

Da entdeckte er Olga. Sie trug einen breiten Strohhut und einen grünen Badeanzug und näherte sich mit einem strahlenden Lächeln dem Strandkorb. Auch sie war schön gebräunt, und Franz konnte sich an ihrer schlanken, aufrechten Gestalt gar nicht satt sehen.

Noch immer lächelnd, trat Olga zu Franz, küsste ihn zärtlich auf die Wange und strich ihm liebevoll durch das vom Wind zerzauste Haar. »Hast du schon etwas gegessen?«, wollte sie wissen, setzte sich in den Strandkorb und begann, sich mit der Sonnenmilch einzureiben.

»Nein, nur gut gefrühstückt. Nach dem Nachmittagskonzert lade ich dich in die *Kaiserstube* zum Essen ein«, erwiderte er und schaute sie geheimnisvoll an.

»Tadeusz hat dort mit seiner Frau seinen Geburtstag gefeiert. Das Restaurant soll sündhaft teuer, aber exzellent sein.«

»Sündhaft ist mir recht, exzellent – das passt zum Anlass, und lieb und teuer soll uns das Essen auch sein«, bemerkte Franz bedeutungsvoll und lächelte glücklich, als er das hübsch verpackte Etui aus seiner Badetasche nahm.

Olga schaute überrascht von Franz auf das Päckchen in seiner Hand. »Und der Anlass?«, fragte sie leise.

»Ich möchte mit dir das Ende der Einsamkeit feiern – unsere Verlobung!«, antwortete er und legte Olga das kleine Etui in den Schoß. Dann nahm er sie in den Arm und küsste sie.

»Verlobung?«, vergewisserte sie sich ungläubig, doch in seinem Blick las sie, dass er es ernst meinte. »Ja, Franz, ich werde gern deine Verlobte.« Behutsam entfernte sie das Band und das Geschenkpapier, öffnete das Etui und stieß einen leisen Schrei des Entzückens aus. »Mein Gott, Franz, die ist ja wunderschön!«

Mit zitternden Fingern nahm sie die schwere Goldkette heraus, und als sie Franz ansah, standen Tränen in ihren Augen, Freudentränen.

Sanft legte er ihr den Zeigefinger auf den Mund, denn die vielen Passanten sollten nicht auf sie aufmerksam werden. Dann nahm er die Kette und legte sie ihr behutsam um den Hals. Das Licht der Sonne brach sich in den kostbaren Steinen und ließ das Gold noch strahlender glänzen.

»Danke«, flüsterte sie bewegt, ohne zu ahnen, dass der Schmuck ein kleines Vermögen gekostet hatte.

»Ich liebe dich und bitte dich, meine Frau zu werden«, sagte Franz und schaute sie liebevoll an.

»Ja, ich möchte sehr, sehr gern deine Frau werden, Franz«, antwortete sie schlicht und schmiegte sich glücklich an ihn.

»Was werden unsere Kinder wohl dazu sagen?«, fragte sie, als sie sich schließlich wieder von ihm löste.

»Olga, Liebste, wir sind erwachsen«, erwiderte er, und ihr strahlendes Lächeln verriet ihm, dass sie genauso dachte.

Das Seglerhaus erstrahlte an diesem Tag Mitte September in hellem Licht. In unmittelbarer Nähe zum Bootsschuppen und zur Werft gelegen, diente es bis zur Fertigstellung des im Bau befindlichen Wassersportzentrums auf dem Luisenpolder hinter dem provisorischen Büro des Hafenmeisters als Vereinshaus des Yachtclubs Norderney. Am Kai gegenüber lagen die Arbeitsschiffe des Wasserschifffahrtsamtes, das Polizeischiff und der Seenotrettungskreuzer »Bernhard Gruben«.

Eine stabile Eisentreppe mit festen Geländerverstrebungen führte zu dem gemütlichen Restaurant im ersten Stock mit den seewärts ausgerichteten Fenstern, die einen herrlichen Ausblick über das Hafengelände und das Meer bis zum Festland boten. Im hinteren Bereich, zwischen Garderobe und Küchentrakt, befand sich die *Nautiker-Stube*, ein ungefähr fünfundzwanzig Quadratmeter großer Raum mit altem Dielenboden, in dem Anno dazumal Kapitäne auf die Depeschen ihrer Reederei gewartet, über Kohle-, Proviant- und Wasservorräte nachgedacht, Wind- und Wetterberechnungen angestellt und die Tiden berechnet hatten. Ein kleines, rundes Fenster, das eher an das Bullauge eines Schiffes erinnerte, ging nach Westen hinaus. Unzählige vergilbte Fotos bedeckten die Wände aus alten, verrauchten Paneelen. Sie zeigten »Badekarren« aus der Zeit, als Reichskanzler von Bülow seine Regierungsgeschäfte während der Sommermonate auf der Insel getätigt hatte. Auf den Regalen waren Modelle der Dampfschiffe zu bewundern, die vor gut einhundertfünfzig Jahren die Insel von Hamburg angelaufen hatten, bevor sich der Fährverkehr vom königlich-preußischen Seebad Norderney nach Norddeich verlagert hatte.

Trotz der dunklen Deckenbalken und der rustikalen Einrichtung wirkte an diesem Tag alles licht und freundlich. Die massiven, zu einem Karree zusammengestellten Eichentische waren mit weißen Leinentüchern und hübschem friesischen Geschirr eingedeckt, geschmackvolle Bouquets aus Herbstblumen schmückten die Tische mit den hochlehnigen Holzstühlen. Und das hatte einen Grund: Yachtclubmitglied Franz Uhlendorf hatte nach einer großzügigen Spende an die Gesellschaft zur Rettung Schiffbrüchiger die Erlaubnis erhalten, seine Hochzeit mit der Geigerin des Staatlichen Polnischen Symphonieorchesters, Olga Stocheck, in der *Nautiker-Stube* zu feiern.

Nur die engsten Verwandten und Freunde waren eingeladen. Leszek und Agniezka waren schon am Vortag mit dem Flugzeug gekommen. Olga, die den Flug finanziert hatte, hatte sie am Flughafen in Bremen abgeholt und herzlich willkommen geheißen. Unruhig suchte sie nach Anzeichen, die verrieten, dass ihr Sohn und seine Lebensgefährtin ihr die Ehe mit dem reichen deutschen Unternehmer missgönnten. Doch sie konnte nicht genau sagen, ob Agniezkas spöttische Bemerkungen über den westlichen Luxus, an dem Olga nun teilhatte, Neid oder gutmütigen Spott enthielten.

Wladyslaw und seine geliebte Marzena, ein sehr sympathisches Mädchen, wie Olga fand, waren erst kurz vor der standesamtlichen Trauung in dem Audi A6 eingetroffen, den Marzenas Mutter den beiden zur Verfügung gestellt hatte. Alle vier jungen Leute aus Polen wohnten während ihres Aufenthaltes auf Norderney im Inselhotel *Haus Uedesheim*.

Außer Olgas Söhnen waren noch die beiden neuen Leiter der Uhlendorf-Technik eingeladen, die angekündigt hatten, ohne ihre Frauen zu kommen. Von Henning, der seinen Forschungsauftrag in Singapur erfolgreich beendet hatte – dies hatte Franz bei einem Anruf in Singapur erfahren –, war kein Antwortschreiben eingegangen. Noch immer wussten Franz und Olga nicht, ob Henning die Nachricht von der Hochzeit seines Vaters überhaupt erhalten hatte.

Als die frisch Vermählten, die am Mittag im Rathaus von Norderney getraut worden waren, die *Nautiker-Stube* betraten, sahen sie sich anerkennend um. »Hübsch«, sagte Olga glücklich, doch sie konnte ihre

Aufregung nicht verbergen. In den letzten Wochen war so viel Neues auf sie eingestürzt! Nach Ablauf des Engagements Ende August war sie ein letztes Mal nach Oliva gefahren, um ihre Wohnung aufzulösen und die nötigen Unterlagen zu besorgen, die sie für die Hochzeit mit Franz Uhlendorf benötigte. Ihre beiden Söhne hatten die Nachricht recht reserviert aufgenommen, wenn auch Wladyslaw, der zurzeit in einer der Filialen seines zukünftigen Schwiegervaters arbeitete, sie schließlich liebevoll in die Arme gezogen und versichert hatte, dass er ihr alles Glück der Welt wünsche.

Schwer war Olga der Abschied von Oliva nicht gefallen, nur am Grab ihres verstorbenen Mannes Jerzy hatte sie noch einmal bittere Tränen geweint. Dann war sie nach Norderney zurückgekehrt, wo sie nun für immer bleiben wollte.

Franz streifte seine schöne Frau mit einem liebevollen Blick. Noch immer konnte er sein Glück nicht fassen. Olga hatte endlich wieder Licht ins Dunkel seines Lebens gebracht. Mit ihr wollte er noch einmal neu anfangen. »Bitte, bringen Sie meiner Frau eine Tasse Kaffee, bevor es losgeht«, wandte er sich an den Wirt, dann strich er Olga zärtlich über die Wange und sagte: »Mach dir doch nicht so viele Sorgen, es wird schon alles gut gehen.«

»Aber die Tischordnung ...«, wollte sie einwenden und griff in ihre Tasche. Doch Franz lachte nur.

»Überlassen wir es dem Zufall; unsere Gäste werden schon miteinander auskommen. Deine Söhne sind übrigens sehr patente Burschen, finde ich, und die jungen Frauen sind nicht nur hübsch, sondern haben auf mich auch sonst einen sehr guten Eindruck gemacht.« Aufmunternd zwinkerte er Olga zu, doch auch Franz stand eine gewisse Unruhe ins Gesicht geschrieben, als er nun in die Seitentasche seines Sakkos griff, der das Emblem des Norderneyer Yachtclubs trug, ihr das Zigarrenetui entnahm und sich eine Havanna ansteckte.

Olga drückte ihn kurz an sich. »Ach, Franz. Sorge auch du dich nicht! Sicher ist dein Henning längst wieder in Aachen und hat die Einladung, die du dorthin geschickt hast, bekommen. Bestimmt ist er auf dem Weg nach Norderney.«

Franz nickte ihr lächelnd zu, doch er konnte Olgas Optimismus nicht so recht teilen. Konnte es sein, dass Henning ihm die zweite Ehe verübelte? Warf sein Sohn ihm vor, Senta zu schnell vergessen zu haben?

Um sechzehn Uhr betraten Olgas Söhne mit ihren Freundinnen die *Nautiker-Stube*. Wladyslaw und Leszek gratulierten den Brautleuten herzlich, und Agniezka überreichte Olga einen riesigen Blumenstrauß.

»Aber Kinder«, murmelte Olga glücklich, »habt ihr schon wieder Geld ausgegeben?« Dann umarmte sie die jungen Frauen noch einmal. Alle Animositäten zwischen Agniezka und ihr waren in diesem Moment vergessen. Zwischen Olga und der hübschen schwarzhaarigen Marzena hingegen war es Sympathie auf den ersten Blick gewesen. Mit der ihr eigenen aufgeschlossenen, unkomplizierten Art, die im auffallenden Gegensatz zu Wladyslaws Schüchternheit stand, ging Marzena auf alle Menschen zu. Der wache Blick ihrer großen dunklen Augen verriet Intelligenz und Sensibilität. Man merkt ihr an, dass sie aus einer wohlhabenden Familie stammt, dachte Olga zufrieden. Sie bewegt sich sicher und selbstbewusst – auch unter

Menschen, die sie nicht kennt –, und ihre Kleidung ist bestimmt nicht preiswert gewesen.

Kurz nach den Gästen aus Polen erschienen Kurt Hammes und Johannes Saalmann. Der Ingenieur überreichte der Frau seines ehemaligen Chefs einen herrlichen Rosenstrauß. Für Uhlendorf hatten sich die beiden etwas Besonderes ausgedacht. »Lieber Seniorchef – für Sie«, erklärte Saalmann jovial und überreichte Franz »im Namen der neuen Firmenleitung« ein hübsch verpacktes Geschenk. Sein Kompagnon Hammes und er wünschten dem Brautpaar alles Gute und viele gesunde, glückliche Jahre.

Olga bedankte sich mit einem strahlenden Lächeln und stellte den beiden Herren ihre Söhne und deren Freundinnen vor. »Bitte nehmen Sie Platz«, bat sie dann und wies auf den hübsch gedeckten Kaffeetisch.

»Kommt Henning auch?«, wollte Kurt Hammes wissen und sah sich in der *Nautiker-Stube* suchend um.

»Ich hoffe es«, antwortete Franz nur und setzte sich zu seiner Frau und den Gästen. Langsam öffnete er das Geschenkpapier und betrachtete dann überrascht die Broschüre, die er wenig später in Händen hielt. »Oh«, murmelte er. »Danke.« Fasziniert betrachtete er die Hochglanzbroschüre und begann, langsam darin zu blättern. Die ersten Seiten zeigten längst vergessene Fotos aus den Gründerjahren der Uhlendorf-Technik, und für eine Weile vertiefte er sich in den beigefügten Text. Dass ihn dabei eine gewisse Wehmut überkam, konnte er nicht verbergen. »Sieh mal, hier ...«, wandte er sich ein ums andere Mal an Olga, zeigte ihr ein Foto der Firma, die sie bisher noch nie gesehen hatte, oder erklärte ihr etwas dazu. Interessiert blätterte er weiter, doch plötzlich zeigte sich auf seiner Stirn eine tiefe Unmutsfalte. »Halle C?«, wollte er misstrauisch wissen, »was soll das sein? Und warum weiß ich nichts davon?«

»Die Presse hat doch lang und breit über unseren Erweiterungsbau berichtet. Das dritte Programm hat sogar einen Filmbeitrag ausgestrahlt. Haben Sie den etwa nicht verfolgt? Wir waren doch mit der Uhlendorf-Technik in aller Munde!«, beeilte sich Hammes zu versichern.

»Und?«, fragte Franz leicht gereizt. »Wie läuft's?«

»Die Auftragslage ist mehr als zufrieden stellend«, antwortete der Diplom-Ingenieur.

Johannes Saalmann, der sich bis zu diesem Augenblick auf Englisch angeregt mit den beiden polnischen jungen Männern unterhalten hatte, horchte auf. Er hatte die letzten Worte seines Partners mitbekommen. »Sechzig Prozent der Produktion geht zurzeit in den Export«, berichtete er stolz.

Franz nickte nachdenklich. Was er dachte, war ihm nicht anzusehen.

Olga erhob sich. Die leichte Röte, die ihre Wangen überzog, ließ ihr schönes Gesicht noch reizvoller aussehen. »Meine lieben Gäste, mein Mann und ich freuen uns sehr über euer Kommen und bedanken uns herzlich für die Aufmerksamkeiten zu unserer Hochzeit.« Sie unterbrach ihre Ansprache, weil der Ober Tee und Kuchen auftrug. »Wir haben zunächst eine ostfriesische Teetafel vorgesehen«, fuhr sie dann fort. »Es gibt Butterkuchen und Rumflockentorte. Letztere hat für unser Glück eine besondere Bedeutung: Mein Mann und ich haben uns sozusagen beim Verzehr eines Stücks Rumflockentorte kennen gelernt.« Olga hob die Hand und wiederholte die Begrüßung auf Polnisch. »Das angekündigte Sturmtief soll Norderney erst gegen Mitternacht erreichen. Im Moment meint es das Wetter ja noch gut mit uns. Nach dem Tee begleite ich euch zu einem Spaziergang durch den Hafen und führe euch zu dem Steg, an dem unser Schiff liegt. Mein Mann wird bestätigen, dass ich ihm an Bord bereits eine große Hilfe bin. Um neunzehn Uhr nehmen wir dann ein kleines Abendessen ein.«

Als Olga wieder Platz genommen und die Teetafel eröffnet hatte, hüstelte Franz. »Herr Hammes und Herr Saalmann kennen die ›Tulipan‹ seit längerem. Sie haben schon über sie gelästert, als sie noch am Ijsselmeer lag. Ich denke, die beiden legen keinen Wert auf einen Besuch an Bord des Schiffes – vor allem nicht bei dem starken Wind. Also bleibt uns dreien dann ein wenig Zeit, gemeinsam in der Firmengeschichte zu blättern.« Seine Worte klangen ungewohnt spitz, und Olga warf Franz einen fragenden Blick zu. Doch den anderen schien dieser Misston entgangen zu sein, die Stimmung hätte besser kaum sein können.

Die Gäste aus Polen lachten und genossen die Feier sichtlich. Sprachbarrieren schien es keine zu geben. Entweder übersetzte Olga, oder man sprach Englisch. Unbeschwerte Frotzeleien flogen von einer Seite des Tisches zur anderen, Saalmann und Hammes erzählten amüsante Anekdoten aus dem Geschäftsleben. Nur Franz Uhlendorf wirkte ernst und in sich gekehrt. Immer wieder schaute er auf die Uhr.

»Henning wird schon noch kommen, Liebling«, flüsterte Olga und streichelte Franz liebevoll über die Hand.

Hammes hatte diese Worte gehört. »Henning? Ach, Chef – ich darf Sie doch noch so nennen?«, fragte er mit einem verschmitzten Lächeln. »Er wird Sie sicher nicht enttäuschen. Henning ist ein so prächtiger Junge! Wenn er möchte, kann er mich demnächst bei der

Entwicklung neuer Technologien unterstützen«, versicherte er und schaute seinen ehemaligen Chef aufmunternd an.

Saalmann schien sich immer noch prächtig mit den jungen Leuten aus Polen zu unterhalten. Sie seien das erste Mal in Deutschland – aber sicher nicht das letzte Mal, versicherten sie ihm gut gelaunt.

Franz Uhlendorf steckte sich eine Havanna an, Olga reichte Zigaretten herum. Der kleine Raum füllte sich mit Rauch, der in dicken Schwaden dem leicht geöffneten Bullauge entgegenzog.

Plötzlich öffnete sich die Tür, und alle wandten sich neugierig um. Eine zierliche schwarzhaarige Chinesin und ein offenbar stark gehbehinderter chinesischer Junge, dessen Hände seltsam verkrampft wirkten, betraten die *Nautiker-Stube.*

Augenblicklich verstummten die Gespräche, und das Schweigen, das sich über die Gesellschaft legte, wirkte seltsam verlegen, als Henning Uhlendorf hinter den Chinesen eintrat. Er drückte die Tür ins Schloss und sah sich schmunzelnd um, als freute er sich, dass ihm die Überraschung gelungen war. Sein Gesicht hatte eine gesunde Bräune angenommen, und sein Haar war von der Sonne stark gebleicht, doch seine lustigen Augen strahlten wie eh und je. »Hallo, allerseits«, grüßte er unbefangen und ging lachend auf seinen Vater zu, den es längst nicht mehr auf seinem Stuhl gehalten hatte.

»Henning«, rief Franz freudig erregt.

»Papa!«, murmelte der junge Mann und drückte seinen Vater bewegt an sich.

Franz warf einen irritierten Blick auf die beiden jungen Chinesen, die nicht weit entfernt stehen geblieben waren, und Henning löste sich aus der Umarmung und ging einige Schritte auf die beiden zu. Liebevoll legte er den Arm um die Schultern der hübschen Chinesin, die einen schwarzen Hosenanzug und eine weiße Bluse mit Stehkragen trug. »Papa, das ist Suzie Kin, meine Freundin«, sagte er und griff nach der Hand des behinderten jungen Mannes. »Und das ist Hang, ihr Bruder. Sie wollten dich und unsere friesische Heimat kennen lernen.«

Hang trug an diesem Nachmittag eine neue blaue Jeans, ein weißes Hemd und eine dunkelblaue Steppjacke. In seinem Gesicht mit den schmalen dunklen Augen lag ein wachsamer Zug.

Noch immer erfüllte die *Nautiker-Stube* verlegenes Schweigen. Die Überraschung war offenbar vollkommen.

Es war Suzie, die trotz der Kälte, die ihr entgegenschlug, das Wort ergriff. »Wir gratulieren«, sagte sie, sichtlich bemüht, die auswendig gelernte höfliche Floskel klar und deutlich auszusprechen. Mit einem schüchternen Lächeln überreichte sie Olga eine weiße Orchidee, die Olga nicht ohne Rührung entgegennahm. Sie war verwirrt und wies auf den freien Platz am Tisch. »Der Ober wird noch zwei weitere Gedecke bringen«, sagte sie auf Deutsch, und obwohl Suzie sie nicht verstehen konnte, verbeugte sie sich höflich.

Nachdem Olga sich wieder ein wenig gefangen hatte, trat sie auf Henning zu. »Ich bin die neue Frau an der Seite Ihres Vaters. Ihnen gegenüber sitzen meine Söhne Leszek und Wladyslaw. Und das sind ihre Freundinnen Agniezka und Marzena.«

Henning begrüßte die neuen Verwandten mit Handschlag. Dann erwiderte er: »Papa und ... Ihnen, Frau ...«, er geriet ins Stocken, doch Olga kam ihm mit herzlichem Lächeln entgegen:

»Ich heiße Olga ...«

»Alles Gute und glückliche Jahre. Sie sehen übrigens in Ihrem Kleid wunderschön aus«, vollendete Henning den begonnenen Satz und nahm aus der Seitentasche seines Jacketts ein Kuvert, dem er ein Schreiben entnahm. »Zur Kenntnisnahme«, meinte er salopp und reichte es seinem Vater.

Irritiert nahm Franz den Brief zur Hand. »Oh, der Text ist in Englisch verfasst. So weit reichen meine Kenntnisse nicht mehr ... Herr Saalmann, wenn Sie so freundlich wären, mir wie früher zu assistieren ...?«

Johannes Saalmann stand lächelnd auf, nahm den Brief entgegen und begann zu übersetzen:

»Sehr geehrter Herr Uhlendorf,

nach Ihren herausragenden Forschungsarbeiten am Youssuf College in Singapur und dem bestandenen Rigorosum in Anwesenheit Professor Dr. Garrels' von der TH Aachen gratuliere ich Ihnen zur erlangten Doktorwürde.

Ich habe Sie inzwischen meinem Kollegen Professor Dr. Horsdale, dem Leiter der Fakultät für ›Technologie und Ingenieurwesen‹ an der Universität in San Francisco herzlichst empfohlen, der an seinem Lehrstuhl einen wissenschaftlichen Mitarbeiter wie Sie gebrauchen könnte. Ich hoffe, Ihnen damit einen Dienst erwiesen zu haben, und würde mich freuen, wenn Sie die sich Ihnen bietende Chance wahrnehmen würden.

Für Ihre berufliche und private Zukunft wünsche ich Ihnen alles erdenklich Gute.

Mit freundlichen Grüßen
Prof. Dr. Kim Lee«

Franz Uhlendorf verschlug es den Atem. Er blickte seinen Sohn fassungslos an, während er Olgas Stimme lauschte, die den polnischen Gästen fast synchron die Übersetzung lieferte. Die Polen applaudierten, sie mochten den jungen schlaksigen Henning offenbar auf Anhieb.

Noch immer schweigend, betrachtete Franz die hübsche Chinesin, die wie eine zerbrechliche Porzellanpuppe wirkte und ihn schüchtern anlächelte. Nach wie vor hielt sie die Hand ihres verkrüppelten Bruders in der ihren.

»Mein lieber Sohn, eine respektable Leistung«, meinte er schließlich, »aber du hättest mich wenigstens vorwarnen können.« Er warf Suzie und Hang einen ärgerlichen Blick zu. »Eine chinesische Schwiegertochter? Und dieser Affe da? Was soll das?«, zischte er, und wieder wurde es mucksmäuschenstill im Zimmer.

Henning wurde blass, doch er gab keine Antwort, griff stattdessen nach Hangs Hand und führte ihn und Suzie zu ihren Plätzen.

Olgas Söhne, denen die peinliche Szene trotz der Sprachschwierigkeiten nicht entgangen war, begrüßten die Neuankömmlinge überschwänglich, als wollten sie die unfreundliche Begrüßung durch Franz wiedergutmachen.

Suzie sprach eine Weile eindringlich auf ihren Bruder ein, der den Kopf gesenkt hielt. Irgendwann hob er den Blick, streckte trotzig seine Beine unter dem Tisch aus und begann, umständlich die Gabel mit dem Kuchen, den Henning ihm serviert hatte, zum Mund zu führen. Immer wieder wanderte sein Blick zu dem weißhaarigen älteren Herrn am Tisch hinüber, und in seinen schmalen Augen standen Zorn und Ablehnung.

Inzwischen war wieder eine recht muntere Unterhaltung in Gang gekommen. Die Polen erkundigten sich interessiert nach Hennings Forschungsarbeit, und Wladyslaw erzählte, dass er wie seine hübsche Freundin Marzena inzwischen das Examen bestanden und gute Chancen hatte, eine Anstellung bei der polnischen Nationalbank zu bekommen. Obwohl er noch in einer der Filialen seines zukünftigen Schwiegervaters arbeitete, hatte er es abgelehnt, in dessen Geschäft eine Festanstellung anzunehmen. Marzena sollte in wenigen Monaten am Studienseminar den Vorbereitungsdienst auf das Lehramt an Wirtschaftsgymnasien antreten.

Auch Agniezka hatte Neuigkeiten zu erzählen, von denen selbst Wladyslaw und Olga noch nichts wussten. Seit einiger Zeit war sie zur Geschäftsführerin der eleganten Boutique, in der sie seit langem arbeitete, aufgestiegen, da ihre Chefin Sissi Quiakowski schwer erkrankt war und sie bis auf weiteres mit der Geschäftsleitung betraut hatte.

Johannes Saalmann, der weit gereiste Manager, interessierte sich für die wirtschaftliche Entwicklung Polens und verwickelte Wladyslaw, den frisch gebackenen Wirtschaftswissenschaftler, in ein angeregtes Gespräch, während Kurt Hammes lustlos zusah, wie Franz Uhlendorf mit finsterer Miene in der kleinen »Firmengeschichte« blätterte und nicht einmal aufschaute, als seine Frau Olga die Gäste zum angekündigten Hafenrundgang aufforderte.

Leise wandte Hammes sich an Henning: »Dein Vater will leider nicht sehen, dass er inzwischen zu den Rentnern zählt. Er hat Saalmann und mich zu einer geschäftlichen Unterredung gebeten – heute!« Dann richtete er laut das Wort an Franz Uhlendorf: »Wie gesagt, ihr Sohn kann jederzeit bei uns einsteigen. Über das Gehalt lässt sich reden.«

Doch Henning schüttelte entschlossen den Kopf. »Ich habe andere Pläne. Ich werde nach Kalifornien gehen. Dazu haben Suzie und ich uns entschlossen.«

Franz' Gesicht nahm einen ungläubigen Ausdruck an, und nur schwer konnte er seinen Ärger verbergen. »Das ist doch nie und nimmer auf deinem Mist gewachsen, Henning«, schimpfte er dann und zündete sich erneut eine Havanna an.

Saalmann grinste anzüglich. »Das kann ich verstehen. Drüben gibt es mehr Chinesen als hier bei uns«, spottete er und schaute Henning prüfend ins Gesicht.

Doch der junge Mann wandte sich ab, ergriff Hangs Hand und wollte sich den anderen anschließen, die sich bereits erhoben hatten, um Olgas Aufforderung zu einem Spaziergang nachzukommen.

Während der Ober damit begann, das Kaffeegeschirr abzutragen, trat Olga mit besorgtem Gesicht auf Henning und Hang zu. Der junge Chinese humpelte mit ruckartigen Bewegungen an der Seite seines deutschen Freundes dem Ausgang entgegen. »Vorsicht, die steile Treppe!«, flüsterte sie nur, doch Henning winkte mit einem dankbaren Lächeln ab und strich Hang beruhigend über das feste schwarze Haar. »Die Treppe ist für Hang kein Hindernis. Er hat schon den Weg nach oben geschafft, er wird auch den Weg nach unten meistern. Auch wenn Vater sicher denkt, dass es ihm leichter fallen würde, sich mit den Armen rauf- und runterzuhangeln – wie ein *Affe*!«, fügte er bitter hinzu. Und Hang grinste böse dazu, als hätte er jedes Wort verstanden.

»Ihr Vater hat es nicht so gemeint«, versicherte Olga traurig, betrat die Treppe und schaute sich mehrmals besorgt nach Hang um, der, eine Hand auf das Geländer, die andere auf Hennings Schulter gestützt, mit ungelenken Schritten die Stufen hinunterhumpelte.

Auf dem Kai warteten bereits die anderen Gäste. Vom Meer her schlug ihnen ein recht starker Wind entgegen. Olgas Söhne waren von der Schönheit der Insel angetan, die ihrer Mutter zur neuen Heimat werden sollte und die sie an Zopott und die Halbinsel Hela erinnerte. Sie spazierten durch den Hafen. Die Schiffe schaukelten leicht im Wasser der Flut. Der Wind spielte mit den Trossen der Yachten, die klirrend gegen die Masten schlugen. Schließlich erreichte die kleine Gruppe den Liegeplatz der »Tulipan«. Olga sprach mit ihren Söhnen Polnisch. Leszek und Wladyslaw hörten begeistert zu; immer wieder tauschten sie vielsagende Blicke mit ihren Freundinnen. Offenbar erwähnte Olga eben die anderen Besitztümer Franz Uhlendorfs, die nun auch ihr gehören sollten. Und in der Tat: Dank der Eheschließung mit dem deutschen Millionär war aus Olga Stocheck, der mittellosen polnischen Musikerin, eine reiche Frau geworden.

Während Henning auf dem Steg stehen blieb, folgten die anderen Gäste Olga an Bord des Schiffes. Über dem Hafen hingen Möwen im heftigen Wind; plätschernd schlugen die Wellen an den Steg. Olga begann mit strahlendem Gesicht mit der Schiffsführung, und ihre zukünftigen Schwiegertöchter griffen begeistert zu den Fotoapparaten, lichteten ihre Männer ab und ließen sich selbst lächelnd fotografieren. Auch Hang, der recht behände über das Deck humpelte, lachte in die Kamera. Die jungen Polen schauten amüsiert zu, wie er sich in die Plicht hangelte und ohne Hilfe unter Deck verschwand.

Suzie errötete. »Hang«, rief sie verlegen, doch Olga

winkte verständnisvoll ab und bat alle, ihr ebenfalls in die Kajüten zu folgen.

Henning stand allein auf dem Steg und dachte an seine verstorbene Mutter. Nicht dass er etwas gegen Olga gehabt hätte ... Sie war für ihr Alter eine sehr attraktive Frau war, fand er. Außerdem war sie ihm freundlich, beinahe herzlich begegnet. Im Übrigen hatte er die Entscheidung seines Vaters zu akzeptieren. So oder so. Dennoch wollte er die Insel schon am nächsten Tag mit Suzie und Hang verlassen, nach Wilhelmshaven fahren und der Mutter einen schönen Herbststrauß aufs Grab stellen. Er war fest entschlossen, seine Bewerbung für die Universität San Francisco so bald wie möglich loszuschicken. Um das väterliche Erbe machte sich Henning keine Sorgen. Sicher würde Franz' zweiter Frau ein hoher Anteil seines Vermögens zufallen, doch er selbst, Henning, würde nicht leer ausgehen. Dafür würde notfalls das Bürgerliche Gesetzbuch sorgen. Außerdem konnte er schon in wenigen Wochen über die Hinterlassenschaft seiner Mutter frei verfügen. Doch über all das wollte er an diesem Tag nicht nachdenken.

Als sich die kleine Gesellschaft auf den Rückweg zum Seglerhaus machte, dämmerte es bereits. Der Wind war mächtig aufgefrischt. Die vertäuten Schiffe hatten schon ihre Lichter gesetzt. Der Lärm des laufenden Generators des Seenotrettungskreuzers drang zu ihnen herüber.

Suzie, Henning und Hang folgten den Polen über den Kai zur Treppe des Seglerhauses. Aus den Fenstern fiel warmes, gelbes Licht.

In der *Nautiker-Stube* war es angenehm warm. Die Tische hatte man für das bevorstehende Abendessen festlich gedeckt. Olga begrüßte ihren Mann mit einem zärtlichen Kuss, doch er wirkte seltsam abwesend. Saalmann und Hammes schauten mürrisch vor sich hin. Henning studierte einen Moment das ärgerliche Gesicht seines Vaters. Er mag Suzie und Hang nicht, dachte er enttäuscht, dann straffte er trotzig die Schultern.

Auch Olga schien irritiert zu sein. »Franz, möchtest du ...? Oder soll ich ...?«, setzte sie an, doch er winkte nur ab. Olga zuckte die Schultern. Der Ober trat an den Tisch und servierte einen doppelten Cognac, den Franz Uhlendorf ohne ein Wort des Dankes entgegennahm. Er setzte den Schwenker an die Lippen und leerte ihn in einem Zug.

In Olgas schönes Gesicht mit den hohen Wangenknochen trat ein unmutiger Ausdruck. Ihre vollen Lippen verzogen sich ärgerlich. Was sollte das? So kannte sie Franz gar nicht. Mit einem freundlichen Lächeln wandte sie sich dann an die Gäste. »Das Menü besteht aus einer Rindfleischsuppe mit Eierstich und Markbällchen. Danach werden uns Schweine- und Rinderbraten mit Rosenkohl, Prinzessbohnen, Petersilienkartoffeln und Kroketten serviert. Zum Nachtisch gibt es rote Grütze mit Sahne.«

Henning lachte. »Wie der Zufall so spielt! Roter Grütze habe ich es zu verdanken, dass ich meine große Liebe Suzie kennen gelernt habe.« Als er mit seiner Erzählung endete, die Olga für die polnischen Gäste übersetzt hatte, brach allgemeine Heiterkeit aus. Nur Franz schien das Erlebnis seines Sohnes nicht komisch zu finden, denn er brütete nach wie vor düster vor sich hin. Doch die Gäste ließen sich von der schlechten Laune des Bräutigams nicht stören, sprachen reichlich dem guten Essen zu, unterhielten sich angeregt und schienen den Abend zu genießen.

Während über Norderney schwarze Wolken aufzogen und die Dämmerung in tiefe Dunkelheit überging, schloss der Wirt den Restaurationsbetrieb im vorderen Teil des Seglerhauses und betrat die *Nautiker-Stube*, um sich zu erkundigen, wie den Gästen das Essen geschmeckt hatte. Die weiße Kochmütze noch auf dem Kopf und die Schürze um den ansehnlichen Bauch gebunden, half er dem Ober dabei, das Geschirr abzuräumen, kam dann mit einem Akkordeon zurück, setzte sich zu der Festgesellschaft an den Tisch und begann, das bekannte »Nordseelied« anzustimmen. Der Ober servierte weiter alkoholische Getränke, und die Stimmung stieg immer mehr. Selbst Hang, der nur gelegentlich an seiner Cola nippte, schien Gefallen an dem munteren Treiben der »Langnasen« zu finden.

Immer wieder prosteten die Gäste dem Hochzeitspaar zu. Der Wirt verstand es ausgezeichnet, das internationale Publikum mit stimmungsvoller Musik und lustigen Anekdoten aus dem Seglerclub zu unterhalten, und Olga ließ es sich nicht nehmen, auf dem Akkordeon einige fröhliche polnische Melodien zu spielen, die ihre Söhne und deren Freundinnen begeistert mitsangen. Die übrigen Gäste klatschten im Takt der Musik in die Hände, und selbst Franz ließ sich endlich von der guten Stimmung anstecken. Er sang – übrigens gar nicht schlecht – zur Musik »La Paloma« und erntete stürmischen Beifall. Da weder Henning noch Hammes und Saalmann bereit waren, einen musikalischen Beitrag beizusteuern, ergriff schließlich Suzie die Initiative und sang ein chinesisches Volkslied, das alle sehr beeindruckte.

Gegen zweiundzwanzig Uhr erhob sich Franz Uhlendorf, den Cognac-Schwenker in der Hand, und sang zur Akkordeonmusik das Lied »Kleine weiße

Möwe«, wobei ihn die friesischen Gäste summend begleiteten. Anschließend prostete Franz Olga und den Gästen noch einmal zu.

Kurt Hammes und Johannes Saalmann nutzten die Pause, um sich zu verabschieden. Sie reichten den Brautleuten die Hand, bedankten sich und winkten den anderen Gästen noch einmal zum Abschied zu, bevor sie an die Garderobe traten, ihre Mäntel überzogen und das Seglerhaus über die Treppe verließen.

Das war der Auftakt zum allgemeinen Aufbruch. Unter herzlichen Dankesworten verabschiedeten sich auch die anderen Gäste, bevor sie mit ihren Jacken und Mänteln ins Freie traten.

Olga begleitete den Wirt kurz in sein Büro, bestellte einige Taxen, die die Gäste zu ihren Unterkünften bringen sollten, und folgte den »Kindern« über die Außentreppe auf den Kai. Suzie schloss sich den Polen an. Henning begleitete Hang zur Treppe.

Der Kai lag fast völlig dunkel da. Der Wind hatte beinahe Sturmgeschwindigkeit erreicht, es war stark abgekühlt. Die Positionslichter der Schiffe wirkten seltsam gespenstisch vor dem schwarzen Horizont.

Während Leszek, Wladyslaw, Agniezka, Suzie und Marzena im matten Licht der Laterne auf dem Kai standen, schritt Olga entschlossen an der Kaimauer entlang und verschwand auf dem Gelände der benachbarten Speditionsfirma, um, wie sie angekündigt hatte, nach den bestellten Taxen Ausschau zu halten.

Franz Uhlendorf indes leerte oben in der *Nautiker-Stube* den Cognac-Schwenker ein letztes Mal, wechselte mit dem Wirt noch einige Worte und ließ sich von ihm die Rechnung bringen. Jovial klopfte er ihm auf die Schulter, bedankte sich für die gute Bewirtung, reichte dem Kellner ein ansehnliches Trinkgeld und trat nach kurzem Gruß auf den Absatz der Treppe. In seinem Gesicht lag ein entschiedener Ausdruck, als er seinen Blick über den unter ihm liegenden Kai und die wartenden Menschen gleiten ließ. Der Wind kühlte sein erhitztes Gesicht und streichelte seinen weißen Bart. Franz murmelte etwas Unverständliches, legte seine Rechte entschlossen auf das Geländer und begann, die Stufen nach unten zu steigen. Er wusste, was er zu tun hatte.

Am Fähranleger hingen die Hafenlaternen wie kleine Glühbirnen am schwarzen Himmel. Die Wellen umspülten glucksend die Schiffe. Olga stemmte sich mit aller Kraft gegen den Wind und hielt Ausschau nach den bestellten Taxen, als sie einen Schrei vernahm, der ihr durch Mark und Bein ging.

»Mein Gott! Da ist was passiert!«, murmelte sie und begann augenblicklich am ganzen Körper zu zittern. Einige Sekunden stand sie reglos da und lauschte dem Schrei nach, in dem hilflosen Versuch, die Stimme zu identifizieren – vergebens. Alarmiert und zu Tode verängstigt, hastete sie zurück zum Seglerhaus. Schon von weitem sah sie Leszek, der zur Kaimauer eilte. Hang turnte gerade erstaunlich geschickt am Treppengeländer, Agniezka und Marzena standen auf dem Kai. Nur von fern drangen ihre Stimmen an Olgas Ohr, und ihr entsetztes Wimmern ließ sie bis in die Tiefe ihrer Seele erschauern. Da sah Olga Henning. Er kniete am Boden, vor einer reglosen Gestalt ... Franz. Ein verzweifelter Schrei entrang sich ihrer Kehle, und hilflos hastete sie weiter. Es kam ihr seltsam unwirklich vor, wie sie Henning entgegentaumelte. Wie in Zeitlupe, dachte sie und schüttelte über sich selbst den Kopf.

»Papa ...«, murmelte Henning und sah Olga mit schreckgeweiteten Augen entgegen, in denen sie auch Angst, Unglauben und Fassungslosigkeit las. Mühsam drehte er den reglosen Mann auf den Rücken, und Olga sank neben Franz auf den Boden, ergriff seine Hand und redete leise auf ihn ein. Dass sie Polnisch sprach, bemerkte in diesem Moment niemand. Erst jetzt sah Olga die Blutlache und begann zu weinen. Hilfe suchend und mit Tränen in den Augen schaute sie sich um. Doch alle wirkten wie erstarrt.

Der Maat des Seenotrettungskreuzers »Bernhard Gruben« hatte den gellenden Schrei gehört, seine Zeitung beiseite geworfen und eilig seine Koje verlassen. Beunruhigt lief er auf die Brücke, schaltete die Suchscheinwerfer ein und leuchtete sorgfältig und langsam das Kaigelände aus. Da sah er die kleine Menschentraube, die sich aufgeregt um eine reglose Gestalt am Boden scharte. Ein Unfall, schoss es ihm durch den Kopf. Mit fahrigen Händen griff er zum Telefon und forderte einen Rettungswagen an. Als er den Hörer auf die Gabel warf, tastete er schon nach der Stablampe, die gleich neben dem Telefonapparat lag, sprang von Bord und eilte über den Kai. Hoffentlich kann ich ihm noch helfen, durchfuhr es ihn, doch als er den Schein seiner Lampe auf das Gesicht des am Boden liegenden Mannes richtete, ahnte er, dass hier jede Hilfe zu spät kam. Die Blutlache um den Kopf des Mannes breitete sich immer mehr aus. Blut floss auch aus seiner Nase und nässte das graue Barthaar. »Wir können ihm nicht helfen – wir können nur einiges falsch machen«, murmelte er hilflos.

»Mein Vater ...«, rief Henning verzweifelt. »Er muss

die Treppe hinuntergestürzt sein!« Der junge Mann konnte die Tränen nicht länger zurückhalten. Hilflos schluchzte er auf.

Leszek hatte sich über seine Mutter gebeugt, die immer noch wimmernd neben dem reglosen Franz auf dem Boden kauerte. Wladyslaw weinte lautlos vor sich hin.

Zwei Taxen fuhren vor, ihre Scheinwerfer tauchten die Szenerie in beinah gespenstisches Licht. Die Fahrer stiegen aus, und nach kurzem Zögern eilten auch sie zum Unfallort.

Eine kleine Ewigkeit herrschte entsetztes Schweigen. Dann erhob sich Henning, unter der Bräune aschfahl im Gesicht, und trat zu Suzie, die den aufgelösten Hang an sich gedrückt hielt. Der junge Chinese zitterte wie Espenlaub. »Kommt«, murmelte Henning und führte sie zu einem Taxi. Dann winkte er Agniezka und Marzena zu sich und wandte sich an Wladyslaw: »Die Frauen sollten hier nicht bleiben«, sagte er, reichte Suzie den Hotelschlüssel, strich Hang hilflos über das Haar und beobachtete, wie er mit ungelenken Bewegungen neben seiner Schwester im Fond des Wagens Platz nahm. Als Henning dem Fahrer einen Fünfzigmarkschein reichte, die Adresse ihres Hotels nannte und um ein weiteres Taxi bat, zitterte seine Hand so sehr, dass sich der Fahrer verlegen räusperte. Henning stand noch im harten Wind, als die Rückleuchten der beiden Taxen in der Dunkelheit bereits immer kleiner wurden und schließlich verschwanden. Er schrak erst aus seiner Starre auf, als der Rettungswagen mit Blaulicht und Martinshorn auf den Kai fuhr und nur wenige Meter vor der kleinen Menschenansammlung anhielt.

Im Scheinwerferlicht der »Bernhard Gruben« eilte

ein Notarzt mit mehreren Sanitätern auf den reglos am Boden liegenden Franz Uhlendorf zu, nahm eine kurze Untersuchung vor und begann sofort damit, den Mann wiederzubeleben. Mit routinierten, rhythmischen Griffen presste er Franz' Brustkorb zusammen, nahm mehrmals eine Mund-zu-Mund-Beatmung vor – vergebens. Franz Uhlendorf regte sich nicht. Mit ernstem Gesicht griff Dr. Ebeling schließlich zur Schere, zerschnitt das Hemd des Opfers und horchte mithilfe eines Stethoskops nach Herztönen. Vorsichtig nahm er dann Franz Uhlendorfs Kopf in beide Hände und bewegte ihn langsam hin und her.

»Bitte nicht, lieber Gott! Lass Franz nicht tot sein!«, murmelte Olga leise und schüttelte, als müsste sie dieses Gebet bekräftigen, unaufhörlich den Kopf.

Fünf Minuten später, in denen er unermüdlich versucht hatte, Franz Uhlendorf wiederzubeleben, richtete sich der Arzt mit müdem Rücken auf und tupfte sich mit einem Papiertaschentuch über den Mund. »Für Ihren Vater kommt jede Hilfe zu spät«, wandte er sich an Henning. »Blutstau und vermutlich Genickbruch. Mein Beileid«, fügte er hinzu und blickte sich erschöpft um.

Als ein Polizeifahrzeug auf den Kai fuhr, aus dem zwei Polizisten stiegen, konnten Wladyslaw und Leszek ihre Mutter gerade noch auffangen, um zu verhindern, dass sie neben ihrem toten Mann zu Boden sank. Neben ihnen standen blass und reglos der Maat des Seenotrettungskreuzers sowie der Wirt und der Kellner des Seglerhauses, die bei Franz Uhlendorfs Schrei beunruhigt auf den Kai hinuntergeeilt waren.

Die beiden Polizisten traten näher. »Ein Unfall?«, fragte der Wachtmeister den Notarzt aus dem Dr. Salem-Krankenhaus.

Dr. Ebeling zuckte die Schultern. »Auf den ersten Blick sieht es so aus, ja. Genaueres kann aber erst eine Untersuchung der Leiche ergeben. Auf jeden Fall hat der Mann zu viel Alkohol im Blut. Ich werde im Krankenhaus noch eine Blutprobe entnehmen.«

Henning trat hektisch auf die Beamten zu. »Ich bin Henning Uhlendorf, der Sohn des ... Toten. Mein Vater hat heute seine Hochzeit mit Olga Stocheck gefeiert«, stammelte er und wies auf die bebende Gestalt neben sich.

»Es ist entsetzlich ... so entsetzlich!«, murmelte Olga und schluchzte auf.

»Mein Beileid«, sagte der zweite Polizist, den Dr. Ebeling offenbar näher kannte.

»Herr van Oost, Sie wissen sicher, dass in einem Krankenwagen für einen Toten kein Platz ist. Benachrichtigen Sie einen Bestattungsunternehmer und lassen Sie die Leiche ins Dr. Salem-Krankenhaus zur Untersuchung bringen, damit ich sie mir genauer ansehen kann.« Damit nickte er allen Anwesenden kurz zu, verharrte einen Moment und wandte sich dann, gefolgt von den Sanitätern, dem Krankenwagen zu, der wenig später in der Dunkelheit verschwand.

Während Wachtmeister Marschner einen Sarg anforderte, wollte Polizeimeister van Oost in ruhigem, einfühlsamem Ton von Henning Uhlendorf wissen: »Was genau ist passiert?«

»Wie gesagt, wir haben Papas Hochzeit mit Olga ... Stocheck gefeiert. Kurz vor dreiundzwanzig Uhr haben wir alle das Seglerhaus verlassen. Frau Stocheck hatte zwei Taxen bestellt, auf die wir hier warten wollten ...«, erzählte der junge Mann stockend.

Olga Uhlendorf nickte mit Tränen in den Augen.

»Mein Mann war noch oben im Seglerhaus. Ich bin vorausgegangen und habe Ausschau nach den Wagen gehalten. Dann hörte ich den Schrei ... Es war so furchtbar ...« Wieder brach sie in Tränen aus.

Hilflos strich Wachtmeister van Oost der Witwe über den Arm. »Sie können Ihrem Mann nicht mehr beistehen. Wegen des Protokolls wende ich mich später an Sie. Fahren Sie nach Hause ...« Mit einer leichten Kopfbewegung wies er auf ein weiteres Taxi, das vor einigen Minuten auf dem Kai gehalten hatte.

Olga nickte und wankte, kraftlos und blass, zwischen ihren Söhnen zu dem Wagen.

»Schrecklich«, murmelte van Oost.

Der Wirt nickte, noch immer schockiert. »Franz Uhlendorf war als Letzter oben. Wir hatten noch abgerechnet ... Er hatte darauf bestanden, sofort zu bezahlen ...«

»Ich habe einen Schrei gehört, den Scheinwerfer auf den Kai gerichtet und den Krankenwagen bestellt. Ich habe eine Ausbildung in Erster Hilfe, sah aber keine Möglichkeit, dem Mann beizustehen. Natürlich stehe ich Ihnen noch für weitere Aussagen zur Verfügung ...«, meinte der Maat und verabschiedete sich nach kurzem Gruß, um zurück zur »Bernhard Gruben« zu gehen.

Seufzend wandte sich Wachtmeister van Oost Henning Uhlendorf zu, der sich eine Zigarette angezündet hatte und nervös daran zog. Der starke Wind kühlte sein erhitztes Gesicht, trocknete seine Tränen und trug den Rauch davon.

»Herr Uhlendorf, zunächst gehen wir einmal von einem Unfall aus«, sagte van Oost. »Wir bringen Sie nach Hause. Aber bitte melden Sie sich morgen früh bei uns wegen der Formalitäten.«

»Ich wohne im Hotel *Haus Uedesheim* ...«, murmelte Henning nur und schaute zu, wie ein Leichenwagen vor ihnen hielt, aus dem ein Sarg gehoben wurde. Er zuckte zusammen, als zwei Männer seinen toten Vater aufnahmen, in den Eisensarg betteten und zum Wagen trugen. *Beerdigungsinstitut Dunkamp* stand auf dem Mercedes Kombi. Erst als die Bedeutung dieser Worte ihm ganz zu Bewusstsein kam, brach er in verzweifeltes Schluchzen aus.

Van Oost ließ den jungen Mann weinen und wartete geduldig, bis er sich ein wenig gefasst hatte. Dann bat er ihn, in den Streifenwagen zu steigen, und gab die Anweisung, ihn zu seinem Hotel zu bringen.

Als Henning am nächsten Morgen aufwachte, hörte er das Rauschen der Brecher, die gegen die Steinböschung rollten, und sofort stand der Schrecken des gestrigen Abends wieder vor ihm. Trauer übermannte ihn. Papa war tot ... Am Abend seiner Hochzeit war er die Treppen hinuntergestürzt – welche Ironie des Schicksals! Noch einen Moment verharrte Henning wie benommen, dann schob er die Daunendecke beiseite, stand auf und trat ans Fenster.

Der Himmel war verhangen, die See aufgewühlt. Der Ostwind spielte mit den Fahnen an der Kurpromenade. Arbeiter der Stadt luden Strandkörbe auf einen Unimog. Die Insel, die sein Vater so geliebt hatte, rüstete sich für den Winter ...

Mit müden Schritten ging Henning ins angrenzende Bad, wusch und rasierte sich. Er erschrak, als er das blasse Gesicht mit den tief in den Höhlen liegenden Augen sah, das ihm im Spiegel entgegenschaute. »Nun sind sie beide tot, Papa und Mama«, murmelte

Henning leise vor sich hin. »Suzie und Hang sind jetzt alles, was ich noch habe – meine Familie.« Er konnte nicht verhindern, dass ihm wieder Tränen in die Augen traten, die er mit einer trotzigen Geste wegwischte. Er durfte keine Zeit verlieren, er musste alles für die Beisetzung seines Vaters in die Wege leiten.

Papa soll auf dem Friedhof in Wilhelmshaven seine letzte Ruhe finden – neben Mama, entschied Henning. Doch zunächst muss ich herausfinden, wann seine Leiche untersucht und für die Beerdigung freigegeben wird. Entschlossen ging Henning ins Zimmer zurück und zog sich an.

Wenig später klopfte er an eine Tür am Ende des langen Hotelflures. Suzie öffnete. Als sie Henning sah, begann sie sofort leise zu weinen, schlang die Arme um seinen Hals und küsste ihn. »Henning, es tut mir so leid, so schrecklich leid!«, murmelte sie an seiner Brust, und Henning sah, wie Hang aus dem Hintergrund des Raumes auf ihn zuhumpelte, etwas auf Chinesisch sagte und schließlich umständlich seine Hand ergriff. Sie fühlte sich merkwürdig kalt an. Auf Hangs Gesicht lag ein Ausdruck, den Henning nicht so recht zu deuten wusste.

Suzie, die sich inzwischen aus der Umarmung gelöst hatte, beeilte sich zu versichern: »Hang bedauert den Tod deines Vaters – auch wenn er ihn nicht ... sehr gemocht hat.«

»Ach«, entfuhr es Henning, und sein Blick verriet für einen Moment Misstrauen.

Hang fuhr sich kurz über seine lahmen Beine, gestikulierte angestrengt und redete aufgeregt auf seine Schwester ein, die sofort übersetzte:

»Hang sagt, dein Vater habe ihn abgelehnt, weil er krank ist. Auch dass wir Chinesen sind, habe ihm missfallen. Die Ablehnung deines Vaters hat Hang tief verletzt.«

Henning nickte müde. »Ja, und es tut mir leid, aber so war Papa nun mal: störrisch und aufbrausend. Doch ich bin sicher, dass er euch schnell lieb gewonnen hätte, wenn er die Möglichkeit gehabt hätte, euch besser kennen zu lernen. Ihr dürft nicht schlecht über ihn denken – sag das auch Hang. Mein Vater war streng, aber gerecht, und ich trauere um ihn.« In einer hilflosen Geste zog er Suzie an sich und flüsterte in ihr weiches schwarzes Haar: »Ich liebe dich, Suzie, und ich möchte dich heiraten. Hang und du – ihr seid jetzt alles, was ich habe.«

Suzie küsste ihn zärtlich, schob ihn dann aber sanft von sich. »Ich liebe dich auch, Henning, aber jetzt ist nicht die richtige Zeit, um über unsere Zukunft zu sprechen. Du hast dich nun um so vieles zu kümmern. Sorge dich nicht um uns. Wir werden uns in der Zwischenzeit die Insel ansehen. Hang findet Norderney sehr schön, er möchte die Insel heute genauer erkunden.«

Henning nickte. »Ja, seht euch Norderney an. Im Zentrum findet ihr ein Informationsbüro. Dort gibt man euch sicher einige interessante Tipps.«

Nach dem Frühstück machte sich Henning auf den Weg ins Polizeirevier. Er hatte Wachtmeister van Oost versprochen, das Protokoll, das von seiner gestrigen Aussage angefertigt worden war, zu unterschreiben.

Van Oost war zu dieser frühen Stunde noch nicht im Hause, ebenso wenig wie sein Kollege Marschner, doch ein junger Polizist namens Pauls händigte Henning das Protokoll zur Unterschrift aus und notierte

Hennings Adresse in Aachen, wohin der junge Mann zurückkehren wollte, sobald alles für die Beisetzung seines Vaters geregelt war. Pauls trug ihm auf, auch Olga Uhlendorf zur Unterschrift ins Revier zu bitten.

Um dies gleich zu erledigen und um ein Treffen mit Olga auszumachen, rief Henning aus einer Telefonzelle im Appartement seines verstorbenen Vaters an.

»Wladyslaw Stocheck, bei Uhlendorf«, vernahm er eine männliche Stimme. Offenbar hatte sich Olgas Sohn die Worte vorher zurechtgelegt.

»Hallo, hier ist Henning«, erwiderte er auf Englisch. »Wladyslaw, ich muss mit deiner Mutter sprechen.«

»Mama hat viel geweint, aber sie ist bereit, sich den Anforderungen zu stellen. Sie will nicht nach Polen zurückkehren, sondern auf der Insel bleiben, dort, wo sie mit deinem Vater glücklich war. Es wird ja keine Probleme geben. Schließlich ist Mama nicht mehr auf ihre kleine Rente angewiesen.«

In Wladyslaws Worten schien eine gewisse Genugtuung mitzuschwingen, die Henning einige Sekunden bestürzt schweigen ließ. Dann spürte er jedoch mit einem Mal Ärger in sich aufsteigen. »Das ist sicher die wichtigste Frage, wenn man seinen Mann verloren hat! Ob man auch finanziell abgesichert ist. Also wirklich, Wladyslaw! Aber was rege ich mich auf? Ich rufe wegen Vaters Beerdigung an und möchte mit deiner Mutter darüber reden. Schließlich fallen jetzt einige Behördengänge an. Wann kann ich vorbeikommen?«

»Das ist jetzt schlecht ... Mama hat in der vergangenen Nacht kaum geschlafen, und die Wohnung ist auch nicht aufgeräumt ...«, antwortete der junge Pole ausweichend.

»Kein Problem«, erwiderte Henning verärgert. »Dann richte ihr aus, dass ich sie in einer Stunde im

Café *Alte Teestube* erwarte.« Ohne ein weiteres Wort legte er den Hörer auf die Gabel.

Einen Moment stand Henning im kalten Wind und überlegte. Bis zu dem Treffen mit Olga blieb ihm also noch eine Stunde Zeit. Das würde reichen, um kurz Rücksprache mit Dr. Ebeling zu halten. Er würde ihm sagen können, wann Vaters Leiche zur Beerdigung nach Wilhelmshaven überführt werden konnte. Außerdem benötigte er für die Bestattung noch den Totenschein. Auf dem Weg ins Dr. Salem-Krankenhaus kam er an der Hauptpost vorbei. Nach kurzem Zögern trat er ein, nahm das Telefonbuch für den Bezirk Leer-Wilhelmshaven zur Hand und notierte sich die Rufnummer eines Bestattungsunternehmens. Da das Haus »Pax« auf der Gökerstraße seinem Elternhaus in Rüstersiel am nächsten lag, nahm er sich vor, es mit der Beerdigung zu betrauen, und notierte sich die Nummer.

Nur wenige Minuten später betrat Henning das Dr. Salem-Krankenhaus.

Der Pförtner, dem er sein Anliegen vorgetragen hatte, bat ihn, sich einen Moment zu setzen, und versprach, Dr. Ebeling, der nach seinem Nachtdienst noch im Hause war, zu informieren. Als er den Hörer auflegte, sagte der Pförtner: »Dr. Ebeling holt Sie gleich hier ab.« Gut gelaunt schenkte er sich noch eine Tasse Kaffee ein und griff zur Zeitung, die offen vor ihm lag. »Werder Bremen muss heute gewinnen«, meinte er seufzend. »Sonst können wir's vergessen ...«

Henning nickte abwesend, er hatte gar nicht zugehört. Doch als er Dr. Ebeling mit großen Schritten auf sich zukommen sah, stand er auf und ging ihm entgegen.

»Moin, Herr Uhlendorf. Noch einmal mein herzliches Beileid«, begann der Internist. »Aber begleiten Sie mich bitte in mein Büro.« Während sie den langen Krankenhausflur entlanggingen, begann Dr. Ebeling: »Ihr Vater hat in seinen Papieren keinen Hausarzt angegeben, an den ich mich wenden kann.«

»Er war so gut wie nie krank ...«

»Das entspricht meinen vorläufigen Untersuchungsergebnissen. Ernst zu nehmende gesundheitliche Probleme hatte er zurzeit nicht.« Inzwischen hatten sie die Innere Station erreicht. Ebeling öffnete eine Tür. »Bitte, treten Sie ein.« Er rückte Henning vor seinem Schreibtisch einen Stuhl zurecht und nahm selbst hinter dem Schreibtisch Platz. Auf einem kleinen Ablagetisch an der Seite lagen unzählige medizinische Instrumente. »Die Untersuchung ist so weit abgeschlossen«, sagte Dr. Ebeling und wies auf eine Akte. »Wenn Sie möchten, begleite ich Sie in den Leichenkeller. Falls Sie Ihren Vater sehen möchten, meine ich ...«

Henning war blass geworden und winkte ab. »Nein, bitte nicht. Ich möchte allerdings so bald wie möglich ein Bestattungsunternehmen mit der Überführung der Leiche nach Wilhelmshaven beauftragen. Dazu brauche ich einen Totenschein. Was hat denn Ihre Untersuchung genau ergeben?«

»Tja, junger Mann, ihr Vater hatte eine Menge Alkohol im Blut. Es kann sein, dass er deshalb ins Straucheln geriet und die Treppe hinunterstürzte. Er ist auf alle Fälle an den Folgen des Sturzes gestorben. Den Totenschein werde ich der Witwe zukommen lassen.«

Henning nickte. »Olga Stocheck ... Uhlendorf ist Polin. Sie kennt weder die Adressen unserer Verwandten noch die der ehemaligen Geschäftsfreunde meines Vaters. Ich werde mich deshalb um die Beerdigung kümmern müssen. Ich möchte aber gern schon morgen nach Aachen zurückkehren. Besteht die Möglichkeit, dass die Leiche meines Vaters noch heute nach Wilhelmshaven überführt werden kann.«

Der Internist sah Henning eine Weile prüfend an. »Hm«, antwortete er dann. »Dem steht eigentlich nichts im Wege. Hier ist es heute zum Glück recht ruhig. Ich werde also die entsprechenden Maßnahmen treffen, meinen Bericht verfassen und den Totenschein ausstellen.« Er strich sich kurz mit der Hand durch sein dichtes braunes Haar. »Allerdings muss ich Ihnen sagen, dass die Untersuchung des Toten etwas ergeben hat, das mich nachdenklich stimmt ...«

Henning schaute auf. »Um was geht es, Dr. Ebeling? Bitte sagen Sie es mir!«

»Es kann auch ganz banal sein, doch ich muss es in meinem Bericht erwähnen. Am rechten Fußgelenk Ihres Vaters habe ich eine Prellung gefunden, für die ich einfach keine Erklärung habe. Deshalb habe ich das Fußgelenk geröntgt und eine Aktennotiz angefertigt. Sehen Sie, Herr Uhlendorf, ich schließe aus, dass sich ihr Vater diese Prellung beim Aufprall auf die Eisentreppe oder den Kai zugezogen hat. Eine Sturzverletzung sieht meiner Erfahrung nach anders aus. Doch die Prellung ist eine recht frische Verletzung ... Hat ihr Vater gestern eigentlich das rechte Bein ein wenig nachgezogen?«

Auf Hennings Stirn hatte sich eine steile Falte gebildet. Er zuckte ratlos die Schultern. »Nicht dass ich wüsste«, meinte er dann. »Aber mein Vater war Segler, im Yachthafen liegt sein Schiff. Vielleicht hat er sich kurz vor der Hochzeit verletzt.«

Dr. Ebeling nickte. »Möglich, ja, oder während der Hochzeitsfeier. Angesichts des hohen Alkoholspiegels wäre das denkbar.« Er griff nach einer weißen Plastiktüte und reichte sie Henning mit einem mitleidigen Lächeln. »Herr Uhlendorf, hier habe ich die Brieftasche, das Portemonnaie, die Schlüssel und die Brille Ihres Vaters. Die Ringe und eine Kette kann der Bestatter Ihnen noch aushändigen.«

Henning nahm die Tüte sichtlich beklommen entgegen, und der Internist legte für einen kurzen Moment die Hand auf die Schulter des jungen Mannes.

»Herr Uhlendorf, da müssen Sie jetzt durch. Teilen Sie mir bitte bis heute Mittag dreizehn Uhr mit, wann das Beerdigungsinstitut die Leiche Ihres Vaters abholt. Ihnen wünsche ich alles Gute.«

Ein Blick auf seine Armbanduhr verriet Henning, dass es höchste Zeit wurde, sich auf den Weg zur *Alten Teestube* zu machen. Er wollte Olga nicht unnötig warten lassen.

Als Henning das Café betrat, sah er Olga schon an einem der Fenstertische sitzen. Ihr Gesicht war sehr blass, und ihre Augen waren dunkel umschattet. Trotz seiner eigenen Trauer fühlte Henning Mitleid in sich aufsteigen.

»Moin, Frau ... Stocheck«, sagte er, denn trotz aller Sympathie konnte er sie nicht bei dem Namen nennen, den seine verstorbene Mutter so viele Jahre getragen hatte.

»Moin«, erwiderte sie leise und schenkte ihm ein kleines trauriges Lächeln. »Aber gestatten Sie, dass ich Ihnen das Du anbiete. Uns trennen viele Jahre, und wir kennen uns auch nicht gut, aber wir beide trauern um denselben lieben Angehörigen.«

Henning nickte und setzte sich zu ihr. »Gern ... Olga.« Er bestellte sich wie sie nur einen Tee und erzählte, was er an diesem Morgen schon unternommen hatte. »Der Totenschein liegt für dich abholbereit bei Dr. Ebeling im Dr. Salem-Krankenhaus. Vater kann noch heute nach Wilhelmshaven überführt werden. Ich werde das Beerdigungsinstitut ›Pax‹ beauftragen.« Wortlos schob er ihr die kleine Tüte mit den persönlichen Dingen zu, die sein Vater am Vorabend bei sich getragen hatte.

Olga nickte abwesend. »Ja, Junge. Ohne deine Hilfe wäre ich wirklich verloren. Ach, wie oft habe ich mit deinem Vater hier gesessen, auf das Meer geschaut und von einer glücklichen Zukunft geträumt ...« Ihr traten Tränen in die Augen, die sie verlegen wegwischte.

»Ich bin auch sehr traurig, aber es gibt erst einmal viel zu tun. Papa war in der Region ein bekannter Geschäftsmann. Es wird eine große Beerdigung werden. Wir müssen an einiges denken: Todesanzeigen, Trauerkarten, Einladungen an Verwandte und Geschäftsfreunde. Das reicht bis zur Wilhelmshavener Prominenz, zu Vertretern der Gewerkschaft, der IHK und Unternehmerverbände.«

»Ich hätte mich lieber im kleinen Kreis von Franz verabschiedet«, erwiderte Olga leise, doch sie wusste, dass das nicht möglich war. »Leszek und Agniezka müssen die Insel verlassen, Wladyslaw und Marzena bleiben. Sie wollen an der Beisetzung teilnehmen«, sagte sie dann aus ihren Gedanken heraus.

»Das ist lieb von ihnen. Dann können sie dir ein wenig beistehen. Für dich gibt es auch noch einiges zu tun, das ich dir nicht abnehmen kann. Du musst im Polizeirevier ein Protokoll unterschreiben, die Behörden von Papas Tod in Kenntnis setzen und dich um seinen Nachlass kümmern. Ich kenne sein Testament nicht. Er wird es bei einem Notar hinterlegt haben. Doch nun geht es erst einmal um die Beerdigung.« Henning ließ seinen Blick durch das Café schweifen. Neben der Garderobe entdeckte er einen öffentlichen Fernsprecher. Entschlossen erhob er sich. »Ich werde also das Beerdigungsunternehmen ›Pax‹ beauftragen.«

Als Olga dem hoch gewachsenen jungen Mann nachschaute, schwammen ihre Augen wieder in Tränen. Sie war dankbar, dass Henning ihr so viel abnahm, denn sie fühlte sich noch immer wie gelähmt. Konnte es denn wirklich sein, dass sie Franz nur gefunden hatte, um ihn gleich wieder zu verlieren? Sie hatten sich so gut verstanden, sich so gut ergänzt! An seiner Seite hatte sie alt werden wollen ...

Henning kehrte an den Tisch zurück und riss Olga aus ihren traurigen Gedanken. »Der Bestatter wird Papa gegen vierzehn Uhr im Krankenhaus abholen und mich dann im Hotel *Haus Uedesheim* zu einem Gespräch erwarten. Er wird uns eine Menge Arbeit abnehmen.«

»Es soll deinem Vater an nichts fehlen, sag ihm das. Wähle nur das Beste aus, er hat es verdient. Wir wollen ihn würdig verabschieden.«

»Ja«, erwiderte Henning. »Das sehe ich auch so. Hast du noch Freunde oder Verwandte in Polen, die du zur Beerdigung einladen möchtest? Dann brauche ich ihre Adressen ...«

Olga winkte müde ab. »Nein, Junge, ich habe alle Brücken nach Oliva abgebrochen. Ich wollte mit deinem Vater ganz neu anfangen ...«

»Ach, was ich noch fragen wollte ...«, meinte Henning plötzlich. »Hatte Papa sich am Tag der Hochzeit eigentlich verletzt? Dr. Ebeling sprach von einer Prellung am rechten Knöchel, die er sich nicht so recht erklären kann.« Henning war es nicht entgangen, dass Olga zusammengezuckt war. Doch sie schien sich rasch wieder zu fangen.

»Nicht der Rede wert«, versicherte sie dann und winkte ab. »Das muss bei seinem Sturz mit dem Fahrrad gestern Morgen passiert sein. Er wollte Brötchen kaufen fahren, dabei geriet ihm der Einkaufsbeutel in die Speichen. Doch Franz hat noch gelacht und es bei seiner Rückkehr der Aufregung vor der standesamtlichen Trauung zugeschrieben ...« Olga seufzte tief.

»Hat er gestern eigentlich gehinkt?«

»Gehinkt? Nein, ich glaube nicht. Es war doch nur eine Lappalie.« Olga runzelte misstrauisch die Stirn.

»Na dann«, meinte Henning und erhob sich. »Bitte denke an das Protokoll bei der Polizei und den Totenschein bei Dr. Ebeling.«

Olga nickte bekümmert. »Ja, aber ich habe den Kindern versprochen, mit Ihnen in der *Oase* zu Mittag zu essen. Sie sind natürlich sehr enttäuscht, denn sie haben sich ihren Aufenthalt in Deutschland anders vorgestellt.«

Henning konnte den Ärger, der ihn plötzlich überfiel, nur schwer verbergen. »Ja, aber vergiss dennoch nicht den Termin mit dem Bestatter im Hotel kurz nach vierzehn Uhr. Ich möchte nicht alles allein entscheiden. Mir bleibt nur wenig Zeit, die Anschriften für die Trauerkarten aufzulisten. Was Vaters Geschäftsfreunde angeht, benötige ich ohnehin die Hilfe seiner Nachfolger. Die Teetafel nach der Beerdigung lasse ich übrigens in der *Wattscheune* zwischen Rüstersiel und Voslapp richten. Na ja, und Suzie und Hang bringe ich morgen erst einmal nach Aachen ...« Er wollte zum Portemonnaie greifen, doch Olga winkte ab.

»Lass, Junge, das mach ich schon. Du tust ohnehin so viel für mich. Aber kommen Suzie und Hang denn nicht zur Beerdigung deines Vaters?«

Henning schüttelte den Kopf. »Ich wüsste nicht, warum sie das tun sollten. Schließlich hat Papa sie nicht eben freundlich willkommen geheißen, oder? Aber das tut nun auch nichts mehr zur Sache. Ich werde auch Papas Haushälterin in Rüstersiel benachrichtigen. Ihr könnt ja dann in seinem Haus schlafen. Nach der Beerdigung werdet ihr die Fähre nach Norddeich wohl kaum noch bekommen.«

Olga nickte bedrückt. »Ja, gut, aber bitte trage deinem Vater die barschen Worte über Suzie und Hang nicht nach. Ich schreibe seine Unfreundlichkeit dem vielen Alkohol zu. Er hat sonst nie so viel getrunken ...«

Henning zog sie zum Abschied kurz an sich. Dabei nahm er einen Hauch ihres Parfüms wahr und musste unwillkürlich an seine verstorbene Mutter denken. Doch er straffte tapfer die Schultern und verließ nach knappem Gruß das Café.

Im Laufe des Morgens lichtete sich die graue Wolkendecke, und die Sonne setzte sich immer mehr durch. Auf der Nordsee zog ein Krabbenkutter, der im aufgewühlten Wasser schaukelte, mit ausgefahrenen Fangbäumen Netze hinter sich her. Ein Schwarm Möwen umkreiste schreiend das Heck des Schiffes.

Henning wandte sich seufzend vom Fenster seines Hotelzimmers ab und griff zum Telefon. Von der Auskunft ließ er sich eine Nummer geben und wählte.

»Hanni Hammes«, hörte er wenig später eine weiche Mädchenstimme. Im Hintergrund ertönte laute Popmusik.

»Hallo, hier spricht Henning Uhlendorf. Ist dein Papa da?«

Hanni kicherte in den Hörer. »Ja, Moment, ich rufe ihn. Hier ist einiges los, ich feiere nämlich 'ne Party. Daddy, für di-ich!«, rief sie, und wenig später meldete sich Kurt Hammes.

»Es tut mir leid, dass ich stören muss«, begann Henning, »doch ich muss etwas Wichtiges mit Ihnen bereden ...«

»Hast du dich nun doch entschlossen, in die Firma einzusteigen?« Hammes klang erfreut. »Jederzeit, Henning! Ich freue mich, denn ich weiß, dass wir kaum einen fähigeren jungen Mitarbeiter ...«

»Nein, nein«, unterbrach Henning ihn. »Es geht um etwas anderes – leider. Ich brauche von Ihnen die Adressen von Papas wichtigsten Geschäftsfreunden. Papa ... lebt nicht mehr ...«

Am anderen Ende herrschte einen Moment Schweigen. Henning vernahm nur Hammes' schnell gehenden Atem. »Was ...? Was ... ist denn passiert?«, wollte der Diplom-Ingenieur dann leise wissen.

»Er ist gestern Abend die Treppe vom Seglerhaus hinuntergestürzt und hat sich das Genick gebrochen.«

»Oh, mein Gott! Das gibt's doch nicht! Am Abend seiner Hochzeit! Wie schrecklich ...«

Als Hammes verstummte, fuhr Henning fort: »Die Beerdigung wird kommenden Mittwoch oder Donnerstag stattfinden. Wären Sie so lieb, dem Beerdigungsinstitut ›Pax‹ an der Gökerstraße die Liste mit den Adressen der Geschäftsfreunde und Honoratioren zukommen zu lassen?«

»Natürlich, Henning, natürlich. Mein herzliches Beileid. Mein Gott, unser Seniorchef ... Wir werden seine Leistungen selbstverständlich mit entsprechenden Traueranzeigen in allen regionalen Zeitungen zu würdigen wissen ...«

»Danke, vielen Dank«, unterbrach Henning den Mann ein weiteres Mal und verabschiedete sich rasch. Es gab noch so viel zu tun.

Franz Uhlendorf hätte sich für seine Beerdigung kein schöneres Wetter wünschen können. Die Sonne schien von einem fast wolkenlosen Herbsthimmel, die Luft war mild. Das Laub der Bäume leuchtete bereits in allen Gelbtönen, und in den Hagebuttensträuchern saßen rote, pralle Früchte. An dem Gemäuer der Friedhofskapelle rankte sich wilder Wein empor, dessen Laub bereits rötlich gefärbt war.

Der Friedhof in Wilhelmshaven hatte die Trauergäste kaum fassen können, die gekommen waren, um Franz Uhlendorf das letzte Geleit zu geben: Prominente aus Wirtschaft und Politik, Stadtväter, Geschäftsfreunde und Verwandte von nah und fern hatten an diesem sonnigen Morgen von dem bekannten Unternehmer Abschied genommen.

Inzwischen hatte sich die Trauergemeinde aufgelöst, und nur noch eine einsame Gestalt stand am frischen, bereits geschlossenen Grab, das unter dem Meer von Kränzen, Gebinden und Gestecken förmlich versank.

Henning Uhlendorf hatte gewartet, bis die geladenen Gäste zum Tee in die *Wattscheune* aufgebrochen waren. Er hatte noch einen Moment allein mit seinem Vater bleiben wollen, um stumme Zwiesprache mit ihm zu halten. Es gab so viel, was er ihm eigentlich noch hatte sagen wollen! So viel, was er ihn hatte fragen wollen! Es war zu spät ...

In einer fast zärtlichen Geste strich er nun die Schleife eines Rosenkranzes glatt, mit der der sanfte Wind leicht spielte. *In ewiger Liebe, dein Junge*, stand da zu lesen. Und es stimmte: Henning hatte seinen Vater geliebt, auch wenn es in letzter Zeit einige Misstöne zwischen ihnen gegeben hatte. Seufzend stellte Henning den Kragen seines schwarzen Mantels auf und wandte sich zum Gehen. »Tschüss, Papa. Grüß mir die Mama. Ich wünsche dir, dass du sie dort, wo du jetzt bist, wiedersiehst. Auch wenn du nicht daran geglaubt hast«, sagte er noch leise, dann machte er sich auf den Weg. Er wurde in der *Wattscheune* sicher schon erwartet.

Gegen sechzehn Uhr dreißig verließen die letzten Trauergäste das Restaurant *Wattscheune*.

»Mir schwirrt der Kopf«, flüsterte Olga Henning leise zu und seufzte erschöpft. »So viele Namen, so viele Gesichter! Aber Franz hätte sich gefreut zu sehen, wie viele Menschen ihn geschätzt haben!«

Henning nickte. »Ja, er war beliebt, auch wenn mit ihm nicht immer gut Kirschen essen war.« Von der Seite her sah er Saalmann und Hammes auf sich zukommen.

»Frau Uhlendorf, wir wünschen Ihnen und Ihrer Familie alles Gute.« Johannes Saalmann drückte Olgas Hand. »Ihr verstorbener Mann hat bereits vor Monaten, genau gesagt, bei der Firmenübergabe, Henning als Nachfolger und Erben seiner Kommanditisteneinlage bestimmt. Wir bitten Sie dennoch, sich mit unserer Firma ein wenig verbunden zu fühlen.«

Olga nickte genervt. »Mein Mann hat mich gut bedacht. Er hat mit mir über das Testament, das er kürzlich verfasst hat, gesprochen. Ich muss nicht mit geöffnetem Geigenkasten vor dem Postamt der Insel musizieren – falls Sie darauf anspielen«, antwortete sie ungewohnt schnippisch und wandte sich dann an Henning: »Wir machen uns auf den Weg zum Haus deines Vaters. Sehen wir uns gleich beim Abendessen?«, wollte sie wissen, und als Henning zustimmte, verließ sie am Arm ihres Sohnes den Saal.

Saalmann schnaubte empört. »Was war das denn? Deine schöne Stiefmutter hat offenbar Haare auf den Zähnen«, meinte er dann. »Zieh dich warm an, wenn es an die Erbauseinandersetzungen geht!«

»Immerhin bleibt die Firma ja in deutschen Händen!«, warf Kurt Hammes seltsam erleichtert ein. »Zum Glück musst du dich um deinen Firmenanteil schon mal nicht streiten.« Er lachte das helle, aufgeregte Lachen, das Henning schon oft an ihm gehört hatte.

Der junge Mann winkte ein wenig ärgerlich ab. »Zu Späßen bin ich im Moment nicht aufgelegt, tut mir leid. Außerdem ist mein Vetter Gretus Rechtsanwalt in Oldenburg. Er wird mir bei allen juristischen Problemen zur Seite stehen.«

Saalmann winkte jovial ab. »Komm, Henning, setzen wir uns noch einen Moment. Wir möchten nämlich etwas mit dir besprechen.«

Sie nahmen an einem der Tische Platz und bestellten sich noch einen Kaffee. Nachdem der Kellner ihnen das Gewünschte serviert hatte, ergriff Johannes Saalmann erneut das Wort: »Ich weiß nicht, ob dein Vater dir erzählt hat, dass wir kürzlich wegen der starken Exportnachfrage die Halle C angebaut haben ...«

Henning zuckte gleichgültig die Schultern. »Ich war ja in Singapur. Aber auch sonst habe ich mich kaum um Papas Belange gekümmert.«

»Die Kommanditisteneinlage beträgt mehr als eine halbe Million Mark. Angesichts der guten Auftragslage bieten wir dir eine Verzinsung von sechs Prozent an. Der Sparzins beträgt zurzeit zweieinhalb Prozent«, trug Kurt Hammes vor.

»Wie hoch war denn der Zinssatz, den Papa erhielt?«, wollte Henning wissen.

»Fünf Prozent«, antwortete Johannes Saalmann. »Wir legen nun aber noch ein Prozent drauf, weil mit dem Tod des Seniors die Vergütung für die Patente meines Kollegen Hammes an die Firma fallen.«

Und der Diplom-Ingenieur beeilte sich hinzuzufügen: »Das haben wir mit deinem Vater alles vertraglich geregelt.«

Henning pfiff leise durch die Zähne. »Puh, dreißigtausend Mark Zinsen im Jahr – da sage ich natürlich nicht nein. Außerdem gibt es noch das Haus in Rüstersiel, die Wohnung auf Norderney, das Schiff und einige Privatkonten.«

»Na ja, aber du hast es ja aus dem Mund deiner werten Stiefmutter gehört: Sie wird auch nicht zu kurz kommen. Ich schätze, dass fünfzig Prozent des Vermögens an sie gehen werden.«

Henning war der ironische Unterton Saalmanns nicht entgangen, doch er entschied sich, ihn zu ignorieren. Außerdem legte Hammes ihm in diesem Moment einen Vertrag vor.

»Henning, du kennst uns nun schon seit vielen Jahren«, sagte er in tragendem Ton. »Und ich rate dir, unser Angebot anzunehmen. Es ist ein gutes Standbein für die Zukunft. Du musst nicht sofort unterschreiben. Ziehe ruhig deinen Vetter zurate und lass dir alles gründlich durch den Kopf gehen.«

»Die Kündigungsfrist beträgt übrigens sechs Monate«, warf Saalmann ein. »Bleibst du denn überhaupt dabei: Wirst du nach San Francisco gehen?«, wollte er noch wissen.

Henning schaute eine Weile nachdenklich vor sich hin, dann nickte er entschieden. »Ja, die Aufgabe, die mich dort erwartet, sagt mir zu. Ich habe bereits mit dem Professor in San Francisco telefoniert. Wenn es mir aus irgendwelchen Gründen dort nicht gefallen sollte, kann ich ja jederzeit zurückkehren.«

Johannes Saalmann lachte. »Natürlich, Junge. Du kannst dir ja alles noch einmal überlegen. Wie gesagt, wir würden dich mit Kusshand nehmen. Uns fehlt nämlich noch ein tüchtiger junger Ingenieur, der Kurt bei den Entwicklungen ein wenig zur Hand geht.«

»Ich lass dir aber noch Zeit, das zu entscheiden. Sagen wir, bis Ende November«, meinte Hammes. »Doch dann muss ich mich nach einem anderen Mitarbeiter umsehen.«

»Einverstanden«, erwiderte Henning und stand auf. »Ich lass von mir hören.« Mit einem herzlichen Händedruck verabschiedete er sich von den Geschäftsleuten. »Ich muss jetzt auch los; Olga wartet sicher schon. Schließlich haben wir noch Gäste zu bewirten. Auch wenn ich viel lieber nach Aachen zu Suzie und Hang fahren würde. Na ja, was soll's! Zum Glück wird unsere gute Seele Trudi Patten in Rüstersiel vorerst nach dem Rechten sehen. Mal schauen, was dann mit dem großen Haus geschieht ...«

Saalmann nickte und klopfte dem jungen Mann auf die Schulter. »Es werden auch wieder bessere Zeiten kommen, mein Junge. Wir wünschen dir jedenfalls für die Zukunft alles Gute.«

An diesem Samstagmorgen schob Gesine Janssen ihr Fahrrad energisch wie immer über den Neuen Weg. Ein steifer Nordwind blies ihr entgegen und riss am Segeltuch ihrer Zeitungstaschen, in denen sich die druckfrischen Ausgaben der *Ostfriesen-Post* befanden. Fröhlich pfeifend steuerte Gesine die Häuser ihrer Kunden an, hielt mal hier, mal dort, um eine Zeitung in den Briefkasten zu stecken.

Gesine war wie immer gut in der Zeit. Das bewies ihr in diesem Moment auch die Turmuhr von St. Ludgeri, die mit lautem Glockenschlag fünf Uhr läutete.

Wie so oft begegnete ihr niemand auf ihrer Runde. Nur im Café Semmers herrschte schon rege Geschäftigkeit, wie ein Blick durch das Schaufenster ihr bestätigte. Der Juniorchef, bekleidet mit Bäckerhose, weißem T-Shirt und Bäckermütze, trug soeben einen Korb mit Brötchen in den Laden. In der Linken balancierte er eine Torte, die aus der Ferne wie eine Schwarzwälder Kirschtorte aussah.

Schwarzwälder Kirsch? Wer isst denn hier bei uns im hohen Norden Schwarzwälder Kirschtorte?, überlegte Gesine gerade kopfschüttelnd. Sie wollte die *Ostfriesen-Post* eben in den Briefkasten des Musik- und Technikhauses Kober stecken, als sie plötzlich stutzte. Noch ehe sie wirklich registriert hatte, was genau ihren Argwohn erregt hatte, bemerkte sie die ungewohnte Unordnung, die im Schaufenster des Musikhauses herrschte. »Seltsam, ob der alte Kober Räumungsverkauf macht? Ich hab gar nichts davon gelesen«, murmelte sie nachdenklich und überlegte, ob es da auch Flötennoten preiswerter geben könnte. Ihre Enkelin Vera ging begeistert zum Flötenunterricht, und Weihnachten war nicht mehr ganz so fern ... Langsam richtete sie sich auf, trat näher an die

Scheibe heran und versuchte, einen Blick in das Geschäft zu erhaschen. Doch vergebens, der Laden war völlig dunkel, und dies war wirklich ungewöhnlich!

Entschieden drehte Gesine ihr Rad um und klopfte an die Tür des *Cafés Semmers*.

»Was gibt's, Gesine?«, brummte Semmers junior, als er die Tür geöffnet hatte und sich nun im matten Licht vor der Zeitungsfrau aufbaute. Dass er sich über die frühe Störung ärgerte, war ihm deutlich anzusehen.

»Na, schauen Sie doch mal zum Kober rüber! In seinem Schaufenster scheint 'ne Bombe eingeschlagen zu haben. Und stockfinster ist's im Laden auch. Das hab ich in all den Jahren, in denen ich hier die *Ostfriesen-Post* austrage, noch nicht erlebt. Da stimmt was nicht, das sag ich Ihnen!«

»Hm«, brummelte Semmers, nun ebenfalls alarmiert, und trat ein paar Schritte vor, um in den Laden schauen zu können. »Wie bei Hempels«, murmelte er. »Nee, nee, da stimmt was nicht. Da hast du schon Recht, Gesine! Mach du nur deine Runde zu Ende. Ich geh der Sache auf den Grund.« Und weg war er.

In seinem Büro hinter dem Ladenlokal wählte er mit fliegenden Fingern die Nummer des Musikalienhändlers. Er musste es eine ganze Weile klingeln lassen, bis er Ihno Kobers verschlafene Stimme hörte. »Ihno? Ich bin's, Renke. Komm in die Füße, alter Junge. Ich glaub, in deinem Laden ist geplündert worden.«

Am anderen Ende blieb es eine Weile still. Ihno Kober hatte es wohl die Sprache verschlagen. Renke Semmers hörte den Musikalienhändler nur aufgeregt atmen. »Pass auf«, entschied der Konditor dann. »Ich ruf schon mal die Polizei – du kannst dich ja derweil auf den Weg machen.«

Ihno Kober war außer sich. »So eine Schweinerei!«, schimpfte er aufgebracht und lief aufgeregt hin und her. Dabei vergaß er ganz, den jungen Kriminalbeamten, der sich als Tido de Boer vorgestellt hatte, mit Handschlag zu begrüßen.

De Boer machte seinen beiden Kollegen Jensen und Hilgers, die auf dem Hinterhof der Firma neben dem Polizeiwagen standen, ein Zeichen, den Spurensicherungskoffer mitzubringen. »Wo sind die Einbrecher eingestiegen«, wollte er dann von dem schlanken, grauhaarigen Musikalienhändler Mitte fünfzig wissen, der sich offenbar gar nicht beruhigen konnte.

»Oben durch die Luke«, maulte er und zeigte mit der Hand auf ein modernes Dachfenster. »Die Kerle sind über den Speicherraum ins Hauptgebäude eingedrungen – da lagere ich die abgelegten Geschäftsakten –, haben die Zwischentür aufgehobelt, sind über den Ausstellungsraum für Klaviere und Flügel nach unten gestiegen und haben sich hier nach Herzenslust bedient!« Sein schmales Gesicht war vor Wut rot angelaufen, und immer wieder strich er sich mit einem Stofftaschentuch über die faltige Stirn.

Tido de Boer fuhr sich mit der Hand nachdenklich durch sein kurz geschnittenes dunkles Haar. »Wie sind sie denn aufs Dach gekommen? Befand sich hier im Hof vielleicht eine Leiter?« Doch Kober schüttelte entschieden den Kopf.

»Dann haben sie eine mitgebracht. Ohne Leiter kommt man da nicht rauf«, erklärte Hilgers überzeugt. »Durch das Velux-Fenster da oben kann man ohne große Schwierigkeiten Fernsehgeräte, Videorekorder und Musikgeräte abtransportieren.«

»Kommen Sie mit«, meinte Ihno Kober und stiefelte mit großen Schritten voran. Er führte die Beamten zu einer Tür an der Seite des Hauptgebäudes und bat sie einzutreten. »Ich habe mich bereits umgeschaut«. Kober begleitete die Männer durch die Werkstatt in einen kleinen Flur. »Schauen Sie sich das mal an. Alle Türen unbeschädigt. Die Toilette, das Personalzimmer, das Büro. Hier war offenbar keiner drin.« Nun gelangten sie in den großen Verkaufsraum, in dem es immer noch dunkel war. »Ich lasse ja nachts immer das Licht brennen. Aber die Kerle haben den Sicherungskasten gefunden und die Alarmanlage ausgeschaltet. Deshalb gab's auch kein Licht!«

Während sich de Boer und seine Kollegen umsahen, zeterte Kober weiter: »Hier haben sie ein Saxofon im Wert von zweitausendfünfhundert Mark mitgehen lassen! Schauen Sie sich das an!« Mit einer weit ausholenden Bewegung wies er auf eine große Lücke im Regal. »Doch vorn im Schaufenster und in der Ecke mit den Elektrogeräten haben die Mistkerle erst recht zugeschlagen. Und sie hatten es dabei nur auf die teuersten Stücke abgesehen! Alles weg! *Weg*! Das teure Großformat-TV-Gerät von ...«

»Immer der Reihe nach, bitte«, unterbrach de Boer den Geschäftsmann ein wenig ungeduldig. »Wir werden noch eine genaue Aufstellung der entwendeten Geräte anfertigen lassen. Doch zunächst müssen wir untersuchen, ob die Täter Spuren hinterlassen haben, die auf ihre Identität schließen lassen. Wohin führt die Treppe?«, wollte er dann wissen.

»Das ist die Kundentreppe in den Ausstellungsraum für Klaviere und Flügel. Kommen Sie ruhig, wenn Sie wollen«, meinte Kober und schritt wieder voran, vorbei an einer langen Reihe von Regalen, die nur noch zum Teil gefüllt waren. Den Boden bedeckte teure Auslegeware. Die Treppe lag hinter einem Pfeiler verborgen, der mit bunten Werbematerialien dekoriert war. Ihno Kober zeigte auf einen Aufzug an der Seite. »Den haben sie ja nicht benutzen können. Dafür hätten sie Strom gebraucht!«

Als sie den Ausstellungsraum betraten, sah sich de Boer anerkennend um. Durch das große Fenster drang helles Morgenlicht in den großzügig geschnittenen Raum und ließ die wertvollen Klaviere und Flügel glänzen. Die Wände waren mit einer wertvollen Grastapete bedeckt, das starke Eichenparkett auf dem Boden knarrte leicht unter den Schritten der Männer. Alles vom Feinsten, registrierte der Kriminalbeamte. Die zahlungskräftige Klientel wird's freuen ...

»Jetzt gucken Sie mal hier!«, riss der Musikalienhändler ihn aus seinen Überlegungen. Er führte ihn an eine hintere Wand und zeigte auf eine Tür, die ebenfalls mit der Grastapete beklebt war. Die Tapetentür hing beschädigt in den Angeln, das Türschloss war verbogen. »Ein Kunde, der von dieser Tür nichts weiß, entdeckt sie auch nicht!«, näselte Kober und schnaubte empört, während er die Beamten durch die Tür in einen kleinen Speicherraum mit schrägen Wänden führte. Auf dem Boden standen kleine Regale mit unzähligen Aktenordnern. Es roch muffig.

Nachdenklich betrachtete de Boer das Dachfenster über ihren Köpfen. »Wir beginnen nun mit der Spurensicherung. Wir brauchen Sie nicht unbedingt dabei, Herr Kober.«

Der Musikalienhändler nickte, doch er machte keine Anstalten, das Speicherzimmer zu verlassen, sondern schickte sich an, angelegentlich in einigen Akten zu blättern, die auf dem Boden lagen. Ein ums andere Mal seufzte er laut und vernehmlich auf.

»Immer mit der Ruhe«, meldete sich Wachtmeister

Hilgers mit seiner tiefen Baritonstimme zu Wort. »Ihre Versicherung wird schon für den Schaden aufkommen.«

Während Wachtmeister Jensen den Speicherraum nach Fingerabdrücken und weiteren Spuren untersuchte, machte sich Tido de Boer so seine eigenen Gedanken. Die Einbrecher scheinen sich hier recht gut ausgekannt zu haben. Sie haben von der Alarmanlage gewusst, den Sicherungskasten rechtzeitig gefunden und die Tapetentür gekannt, die ihnen den Weg zum Dachfenster freigab. Und sie müssen den Wagen – höchstwahrscheinlich einen kleinen Transporter – auf oder vor dem Hof abgestellt haben. Doch auf dem gefrorenen Boden hatten sie keine brauchbaren Reifenspuren sicherstellen können. Seltsam, dass kein Nachbar sie gehört hat!

»Wann kommen Ihre Angestellten?«, wandte er sich an Ihno Kober, der immer noch seufzend in seinen Akten blätterte.

»In einer Stunde müssen sie alle da sein ...«

»Gut, dann sorgen Sie bitte dafür, dass wir sie einem kurzen Verhör unterziehen können.«

Als sie durch den Ausstellungsraum zurück zur Treppe gingen, pfiff Wachtmeister Hilgers plötzlich leise durch die Zähne. »Mein lieber Mann! Gut, dass dieses Stück nicht durch die Dachluke gepasst hat!«

Ihno Kober nickte und lächelte geschmeichelt. »Ja, das ist ein echter Steinway-Flügel. Dafür müssen Sie tief in die Tasche greifen.« Er lachte ein wenig geziert und fügte dann leise hinzu: »Achtundvierzigtausend Mark kostet das gute Stück.«

»Verkauft sich denn so was?«, entfuhr es de Boer überrascht.

»Aber sicher!«, versicherte der Musikalienhändler.

»Natürlich kann sich nicht jeder so ein exquisites Instrument leisten. Aber es fährt ja auch nicht jeder einen Jaguar.« Wieder ließ er sein hohes Lachen hören. »Sehen Sie: Viele ältere Herrschaften, die in jungen Jahren Klavierstunden genommen haben, suchen im Alter nach Möglichkeiten, ihre Kreativität neu auszurichten. Sie haben Zeit und Geld ... Wie könnten Sie Letzteres besser nutzen, als es in einen echten Steinway zu investieren, den König unter den Flügeln?«

De Boer ließ die Frage unbeantwortet – es war nicht sein Thema, er sah sich lieber ein weiteres Mal im unteren Verkaufsraum um.

Eine gute Dreiviertelstunde später trafen nach und nach Kobers Mitarbeiter ein, die sich beunruhigt im Laden umsahen. Ein selbst geschriebenes Plakat hatte sie schon beim Eintreten ins Geschäft über die Ereignisse der letzten Nacht informiert. *Wegen Einbruch geschlossen,* hatte Kober in großen, runden Buchstaben auf ein Pappschild gemalt und es in die Tür geklebt. Tido de Boer seufzte unmerklich.

Die Beamten warteten, bis das gesamte Verkaufsteam vollzählig war, und begannen mit der Befragung. Die meisten der jungen Verkäufer und Verkäuferinnen wirkten ehrlich schockiert.

»Ich bin gegen vierundzwanzig Uhr mit meiner Freundin noch am Geschäft vorbeigekommen«, berichtete ein junger rothaariger Mann, der sich als Franjo Steffen vorgestellt hatte. »Ich hab ihr den Auto-CD-Wechsler von Sony gezeigt, den ich so super finde. Da war alles noch in Ordnung, echt ...«, versicherte er.

De Boer nickte. »Das ist schon mal ein wichtiger Hinweis«, sagte er mit einem kleinen Lächeln. »Wir werden uns aber noch nach weiteren Zeugen umsehen, die Ihre Aussage bestätigen können, Herr Steffen.« Er zwinkerte den jungen Leuten betont freundschaftlich zu. »Ich gehe mal davon aus, dass niemand von Ihnen gestern Nacht mit dubiosen Freunden eine private Geschäftsbesichtigung durchgeführt hat«, fügte er hinzu und erntete fröhliches Gelächter.

»Das wäre auch die größte Enttäuschung meines Lebens«, warf Kober näselnd und offenkundig empört ein. »Herr Kommissar, ich *vertraue* meinen Mitarbeitern«, setzte er noch vorwurfsvoll hinzu.

»Schon gut, Herr Kober«, meinte de Boer amüsiert. »Ich kann sie vielleicht beruhigen: In Varel ging kürzlich eine Einbrecherbande ähnlich vor. Vielleicht gibt es da einen Zusammenhang ...« Er unterbrach sich, weil ein junges Mädchen plötzlich aufgeregt mit ihrer Nachbarin zu tuscheln begonnen hatte.

»Theda, hast du uns *allen* etwas mitzuteilen?«, ging Ihno Kober ungewohnt streng dazwischen.

Die junge Frau errötete, sie hatte ein hübsches rundes Gesicht, war insgesamt ein wenig stämmig, doch ihr helles blondes Haar und ihre lustigen Sommersprossen gaben ihr etwas ungemein Anziehendes. »Mir ist nur gerade etwas eingefallen, Chef – äh ... Herr de Boer«, korrigierte sie sich und sah nun den Kriminalbeamten an. »Der Vorfall liegt schon eine Weile zurück. Mindestens ... hm, genau weiß ich das nicht mehr. Jedenfalls betrat da eine hübsche junge Frau mit einem gut aussehenden Begleiter den Laden. Sie interessierten sich für Fernsehgeräte, guckten immer wieder auf die Preisschilder, flüsterten, winkten aber aufgeregt ab, als ich ihnen meine Hilfe anbot. Ich hab noch überlegt, warum die so nervös sind. Der junge Mann hat sogar vor Aufregung geschwitzt. Jedenfalls kam es mir so vor. Warm war's ja nicht an dem Tag. Na ja, sie haben sich alles, was in den Regalen lag, ganz genau angesehen und unterhielten sich flüsternd miteinander. Sie sprachen nur ein paar Brocken Deutsch. Aber ich bin mir sicher, dass es Polen waren – *total* sicher! Ich war nämlich im Sommer bei einer Brieffreundin in Warschau – und die Leute dort haben genauso gesprochen. Ganz bestimmt!«

»Verhielten Sie sich Ihrer Meinung nach auffällig?«, wollte Tido de Boer wissen.

Unter seinem prüfenden Blick errötete Theda wieder ein wenig. »Hm, was heißt ›auffällig‹? Doch, eigentlich schon. Ja. Ich habe dann das polnische Pärchen aber nicht mehr so beachtet, weil mein ehemaliger Berufsschullehrer in den Laden kam und einen Fernseher kaufen wollte. Erst als nach einiger Zeit Klaviermusik zu uns nach unten drang, gab ich Monika ein Zeichen ...« Sie stieß der jungen Frau neben sich auffordernd in die Seite.

Monika Eden war ein wenig älter als Theda, sehr hübsch und schlank. Ihr Haar hatte sie tiefrot gefärbt. Sie nickte aufgeregt. »Das stimmt«, sagte sie nun. »Ich bin dann gleich nach oben in den Ausstellungsraum gelaufen, aber da hörte der gut aussehende junge Mann leider auf zu spielen. Dabei war's so schön! Chopin – ich liebe Chopin!«, fügte sie hinzu, und de Boer konnte sich ein Schmunzeln nicht verkneifen. Ihrer Aufmachung nach zu schließen – sie trug ein bauchfreies Top, enge Lederjeans und war grell geschminkt –, hätte er in ihr eher einen Techno-Fan vermutet. Doch so konnte man sich täuschen. »Na, jedenfalls ... Als er mich sah, stand er erschreckt auf, erhob sich und lief mit seiner Begleiterin – einer hübschen dunkelhaarigen Person – die Treppe hinunter. Das Komische aber war, dass sie sich die kleine Tapetentür gerade so genau angeschaut hatte. Das habe ich noch gesehen, als ich die Treppe hinaufkam«, setzte sie hinzu.

»Wie lange, glauben Sie, hielt sich das Pärchen hier auf?«

»Tja ... Zwanzig Minuten waren es bestimmt. Was meinst du, Theda?« Gespannt sah Monika die jüngere Kollegin an, doch die nickte bestätigend.

»Zwanzig, fünfundzwanzig Minuten, ja, das kommt hin«, antwortete Theda.

»Können Sie sich noch an die Kleidung der jungen Musikfreunde erinnern?«, hakte de Boer nach und sah von einer Verkäuferin zur anderen.

»Ja, sogar ganz *genau*«, erklärte Monika Eden stolz. »So was merk ich mir fast immer. Also: Er trug eine supertolle schwarze Nappalederjacke und Jeans, ich glaube, von Wrangler. Und sie, also seine Begleiterin, eine hellblaue Wetterjacke mit Stehkragen, aufgesetzten Taschen und ... Ja, irgendwie war die nicht so richtig modisch.« Sie rümpfte kaum merklich die Nase und fügte hinzu: »Jedenfalls hab ich solche Jacken hier noch nie gesehen ...«

Tido de Boer nickte. »Ich danke Ihnen, meine Damen. Ich möchte Sie bitten, heute Nachmittag ins Präsidium nach Norden zu kommen, um das verdächtige Pärchen noch einmal genau zu beschreiben. Ein Kollege aus Leer wird nach Ihren Angaben Phantombilder anfertigen, wenn es Ihnen recht ist. Es könnte immerhin sein, dass es sich bei den beiden jungen Leuten, von denen Sie erzählt haben, um ein Spitzelpärchen handelt. Zumindest müssen wir das überprüfen und ihre Identität klären.« Er wandte sich an Kober: »Und Sie möchte ich bitten, den Schaden, der Ihnen entstanden ist, genau aufzulisten. Sie hören von uns. Auf Wiedersehen.« Tido de Boer wollte gerade den Laden verlassen, als Anne Egeda, eine Redakteurin der *Ostfriesen-Post*, an die Tür klopfte. Der Schlüssel steckte, und so öffnete Tido ihr.

Die junge, schlanke Frau grinste unbefangen. »Darf ich?«, fragte sie, und als der Kriminalbeamte nickte, begann sie, das ausgeräumte Schaufenster und die geplünderten Regale zu fotografieren. »Und? Gibt's erste Spuren?«, wollte sie interessiert von Tido de Boer wissen.

Der Beamte mochte die junge Frau, die er als fähige, kooperative Journalistin kennen gelernt hatte, und lachte. »Für Ihre Schlagzeilen befragen Sie bitte Herrn Kober. Ich kann Ihnen noch nichts Genaues sagen. Dennoch würden wir uns freuen, wenn sich aufgrund Ihres Artikels jemand melden würde, der uns in dieser Sache einen Hinweis geben kann und der uns hilft, der Einbrecherbande auf die Spur zu kommen. Vielleicht hat ja jemand einen Kleinlaster oder sonst einen Wagen auf dem Firmengelände oder auf der Straße vor dem Geschäft gesehen. Der Einbruch ist vermutlich nach Mitternacht verübt worden.«

Nach diesen Worten nickte er den Anwesenden noch einmal freundlich zu und verließ mit den beiden Kollegen das Geschäft.

Kriminalkommissar Ubbo Ewers machte sich an diesem Montagmorgen früher als üblich auf den Weg ins Präsidium. Eine Menge Arbeit wartete auf ihn, denn im Musikhaus Kober war in der Nacht zum Samstag eingebrochen worden. Die *Ostfriesen-Post*, die Ewers abonniert hatte, hatte in ihrer Montag-Ausgabe bereits über den Einbruch berichtet, ebenso das Lokalradio und die *Emder-Zeitung*. Seltsam, ob sonst gar nichts los ist, sinnierte Ewers und lenkte seinen Golf durch die Straßen von Norddeich.

Für seine fünfzig Jahre war Ubbo Ewers ein recht gut aussehender Mann – zumindest behauptete das seine Frau Altje augenzwinkernd, wenn Ubbo darüber klagte, dass sein volles Haar, das er recht lang in einer Art Pilzkopf trug, wie sein kurz gestutzter Vollbart immer grauer wurde. Obwohl Ubbo sehr sportlich war, gern und viel joggte und ausgiebige Gartenarbeit liebte – er pflegte den großen Garten, der zu dem Haus am Seehundsweg gehörte, mit wachsender Begeisterung, züchtete Blumen und pflanzte im hinteren Teil Salat und Kartoffeln an –, war er eher stämmig als schlank, mittelgroß und hatte ein frisches, kerniges Gesicht mit wachen braunen Augen. Er war sehr naturverbunden, unternahm gern lange Spaziergänge und gratulierte sich noch heute zu dem Entschluss, ganz in der Nähe des Kolkes gebaut zu haben.

Seit seine fünfzehnjährige Tochter Hedda angefangen hatte, sich langsam, aber sicher von den Eltern abzunabeln, arbeitete Altje Ewers wieder. Sie war in der Sparkasse in Norddeich angestellt.

Während Ubbo nun seinen Wagen auf dem Parkplatz vor dem historischen Weinhaus in Norden abstellte, in dem seit Jahren die Kripo residierte, warf er einen Blick auf das bunte Laub der Bäume vor dem Haus, trat ins Gebäude und öffnete wenig später die Tür zu seinem Büro, das er sich mit dem Beamten Tido de Boer teilte. »Moin.«

Der junge Kollege saß schon an seinem Schreibtisch und schaute freundlich auf. »Moin, Chef«, erwiderte er gut gelaunt Ubbo Ewers' Morgengruß. »Hast du schon gehört? Im Musikhaus Kober ist eingebrochen worden. Ich tippe gerade das Protokoll.«

»Weiß ich doch schon! Die Welt spricht ja von nichts anderem«, meinte Ewers spöttisch, und de Boer stimmte in sein leises Lachen ein. »Nein, nein, Ihno Kober hat mich noch am Samstag angerufen und mir erzählt, dass du die Spurensicherung geleitet hast. Was ist an der Geschichte, dass ein polnisches Pärchen das Geschäft einige Zeit vor dem Einbruch ausgekundschaftet haben soll?«

De Boer zuckte die Schultern. »Tja, ich weiß nicht so genau. Eine junge Mitarbeiterin ist sich hundertprozentig sicher, dass es Polen waren, die sich so auffällig im Laden umgesehen haben. Diese Theda war vor kurzem längere Zeit in Warschau, und sie erschien mir auch recht glaubwürdig. Sie ist keines der Mädchen, die sich nur wichtig machen wollen, glaube ich ...«

»Wenn du so redest, ist sie sicher hübsch«, konterte Ewers und grinste seinen Mitarbeiter an.

»Ja, das schon, aber nein ... Ich halte sie wirklich für glaubwürdig. Außerdem – seitdem ich meine Rena habe, interessiere ich mich nicht mehr für andere Mädchen. Das ist vorbei.«

»War doch nur ein Scherz, Tido«, versicherte Ewers und trat ans Fenster. Er ließ seinen Blick noch einmal über die herbstlich-bunten Bäume, die Sträucher und die Hagebuttenhecke gleiten, die den Marktplatz unter ihnen säumten. »Es wird endlich leerer. Den Urlaubern wird's langsam zu ungemütlich bei uns und ...«

Das Telefon auf Ubbo Ewers' Schreibtisch begann zu läuten und riss ihn aus seinen Gedanken. Mit wenigen Schritten hatte er seinen Tisch erreicht und meldete sich: »Kripo Norden, Ewers.«

»Ja, Dirk Hinkena hier. Ich bin Taxiunternehmer in Emden. In der Zeitung las ich einen Bericht über einen

Einbruch in ein Musikhaus in Norden. Dort hieß es, dass eine erste Spur nach Polen führt.«

»Eine erste Spur nach Polen? So, so! Lieber Herr Hinkena, *so* kann man das wirklich nicht sagen«, erklärte Ewers ein wenig verärgert. Er hasste voreilige Schlüsse und vorschnelle Verdächtigungen. »Eine Mitarbeiterin hat den *Verdacht* geäußert, dass das Geschäft einige Zeit vor dem Einbruch *möglicherweise* ausgekundschaftet wurde. Von einem jungen Pärchen, das aus Polen stammen *könnte*. Das ist ein Unterschied. Meines Wissens nach war der Artikel in der *Ostfriesen-Post* sehr vorsichtig formuliert ...«

»Ja, ja, Entschuldigung. Es ist ja nur, weil ich in der Nacht zum Samstag was beobachtet habe, was auch in diese Richtung weist ...« Der Anrufer sprach immer noch sehr forsch und selbstsicher.

»Na, dann schießen Sie mal los!«

»Also, am Samstagmorgen gegen halb zwei wurde ich in die Klipperstraße im Konstantin-Viertel gerufen. Ich bin sofort losgefahren, um die Gäste – einen Mann und eine Frau – abzuholen und nach Lütetsburg zu bringen. Die Fahrt machte mir Spaß, die beiden waren leicht beschwipst, lachten viel, und die Straßen waren um diese Uhrzeit beinahe leer. Als ich an der Ecke Neuer Weg vorbeikam, schoss plötzlich ein alter Ford Turnier mit überhöhter Geschwindigkeit vor mir auf die Straße, dicht gefolgt von einem alten VW-Bully. Ich musste richtig in die Eisen gehen, um nicht auf den zweiten Wagen aufzufahren, und hab ganz schön gemault. Jedenfalls hielten sich die beiden Autos eine längere Strecke dicht hintereinander, und der Fahrer des ersten Wagens gab dem des zweiten mehrmals irgendwelche Handzeichen. Ich konnte das trotz der Dunkelheit ganz gut erkennen.«

Hoffentlich kommt er bald zur Sache, dachte Ewers leise seufzend und wechselte einen Blick mit Tido de Boer, der das Gespräch von Anfang an mitgehört hatte, denn Ubbo hatte den Lautsprecher eingeschaltet.

»Ja, so war das«, fuhr Dirk Hinkena fort. »Was mich aber dann irgendwie irritiert hat, war die Tatsache, dass die zwei Wagen, die doch so offensichtlich zusammengehörten, sich plötzlich trennten. Der Ford Kombi fuhr in Richtung Aurich, der Bully nach Emden ... Ach, ich habe ganz vergessen zu erwähnen, dass beide Fahrzeuge polnische Kennzeichen trugen! Deshalb rufe ich ja überhaupt an. Wegen der Polen, die angeblich im Musikhaus Kober ...«

»Sie denken also im Nachhinein, dass es sich bei den Insassen möglicherweise um die Einbrecher gehandelt haben könnte, die sich vielleicht trennten, um weniger aufzufallen?«

»Genau!«, kam es forsch zurück.

Ewers schwieg eine Weile. Dass in diesem Zusammenhang zweimal Polen erwähnt wurden, konnte durchaus ein Zufall sein, doch vernachlässigen durfte er diesen Hinweis nicht. Außerdem klang der Taxiunternehmer ruhig und besonnen und schien zu wissen, was er sagte. »Wann genau war das, Herr Hinkena?«, hakte der Kriminalkommissar nach.

»Dass die Wagen aus dem Neuen Weg schossen? So gegen zwei, vielleicht kurz nach zwei. Ja, kurz nach zwei war es da«, kam es nach einer Weile zurück.

»Vielen Dank für Ihren Anruf, Herr Hinkena. Wir werden Ihren Beobachtungen auf jeden Fall nachgehen und über Ihre Aussage eine Aktennotiz anfertigen. Einen schönen Tag noch«, sagte er und legte auf. Nachdenklich schaute Ewers vor sich hin und malte mit seinem Bleistift gedankenverloren die Kästchen seines karierten Schreibblocks nach. »Hm«, murmelte er dann. »Vielleicht hat dieser Taxiunternehmer wirklich die Einbrecher gesehen. Warum sollten zwei Wagen mitten in der Nacht mit überhöhter Geschwindigkeit aus dem Neuen Weg schießen – so schnell, dass sie Herrn Hinkenas Taxi beinahe gerammt hätten?«

De Boer nickte. »Vielleicht waren das die Einbrecher, ja. Um zwölf war der Laden übrigens noch unversehrt, wie einer von Kobers Mitarbeitern ausgesagt hat. Und die Zeitungsfrau, die als Erste den Einbruch bemerkt hat, kam um fünf Uhr am Musikhaus vorbei.«

»Füge Hinkenas Aussage deinem Protokoll hinzu. Warte ...«, er griff nach dem Telefonbuch für die Region Wilhelmshaven-Leer, schaute unter »Emden« nach und blätterte eine Weile. »Hinkena, Dirk, hier. Trawlerstraße fünfundsiebzig, Emden.«

Während Tido noch schrieb, klopfte es kurz an der Tür, und Wachtmeister Hilgers trat ins Dienstzimmer. »Moin!«, rief er gut gelaunt und schwenkte eine durchsichtige Plastiktüte in der Hand. »Schaut mal, was ich auf dem Dach des Musikhauses Kober gefunden habe!« Er legte die Tüte, in der sich ein dicker roter Schraubenzieher befand, auf Ewers Schreibtisch. »Die Sache hat mir gestern einfach keine Ruhe gelassen. Wir hatten ja schon alles nach Spuren abgegrast – nur nicht auf dem Dach unterhalb des Dachfensters, durch das die Einbrecher eingestiegen sind. Der Schraubenzieher lag in der Regenrinne. So gut wie neu, das Ding. Lange hat es dort jedenfalls nicht gelegen. Doch das Beste ist der Werbeaufdruck: der Name einer Werkzeugfabrik in Warschau!«

»Und Kober hat nicht kürzlich sein Dachfenster reparieren lassen?« Ewers grinste schief.

»Nein, hat er nicht. Und er selbst hat den Schraubenzieher noch nie gesehen. Sieht so aus, als hätten die Einbrecher damit das Dachfenster aufgehobelt. Er muss ihnen dann aus der Hand gefallen sein.« Als er keine Antwort erhielt, zuckte er ein wenig enttäuscht die Schultern und wandte sich zur Tür. »Na ja, ich muss dann wieder. Tschüss – und bis die Tage!«

»All up Stee!«, murmelte Ewers und nahm die Tüte mit dem Werkzeug in die Hand. »Hm«, machte er dann. »Eine dritte Spur nach Polen? Aber nimm den Schraubenzieher auch noch in dein Protokoll auf, Tido. Sei so gut.«

Tido de Boer vervollständigte das Protokoll und erhob sich. »Ich faxe das Ganze der Staatsanwaltschaft in Aurich.« Sprach's und war schon aus dem Zimmer.

Der Radiowecker riss Kommissar Ubbo Ewers am Dienstagmorgen kurz nach halb sieben aus dem Schlaf. Seufzend richtete er sich auf und schaltete das Radio aus. Dabei fiel sein Blick auf Altje, die noch tief und fest schlief. Sie hatte die Arme um das Kopfkissen geschlungen und atmete ganz gleichmäßig. Ihr volles Haar hatte sich gelöst und umschmeichelte ihr schönes, entspanntes Gesicht.

Ubbo spürte eine große Zärtlichkeit in sich aufsteigen, während er so dalag und still ihrem Atem lauschte. Liebevoll und nur ganz leicht küsste er sie auf die warme, weiche Wange und stand auf.

Seine Tochter Hedda musste heute nicht zur Schule – Niedersachsen hatte Schulferien, und Altje hatte erst am Nachmittag in der Sparkasse Schalterdienst. Er nahm sich vor, im Bad und in der Küche ganz leise zu sein, um die beiden nicht zu wecken. Ein Blick aus dem Fenster ließ ihn zufrieden lächeln. Das Wetter schien schön, vielleicht sogar sonnig zu werden, denn der Morgenhimmel war zwar noch recht dunkel, aber wolkenlos.

Die *Ostfriesen-Post* steckte wie jeden Morgen im Briefkasten, und Ubbo hatte rasch gefunden, wonach er suchte. In der heutigen Ausgabe waren die Phantombilder der beiden mutmaßlichen »Auskundschafter« veröffentlicht worden. Ubbo Ewers hatte sich nach längerem Zögern und einigen Diskussionen mit seinem jungen Kollegen Tido schließlich entschlossen, die Montagen, die de Boer schon am Samstag nach Aussagen der beiden Verkäuferinnen hatte anfertigen lassen, an Anne Egeda von der *Ostfriesen-Post* und einige andere Zeitungen weiterzuleiten. Schließlich hatten sie keine andere Spur. Er musste zugeben, dass dem Kollegen Grieger aus Leer die Montagen gut gelungen waren. Die Phantombilder wirkten echt und nur wenig verzerrt.

Ubbo ließ die Zeitung auf dem Küchentisch liegen, stellte das benutzte Geschirr in die Spülmaschine und schlüpfte in der Diele in seine Lederjacke. Während er wenig später in Richtung Norden fuhr, schaute er sich aufmerksam auf den Straßen um. Vor den Pensionen standen nur noch wenige Wagen mit auswärtigen Kennzeichen. Die Saison neigte sich wirklich dem Ende zu. Die Fährschiffe folgten bereits dem Winterfahrplan, und über die Norddeicher Straße fuhren mit Baustoffen beladene Lkws in Richtung Fähranleger. Die Baumaßnahmen auf Juist und Norderney liefen offenbar nach der Aufhebung des saisonbedingten Baustopps auf Hochtouren.

Ewers parkte seinen Wagen vor dem Präsidium, stieg aus und atmete die frische Seeluft ein, die ein böiger Nordwestwind in die Stadt wehte. Gut gelaunt machte er sich auf den Weg in sein Dienstzimmer, gespannt, was der Tag ihm bringen würde. Noch auf dem Flur hörte er sein Telefon klingeln und eilte an seinen Schreibtisch. »Ewers, Kripo Norden.«

»Guten Morgen, Herr Ewers, hier Rippken, Heinz Rippken. Ich rufe aus Rüstersiel an, denn ich glaube, ich kann Ihnen einen Hinweis geben, was die Identität des Pärchens angeht, das in den Einbruch in das Musikhaus in Norden verwickelt sein soll. Ich hab heute Morgen die Phantombilder in der *Nord-West-Zeitung* gesehen. Ich kenne die beiden. Das sind wirklich Polen!«

»Rüstersiel ... Das liegt bei Voslapp, in der Nähe von Wilhelmshaven, nicht wahr?«

»Ja, genau. Ich bin der Wirt des Ausflugslokals *Wattscheune*. Vor einiger Zeit richtete ich die Teetafel für die Beerdigung von Franz Uhlendorf aus. Die Phantombilder lassen keinen Zweifel zu. Die beiden jungen Leute gehörten zu den Trauergästen. Es waren Polen.«

Ubbo Ewers pfiff leise durch die Zähne. »Ist kein Zweifel möglich?«, vergewisserte er sich.

»Nein, ich bin mir ganz sicher. Die Phantombilder sind übrigens sehr gut.«

»Hm. Der Name Uhlendorf sagt mir auf Anhieb nichts, Herr Rippken ...«

»Franz Uhlendorf war ein hiesiger Unternehmer. Vielleicht haben Sie schon mal von der Firma Uhlendorf-Technik in Wilhelmshaven gehört?« Als der Kommissar schwieg, fuhr der Wirt fort: »Na ja, Uhlendorf hatte sich erst kürzlich zur Ruhe gesetzt, war nach Norderney gezogen und verstarb an den Folgen eines Treppensturzes. Das war auch so eine Geschichte – irgendwie sehr seltsam, finde ich: Soweit ich weiß, hatte er an dem Tag, an dem er starb, nämlich erst geheiratet. Aber darum geht es ja jetzt nicht ... Ich wollte Ihnen die Sache mit den Polen erzählen.«

»Sie haben uns mit diesem Hinweis sehr geholfen, Herr Rippken. Sagen Sie, können Sie sich zufällig an den Namen der beiden jungen Leute erinnern?«

»Nein, nein, die haben nicht mit mir geredet. Sie haben sich auch die ganze Zeit auf Polnisch unterhalten. Wenn ich mich recht erinnere, haben sie ihre Bestellung auf Englisch aufgegeben, denn meine Kellnerin hat sich noch über den Akzent lustig gemacht – sie studiert Englisch, müssen Sie wissen.«

»Wie dem auch sei, vielen Dank für Ihren Anruf. Geben Sie mir bitte noch Ihre Telefonnummer – falls wir noch weitere Fragen an Sie oder Ihre Kellnerin haben.« Er wiederholte die Nummer, die Rippken ihm nannte, und notierte sie. »All up Stee!«, rief er und wollte sich gerade seinem jungen Kollegen Tido de Boer zuwenden, der gleich nach ihm ins Zimmer gekommen war und das Telefonat mit angehört hatte, als erneut das Telefon läutete.

»Die Phantombilder scheinen ja wirklich sehr gut zu sein«, meinte Tido schmunzelnd, während sich sein Vorgesetzter meldete und wieder den Lautsprecher betätigte.

»Dr. Banter, mein Name. Ich bin Notar und Rechtsanwalt in Oldenburg«, ertönte eine sonore Stimme. »Herr Ewers, ich habe eben in der *Nord-West-Zeitung* die Phantombilder gesehen. Ich kenne die beiden jungen Leute, nach denen Sie suchen. Es handelt sich dabei um Wladyslaw Stocheck und Marzena sowieso – ihren Nachnamen habe ich leider nicht behalten. Sie ist auf jeden Fall Stochecks Freundin. Die beiden saßen mir bei der Teetafel nach der Beerdigung meines Onkels gegenüber. Dieser Wladyslaw ist übrigens der Sohn der ... Witwe Uhlendorf, einer Polin aus Oliva, die meinen Onkel an seinem Todestag geheiratet hatte. Ein sehr seltsamer Zufall, nicht wahr? Tja, und jetzt ist die arme Geigerin vom Staatlichen Polnischen Symphonieorchester plötzlich eine vermögende Witwe. Und mein Vetter Henning, den ich in der Erbangelegenheit übrigens vertrete und der sich zurzeit in Singapur aufhält und bald nach Kalifornien zieht, muss sich das Erbe mit Frau Uhlendorf Nummer zwei teilen ...«

Ewers war der ärgerliche Unterton in Dr. Banters Stimme nicht verborgen geblieben, und er fragte sich einen Moment, was der wahre Anlass seines Anrufs war. Banter wollte ihm doch zwischen den Zeilen etwas sagen! »*Uns* geht es vor allem um die beiden jungen Polen. Wie Sie gelesen haben, sind sie unter Umständen Komplizen in einem Einbruchsfall. Können Sie den Namen des Mannes bitte noch einmal buchstabieren? Wladyslaw ... Wie weiter?«, bat Ubbo Ewers, der spürte, dass ihn das Jagdfieber gepackt hatte. Während der Anwalt der Bitte nachkam, notierte Ewers sich die beiden Namen. »Welchen Eindruck machten die zwei denn auf Sie?«

Dr. Banter ließ ein spöttisches Lachen hören. »Ach, wissen Sie, das behalte ich lieber für mich. Ich habe mich auf der Beerdigung genug geärgert. Denn die neue polnische Verwandtschaft ist vom westlichen Luxus schwer beeindruckt und streckt schon die Hand nach dem Erbe aus, noch bevor das Testament eröffnet ist. Olga Stocheck rief mich drei Tage nach dem Tod ihres Mannes an, um zu fragen, ob irgendwas dagegenspricht, wenn sie jetzt schon vom Geld meines verstorbenen Onkels eine Boutique in Danzig kauft, die ihre zweite Schwiegertochter in spe – die Freundin ihres Sohnes Leszek – leiten soll. Die trauernde Witwe macht also schon mit anderer Leute Geld Geschäfte!«

»Herr Dr. Banter, Ihre Familienangelegenheiten interessieren mich bei der Bearbeitung des Einbruchsfalls nur am Rande. Bitte, verstehen Sie mich. Wenn ich aber noch weitere Fragen haben sollte, melde ich mich bei Ihnen.«

»Tun Sie das, Herr Kommissar. Ich wollte mit diesem Anruf übrigens nur meiner Bürgerpflicht Genüge tun. Nichts für ungut!«

»Vielen Dank, Herr Dr. Banter. All up Stee!« Nachdem er aufgelegt hatte, sah er seinen Mitarbeiter einen Augenblick schweigend an. Dann meinte er: »Nicht gerade ein sympathischer Zeitgenosse, nicht wahr? Er scheint die Witwe Uhlendorf und ihre Kinder nicht eben zu lieben. Trotzdem, irgendetwas hat mich an das Gespräch mit diesem Wirt, diesem Rippken, erinnert ...«

Tido de Boer grinste. »Na ja, Chef, beide Anrufer haben sich doch aufgrund der Phantombilder gemeldet ...«

Ewers winkte ab. »Nein, das war es nicht, ist aber auch nicht so wichtig. Der Name ...«, er warf einen kurzen Blick auf seine Notizen, »Wladyslaw Stocheck hilft uns schon mal weiter.« Gedankenverloren schaute er eine Weile vor sich hin. Dann stand er auf und rief: »Du, Tido, ich hab's. Es ging nicht um den Einbruch bei Kober, sondern um den Tod des Unternehmers Franz Uhlendorf. Sowohl dieser Anwalt als auch der Wirt der *Wattscheune* fanden den Todesfall irgendwie *sehr seltsam.*«

»Ja, klar. Es ist doch auch seltsam, wenn sich jemand an seinem Hochzeitsabend den Hals bricht, oder?«

Ewers gab seinem jungen Mitarbeiter keine Antwort, vielleicht hatte er ihm auch gar nicht zugehört. Sein Gesicht zeigte deutlich, dass er irgendetwas ausbrütete. »Ruf mal in Norderney an, Tido«, bat er nach einer ganzen Weile, »und lass dir von den Kollegen dort den Polizeibericht über den tödlichen Unfall des Franz Uhlendorf faxen. Ich möchte mir den Bericht gern genauer ansehen.«

Tido de Boer wirkte nicht sonderlich begeistert, und er machte auch keinen Hehl daraus. »Was versprichst du dir davon?«

»Weiß noch nicht«, kam es einsilbig zurück, und Tido wusste aus Erfahrung, dass es keinen Zweck hatte, weiter nachzuhaken. Seufzend stand er auf und nahm das Telefonverzeichnis von Norderney zur Hand.

In de Boers und Ewers Dienstzimmer standen an diesem Tag die Telefone nicht still. Wladyslaw Stocheck und seine Freundin Marzena waren sowohl in Norden als auch im weiteren Umkreis vielen Leuten aufgefallen.

Eine Kellnerin des *Stadtcafés* in Jever war sicher, den beiden jungen Leuten aus Polen an einem schönen Tag im September auf der Terrasse Tee und Kuchen serviert zu haben. Einem Tankstelleninhaber aus Wittmund war der silbergraue Audi A6 mit polnischem Kennzeichen aufgefallen. Und eine Kassiererin der Henry-Nannen-Kunsthalle in Emden konnte sich genau an die »gut aussehenden jungen Leute erinnern, die so freundlich gewesen waren, aber kein Deutsch verstanden hatten.« Eine Nacht hatten sie im *Werft-Hotel* in Papenburg geschlafen. Dort verlor sich ihre Spur.

Die beiden Beamten brüteten über der Karte vom norddeutschen Raum.

»Sie haben mit Sicherheit die Autobahn Oldenburg – Bremen genommen und ihre Rückreise über Hannover in Richtung Berlin angetreten«, meinte Ubbo Ewers.

»Und vielleicht schlagen ihre Komplizen irgendwo dort in nächster Zeit erneut zu«, brummte Tido und schaute auf, als Mareike Odinga, eine junge hübsche Kollegin Ende zwanzig, das Büro betrat.

»Ein Fax für euch. Von den Kollegen in Norderney«, rief sie und legte es dem Kriminalkommissar auf den Tisch, der an diesem Morgen mit seiner dichten Mähne, seinem bunten Flanellhemd und der dicken Cordhose eher einem kanadischen Holzfäller als einem friesischen Kriminalbeamten glich.

»Hallo, Mareike!« Ewers freute sich, die Kollegin zu sehen. Er mochte die junge Beamtin gern, die seit einiger Zeit mit einem Piloten der Bundeswehr verheiratet war.

»Was hab ich gehört?«, meldete sich Tido de Boer zu Wort. »Du willst dich in die neuen Bundesländer absetzen? Was sollen wir denn ohne dich tun? Du bist doch unser einziger Lichtblick in diesem Jammertal!«

Mareike lachte. Doch dann wurde sie wieder ernst. »Glaub bloß nicht, dass ich gern gehe. Aber Arne ist befördert und nach Mecklenburg-Vorpommern versetzt worden. Da muss ich wohl oder übel mit.« Sie zuckte die Schultern. »Na ja, ihr werdet mir auch fehlen, ihr beiden Seebären!« Sie zwinkerte ihnen liebevoll zu und war schon aus dem Zimmer.

Ewers hatte das Fax aus Norderney gleich überflogen. Er war zu neugierig gewesen. Nun reichte er den Bericht seinem Assistenten.

»Eine tragische Geschichte!«, meinte de Boer, als auch er den Polizeibericht gelesen hatte. »Da feiert der reiche Fabrikant im Ruhestand seine Hochzeit und stürzt kurz darauf die Treppe hinunter ... Na ja, aber er hatte offenbar auch ganz schön gebechert.«

»Ja, das hatte er wohl«, erwiderte Ewers ein wenig rätselhaft und erhob sich. »Ich weiß auch nicht, was mich da reitet, aber ich möchte mir diese Witwe Uhlendorf einmal näher ansehen. Komm, Tido, machen wir der Dame einen Besuch!« Er warf einen kurzen Blick auf den Schiffsfahrplan. »Die Fähre um Viertel vor eins können wir noch erreichen. Um achtzehn Uhr legt das letzte Schiff nach Norddeich ab.«

»Aber was willst du von ihr? Um die Anschrift ihres Sohnes Wladyslaw zu bekommen, reicht ein Anruf.«

»Es ist nicht nur das, Junge. Mein Gefühl sagt mir, dass ich mir die Dame einmal ansehen sollte.« Entschlossen griff Ewers zum Telefonbuch von Norderney und blätterte. »Uhlendorf, Franz, Kaiserstraße achtzehn«, murmelte er und begann zu wählen.

»Kripo Norden, Ewers mein Name. Guten Tag, Frau Uhlendorf«, sprach er dann in den Hörer. »Im Zusammenhang mit einem Einbruch in eine Musikalienhandlung hier in Norden müssten wir Ihren Sohn Wladyslaw und seine Freundin Marzena sprechen ...« Er bekam keine Antwort, sondern hörte nur den schwer gehenden Atem der Frau am anderen Ende der Leitung. »Frau Uhlendorf, ich benötige die Anschrift Ihres Sohnes. Unter Umständen sind er und seine Freundin Komplizen der Einbrecher.«

»Das ist eine unverschämte Behauptung«, schimpfte Olga Uhlendorf aufgebracht. »Was erlauben Sie sich?«

»Es tut mir leid, aber unsere Recherchen legen diese

Vermutung nahe. Sagen Sie, kommt Ihr Sohn aus Warschau?«

»Er wohnt dort, ja. Er hat dort studiert. Warum?«

»Nur so, Frau Uhlendorf. Sehen Sie, wir haben uns das nicht ausgedacht. Wir verlassen uns auf Zeugenaussagen. Man will Ihren Sohn und seine Freundin beobachtet haben, wie sie den besagten Musikladen ausspioniert haben. Sie haben sich dort zumindest mehr als auffällig verhalten.«

»Das ist doch Unsinn«, kam es unwirsch zurück, aber ihre Stimme klang aufgeregt. »Wladyslaw und Marzena haben nach der Beisetzung meines Mannes eine Küstenrundfahrt unternommen.«

»Höchstwahrscheinlich aber mit kriminellen Absichten«, warf de Boer laut ein.

Ewers gab ihm ein Zeichen zu schweigen und fuhr dann fort: »Wir benötigen von Ihnen noch weitere Auskünfte, bevor wir unsere Vermutungen – man kann schon sagen: unsere vorläufigen Ermittlungsergebnisse – über unsere Behörde an das polnische Kriminalamt in Warschau weiterleiten und ...«

»Was für ein Schwachsinn!«, fiel sie ihm ins Wort, doch ihr Lachen klang nicht spöttisch, sondern ängstlich.

»Jedenfalls möchten wir Ihnen gegen vierzehn Uhr einen Besuch abstatten, Frau Uhlendorf«, beharrte Ewers freundlich, aber bestimmt.

»Tun Sie, was Sie nicht lassen können.« Es klickte in der Leitung. Olga Uhlendorf hatte aufgelegt.

Ubbo Ewers schaute seinen Mitarbeiter ein wenig zweifelnd an. »Es kann sich wirklich um einen puren Zufall handeln, dass sich die beiden jungen Polen kurz vor dem Einbruch in Kobers Laden umgesehen haben. Auch wenn es unwahrscheinlich klingt: Vielleicht lastet der Verdacht der Mittäterschaft zu Unrecht auf ihnen. Aber irgendwas an diesem Fall – an diesen *beiden* Fällen – stimmt nicht, Tido. Ich weiß nur noch nicht, was.«

Die beiden Beamten aus Norden stiegen die Treppen zum Appartement Nummer einhundertdreizehn hinauf. Das Haus war sehr elegant ausgestattet, man sah auf den ersten Blick, dass die Wohnungen teuer waren.

Eine dunkelhaarige Frau Mitte fünfzig stand in der geöffneten Appartementtür. Sie trug Jeans und einen Troyer und war mit ihren hohen Wangenknochen und dem langen Zopf eine auffallend schöne Frau.

Ewers zeigte ihr seinen Dienstausweis. »Kommissar Ubbo Ewers, guten Tag. Wir hatten uns angemeldet.«

Mit einer anmutigen Geste bat sie die Männer einzutreten und führte sie durch einen lichten Flur, in dem ein kleiner Telefontisch stand, in ein elegant eingerichtetes Wohnzimmer. »Nehmen Sie Platz, meine Herren«, sagte sie höflich und wies auf eine Ledergarnitur, doch das leichte Zittern in ihrer Stimme verriet ihre Anspannung. »Darf ich Ihnen einen Tee anbieten?«, fragte sie betont kühl.

Tido de Boer lächelte, winkte aber freundlich ab. »Nein, danke. Wir haben schon auf dem Schiff Kaffee getrunken und sind, was das angeht, wunschlos glücklich. Wir haben aber ein paar Fragen an Sie, die Ihren Sohn betreffen.«

»Sie hätten sich den Weg sparen können, meine Herren«, begehrte Olga Uhlendorf auf und ließ sich auf die Couch sinken. »Wie gesagt, mein Sohn Wladyslaw und seine Freundin Marzena haben nach der Beerdigung meines Mannes eine Ostfrieslandtour unternommen, um die deutsche Nordsee kennen zu lernen, sonst nichts!«

Ewers nickte ruhig. »Zeugenaussagen zufolge reisten sie über Jever nach Wittmund und besuchten schließlich in Norden eine Musikhandlung. Dort interessierten sie sich für teure Instrumente und Elektrogeräte wie Fernseher, Videorekorder und so weiter und wurden dabei beobachtet, wie sie die obere Etage des Musikhauses ausspi ... nein, sagen wir: genauer in Augenschein nahmen. Zumindest schaute sich die junge Frau namens Marzena auffällig genau die versteckte Tür zu dem Raum an, durch den die Einbrecher später in den Laden gelangten. Als eine Angestellte im ersten Stock erschien, ergriffen die beiden fast panikartig die Flucht. Jedenfalls kam es dieser Angestellten so vor. Und glauben Sie mir, Frau Uhlendorf. Es gibt noch ein weiteres Indiz, das nach Warschau, den Wohnort Ihres Sohnes, weist.«

Olga seufzte vernehmlich. »Mein Sohn Wladyslaw besitzt eine außergewöhnliche musikalische Begabung. *Deshalb* hat er sich so genau in dem Geschäft umgesehen. Er interessiert sich einfach für Musikinstrumente.«

»Auch für Fernseher und andere teure Elektrogeräte?«, hakte de Boer nach und erntete prompt einen vorwurfsvollen Blick seines Vorgesetzten. Er bemühte sich um einen freundlicheren Ton: »Jedenfalls, Frau Uhlendorf, erfolgte fast auf dem Fuß, also kurz nach dem Besuch Ihres Sohnes im Musikgeschäft, der Einbruch. Das müsste allein nichts heißen. Ein weiterer Zeuge sah aber in der Einbruchnacht zwei Wagen mit polnischen Kennzeichen aus der Straße schießen, an der das Geschäft liegt. Und seine Beobachtungen lassen kaum einen anderen Schluss zu, als dass die Einbrecher in diesem Wagen das Diebesgut abtransportierten.«

Olga Uhlendorf seufzte nachdrücklich. »Sie können sagen, was Sie wollen: Das sind alles nur Unterstellungen. Mein Sohn würde sich niemals für so etwas hergeben. Er hat studiert und ist unter einer Vielzahl von Bewerbern ausgewählt worden, um eine Anstellung bei der polnischen Nationalbank in Warschau anzutreten.«

»Und seine Freundin?«, fragte Ubbo Ewers. »Was macht sie beruflich?«

Auf das schöne Gesicht der Witwe fiel ein Schatten, aber nur für einen Moment, dann hatte sie sich wieder unter Kontrolle. Sie straffte die Schultern und schaute die Beamten beinahe herausfordernd an. »Marzena ist nicht nur eine sympathische, hübsche und liebe Person, sondern sie ist auch zuverlässig und gebildet. Sie ist Lehramtsanwärterin und kommt aus einer guten und wohlhabenden Familie.«

»Die beiden fahren einen Audi A6? Ein teures Auto«, mischte sich de Boer ein.

»Ja, das ist der Wagen von Marzenas Mutter.«

Ewers blickte auf. »Wie heißt Marzena eigentlich mit Nachnamen?«, wollte er wissen.

»Malowski«, antwortete Olga Uhlendorf.

»Und wohnt sie mit Ihrem Sohn zusammen?«

»Noch nicht.«

»Und die Anschrift der beiden?«, fragte Ubbo Ewers geduldig. »Wären Sie so lieb, sie uns zu notieren?«

Olga Uhlendorf stand auf, trat an ein Sideboard und schrieb etwas auf einen Notizzettel, den sie Ewers reichte. Dann nahm sie ein Taschentuch zur Hand und tupfte sich damit über die Stirn, auf der sich ein leichter Schweißfilm gebildet hatte.

»Marzena kommt also aus reichem Haus«, stellte Ubbo fest. »Was machen denn ihre Eltern beruflich?«

Die schöne Witwe, in deren schwarzes Haar sich bereits erste silberne Fäden webten, wirkte für einen Moment beunruhigt. »Ihr Vater ist Kaufmann«, sagte sie dann leise.

»Und womit handelt er?« Ewers musste sich zusammennehmen. Musste man dieser Frau denn jedes Wort einzeln aus der Nase ziehen? »Nur heraus mit der Sprache, liebe Frau Uhlendorf.«

Olga Uhlendorf atmete tief durch, dann erwiderte sie mit seltsam flacher Stimme: »Er besitzt mehrere Geschäfte in Warschau und Umgebung. Er handelt mit ... Hi-Fi-Geräten, Fernsehern und Musikinstrumenten.«

»Ach«, entfuhr es de Boer, und er wechselte einen raschen Blick mit seinem Vorgesetzten.

»Bitte, das ist purer Zufall. Herr Malowski ist als Musikalienhändler anerkannt. Er beliefert beispielsweise auch unser Orchester. Ziehen Sie also bitte keine falschen Schlüsse aus all dem. Es ist eine Verkettung unseliger Zufälle, glauben Sie mir. Wladyslaw und Marzena haben rein zufällig dieses Musikhaus besucht. Ich kenne doch meinen Jungen ...« Hilflos brach sie ab, sie kämpfte mit den Tränen. Dass Wladyslaw bis vor kurzem in einer der Warschauer Filialen seines zukünftigen Schwiegervaters gearbeitet hatte, verschwieg sie.

»Wir nehmen Ihre Aussage zu Protokoll, Frau Uhlendorf. Die weiteren Ermittlungen müssen aber unsere polnischen Kollegen übernehmen. Es tut uns leid, aber wir können diese Sache nicht einfach auf sich beruhen lassen.«

Ubbo Ewers verspürte ein wenig Mitleid mit dieser

schönen, stolzen Frau, die wie eine Löwin kämpfte, um ihren Sohn von jedem Verdacht freizusprechen. Doch so sehr er sich auch darum bemüht hatte – er kam gegen das ungute Gefühl, das ihn seit dem frühen Morgen beschlichen hatte, einfach nicht an. Jetzt weniger denn je. Es war nur ein vager Verdacht, und er hatte dafür keine konkreten Anhaltspunkte, geschweige denn stichhaltige Beweise – aber irgendetwas in ihm sagte ihm, dass bei dem Sturz des Unternehmers Uhlendorf vielleicht nicht alles mit rechten Dingen zugegangen war. Auch wenn der Polizeibericht von einem Unglücksfall nach erhöhtem Alkoholgenuss gesprochen hatte ...

Ewers ließ den Blick durch das große Wohnzimmer schweifen. Auf einem kleinen Beistelltisch entdeckte er ein silbergerahmtes Foto mit einer schwarzen Schleife, das wohl den verstorbenen Franz Uhlendorf zeigte, wie er, sportlich gekleidet in Jeans und Troyer, eine Prinz-Heinrich-Mütze auf dem Kopf, auf seiner Yacht »Tulipan« stand – ein Bild von einem Mann. Haute einen solchen Mann ein wenig Alkohol zu viel gleich um? Ubbo Ewers stand auf und ließ das Gesicht des Verstorbenen eine Weile auf sich wirken.

Franz Uhlendorf hatte einen offenen, wachen Blick und schaute entschlossen und unternehmungslustig in die Welt. Sein Körper wirkte gestählt und gesund – ein rüstiger Rentner, der noch einige schöne Jahre vor sich gehabt hätte ... Seufzend wandte Ewers sich um. »Mein herzliches Beileid zum Tod Ihres Mannes, Frau Uhlendorf. Es muss für Sie ein schwerer Schlag gewesen sein.«

Nun konnte Olga die Tränen nicht länger zurückhalten. »Ja, das war es. Wir beide hatten noch so viel gemeinsam vor ...« Leise schluchzte sie auf.

Ewers nickte. »Aber Sie sind zum Glück ja nicht ganz allein. Sie haben doch noch einen zweiten Sohn in Polen, nicht wahr?«

»In Polen, ja! Aber ich werde hier bleiben, hier auf Norderney, wo ich mit Franz so glücklich war. Mein Mann – Gott hab ihn selig – hat mich ja nicht mittellos zurückgelassen. Ich kann es mir leisten, hier zu leben. Ich besitze seit längerem Kontovollmacht – und diese Wohnung werde ich auch erben.« In ihre Augen war ein trotziger Ausdruck getreten. Oder war es ein triumphierender Ausdruck? Warum?

»Und Ihr zweiter Sohn war auch mit seiner Freundin oder Lebensgefährtin zur Hochzeit angereist?«

Olga nickte und schaute ihn böse an. »Wie ich Sie kenne, werden Sie die beiden gleich auch noch mit irgendwelchen unhaltbaren Verdächtigungen belasten! Aber Leszek und Agniezka waren zurzeit der Beerdigung ja gar nicht mehr in Deutschland. Sie sind früher nach Hause geflogen.«

Der Kommissar schüttelte ruhig den Kopf. »Mir geht es nicht darum, die beiden zu verdächtigen. Dazu habe ich bisher keinen Grund. Unter Umständen möchte ich sie nur – wie auch die anderen Hochzeitsgäste – noch mal zu dem tragischen Unglücksfall am Hochzeitsabend befragen. Vielleicht haben Ihr Sohn Leszek und seine Partnerin beobachtet, wie es zu dem Sturz Ihres Mannes gekommen ist.«

Olga Uhlendorf war aufgesprungen und hatte sich vor dem Kommissar aufgebaut. »Was soll das heißen? Wollen Sie etwa unterstellen, dass mein Mann nicht ...«

Ewers winkte ruhig ab. »Ich will gar nichts unterstellen, Frau Uhlendorf. Es ist eine reine Formsache, dass ich mich dazu entschlossen habe, die Hochzeitsgäste noch einmal nach dem genauen Unfallhergang zu befragen. Außer Ihnen und Henning Uhlendorf ist ja – zumindest habe ich das dem Polizeibericht entnommen – keiner der Gäste näher zu dem Geschehen auf der Treppe vernommen worden. Ich kann Ihnen nicht erklären, warum ich den Unfall noch einmal genauer untersuchen möchte – sagen wir: Mein Instinkt als Kriminalbeamter rät es mir. Und ich möchte auf diesen Instinkt hören, Frau Uhlendorf.« Er schaute die Witwe offen an. Dass seine Worte sie bis ins Mark getroffen hatten, war ihm nicht entgangen. »Also, bitte geben Sie mir auch die Anschrift Ihres Sohnes Leszek.«

Olga hob den Kopf und nickte trotzig. »Also gut, ich werde sie Ihnen notieren. Leszek und Agniezka leben in Danzig.« Sie ging wieder zu dem Sideboard, auf dem ihr Notizblock lag, und kam Ewers' Bitte nach. »Befragen Sie ruhig alle Gäste. Ich kann Ihnen aber jetzt schon sagen, dass Ihre Bemühungen vergebens sein werden. Es war ein schrecklicher Unfall, ein tragischer Schicksalsschlag, mehr nicht! Franz hatte einfach zu viel getrunken. Mir selbst war das gar nicht so aufgefallen. Er muss wohl früher am Abend mit seinen Nachfolgern bei der Uhlendorf-Technik zu tief ins Cognac-Glas geschaut haben. Er hatte sich wohl auch über irgendetwas Geschäftliches geärgert. Franz war mit den Herren Saalmann und Hammes ja im Seglerhaus geblieben, als ich mit den anderen Gästen einen Hafenrundgang gemacht hatte.« Sie zuckte müde die Schultern. »Aber gewöhnlich konnte Franz auch eine Menge Alkohol vertragen. Außerdem war er kerngesund und stark wie ein Bär ...«

»Ihr Mann verließ an jenem Abend als Letzter das

Seglerhaus, stimmt das?«, wollte Kommissar Ewers nun wissen.

Olga Uhlendorf nickte. »Ja, er hat mit dem Wirt abgerechnet, während wir anderen auf die bestellten Taxen warteten.«

Ewers wandte sich zur Tür, und auch de Boer erhob sich nun. »Frau Uhlendorf, Ihr Stiefsohn Henning hat seinem Vernehmungsprotokoll noch eine Namensliste der Hochzeitsgäste beigefügt. Er selbst war ja in Begleitung seiner chinesischen Freundin und ihres Bruders.«

»Suzie und Hang, ja«, erwiderte die Witwe. »Ein armer Junge, er ist stark behindert. Aber Henning und Suzie kümmern sich um ihn. Henning soll in Kürze einen Forschungsauftrag in Kalifornien annehmen, Suzie wird ihn begleiten. Aber Hang möchte in Singapur bleiben. Henning hat ihm eine Wohnung im Care-House besorgt, die er ihm auch weiterhin finanzieren wird. Dort ist betreutes Wohnen möglich.«

»Werden Sie und Henning zu gleichen Teilen erben?«, fragte de Boer unvermittelt, und Olga zuckte merklich zusammen. »Ich meine, hatten Sie schon zu Lebzeiten Ihres Mannes irgendwelche testamentarischen Überlegungen angestellt?«

»Hören Sie, junger Mann. Wir sind beide um die sechzig gewesen, da ist es doch ganz normal, wenn man sich mit dem Tod als Möglichkeit auseinander setzt ...«

»Liebe Frau Uhlendorf«, mischte sich Ubbo Ewers ein, der fürchtete, dass das Gespräch aus dem Ruder geriet. »Es geht uns im Moment gar nicht um testamentarische Fragen. Und wir wollten Ihnen auch keinesfalls zu nahe treten. Wir möchten uns nur ein genaueres Bild davon machen, wie es zu dem Sturz

Ihres Mannes kam. Wir werden natürlich auch mit Ihrem Stiefsohn sprechen und uns um Aussagen seiner chinesischen Begleiter bemühen.«

Olga Uhlendorf erwiderte nichts. Sie begleitete die beiden Beamten mit verärgertem Gesicht zur Tür.

»Vielen Dank, dass Sie unsere Fragen beantwortet haben. Und alles Gute«, sagte Ewers, und er meinte es aufrichtig. Zum Abschied ergriff er noch einmal die Hand der Witwe. Sie war kalt und ein wenig feucht.

Als die beiden Männer das Appartementhaus verließen, fiel ein frischer Wind von der See her ein. Hohe Wellen rollten gegen die Steinböschung. Die Sonne schien von einem aufgelockerten Himmel, und die Möwen hingen schreiend im Wind.

Schweigend schlenderten die Beamten über die Kurpromenade und genossen den schönen goldenen Herbsttag auf der Insel, vielleicht einen der letzten sonnigen Tage des Jahres. Nach einigen Minuten blieb Tido de Boer plötzlich stehen und schaute seinen Vorgesetzten ernst an.

»Was ist los, Chef. Wieso möchtest du den Todesfall plötzlich aufrollen? Die hiesigen Kollegen gehen doch von einem Unfall aus.«

Der Kommissar zuckte seufzend die Schultern und sah noch eine Weile nachdenklich vor sich hin. »Ich kann mich täuschen, Tido, aber je mehr ich von dieser Geschichte höre, desto unruhiger werde ich. Es ist nur ein Gefühl, doch es wird immer drängender. Und es sagt mir, dass wir uns diesen Todesfall genauer ansehen sollten.« Tido de Boers skeptischer Gesichtsausdruck war ihm nicht entgangen, und so fügte er hinzu: »Allein schon, wenn du an unser Gespräch mit der Witwe Uhlendorf zurückdenkst. Ist dir nicht aufgefallen, wie oft sie sich auf die Macht des Zufalls berufen hat. Sie mag ja selbst daran glauben, aber eine solche Häufung von so genannten Zufällen macht mich eher stutzig: Zufällig suchen ihr Sohn Wladyslaw und seine Freundin das Musikgeschäft Kober auf, zufällig auch kurz vor dem Einbruch. Zufällig verhalten sie sich dort mehr als merkwürdig, und zufällig handelt Marzenas Vater mit Hi-Fi-Geräten und Musikinstrumenten ... Das ist das eine. Aber noch viel seltsamer ist, dass sich Franz Uhlendorf zufällig an seinem Hochzeitstag zu Tode stürzt, weil er zufällig an diesem Tag zu tief ins Glas geschaut hat. Nein, Tido, das sind für meinen Geschmack ein wenig zu viele Zufälle.«

Tido blieb skeptisch. »Ich weiß nicht, natürlich kann man es so sehen wie beispielsweise dieser Dr. Banter, der mit den Erbschaftsangelegenheiten seines Vetters betraut ist. Er ärgert sich, dass sein Vetter nun das Vermögen teilen muss – ausgerechnet mit den neuen armen Verwandten aus Polen, die, wie er glaubt, sowieso scharf auf westliche Luxusgüter sind. Aus diesem Blickwinkel ist es dann auch nur ein kleiner Schritt, den Unglücksfall anzuzweifeln und den Polen zu unterstellen ...«

»So weit will ich gar nicht gehen. Und das wollte ich auch nicht damit sagen. Ich habe keinen konkreten Verdacht, weder gegen die Verwandten des Verstorbenen noch gegen die Söhne seiner Witwe. Nein, es ist nur mein Instinkt, der mir rät, in dieser Sache mal ein wenig zu stöbern, und ich bin es gewohnt, auf ihn zu hören.« Er schaute kurz auf die Uhr. »Die Fähre zum Festland legt um achtzehn Uhr ab. Uns bleibt also noch genügend Zeit, diesen ... Dr. Ebeling im Dr. Salem-Krankenhaus aufzusuchen.«

»Den Arzt, der den Totenschein ausgestellt hat? Hätte er Ungereimtheiten festgestellt, hätte er sie doch in seinem Bericht erwähnt.« Tido schüttelte irritiert den Kopf.

»Wahrscheinlich hast du Recht – trotzdem möchte ich mit ihm sprechen. Vielleicht ist das Ganze wirklich nur eine fixe Idee, aber gerade das möchte ich herausfinden.«

Dr. Ebeling wollte sich gerade auf den Heimweg machen, als es leise an die Tür zu seinem Zimmer klopfte. »Herein«, rief er und sah sich wenig später zwei Besuchern gegenüber, die er nie zuvor gesehen hatte.

Der ältere der beiden griff in seine Jackentasche und zeigte dem Internisten eine Polizeidienstmarke. »Kripo Norden, Ewers mein Name, und das«, er wies auf seinen jüngeren Begleiter, »ist mein Assistent de Boer. Ich hoffe, wir stören nicht.«

Dr. Ebeling schaute ein wenig ratlos von einem zum anderen und meinte dann: »Nein, nein, setzen Sie sich ruhig.« Er zeigte auf die Stühle vor seinem Schreibtisch und nahm selbst dahinter Platz. »Wenn Sie mir nur verraten würden, in welcher Angelegenheit Sie zu mir kommen ...«

»Wir ermitteln in einem Fall von Einbruch und haben die Witwe Olga Uhlendorf wegen einer Zeugenaussage aufgesucht. Nein, sie selbst hat kaum etwas mit dem Einbruch zu tun«, versicherte Ewers schnell. »Aber im Zuge der Ermittlungen hörten wir vom tragischen Tod ihres Gatten Franz Uhlendorf und ließen uns den Unfallbericht unserer Kollegen kommen. Sie hatten an diesem Abend Bereitschaftsdienst und kamen als Notarzt zur Unfallstelle, nicht wahr? Sie haben auch den Totenschein ausgestellt?«

Der Internist des Dr. Salem-Krankenhauses nickte. »Ja, das stimmt. Meine Wiederbelebungsversuche blieben erfolglos. Ich habe dann die Leiche des Mannes noch genauer untersucht und schließlich den Totenschein ausgestellt.«

»Wir haben Ihren Bericht gelesen. Franz Uhlendorf starb an den Folgen des Sturzes, also an einem Genickbruch. Nicht?«

»Ja, er muss wohl auf der Treppe ins Straucheln geraten sein. Er hatte eine Menge Alkohol im Blut.«

»Sie haben geschrieben, dass der erhöhte Alkoholkonsum den Sturz erklärbar macht. Schließen Sie denn ein Fremdverschulden ganz und gar aus, Herr Doktor?«, hakte Kommissar Ewers nach.

»Was heißt: ganz und gar ausschließen?« Dr. Ebeling zuckte nachdenklich die Schultern. »Der Sturz erschien mir – denkt man an den Alkohol – wie ein Unfall. Allerdings habe ich die Beamten auf eine Knöchelverletzung aufmerksam gemacht, die meiner Meinung nach nicht vom Sturz auf der Eisentreppe herrührte. Es war eine frische Prellung. Doch als die Witwe Uhlendorf den Totenschein bei mir abholte, versicherte sie mir, dass ihr Mann am Morgen vor der Hochzeit mit dem Fahrrad gestürzt sei. Sein Fuß sei bei dem Sturz zwischen Gabel und Vorderrad geraten. Das war für mich eine hinreichende Erklärung. Die Fahrradgabel kann die Knöchelprellung verursacht haben.«

»*Kann*?«, wiederholte Ewers.

Der Arzt schaute fragend von einem Beamten zum anderen. »Wie gesagt: Der Fahrradsturz war für mich eine hinreichende Erklärung, und ich hatte auch keine Veranlassung, Frau Uhlendorfs Worte anzuzweifeln. Ich bin Mediziner, kein Kriminalist. Die Knöchelverletzung *kann* zweifellos eine Folge des Fahrradsturzes sein. Wenn Sie möchten, mache ich Ihnen gern noch eine Kopie des ausführlichen Untersuchungsberichtes.«

Als Kommissar Ewers nickte, trat er an seinen Aktenschrank und suchte einen Moment nach dem entsprechenden Ordner, dem er ein Maschine geschriebenes Blatt entnahm. »Ach, sehen Sie, der Bericht ist noch in zweifacher Ausfertigung vorhanden. Bitte, nehmen Sie! Und alles Gute bei Ihren Ermittlungen.«

Ubbo Ewers hatte es sich an diesem Abend in seinem Wohnzimmer gemütlich gemacht. Er war allein zu Hause. Seine beiden »Frauen« hatten sich mit Freundinnen verabredet.

Ubbo Ewers liebte diese Stunden, wenn längst die Dunkelheit über das Land gefallen war und er der Stille im Haus lauschen konnte. Das war die Zeit, in der er seinen Gedanken und Intuitionen freien Lauf lassen konnte.

Noch einmal ließ er die Gespräche des letzten Tages Revue passieren: die Telefonate mit dem Wirt Rippken und Dr. Gretus Banter, aber auch die Unterhaltung mit der Geigerin Olga Uhlendorf und die mit dem Mediziner Dr. Ebeling. Der Internist war ein ruhiger, besonnen handelnder Arzt, der seinen Beruf sicher sehr ernst nahm. Er hatte also keinen Grund gesehen, im »Fall Franz Uhlendorf« ein Fremdverschulden zu vermuten. Doch wirklich ausgeschlossen hatte er es nicht. Die Knöchelverletzung war ihm glaubhaft erklärt worden, und er hatte die Erklärung aus medizinischer Sicht *akzeptiert*. Nicht mehr und nicht weniger.

Und er selbst, Ubbo Ewers, war noch immer allein mit seinen Fragen und Zweifeln, seinem »unguten Gefühl«.

»Du bist und bleibst ein alter Skeptiker, der die Flöhe husten hört«, murmelte Ubbo, stand auf und ging in die Küche hinüber, um sich ein Glas Bier einzuschenken. An diesem Abend würde er der Sache nicht mehr auf den Grund gehen – so viel stand fest. Aber morgen war auch noch ein Tag, und Ubbo kannte sich: Er würde die Spur, so vage sie auch war, auch weiterhin verfolgen.

Der achtundfünfzigjährige Staatsanwalt Deerk Wenninga verließ an diesem Donnerstagmorgen sein kleines Reihenhaus am Kiessee in Aurich schon recht früh. Er hatte einen Termin in Norden. Die Kriminalbeamten Ewers und de Boer wollten ihn im Einbruchsfall Kober sprechen und hatten ihn um seinen Besuch gebeten. Es sollte in der Besprechung darum gehen, wie den polnischen Behörden, die die Ermittlungen weiterführen mussten, die Angelegenheit nahe gebracht werden sollte.

In einem ausführlichen Bericht hatten die Nordener Beamten ihrem Vorgesetzten die vorläufigen Ermittlungsergebnisse mitgeteilt. In den letzten Tagen war es ihnen gelungen, die Namen der mutmaßlichen polnischen Spitzel in Erfahrung zu bringen (die Neuigkeit, dass Marzena Malowskis Vater mit Musikinstrumenten und Hi-Fi-Geräten handelte, fand Wenninga in diesem Zusammenhang höchst interessant), und auch wenn die Indizien bisher noch weit davon entfernt waren, als gesichert zu gelten, musste die Spur, die nach Warschau führte, weiterverfolgt werden. Und dies würde in den Aufgabenbereich der polnischen Polizei fallen. An ihm, Deerk Wenninga, würde es sein, zwischen den Behörden beider Länder zu vermitteln. Doch das bereitete ihm kein Kopfzerbrechen. In seinen vielen Dienstjahren hatte er die polnischen Kollegen als zuverlässige Partner schätzen gelernt. Sie würden herausfinden, ob der Einbruch einer gut organisierten polnischen Bande zuzuschreiben war und ob Wladyslaw Stocheck und Marzena Malowski als ihre Helfershelfer fungiert hatten.

Auf dem Weg von Aurich nach Norden ließ Wenninga immer wieder seine Blicke über die herbstliche friesische Landschaft wandern. Während der Nacht hatte es gefroren, die Felder und Wiesen bedeckte noch Raureif. Der kalte Nordwestwind hatte buntes Laub am Straßenrand zusammengefegt, das beim Vorbeifahren hier und da aufgewirbelt wurde. Doch als Wenninga Norden erreichte, kämpfte sich bereits die Sonne durch die dünne Wolkendecke, es schien heute wieder schön zu werden.

Staatsanwalt Wenninga lenkte den Wagen an der Kirche St. Ludgeri vorbei und parkte vor dem Alten Weinhaus. Beim Aussteigen warf er einen raschen Blick auf das historische Rathaus, in dem das Teemuseum untergebracht war, und betrat dann das Präsidium. Wenig später klopfte er schon an Ewers' Büro und trat nach einem zweistimmigen »Herein« ins Zimmer.

Ubbo Ewers, den Wenninga in den vielen Jahren, in denen sie sich nun schon kannten, als äußerst tüchtigen und korrekten, wenn auch eigenwilligen Beamten kennen gelernt hatte und den er auch menschlich sehr zu schätzen gelernt hatte, kam hinter seinem Schreibtisch hervor und trat lächelnd auf ihn zu. »Moin, Herr Wenninga. Schön, dass Sie so schnell kommen konnten. Nehmen Sie Platz!«

Bevor Deerk Wenninga der Aufforderung nachkommen konnte, kam auch Tido de Boer auf ihn zu. »Guten Morgen«, sagte er und drückte seine Hand. »Darf ich Ihnen den Mantel abnehmen?«

»Gern, mein Junge«, meinte der Staatsanwalt in seiner väterlichen Art und reichte de Boer seinen hellen Trenchcoat. »Wenn Sie auch einen Tee für mich hätten? Ich habe noch gar nicht gefrühstückt, muss ich zugeben. Seit meine Frau nicht mehr lebt, verlasse ich morgens meist schon zeitig das Haus. Da ist es sogar noch schöner, im Büro zu frühstücken, wo mir wenigstens meine Sekretärin beim Tee Gesellschaft leistet.«

»Aber sicher bekommen Sie bei uns auch einen Tee«, meinte Ewers und nickte de Boer auffordernd zu, der auch gleich im Nebenzimmer verschwand, um eine Kanne Tee und belegte Brötchen zu ordern.

»Lieber Herr Ewers, ich habe Ihren Bericht und die nachfolgenden Ergänzungen aufmerksam gelesen und bin wie Sie der Meinung, dass wir die Angelegenheit den polnischen Kollegen zur weiteren Ermittlung ans Herz legen sollten. Sie sollen prüfen, ob es sich bei Wladyslaw Stocheck und seiner Freundin um ein Spitzelpärchen handelt oder nicht und ob die in Norden gestohlenen Instrumente und Geräte irgendwo in Warschau aufgetaucht sind. Kobers Liste der entwendeten Stücke wird uns sicher weiterhelfen. Es sind ja einige ausgefallene Instrumente darunter. Dass Marzena Malowskis Vater ebenfalls mit Musikinstrumenten und Hi-Fi-Geräten handelt, ist schon ein dicker

Hund, finde ich. Natürlich kann es, wie Frau Uhlendorf sagt, purer Zufall sein, doch das müssen die Kollegen in Warschau klären. Gibt es eigentlich auch eine Beziehung zwischen den Einbrechern und Leszek Stocheck?«

»Nein, bisher nicht. Er ist mit seiner Lebensgefährtin schon am Tag nach Franz Uhlendorfs Hochzeits- und Todestag abgereist. Sie sind aber für mich dennoch wichtige Zeugen ...« Ewers wusste nicht genau, wie er Deerk Wenninga von seinem diffusen Verdacht erzählen sollte – dem Verdacht, dass bei Franz Uhlendorfs Sturz möglicherweise nicht alles mit rechten Dingen zugegangen war. Schließlich gab es dafür nicht den geringsten Beweis.

De Boer hatte soeben den Tee eingeschenkt und bei ihnen Platz genommen.

»Zeugen? Wieso sollen sie Zeugen gewesen sein? Und wovon?« Auf Wenningas Nasenflügel hatte sich eine steile Falte gebildet.

»Herr Wenniga, ich bin mir gar nicht sicher, und es gibt auch nichts Greifbares, was meinen Verdacht bestätigt oder ihm eine klare Kontur gibt, doch ich werde das Gefühl nicht los, dass wir möglicherweise noch einen zweiten Fall untersuchen sollten. Ich meine den Todesfall Franz Uhlendorf.«

Es blieb eine Weile still. Wenninga hatte soeben an seinem Tee genippt und eines der Brötchen genommen, die die Sekretärin rasch besorgt hatte. »Sie wollen sozusagen auf einer zweiten Hochzeit tanzen?«, meinte er und lächelte über das ungewollte Wortspiel. »Ich erinnere mich, im *Auricher Kurier* vom tragischen Geschehen im Hafen Norderney gelesen zu haben. Eine schlimme Geschichte! Franz Uhlendorf war für unsere Region ein sehr wichtiger Unternehmer, und ausgerechnet an seinem Hochzeitstag stürzt er sich zu Tode. Dieser Unfall hat allgemein große Beachtung gefunden.«

Ewers nickte bedächtig, dann sah er sein Gegenüber plötzlich sehr ernst an. »Sehen Sie, Herr Wenninga, und *daran* mag ich nicht so recht glauben: dass es wirklich ein Unfall war. Dass man bei dem Sturz tatsächlich jedes Fremdverschulden ausschließen kann. Ich möchte – so weit das möglich ist – sichergehen und noch einmal alle Hochzeitsgäste zum so genannten Unfallhergang befragen, zumindest die, die erreichbar sind. Vielleicht helfen mir die Verhöre, meine Zweifel auszuräumen. Ich finde sonst keine Ruhe.«

Deerk Wenninga schmunzelte vor sich hin, sagte aber nichts. Und Ubbo Ewers begann zu erzählen, wie der eifersüchtige Dr. Gretus Banter aus Oldenburg mit seinen mehr oder weniger unterschwelligen Vorwürfen gegen die Verwandten aus Polen den Keim des Verdachtes gesät hatte, der sich durch Olga Uhlendorfs ständige Beschwörung des Zufalls und durch das Gespräch mit Dr. Ebeling, dem Notarzt, immer mehr verstärkt hatte. Ewers berichtete auch von der seltsamen Knöchelverletzung, der die Beamten in Norddeich keine große Beachtung geschenkt hatten, weil es dafür offenbar eine gute Erklärung gegeben hatte.

Der Staatsanwalt unterbrach ihn nicht ein einziges Mal. Auch als Ubbo Ewers schließlich endete, ergriff er nicht gleich das Wort. »Unfall oder Absicht – ist das Ihre Frage?«

Ewers nickte nur.

»Gesetzt den Fall, Franz Uhlendorf geriet nicht von allein ins Straucheln, sondern jemand hat ihm in der Dunkelheit einen Stoß versetzt, so konnte dieser Jemand nicht sicher sein, dass Uhlendorf wirklich an den Folgen des Sturzes sterben würde – wohl aber konnte er davon ausgehen, dass er sich schwer verletzt und zum Krüppel wird ... Wir würden in diesem Fall von Totschlag sprechen.« Er unterbrach seinen Gedankengang und meinte dann: »Aber die Hochzeit sorgte wohl in der Familie Uhlendorf für einigen Zündstoff – wenn Uhlendorf junior wie sein Vetter und Rechtsbeistand Dr. Banter denkt. Uhlendorf war ein schwer reicher Mann, durch die Hochzeit ordneten sich die Erbverhältnisse neu ...« Wieder verfiel Wenninga in nachdenkliches Schweigen. »Also gut«, sagte er dann, »stichhaltige Beweise haben wir in dem Fall keine – das kann ich nun wirklich nicht behaupten –, und Sie können sich auch mit Ihren Ermittlungen ganz schön in die Nesseln setzen, Herr Ewers, doch ich habe in der Vergangenheit gelernt, dass man auf Ihre kriminalistische Intuition hören sollte. Fangen Sie also mit den Zeugenvernehmungen an! Versuchen Sie, der Sache auf den Grund zu gehen, bis all Ihre Zweifel ausgeräumt sind – eher geben Sie ja doch keine Ruhe. Aber lehnen Sie sich dabei nicht zu weit aus dem Fenster!«

Kommissar Ewers nickte. »Selbstverständlich nicht. Doch alle Hochzeitsgäste zu befragen kann unter Umständen eine langwierige, komplizierte Angelegenheit werden. Henning Uhlendorf, der Sohn des Toten, hält sich zurzeit mit seiner Lebensgefährtin Suzie in San Francisco auf, Hang, Suzies Bruder, lebt in Singapur, und Olga Uhlendorfs Söhne – nun ja, sie wohnen in Danzig und Warschau.«

»Daran ist nun mal nichts zu ändern. Laden Sie doch den jungen Uhlendorf zu einem Gespräch ein – vielleicht kommt er in nächster Zeit doch noch einmal nach Deutschland. Alle Brücken hinter sich abzubrechen kann ja eine Zeit lang dauern. Was die polnischen Verwandten angeht, versuche ich, die Anfrage an die Polnische Staatspolizei zu erweitern, und bitte die Kollegen, die beiden Stocheck-Brüder und ihre Freundinnen nach ihren Beobachtungen am Hochzeitsabend zu fragen. Vorher werde ich aber versuchen, Einsicht in Franz Uhlendorfs Testament zu nehmen. Unter Umständen gab es ja für diesen Henning keinen Anlass, auf seinen alten Herrn sauer zu sein.«

»Hm, allein das elegante Appartement in Norddeich besitzt schätzungsweise einen Wert von vierhundert- oder fünfhunderttausend Mark, die nun an Olga Stocheck fallen. Und über seine laufenden Konten darf sie ohnehin verfügen ...«, meldete sich de Boer nachdenklich zu Wort.

»Vielleicht fällt trotzdem für seinen Sohn noch so viel ab, dass er der Stiefmutter das Erbe nicht neidet. Wie gesagt, ich versuche, Einsicht in Uhlendorfs Testament zu nehmen. Dennoch bleibt da eine Frage – nämlich die nach der Ausführung der Tat. Hatte ein mutmaßlicher Täter – sollte es ihn wirklich gegeben haben – überhaupt die Möglichkeit, Franz Uhlendorf zu Fall zu bringen, ohne von den anderen Gästen gesehen zu werden? Das müssten Sie zuerst noch überprüfen.« Wenninga biss noch einmal in sein Brötchen, kaute und fuhr dann fort: »Die Chinesen sollten wir vielleicht erst einmal außen vor lassen. Sie zu verdächtigen scheint mir im Moment noch sehr weit hergeholt zu sein. Sicher kann auch der Junior einige Fragen zu den beiden beantworten.«

Ewers nickte. »Ja, wir müssen aber auch die neuen Geschäftsführer der Uhlendorf-Technik befragen, die am späten Nachmittag allein mit Franz Uhlendorf blieben, um Geschäftliches mit ihm zu besprechen.«

»Ja, sicher, fahren Sie nach Wilhelmshaven und fragen Sie die Herren nach ihren Beobachtungen. Aber ich würde mir gern einmal den Tatort ansehen – und zwar in Anwesenheit der Beamten, die den ... Unfall in Norderney aufgenommen haben. Rufen Sie sie bitte an, Herr Ewers, und bitten Sie sie um ein Treffen am Seglerhaus. Sagen wir ... morgen um vierzehn Uhr?«

Das Fährschiff legte um Viertel vor zwei auf Norderney an. Staatsanwalt Wenninga verließ in Begleitung der Beamten Ewers und de Boer das Schiff. Der Wind blies kalt aus östlicher Richtung, obwohl die Sonne auch an diesem Tag von einem aufgelockerten Himmel schien.

Die Männer gingen an wartenden Taxen und Bussen vorbei und betrachteten die am Kai liegenden Schiffe, den Katamaran der Helgolandlinie und den Seenotrettungskreuzer »Bernhard Gruben«. Auf dem Gelände der Inselspedition wurden gerade einige Lastwagen verladen. Vor dem Seglerhaus stand ein Streifenwagen, aus dem soeben die Wachtmeister van Oost und Marschner stiegen und den drei Beamten vom Festland entgegenkamen.

Nachdem sich die Männer miteinander bekannt gemacht hatten, ergriff der Staatsanwalt das Wort: »Sie haben vor einigen Wochen einen Unfall aufgenommen, der im Nachhinein Fragen aufwirft.« Er drückte sich bewusst vage aus. »Wir ermitteln in einem anderen Fall und sind in diesem Zusammenhang noch einmal auf den Unfall am Seglerhaus gestoßen.« Sie standen bereits vor der Kaimauer. Der Boden unterhalb der Treppe, die zum Plateau führte, bestand aus hartem Beton. Hier ist er aufgeschlagen, ging es Wenninga durch den Kopf, als er sich der Treppe zuwandte, die auf die Kaimauer führte. Daneben erhob sich das Seglerhaus, in dessen Untergeschoss sich die Duschen und Toilettenanlagen des Clubs befanden. Vom Plateau der Kaimauer zweigte seitlich im spitzen Winkel eine zweite Treppe zum ersten Stock des Seglerhauses ab. Sie war zum Teil überdacht und deutlich steiler. Eine weitere Treppe führte seitlich in das Sandgelände vor dem Untergeschoss des Seglerhauses. Der Wenderadius zwischen den drei Treppen war gerade so groß, dass drei Menschen dort nebeneinander Platz hatten. Von dort sollte Franz Uhlendorf nach Aussage seines Sohnes in die Tiefe gestürzt sein. Es war bereits dunkel, überlegte Deerk Wenninga, der Himmel war bewölkt.

Kommissar Ewers stieg über die Treppe auf das Plateau der Kaimauer und schaute sich wie Wenninga nachdenklich um. Sein Blick streifte nur kurz das ungepflegte, mit Disteln und Gras bewachsene sandige Gelände hinter der Mauer.

Van Oost und Marschner, die noch immer am Fuß der Kaimauer standen, sah man an, dass sie keinen Sinn darin sahen, im steifen Ostwind zu stehen und dort nach Spuren zu suchen, wo es keine mehr geben konnte. Schließlich lag der Unfall inzwischen einige Wochen zurück, und das Seglerhaus wurde rege frequentiert.

»Herr Wenninga, kommen Sie doch bitte mal aufs Mauerplateau«, bat Ewers, wartete, bis der Staatsanwalt die Treppe überwunden hatte und neben ihn trat, und wechselte leise einige Worte mit ihm.

Als Wenninga ihn bat, ebenfalls zu ihnen auf das

Plateau auf der Kaimauer zu kommen, erschien eine steile Unmutsfalte auf de Boers Stirn, doch er kam der Aufforderung sofort nach. Der Wind blähte seinen Anorak auf.

Der Staatsanwalt zeigte auf die Treppe, die zu den Restaurationsräumen im ersten Stock des Seglerhauses führte. »Seien Sie doch bitte so gut und steigen Sie die Stufen bis zur Tür des Restaurants hinauf. Und kommen Sie dann wankend und gespielt unsicher wieder herunter – ganz herunter, über die Treppe zum Strand. Suchen Sie dabei nach einem Halt, als wären Sie betrunken. Moment, ich gebe Ihnen das Startzeichen.« Er selbst stieg einige Stufen in Richtung Strand hinunter.

De Boer tat, wie ihm geheißen, und selbst der Staatsanwalt musste sich ein Lächeln verbeißen, als er beobachtete, wie tapsig und scheinbar schwerfällig der junge Beamte die Treppen hinunterwankte. Als er das Plateau erreichte, sich gespielt mühsam umdrehte und sich der Treppe zum Strand zuwandte, geschah es: Kommissar Ewers zückte blitzschnell ein massives Bambusrohr, das er unter seinem Mantel versteckt gehalten hatte, bückte sich und schlug es nicht allzu fest gegen de Boers Knöchel. Der Assistent geriet ins Straucheln, versuchte noch, sich am Geländer festzuhalten und stürzte – mitten in Wenningas ausgebreitete Arme, der nur wenige Stufen unter ihm gewartet hatte.

»Aua«, schimpfte de Boer, löste sich aus Deerk Wenningas Armen und rieb sich den Knöchel. Als er das Hosenbein hochschob, wurde es offenkundig. Schon jetzt zeigte sich an der Stelle, an der das Bambusrohr den Unterschenkel getroffen hatte, eine leichte Schwellung.

»Nichts für ungut, de Boer«, brummte der Staatsanwalt, »aber das war es wohl. Dr. Ebeling wird sich den Knöchel gleich ansehen, ich bin jedoch sicher, dass er bei Franz Uhlendorf genau diese Knöchelverletzung festgestellt hat.«

Ubbo Ewers stand noch immer auf dem Plateau und hielt das Bambusrohr in der Hand. »Ein Stockschirm oder so was tut's auch. Na ja, noch fehlen uns die Beweise. Ich bin aber gespannt, was Dr. Ebeling zu deiner Verletzung sagt, Tido.« Er grinste ein wenig schief und meinte dann: »Sei nicht sauer, Junge. Dafür bekommst du einen Tag Sonderurlaub – außerdem konnte dir nichts passieren. Der Staatsanwalt hätte dich nicht fallen lassen.«

Tido de Boer winkte verärgert ab und humpelte vor den anderen die Treppe hinunter.

Der Staatsanwalt wandte sich an Ubbo Ewers. »Ich hoffe, das ist nur eine kleine Prellung, Herr Ewers. Aber bedenken Sie: Ihr Assistent ist jung und sportlich und hat den Alkoholisierten nur gespielt. Für Franz Uhlendorf sah das ganz anders aus. Ich bin gespannt, wie dieser Dr. Ebeling über die Verletzung denkt. Doch mein Gefühl sagt mir, dass Sie mit Ihrem Verdacht unter Umständen gar nicht so falsch gelegen haben ...«

An diesem Freitag verließ Wladyslaw Stocheck gut gelaunt die Staatliche Polnische Nationalbank. Er freute sich auf das vor ihm liegende Wochenende und wollte es nutzen, um mit Marzena einige schöne Ausflüge zu machen. Noch immer strengte ihn die Arbeit in der Bank sehr an, vieles war neu für ihn, und die mangelnde Praxiserfahrung machte sich noch immer bemerkbar. Doch mit jedem Arbeitstag fühlte Wladyslaw sich an seinem Arbeitsplatz sicherer. An diesem Morgen hatte Lech Massarski, sein unmittelbarer Vorgesetzter, ihn sogar in aller Form gelobt.

Heute muss mein Glückstag sein, dachte Wladyslaw, als er den Bus um siebzehn Uhr zwei eben noch erreichte, der ihm sonst meistens vor der Nase wegfuhr. Na, was sollte da noch schief gehen?

Schon eine Viertelstunde später erreichte er die bevölkerte Straße, an der seine Wohnung lag. Pfeifend nahm er die Post aus seinem Briefkasten und stieg die Treppe hinauf. Erst in seiner Wohnung fiel ihm das Kuvert auf, das den roten Stempel des Polizeipräsidiums trug. Mit einem unguten Gefühl öffnete er den Umschlag, zog das Schreiben heraus und begann zu lesen. Ungläubig schüttelte er den Kopf und überflog den Brief ein zweites Mal.

Das darf doch nicht wahr sein, dachte er. Da fordert mich die Kriminalpolizei auf, zu einem Verhör zu kommen. Man unterstellte ihm, an einem Einbruch in ein Musikaliengeschäft in Norddeutschland beteiligt gewesen zu sein! Am kommenden Mittwoch sollte er sich im Gerichtsgebäude Zimmer hundertachtundsechzig einfinden.

Wladyslaw ließ sich auf einen Küchenstuhl fallen. Noch einmal las er die wenigen Zeilen, seine Hände zitterten. Sein Atem ging schwer. Also doch ... Warum hatte er den Anruf seiner Mutter bloß nicht ernst genommen?

Während er dumpf vor sich hin brütete, hörte er, dass die Wohnungstür geöffnet wurde und wieder ins Schloss fiel: Marzena ... Sie besaß seit langem einen Wohnungsschlüssel.

Als sie die Wohnküche betrat, sah er gleich, dass sie

geweint hatte. Sie wirkte ungewöhnlich blass und bedrückt. Wladyslaw stand auf und nahm sie liebevoll in den Arm. Dann führte er sie zu dem kleinen Sofa.

»Hast du auch eine Vorladung bekommen?«, fragte sie leise, wich dabei aber seinem Blick aus.

Wladyslaw nickte nur und wies dann auf das Schreiben auf dem Tisch.

»Es ist furchtbar!«, brach es aus ihr heraus. »Die Polizei hat Papa verhaftet. Sie haben seine Geschäfte durchsucht und in der Filiale, in der du gearbeitet hast, Instrumente und Elektrogeräte gefunden, die aus einem Einbruch in ein Geschäft in Norden stammen. Ich glaube, das ist das Geschäft, in dem du Klavier gespielt hast. Erinnerst du dich noch?«

Wladyslaw stöhnte verzweifelt auf. »Das darf doch nicht wahr sein!«, rief er und fuhr sich mit der Hand über die schweißnasse Stirn. »Das kann nicht sein!«

Marzena stand auf, stellte sich vor ihn und nahm sein Gesicht in beide Hände. »Hör zu. Papas Schulfreund ist einer der angesehensten Anwälte in Warschau. Er hat eine hohe Kaution hinterlegt und wird Papa aus dem Gefängnis holen. Uns wird er auch zur Seite stehen; das hat er mir versprochen.«

Wladyslaw nickte nur, doch er wirkte so, als hätte er gar nicht richtig zugehört. Sein Blick war aus dem Fenster gerichtet, und man sah ihm an, dass er Angst hatte, große Angst ...

Leszek Stocheck und seine Lebensgefährtin Agniezka fielen, wie es schien, aus allen Wolken, als es am Abend kurz nach neunzehn Uhr an der Tür ihrer Wohnung an der Browarna-Straße in Danzig läutete. Zwei Kriminalbeamte baten darum, eintreten zu dürfen.

Schweigend und mit misstrauischen Gesichtern hörten Leszek und Agniezka, dass sie im Todesfall Franz Uhlendorf befragt werden und ihre Beobachtungen zu Protokoll geben sollten.

Leszek wollte die Beamten zunächst gar nicht einlassen. Er gab sich auffallend unfreundlich, und erst der Hinweis auf sein beachtliches Vorstrafenregister ließ ihn ein wenig kooperativer werden. Agniezka Andelkowski hingegen zeigte sich deutlich nervös, als sie gegenüber den Beamten am Esstisch Platz nahm. Ihre manikürten Hände mit den dunkelrot lackierten Nägeln fuhren immer wieder unruhig über das Tischtuch, zupften an ihrem eleganten Kaschmir-Pulli oder strichen den superkurzen Lederrock glatt. Ihr Blick war unstet. Offenbar fiel es beiden jungen Leuten schwer, sich an den genauen Unfallhergang zu erinnern. Sie hatten sogar Schwierigkeiten, sich die Örtlichkeiten am Seglerhaus in Erinnerung zu rufen. Die recherchierenden Beamten tauschten immer wieder skeptische Blicke. Nach mehrmaligem Nachfragen sagte Agniezka schließlich aus, sie habe sich gleich nach dem Unfall um Marzena Malowski gekümmert, die sich sehr geängstigt hätte, als der Schrei in der Dunkelheit ertönt war. Dass sie sich nicht erinnern konnte, ob Leszek zu diesem Zeitpunkt in ihrer Nähe gewesen war, verschwieg sie wohlweislich – ebenso, dass Olga nicht bei den Hochzeitsgästen gewartet, sondern in Richtung Speditionsgelände davongegangen war.

Leszek hingegen schilderte in blumigen Worten die allgemeine Verwirrung, die nach Franz' Sturz eingetreten war. Mit wem genau er kurz zuvor gesprochen, beziehungsweise bei wem er gestanden hatte, war ihm angeblich entfallen. »Wir standen doch alle mehr oder weniger zusammen ...«, wich er einer genauen Antwort aus.

Dass die beiden ins Schwitzen geraten waren und sich immer wieder Hilfe suchend ansahen, ließ sie in den Augen der Beamten nicht eben glaubwürdiger erscheinen, zumal die Aussagen der jungen Leute seltsam konfus und unzusammenhängend wirkten. Nur in einem Punkt waren sich Leszek Stocheck und Agniezka Andelkowski einig: Beide sagten aus, dass sich Hang, der junge behinderte Chinese, der mit seiner Schwester und Henning Uhlendorf zur Hochzeit angereist war und den Franz Uhlendorf schwer beleidigt hatte, kurz vor oder nach dem Unfall an den Treppenstufen herabgehangelt hatte.

»Wann genau war das? Vor oder nach dem Sturz des Bräutigams?«, vergewisserte sich der jüngere Beamte und schaute alarmiert von seiner Mitschrift auf.

Agniezka und Leszek wechselten wieder einen raschen Blick und zuckten dann unsicher die Schultern.

»Inwiefern hatte Franz Uhlendorf den jungen Chinesen beleidigt?«, wollte der andere Kriminalbeamte wissen, und Agniezka erzählte, was sich bei der Ankunft Henning Uhlendorfs und der beiden jungen Chinesen zugetragen hatte. Olga Uhlendorf, so fügte sie schließlich hinzu, habe ihr später übersetzt, worum es bei dem Streit zwischen Vater und Sohn gegangen war.

»Aber warum wollen Sie das alles wissen?«, wagte sie nach einer Weile zu fragen.

»Die deutschen Behörden schließen ein Fremdverschulden bei diesem Sturz nicht mehr ganz aus«, kam es knapp zurück.

Wenn diese Nachricht Agniezka und Leszek erschütterte, so zeigten sie es nicht. Sie schienen sich wieder gefangen zu haben. Entschlossen unterschrieben sie das Kurz-Protokoll, das der jüngere Beamte angefertigt hatte, und geleiteten die Kriminalisten zur Tür.

Im Türrahmen blieb der jüngere Kriminalbeamte noch einmal stehen und wandte sich um. »Ach, Frau Andelkowski, stimmt es, dass Ihre zukünftige Schwiegermutter, Olga Stocheck, Ihnen bereits vom Geld des Verstorbenen eine Boutique gekauft hat?«

Agniezka erblasste und schüttelte erschreckt den Kopf. »Nein, das stimmt so nicht. Meine ehemalige Chefin ist schwer erkrankt und kann das Geschäft nicht mehr führen. Da hat Olga die Boutique gekauft. Sie gehört *ihr* – ich bin nur die Geschäftsführerin.«

»Ich danke Ihnen für Ihre Auskünfte«, erwiderte der Beamte knapp und verschwand nach kurzem Gruß mit seinem Kollegen im dunklen Hausflur.

Nach einem sonnigen Spätherbsttag stiegen am Abend am leicht bewölkten Himmel die Sterne auf. Es war Vollmond.

Olga Stocheck fühlte einen leichten Kopfschmerz, vielleicht war es die angekündigte Wetteränderung, die ihr zu schaffen machte. Doch es gab auch einiges, was sie beunruhigte.

Sie stand auf dem Balkon und ließ ihre Blicke über die schlafende Dünenlandschaft schweifen. Nicht weit entfernt lag das Appartement-Hotel *Nordsee-Perle* in der frostigen Nacht. Der Lichtstrahl des Leuchtturms huschte über den Himmel. Obwohl sie sich die neue elegante Winterjacke übergezogen hatte, fröstelte Olga im kalten Ostwind. Sie wandte sich seufzend ab und ging in die Wohnung zurück. In der Küche entkorkte sie eine Flasche teuren Weißweins, den Franz noch gekauft hatte, zündete im Wohnzimmer eine Kerze an und setzte sich mit einem Glas Wein an den kleinen Couchtisch. Der Steuerberater ihres verstorbenen Mannes hatte ihr eine erste Auflistung der Vermögenswerte gemacht, die ihr und ihrem Stiefsohn zu gleichen Teilen zufallen würden. Eine willkommene Nachricht – und ein Grund, sich zu freuen. Seither dachte Olga immer öfter daran, sich eine Wohnung in Oliva oder Danzig zuzulegen. Sie stellte es sich schön vor, hin und wieder dort hinzufahren, um nach Jerzys Grab zu sehen und sich mit den Kindern zu treffen.

Henning, der sich nun mit Suzie in Kalifornien aufhielt, zeigte kein großes Interesse, sich um die Hinterlassenschaften seines Vaters zu kümmern. Er hatte seinen Vetter Gretus Banter mit den Erbangelegenheiten betraut und lebte zurzeit noch, wie er Olga erzählt hatte, vom Vermögen seiner verstorbenen Mutter. Da er in Kürze die Stelle an der University of San Francisco antreten würde und er darüber hinaus inzwischen offiziell die väterlichen Anteile an der Uhlendorf-Technik hielt und daraus jährlich eine schöne Summe Zinsen einstrich, hatte er keine finanziellen Sorgen. Und das konnte Olga nur recht sein.

Doch mögliche Erbauseinandersetzungen fürchtete sie ohnehin nicht. Olga machte etwas anderes zu schaffen.

Wladyslaw hatte sie vor einer Stunde angerufen und ihr erzählt, dass Marzena und er ihre Reisepässe bei der Polizei hatten hinterlegen müssen. Marzenas Vater war zunächst verhaftet, auf Kaution aber wieder auf freien Fuß gesetzt worden. Dennoch würde ihm der Prozess gemacht werden.

Olga nippte an ihrem Glas und seufzte verzweifelt

auf. Sie hatte das Gefühl, dass sich die Schlinge um Wladyslaws Hals immer enger zuzog. Er hatte sich nach Ansicht der Polizei nicht nur in dem Musikaliengeschäft in Norden verdächtig gemacht – nun waren ausgerechnet in Malowskis Filiale in Warschau, in der Wladyslaw gearbeitet hatte, Teile des Diebesgutes aus Norden entdeckt worden! Wie sollte sich der Junge da noch von dem Vorwurf befreien? Wer außer ihr und Marzena glaubte noch an seine Unschuld? Nein, auch wenn Wladyslaw am Telefon sehr gefasst geklungen und von »einem schrecklichen Missverständnis, das die Polizei sicher bald aufklären würde«, gesprochen hatte – Olga war die Angst, die in seiner Stimme mitgeklungen hatte, nicht verborgen geblieben. Und auch Leszek und Agniezka waren verhört worden ...

»Nur keine Panik«, murmelte Olga immer wieder vor sich hin. »Nur keine Panik.« Wieder führte sie das Weinglas an die Lippen. Leszek und Agniezka waren nach dem genauen Unfallhergang befragt worden, und auch Olga versuchte, die Minuten kurz vor und nach Franz' markerschütterndem Schrei noch einmal vor ihrem geistigen Auge Revue passieren zu lassen. Sie hatten in der Dunkelheit auf die Taxen gewartet – doch wer genau hatte zu den wartenden Gästen gehört? Marzena, ja ... Suzie ... Agniezka ... Olga war sich nicht sicher. Sie sah plötzlich wieder Hang vor sich, der sich behände an den Treppenstufen herabhangelte. Henning hatte bei seinem wie reglos am Boden liegenden Vater gekauert, oder? Was war vorher geschehen? Und wo genau hatten sich die anderen befunden? Wo war Leszek gewesen? Wo Wladyslaw?

Olga strich sich mit einer resignierten Geste über die Augen und stand seufzend auf. Hundertmal, vielleicht noch öfter hatte sie versucht, sich die Ereignisse jenes schrecklichen Abends in Erinnerung zu rufen – vergebens. Um die Angst zu vertreiben, die plötzlich in ihr übermächtig wurde, ging sie zum Schrank hinüber, nahm die Geige zur Hand und begann, eine kleine Weise zu spielen, die sie vor vielen Jahren zum letzten Mal gespielt hatte, damals, als Leszek und Wladyslaw noch Kinder gewesen waren.

Bereits gegen halb zehn erreichte Staatsanwalt Deerk Wenninga die Innenstadt von Jever und parkte seine Limousine vor der Kanzlei des Notars und Rechtsanwaltes Jost Arenz, den Franz Uhlendorf vor seinem Tod als Testamentsvollstrecker eingesetzt hatte.

Die Kanzlei lag in exponierter Lage gleich in der Nähe des Schlossparks. Wenninga warf einen raschen Blick auf den weiß verputzten Schlossturm, der hinter den herbstlich kahlen Bäumen hervorlugte, und betrat dann die Kanzlei, die in einem der schönen historischen Bürgerhäuser untergebracht war. Anerkennend sah er sich um. Am Empfang saß eine hübsche blonde Angestellte, die sich bei Wenningas Eintreten rasch erhob, hinter ihrem Schreibtisch hervortrat und dem Staatsanwalt entgegenkam.

»Sie sind sicher Staatsanwalt Wenninga?«, fragte sie freundlich, wartete aber seine Antwort gar nicht ab. »Herr Arenz erwartet Sie schon. Wenn Sie mich begleiten möchten ...?«

Deerk Wenninga lächelte und folgte der jungen Angestellten durch einen langen, freundlich gestalteten Korridor. An den weiß gestrichenen Wänden hingen alte Stiche, die das Leben in Jever im achtzehnten Jahrhundert zeigten. Damals waren die Stadttore und Befestigungsmauern der kleinen friesischen Stadt noch intakt gewesen. Der Staatsanwalt beschloss, sich diese Stiche beim Verlassen der Kanzlei genauer anzusehen.

Die hübsche Notariatsangestellte öffnete eine Eichentür und bat den Staatsanwalt einzutreten. »Herr Arenz, ihr Besuch ist da. Staatsanwalt Wenninga aus Aurich«, stellte sie vor und verließ nach einem verbindlichen Lächeln das Büro ihres Chefs.

Jost Arenz war ein Mann mittleren Alters. Sein blondes Haar war an den Schläfen bereits ergraut und lichtete sich schon merklich. Sein Gesicht war ernst, aber freundlich, als er Wenninga zur Begrüßung die Hand reichte.

»Moin, Herr Wenninga, herzlich willkommen! Es geht also um die Erbangelegenheit Uhlendorf, dessen plötzlichen Tod ich persönlich sehr bedauert habe«, begann der Notar und setzte dann hinzu: »Franz Uhlendorf war nicht nur mein Mandant, er war auch ein Freund. Sein Tod hat mich sehr getroffen.«

Deerk Wenninga nickte und nahm auf dem Besucherstuhl vor dem antiken Schreibtisch Platz. Durch eines der bis zum Boden reichenden Fenster fiel helles Morgenlicht ins Zimmer. Den alten Parkettboden bedeckten edle Teppiche. Was Wenninga für einen Moment irritierte, waren die Gemälde an den weißen Wänden. Großformatig, bunt und abstrakt, stammten sie alle von einem bekannten Wilhelmshavener Maler, der seine Heimatstadt inzwischen nur noch selten besuchte und es in New York weit gebracht hatte. Seine Werke standen in krassem Gegensatz zu der ansonsten sehr gediegenen Ausstattung des Büros.

»Wenn ich recht informiert bin, haben Sie für Ihren verstorbenen Freund auch die Firmenübergabe abgewickelt, nicht wahr?«, begann der Staatsanwalt mit seiner Befragung.

Sein Gegenüber nickte zustimmend. »Ja, es ist furchtbar. Mir kommt es so vor, als wäre es erst gestern gewesen, dass er mir gegenübersaß und die Details, um die es ihm bei der Vertragsabfassung ging, erläuterte. Er hatte so viel vor, wollte auf Norderney noch einmal ganz von vorn anfangen. Keiner von uns hat damals in Erwägung gezogen, dass er so schnell sterben würde.«

»Dennoch hat er bald darauf sein Testament gemacht, nicht wahr?«, hakte Wenninga nach.

»Ja, aber Tod und Sterben waren zu diesem Zeitpunkt kein Thema für ihn. Er hatte gerade die Geigerin Olga Stocheck kennen gelernt, war – wenn ich so sagen darf – bis über beide Ohren in sie verliebt und strotzte geradezu vor Kraft, Optimismus und Gesundheit. Ich denke, er wollte sie unbedingt finanziell absichern. Deshalb änderte er sein Testament. Meine Warnungen, nichts zu übereilen, schlug er übrigens in den Wind.«

Deerk Wenninga war der skeptische Unterton des Notars nicht verborgen geblieben. »Warnungen? Warum haben Sie Ihren Freund denn warnen wollen? Und wovor?«, fragte er sofort.

Jost Arenz seufzte leise. »Nun ja«, antwortete er, »die ungleiche Ausgangsbasis gab mir eben zu denken, und ich hielt es für meine Pflicht, Franz darauf aufmerksam zu machen. Wie gesagt, er war ja blind vor Liebe ...«

»Wie meinen Sie das?«

»Sehen Sie, Franz Uhlendorf war eine bekannte Persönlichkeit und sehr vermögend. Und die Polin war beinahe mittellos. Das finanzielle Ungleichgewicht hielt ich für bedenklich. Außerdem kannten die beiden sich ja erst seit dem Frühsommer ...«

Der Staatsanwalt schwieg einen Moment, dann hakte er nach: »Aber Franz Uhlendorf glaubte fest an eine glückliche Zukunft und viele Jahre an der Seite seiner neuen großen Liebe?«

»So ist es. Deshalb schlug er auch all meine Warnungen in den Wind und änderte sein Testament zugunsten Olga Stochecks. Das war keine zehn Tage vor seinem Tod.« Jost Arenz sah den Staatsanwalt aus Aurich mit einem Mal beunruhigt an. »Sagen Sie, Sie glauben doch wohl nicht, dass Franz' Sturz von der Treppe etwas anderes als ein tragischer Unfall war?«

Wenninga zuckte die Schultern. Er nahm sich vor, nicht zu viel zu verraten. »Wir wissen es nicht. Nach nochmaliger Rücksprache mit dem Unfallarzt, der den toten Franz Uhlendorf untersucht hat, können wir nun nicht mehr ausschließen, dass jemand bei dem Sturz nachgeholfen hat.«

Der Notar wirkte nun ehrlich bestürzt. »Aber das ist ja ...« Betroffen schüttelte er den Kopf. Eine Windbö fegte gegen das Fenster; für Sekunden verdunkelte sich der Himmel, dann fiel wieder Sonnenlicht ins Zimmer. »Franz war doch betrunken, als er die Treppe hinunterstürzte. Zumindest hat mir das seine Witwe am Telefon gesagt.«

»Ja«, räumte Wenninga ein. »Er hatte einiges getrunken, aber der Alkoholkonsum muss nicht der alleinige Grund für seinen Sturz gewesen sein.« Er schaute sein Gegenüber einen Moment nachdenklich an, dann fuhr er fort: »Herr Arenz, wir wissen noch nichts Genaues, aber vielleicht würde es uns weiterhelfen, wenn Sie mir Einsicht in Franz Uhlendorfs Testament gewähren würden. Wen hat der Verstorbene in seinem letzten Willen als Haupterben eingesetzt?«

»Henning Uhlendorf und die Witwe Uhlendorf erben ungefähr zu gleichen Teilen. Nur so viel: Bei dem enormen Vermögen kommt keiner von ihnen zu kurz. Ich wüsste nicht, wo da ein Motiv liegen sollte«, antwortete der Notar nach kurzem Zögern. »Henning hat sich übrigens nur kurz bei mir gemeldet, das hat mich überrascht. Das Erbe scheint ihn gar nicht zu interessieren. Er hat bereits mit den Leitern der Uhlendorf-Technik verhandelt – na, vielleicht hätte ich bessere Konditionen für ihn ausgehandelt ... Na ja, er ist jetzt bereits in San Francisco, wie Olga Uhlendorf mir erzählte ...«

»Die Kripo Norden hat ihn zu einem Gespräch eingeladen. Bei den Testamentsverhandlungen vertritt ihn übrigens sein Cousin, ein Dr. Gretus Banter aus Oldenburg«, fügte Wenninga hinzu.

Arenz schaute überrascht auf. »Dr. Banter? Den Namen habe ich nie zuvor gehört. Auch Franz hat ihn nicht erwähnt. Aber ich denke, dass Henning bald nach Deutschland kommen muss. Bevor er das väterliche Erbe antreten kann, muss er nämlich noch einige juristische Fragen klären, was sein Anwalt ihm kaum ganz abnehmen kann.« Er schwieg eine Weile, dann sah er Wenninga aus seinen klaren grauen Augen offen an: »Ganz im Ernst: Wenn ich an das Testament denke, sehe ich keinen Grund, warum Henning Uhlendorf auf seinen Vater hätte wütend sein sollen. Der Junge hat so oder so ausgesorgt. Er hat von seiner Mutter bereits ein beachtliches Vermögen geerbt und ist sicher auch in der Uhlendorf-Technik Nachfolger seines Vaters. Zumindest hat Franz, soviel ich weiß, verfügt, dass Henning seine Firmenanteile erhalten soll.«

Deerk Wenninga zögerte nur einen Moment, dann fragte er: »Und wie sieht es Ihrer Meinung nach in diesem Punkt mit Olga Uhlendorf aus? Hätte sie vielleicht einen Grund gehabt, ihrem Mann auf der Treppe ... sagen wir ... einen kleinen Stoß zu versetzen?«

Jost Arenz' Bestürzung war echt, kein Zweifel. »Also, lieber Herr Kollege, so weit möchte ich nun wirklich nicht gehen! Alles, was ich Ihnen sagen kann, ist, dass die aus ärmlichen Verhältnissen stammende Olga Uhlendorf, verwitwete Stocheck nach dem Tod ihres zweiten Mannes zu einer wohlhabenden Frau geworden ist. Und diese Tatsache haben ihre Söhne sicherlich mit Zufriedenheit zur Kenntnis genommen ...«

»Was genau wollen Sie da andeuten, Herr Arenz?«

Der Notar seufzte. »Nichts. Zu einem möglichen Anschlag auf Franz' Leben kann ich nichts sagen. Und ich möchte betonen, dass mir nichts ferner liegt, als irgendjemanden zu verdächtigen. Das müssen Sie mir glauben. Ich persönlich fand es nur ein wenig ungewöhnlich, wie schnell Olga Uhlendorf nach dem Tod ihres Mannes über dessen Konto verfügte und eine nicht unbeträchtliche Summe abhob, um ein Modegeschäft in Danzig zu erwerben – ihre Schwiegertochter in spe soll es leiten. Aber sprechen Sie darüber lieber mit dem Steuerberater des Verstorbenen. Er kann Ihnen dazu Genaueres sagen. Meine Sekretärin wird Ihnen gleich die Anschrift notieren.« Er erhob sich und trat an seinen großen Aktenschrank. »So, dann werde ich Ihnen nun Franz Uhlendorfs Testament zur Einsicht geben. Einen Moment, bitte.«

Während der Nacht hatte es leichten Bodenfrost gegeben. Wie gut, dass ich gestern Nachmittag den Garten noch winterfest gemacht habe, die Möhren und Sellerieknollen zum Schutz vor dem Frost eingemietet und Kaminholz gestapelt habe. Von mir aus kann der Winter jetzt kommen, dachte Ubbo Ewers, während er mit einiger Verspätung das Dienstgebäude betrat.

Tido de Boer saß bereits an seinem Schreibtisch. »Moin, Chef, ich sitze schon in den Startlöchern. Was liegt denn heute an?«

Ubbo Ewers konnte sich ein kleines Lächeln nicht verkneifen, als er aus seinem Mantel schlüpfte und ihn über die Stuhllehne legte. Seitdem Dr. Ebeling bestätigt hatte, dass die Knöchelprellung des toten Franz Uhlendorf der Verletzung bedenklich ähnelte, die Tido sich nach dem unfreiwilligen Sturz auf der Treppe vor dem Seglerhaus zugezogen hatte, hatte auch der junge Assistent »Feuer gefangen«. In ihm war der Ehrgeiz erwacht, dem Geheimnis um Uhlendorfs Todessturz – falls es eines gab – auf den Grund zu gehen. Auch wenn de Boers Knöchelverletzung weit weniger ernst gewesen war als die des toten Unternehmers, so hatte Dr. Ebeling in beiden Fällen eine etwa drei Zentimeter breite Prellung festgestellt. Auch Franz Uhlendorf konnte unmittelbar vor seinem Sturz ein Schlag gegen den Knöchel versetzt worden sein – mit einem Bambusstab, wie Ewers ihn bei sich gehabt hatte, mit einem Stockschirm oder auch mit einem der Sonnenschirme des Seglerhauses, die zusammengeklappt vor den Duschräumen im Untergeschoss gestanden hatten.

»Für den Nachmittag hat sich Staatsanwalt Wenninga angesagt«, antwortete Ewers. »Er möchte uns erzählen, was die Befragung des Notars in Jever ergeben hat. Wir sollten uns noch einmal um Henning Uhlendorf kümmern. Er hat auf unsere Vorladung, die wir an die University of San Francisco gefaxt haben, noch immer nicht reagiert. Ruf doch mal seinen Vetter Dr. Banter an und höre, ob er uns dazu etwas sagen kann.«

Tido de Boer blätterte kurz in seinen Unterlagen, griff nach dem Hörer und wählte. Als sich der Anwalt meldete, stellte er den Lautsprecher ein.

»Moin, Herr Dr. Banter, hier de Boer, Kripo Norden. Ihr Vetter Henning Uhlendorf hat bisher nicht auf unsere Vorladung reagiert. Wir müssten ihn im Todesfall Uhlendorf aber dringend sprechen.«

»Ach, sind Sie auch dahinter gekommen, dass bei dem Sturz meines Onkels etwas nicht mit rechten Dingen zugegangen ist?«, kam es ein wenig spöttisch zurück. »Das hab ich mir doch gleich gedacht, geldgierig wie die neue polnische Verwandtschaft ist ...«

»Bitte mäßigen Sie sich«, entgegnete de Boer sachlich. »Wir sind weit davon entfernt, eine bestimmte Person zu verdächtigen. Wir möchten dennoch mit allen Hochzeitsgästen sprechen. Auch mit Ihrem Vetter ...«

»So ein Unsinn!«, begehrte der Anwalt auf. »Was sollte Henning für einen Grund gehabt haben, seinen alten Herrn die Treppe hinunterzubefördern? Wegen des Erbes bestimmt nicht, falls Sie das meinen. Er ist schon jetzt reich genug. Aber vielleicht ging es der feinen polnischen Verwandtschaft mit dem Erben ja nicht schnell genug ...«

De Boer warf seinem Vorgesetzten einen entnervten Blick zu, doch dieser machte ihm ein Zeichen, die Ruhe zu bewahren. »Wenn Sie Ihren Vetter sprechen, richten Sie ihm doch bitte aus, dass er sich bei uns melden soll«, bat Tido dann.

»Ich werde es ihm sagen. Ich erwarte ihn wegen des

geplanten Verkaufs seiner Wohnung in Aachen ohnehin bald in Deutschland zurück. Auf Wiederhören.« Es klickte in der Leitung. Dr. Gretus Banter hatte einfach aufgelegt.

Ubbo Ewers schüttelte ärgerlich den Kopf. »So ein ungehobelter Klotz, was, Tido? Ich möchte wissen, warum er so aggressiv und so schlecht auf Olga Uhlendorf und ihre Söhne zu sprechen ist. Es wäre ja zu verstehen, wenn er selbst mit ihnen teilen müsste – aber so? Na ja, dann komm, Junge! Schauen wir mal, was die beiden Leiter der Uhlendorf-Technik uns sagen können!«

Kurz nach elf Uhr erreichten sie das Gewerbegebiet von Wilhelmshaven. Als einer der größten Betriebe der Region befand sich die Uhlendorf-Technik im hinteren Teil des Industriegeländes.

Ewers parkte seinen Wagen vor dem Verwaltungstrakt und betrat wenig später mit seinem Assistenten die Empfangshalle. Durch die großen Glaselemente auf der rechten Seite des Gebäudes flutete Licht in die Halle, das von den aluminiumverkleideten Wänden reflektiert wurde. Blumenkübel umrahmten eine großzügige Sitzecke, die aus einer Ledergarnitur und einem großen Glastisch bestand.

»Alles vom Feinsten«, raunte Tido de Boer seinem Vorgesetzten zu, als sie an den Empfangstresen traten, an dem eine hübsche Brünette ihren Dienst versah.

»Was kann ich für Sie tun, meine Herren?«, fragte sie und schenkte den beiden Herren ein strahlendes Lächeln, das sie auch beibehielt, als Ubbo Ewers sich und seinen Kollegen vorgestellt und den Grund ihres Besuches kurz erklärt hatte.

»Sind Sie denn angemeldet?«, erkundigte sie sich höflich und fügte hinzu: »Sie müssen wissen, dass Herr Saalmann erst vor zwei Stunden von einem Auslandsaufenthalt zurückgekehrt ist und die beiden Chefs sich nun in einer wichtigen Besprechung befinden. Sie haben angeordnet, nicht gestört zu werden.«

»Die Angelegenheit, in der wir Herrn Saalmann und Herrn Hammes sprechen möchten, ist ebenfalls wichtig. Wären Sie so lieb und melden uns an?« Ewers' Tonfall war freundlich, aber bestimmt gewesen, und nach einem kleinen Zögern erhob sich die junge Angestellte, griff zum Hörer und meldete die Kriminalbeamten ihren Vorgesetzten. Als sie auflegte, lächelte sie erneut ihr einnehmendes Lächeln. »Wenn Sie mir bitte ins Direktorenzimmer folgen möchten ...« Sie trat hinter dem Empfangstisch hervor und stöckelte auf ihren hohen Pumps vor den Beamten einen langen Gang entlang. »Bitte schön«, sagte sie schließlich und öffnete eine Tür.

De Boer und Ewers traten in einen großen Raum, in dessen Mitte ein mächtiger moderner Schreibtisch stand. Seitlich daneben befand sich ein Zeichenbrett; die Wand dahinter bedeckte eine große Projektionsfläche.

Die beiden Firmenleiter erhoben sich von einem langen Konferenztisch auf der gegenüberliegenden Zimmerseite und gingen den Beamten entgegen. Ihrer Mimik nach zu urteilen, waren sie nicht eben erfreut über die Störung. Dennoch schenkte der Mann, der sich als Johannes Saalmann vorstellte, den Besuchern ein joviales Lächeln. »Herzlich willkommen«, meinte er und wies auf die Besucherecke. Seine Augen blieben einen Moment prüfend an Ewers bärtigem Gesicht hängen. Sein Blick verriet ein gesundes Misstrauen. »In welcher Angelegenheit wollen Sie meinen Kollegen Kurt

Hammes und mich sprechen? Ich muss zugeben, dass Sie ein wenig ungelegen kommen. Ich bin eben aus Korea zurückgekehrt und war gerade dabei, mit meinem Partner einen neuen Auftrag durchzurechnen«, fügte er mit einem kleinen Lächeln hinzu.

Kurt Hammes nickte und schaute ein wenig unsicher von de Boer zu Ewers.

»Entschuldigen Sie die Störung. Wir bemühen uns, uns kurz zu fassen«, begann dieser und fuhr fort: »Es geht um den Todesfall Franz Uhlendorf. Wir möchten noch einmal alle Hochzeitsgäste zum ... Unfallhergang befragen. In diesem Zusammenhang interessieren uns auch Ihre Beobachtungen. Unter Umständen ist Franz Uhlendorf nicht von allein die Treppe hinuntergestürzt. Es kann sein, dass jemand nachgeholfen hat.«

Saalmann schüttelte bestürzt den Kopf. »Also das kann ich mir beim besten Willen nicht vorstellen«, sagte er dann und runzelte die Stirn. »Wer sollte dafür einen Grund gehabt haben? Franz Uhlendorf war allgemein beliebt, und es war so ein schönes, harmonisches Fest ...«

Kurt Hammes wirkte regelrecht erschrocken. »Das wäre ja furchtbar ...«, murmelte er leise.

Ubbo Ewers machte eine beschwichtigende Handbewegung. »Es steht nicht eindeutig fest. Einiges weist aber darauf hin. Sehen Sie diese Unterhaltung als reine Routinemaßnahme. Mit einigen Hochzeitsgästen haben wir schon gesprochen. Frau Uhlendorf zum Beispiel sprach von einer harmonischen Feier und erzählte uns, dass die Gäste nach dem Fest vor dem Seglerhaus auf die Taxen warteten. Franz Uhlendorf war allein im Restaurant zurückgeblieben, um die Rechnung zu begleichen. Stimmt diese Aussage mit Ihren Beobachtungen überein?«

Kurt Hammes zuckte ein wenig ratlos die Schultern. »Was Olga Uhlendorfs Aussage zur Feier betrifft – ja. Es war ein schönes Fest, ein sehr schönes. Wir haben uns gut unterhalten. Was aber nach der Feier geschah, entzieht sich unserer Kenntnis. Herr Saalmann und ich verließen nämlich als Erste die Feier. Wir wollten in der Hotelbar noch ein Bier trinken und dabei einige geschäftliche Details besprechen. Als das Unglück geschah, waren wir längst nicht mehr da.« Er schaute eine Weile nachdenklich vor sich hin und schwieg. Dann setzte er hinzu: »Als wir gingen, war es ziemlich dunkel auf dem Kai. Wenn ich mich recht erinnere, ist uns auch niemand begegnet, oder, Johannes?«, wandte er sich an seinen Partner, und Saalmann nickte bestätigend.

»Mir ist zumindest niemand aufgefallen«, warf er ein, und Kurt Hammes fuhr fort:

»Am nächsten Morgen rief mich Henning an ... Henning Uhlendorf ... und unterrichtete mich von dem tragischen Unfall.«

Kommissar Ewers strich sich durch seinen dichten Bart. »Hm, was kurz vor dem Sturz geschah, können Sie also nicht sagen, schade. Aber beschreiben Sie doch bitte einmal den Verlauf der Feier. Sie beide besprachen sich doch nach der Teetafel mit Franz Uhlendorf, während seine Gattin mit den übrigen Gästen einen Spaziergang im Hafen unternahm. Stimmt das?«

Hammes nickte. »Der Alte ... äh, Franz Uhlendorf ließ sich so gut wie nie mehr hier bei uns im Betrieb sehen. Deshalb wollten wir die Gelegenheit nutzen, um ihm von den jüngsten geschäftlichen Aktivitäten zu berichten.«

»Sie hatten Erfolge vorzuweisen?«, fragte die Boer arglos.

Johannes Saalmann ließ ein dröhnendes Lachen hören. »Also ehrlich, junger Mann«, meinte er dann, »lesen Sie denn keine Zeitung? Wir haben viele neue Arbeitsplätze geschaffen, den Umsatz vervielfacht ...«

»Die Halle C«, warf der Kommissar ein. »Ich habe davon gelesen.«

»Eine notwendige Investition«, versicherte Kurt Hammes.

»Frau Uhlendorf hatte den Eindruck, dass Sie Ihren ehemaligen Chef in dem Gespräch irgendwie verärgert hatten. Kann das sein?«

Johannes Saalmann winkte ab. »Ja, ja, aber das war nicht der Rede wert. Er hatte tatsächlich nichts von der Errichtung der Halle C mitbekommen, obwohl in den Medien lang und breit darüber berichtet worden war. Aber wie gesagt, Franz Uhlendorf hatte sich schon länger um nichts mehr gekümmert.«

»Und Sie tranken mit ihm einige Gläser Cognac?«, vergewisserte sich der Kommissar.

Saalmann lachte. »Ja, aber die steckte er doch locker weg. Er war ja ein echter Kerl. Aber es stimmt schon: Er langte tüchtig zu, auch später, als die Stimmung dann stieg.« Er lächelte in der Erinnerung. »Es ging feuchtfröhlich zu, als die Polen schließlich ihre Schüchternheit ablegten und der Wirt zum Akkordeon griff. Tragisch, dass dieser schöne Abend so enden musste ...«

»Vielen Dank, das war's schon«, erklärte Ubbo Ewers, erhob sich und reichte den beiden Firmenchefs die Hand. Tido de Boer tat es ihm nach.

»Halten Sie uns bitte auf dem Laufenden«, meinte Hammes. »Wir verdanken Franz Uhlendorf viel. Uns täte es sehr leid, wenn ein Fremdverschulden vorläge. Franz' Tod hat uns ohnehin schon sehr getroffen. Für Ihre Ermittlungen weiterhin viel Erfolg.«

»All up Stee«, erwiderte de Boer und wandte sich zum Gehen.

An der Tür ergriff Johannes Saalmann noch einmal das Wort: »Ich wünsche Ihnen natürlich auch viel Erfolg. Aber unter uns, ich denke, Sie jagen ein Phantom. Franz war wohl an diesem Abend schlicht und einfach betrunken.«

»Wir werden sehen«, sagte Ewers nur, lächelte und verließ mit seinem Assistenten das Zimmer.

Während Deerk Wenninga seinen Wagen in Richtung Norden lenkte, ließ er das Gespräch, das er am Morgen mit dem Notar Arenz geführt hatte, in Gedanken noch einmal Revue passieren. Auch während des Mittagessens hatte er immer wieder an den verstorbenen Franz Uhlendorf denken müssen, für den er eine große Sympathie empfand, obwohl er ihn nie kennen gelernt hatte. Vielleicht war es die Tatsache, dass Wenninga sich als Witwer sehr gut vorstellen konnte, dass Franz Uhlendorf die späte Begegnung mit Olga Stocheck als großes Glück empfunden haben musste. Ja, es musste schön sein, im Herbst seines Lebens nicht allein zu sein ...

Vor diesem Hintergrund war es auch verständlich, dass Franz Uhlendorf seine Olga schon vor der Eheschließung testamentarisch abgesichert hatte. Auch wenn Uhlendorf, wie Jost Arenz berichtet hatte, an eine glückliche Zukunft an Olgas Seite geglaubt hatte, war der ehemalige Unternehmer in einem Alter gewesen, in dem das Risiko eines Herzinfarkts, eines Schlaganfalls oder einer anderen ernsthaften Erkrankung rapide zunahm. Er hatte seine zukünftige Frau in seinem Testament also großzügig bedacht und darauf vertraut, dass sie ihm im Gegenzug auch in schlechten Tagen beistehen würde – ohne ahnen zu können, dass ihm bereits einige Gläser Cognac zu viel zum Verhängnis werden würden. Denn so viel stand fest: Selbst wenn jemand in der Dunkelheit gelauert hatte, um Franz Uhlendorf auf der Treppe einen Stoß zu versetzen, durfte man den Einfluss des Alkohols bei dem Sturz nicht vernachlässigen. Wenn es einen Täter gab – und dies war der zweite Punkt in Wenningas Überlegungen – hatte er impulsiv gehandelt. Die Tatsache, dass er keinesfalls fest mit Franz Uhlendorfs Ableben hatte rechnen können, ließ darauf schließen, dass der mögliche Täter einer spontanen Gemütsregung gefolgt war – Wut? Neid? Eifersucht? Enttäuschung? – und den Unternehmer unter Umständen gar nicht wirklich hatte töten wollen. Oder doch?

Nur wenn sie klären konnten, was genau an jenem Tag geschehen war, würden sie Licht ins Dunkel dieses Falls bringen.

Und wer kam als möglicher Täter in Betracht? Da waren auf der einen Seite die Polen: Hatte Olga sofort über das enorme Vermögen verfügen wollen? Immerhin hatte sie gewusst, dass sie einmal die Wohnung auf Norderney, einiges an Wertpapieren und die gesamte Barschaft erben sollte. Die Tatsache, dass sie gleich nach dem Tod ihres Mannes eine hohe Summe von dessen Konto abgehoben hatte, sprach für sich. Sie schien den neu gewonnenen Luxus zu genießen, dennoch erweckte sie den Eindruck, unter dem Verlust zu leiden. Das sagte jedenfalls Ewers. Außerdem – hätte Franz seiner geliebten Frau nicht sowieso jeden Wunsch erfüllt? Nein, es war unwahrscheinlich, dass sie auf der Treppe auf ihren Mann gewartet hatte. Und ihre Söhne? Hatte ihnen der westliche Luxus vielleicht so imponiert, dass sie unbedingt selbst ein »Stück vom Kuchen« haben wollten? Immerhin waren sie es gewohnt, von ihrer Frau Mama finanziell unterstützt zu werden, wie der Boutiquekauf bewies. Und ihre Mutter war nach dem Tod des zweiten Ehemanns eine reiche Frau ... Doch hatten sie von Uhlendorfs Testament überhaupt Kenntnis erlangt? Und was war mit Henning Uhlendorf? War es ihm wirklich gleichgültig gewesen, dass er einmal das Erbe mit Frau Uhlendorf Nummer zwei teilen sollte? Es stimmte zwar, dass auch er im Testament seines Vaters nicht zu kurz kam (Henning sollte das Haus in Rüstersiel sowie einige Wertpapiere erben und die beträchtliche Kapitalbeteilung seines Vaters an der Uhlendorf-Technik übernehmen). Hatte er seinem Vater dennoch heimlich gezürnt? Und wie stand er wirklich zu Olga Uhlendorf? Konnte er sie als Stiefmutter akzeptieren, oder hatte er seinem Vater im Stillen zum Vorwurf gemacht, sich zu schnell über den Tod der Mutter hinweggetröstet zu haben? »Fragen über Fragen«, seufzte Deerk Wenninga leise vor sich hin. All diese Fragen galt es zu beantworten.

Was also hatte sich an jenem Tag genau ereignet? Nur über diese Frage würden sie ans Ziel kommen.

Dem Gespräch mit den beiden Nordener Kriminalbeamten schaute Deerk Wenninga mit einer gewissen Spannung entgegen. Wer weiß, vielleicht hatte die Unterredung mit den Leitern der Uhlendorf-Technik etwas Neues ergeben. Möglicherweise hatte sich auch Henning Uhlendorf inzwischen gemeldet. Deerk Wenninga beschloss, in Kürze eine Pressekonferenz einzuberufen. Vielleicht war es möglich, über diesen Weg noch einige Zeugen zu finden, die sich am besagten Abend im Hafengelände aufgehalten und etwas beobachtet hatten. Norderney war schließlich kein Dorf.

Kegelclubs reisten in Scharen an, Touristen genossen das Küstenklima, und Hundebesitzer führten vor dem Schlafengehen ihre Lieblinge noch rasch aus. »Irgendjemand *muss* doch was gesehen haben«, murmelte Wenninga und beschloss, die ermittelnden Beamten gleich von seinem Vorhaben in Kenntnis zu setzen.

Als Kommissar Ubbo Ewers an diesem Freitagmorgen vor dem Dienstgebäude aus dem Wagen stieg, stieß er einen leisen Fluch aus. Seit den frühen Morgenstunden regnete es Bindfäden. Es war, als hätte der Himmel sämtliche Schleusen geöffnet. Nach den wenigen Metern bis zum Eingang war Ewers völlig durchnässt. In seinen Schuhen stand die Nässe. Dementsprechend missmutig trat er wenig später in sein Dienstzimmer, legte die nasse Jacke über die Heizung und ging zu seinem Schreibtisch.

Mareike Odinga hatte ihm bereits die Post sowie einige Zeitungen hingelegt, und Ewers griff entschlossen nach der *Ostfriesen-Post,* in die er an diesem Morgen noch keinen Blick hatte werfen können. Nachdem sie am Vortag im Schloss in Aurich zum »Fall Uhlendorf« eine Pressekonferenz abgehalten hatten, rechnete er fest mit einem erneuten Bericht über die tragischen Ereignisse am Seglerhaus. Und tatsächlich, auf Seite drei fand Ewers, wonach er suchte.

Der Bericht enthielt eine sachliche Darstellung des tödlichen Unfalls auf dem Kai und den Hinweis, dass die Kriminalpolizei ein Fremdverschulden nicht mehr völlig ausschließen wollte. Mögliche Zeugen, die sich zum Zeitpunkt des Unfalls am Kai aufgehalten und etwas beobachtet hatten, wurden gebeten, sich im Präsidium in Norden zu melden.

Kommissar Ewers hoffte auch auf eine Berichterstattung in überregionalen Zeitungen. Nicht umsonst hatten sie eine entsprechende Mitteilung mit einem Foto des Norderneyer Seglerhauses und des Unternehmers Uhlendorf per Kurier an die Deutsche Presseagentur geschickt.

»Moin«, ertönte es da gut gelaunt von der Tür her, und Tido de Boer betrat das Zimmer. »Schon gesehen, Chef?« Er wedelte zufrieden mit einer Ausgabe der *Bild-Zeitung* durch die Luft. »Die Sensationsreporter von *Bild* haben ebenfalls über unseren Fall berichtet.«

Ubbo Ewers wollte gerade nach der Zeitung greifen, die sein Assistent ihm hinhielt, als das Telefon läutete. »Kripo Norden, Ewers am Apparat«, meldete er sich ein wenig brummig, doch sein Gesicht hellte sich gleich merklich auf. Rasch drückte er auf die Lautsprechertaste. »Guten Morgen, Herr Uhlendorf«, sagte er dann, »schön, dass Sie sich endlich bei uns melden.«

»Ja, tut mir leid, dass es so lange gedauert hat«, kam es zurück, »aber ich habe mich in San Francisco aufgehalten. Sie hatten Ihre Vorladung zwar in mein Büro an der Universität gefaxt, doch ich hatte zu diesem Zeitpunkt die Stelle noch gar nicht angetreten. Ich war noch einige Zeit freigestellt. Meine Lebensgefährtin und ich mussten uns zunächst einmal in unserem Appartement einrichten.« Henning Uhlendorfs Stimme klang fest und entschlossen.

»Das wussten wir nicht«, erklärte der Kommissar. »Wann könnten Sie uns denn einmal wegen einer Aussage aufsuchen? Es geht um den Tod Ihres Vaters.«

»Mein Cousin Gretus hat mir schon erzählt, dass Sie Ermittlungen anstellen. Am kommenden Montag habe ich einen Termin beim Notar Jost Arenz in Jever, und am Abend müsste ich wegen meiner Wohnung auch noch mal nach Aachen. Ich denke, ich kann gegen fünfzehn Uhr bei Ihnen sein. Ist Ihnen das recht?«

»All up Stee«, meinte Ewers. »Sie finden uns im historischen Weinhaus am Marktplatz.«

»Okay, bis dann«, erwiderte Henning Uhlendorf, verabschiedete sich und legte auf.

»Recht selbstsicher, der junge Mann«, murmelte Ewers, als es kurz an die Tür klopfte und Mareike Odinga das Büro der Kollegen betrat.

»Noch mehr Post. Habt ihr beiden etwa Kontaktanzeigen aufgegeben?« Offenbar erwartete sie keine Antwort, legte die Umschläge auf Ewers' Schreibtisch, zwinkerte fröhlich in die Runde und verließ das Zimmer so rasch, wie sie gekommen war.

Ubbo Ewers ließ die Umschläge durch seine Finger gleiten, studierte die Absender und öffnete schließlich eines der Kuverts. »Das LKA hat uns geschrieben. Da bin ich aber mal gespannt ...« Rasch hatte er das Schreiben entfaltet und las:

... Im Einbruchsfall »Musikhaus Kober, Norden« teilen wir Ihnen Folgendes mit: Die polnische Polizei konnte den Verdacht der Mittäterschaft gegen Wladyslaw Stocheck und Marzena Malowski entkräften. Ein Mitarbeiter Stanislaw Malowskis, Marzena Malowskis Vater, der als Leiter in einer Filiale in Warschau arbeitet, ist als Kopf einer über die Grenzen Warschaus agierenden Einbrecherbande ermittelt worden. Mara Petrioska, die Freundin eines Bandenmitglieds, arbeitete bis zum Ende der Saison im Hotel Diekgraf auf der Insel Baltrum und erledigte die Spitzelarbeit in Norden. Sie befindet sich wie oben genannter Filial-

leiter in Untersuchungshaft und hat ein umfassendes Geständnis abgelegt. Der Warschauer Filialleiter hat ausgesagt, dass weder Stanislaw Malowski noch seine Tochter oder Wladyslaw Stocheck von den Aktivitäten der Bande Kenntnis besaßen. Bei erneuten Vernehmungen versicherten Stocheck und Marzena Malowski glaubhaft, sich im Musikhaus Kober nur für Marken und Preise der Instrumente interessiert zu haben. Als eine Mitarbeiterin Wladyslaw Stocheck beim Klavierspiel überraschte, seien sie peinlich berührt gewesen und nur deshalb so überstürzt davongeeilt.

Im Todesfall Franz Uhlendorf haben die beiden übereinstimmend zu Protokoll gegeben, zum Zeitpunkt des Sturzes gemeinsam auf dem Kai gewartet zu haben. Wo genau sie sich auf dem Kaigelände aufgehalten hatten, konnten sie nicht mehr sagen. Auf die Frage, ob sie etwas Ungewöhnliches beobachtet hätten, erwähnten sie nur einen jungen Chinesen, einen der Hochzeitsgäste, der zum Zeitpunkt des Unfalls am Treppengeländer geturnt habe.

In diesem Punkt decken sich die Aussagen übrigens fast wortwörtlich mit denen Leszek Stochecks und seiner Lebensgefährtin, die von den Danziger Kollegen verhört worden sind.

In der Anlage befinden sich die übersetzten Protokolle.

Mit freundlichen Grüßen

Houben, LKA

Kommissar Ewers las auch die beigefügten Protokolle und reichte dann alles seinem Assistenten. Während dieser sich in die Lektüre vertiefte, versuchte Ewers herauszufinden, was genau es war, das ihn an diesem Schreiben so skeptisch stimmte. Doch als Tido aufblickte und zu reden begann, wusste er es.

»Komisch«, meinte der junge Mann, »dass alle Polen dasselbe ausgesagt haben – ihre Aussagen stimmen zum Teil bis in den genauen Wortlaut überein. Wenn ich mich recht erinnere, erwähnte auch Olga Stocheck den ›turnenden jungen Chinesen‹. Ansonsten halten sie sich alle bedeckt, wollen gemeinsam auf dem Kai gestanden beziehungsweise nach den Taxen Ausschau gehalten haben und können sich an nichts Ungewöhnliches erinnern. Ob sie sich abgesprochen haben?«

Der Kommissar zuckte die Schultern. »Kann sein, kann aber auch nicht sein. Ob absichtlich oder nicht – sie lenken alle den Verdacht auf Hang, den jungen Chinesen. Und das gibt mir zu denken.«

»Ja, warum sollte der behinderte Junge den Vater seines Gönners zu Fall bringen?«, überlegte de Boer. »Ohne erkennbares Motiv, einfach aus einer Laune heraus?«

»Mir erscheint diese These auch weit hergeholt. Aber vielleicht kann Henning Uhlendorf uns dazu mehr sagen.«

Über das Wochenende waren die Temperaturen deutlich gefallen, und der anhaltende Regen war in Schnee übergegangen, der nun als grauer Schneematsch auf den Straßen lag. Wie in Jever richtete man sich auch in Norden auf die bevorstehende Adventszeit ein. Die Fassaden der alten Bürgerhäuser trugen bereits die ersten Lichterketten, und auf den knorrigen Ästen vor dem Polizeigebäude lag noch weißer Pulverschnee.

»Norden, ein Wintermärchen«, sagte Henning schmunzelnd zu sich selbst, als er aus dem Wagen stieg und auf die Eingangstür des Präsidiums zuging.

Ein kurzer Blick auf die Uhr verriet ihm, dass er pünktlich war. Gut, dachte er.

Nachdem er die Treppe in den ersten Stock hinaufgestiegen war, fand er sich in einem langen Flur wieder, von dem zu beiden Seiten Dienstzimmer abgingen. Während er den Korridor entlangschritt, las er prüfend die Namensschilder an der Wand. Schließlich hatte er Kommissar Ewers' Büro gefunden. Der Kriminalkommissar teilte es offenbar mit einem Kollegen namens de Boer. Henning straffte die Schultern, fuhr sich noch einmal glättend durch sein dichtes, blondes Haar und klopfte an.

»Herein«, ertönte es, und Henning trat beherzt ins Zimmer, gespannt, was die Unterredung mit den Beamten bringen würde.

Ein bärtiger Mann mittleren Alters – er trug ein legeres Flanellhemd, helle Cordjeans und hatte eine stämmige Figur – kam ihm entgegen und reichte ihm freundlich die Hand. »Henning Uhlendorf?«, wollte er wissen. »Ich bin Kommissar Ubbo Ewers. Wir haben miteinander telefoniert. Das ist mein Assistent Tido de Boer«, fügte er hinzu und wies auf den jüngeren Beamten, der Henning höflich zunickte. Ewers half ihm aus dem Mantel. »Kommen Sie, nehmen Sie Platz! Hatten Sie Schwierigkeiten mit dem Wetter?«

»Och, es ging«, antwortete Henning wahrheitsgemäß und setzte sich vor Ewers' Schreibtisch. »In Aachen ist das Autofahren zurzeit schwieriger. Da liegen gut und gern zehn Zentimeter Schnee.«

»Sie kommen aus Jever? Hat Sie das Testament Ihres Vaters überrascht?«, fragte Ubbo freiheraus, obwohl er wusste, dass seine Eingangsfrage ein wenig indiskret war. Doch er war gespannt, wie der junge Uhlendorf reagieren würde.

Aber Henning lächelte scheinbar unbekümmert und winkte ab. »Keineswegs«, antwortete er. »Olga Stocheck und ich, wir teilen uns wie erwartet Vaters Vermögen, und das ist auch okay so. Schließlich hat mein Vater Olga sehr geliebt. Es ist gut, dass er sie finanziell abgesichert hat.«

»Hm«, meinte Ewers und sah sein Gegenüber prüfend an. »Dennoch nennen Sie Ihre Stiefmutter Frau Stocheck, nicht Frau Uhlendorf. Gibt es da etwa gewisse Ressentiments?«

Uhlendorf junior legte den Kopf schief, dann nickte er. »Ja, was den Namen angeht, schon. Sehen Sie, für mich wird es wohl immer nur eine Frau Uhlendorf geben, und das ist meine verstorbene Mutter, Senta Uhlendorf.«

Ubbo Ewers betrachtete den jungen Mann vor sich aufmerksam. Er war hoch gewachsen, hatte ein offenes Gesicht und wirkte mit seinen breiten Schultern und der athletischen Figur sportlich. Die legere Kleidung – ein Lambswool-Pullover mit rundem Ausschnitt sowie die blauen Jeans – unterstrich diesen Eindruck. »Daraus schließe ich, dass Sie die zweite Heirat Ihres Vaters nicht unbedingt gutgeheißen haben.«

Zu Ewers' Überraschung nickte der junge Mann, dann gestand er freimütig: »Das kann man so sagen – einerseits. Aber dabei ging es mir nicht um das von mir zu erwartende Erbe. Wissen Sie, meine Eltern führten eine vorbildliche Ehe. Sie liebten sich; und ich war nach Mamas Tod fest davon überzeugt, dass ihre Liebe auch über das Grab hinweg Bestand haben würde. Ja, als mein Vater sich dann neu verliebte, war ich fast ein wenig eifersüchtig. Ich konnte zuerst nicht verstehen, wie er Mama so schnell vergessen konnte.

Andererseits weiß ich auch, dass er nach ihrem Tod sehr einsam war. In seinen Briefen erschien er mir fast depressiv, und ich hatte auch ein schlechtes Gewissen, weil ich mich so gar nicht um ihn kümmern konnte. Sie müssen wissen, ich hielt mich zu dieser Zeit in Singapur auf. Na, und was das anging, war ich auch irgendwie froh, als er mir mitteilte, er habe wieder einen Menschen gefunden, der seine Einsamkeit zerstreute ...« Henning sah eine Weile schweigend vor sich hin, und seinen schönen, männlichen Mund umspielte ein liebevolles Lächeln. »Doch, ich muss mich korrigieren: Alles in allem haben zuletzt bei mir die positiven Gedanken zu Vaters Hochzeit überwogen. Schließlich hatte ich auch kein Recht, seine Entscheidung zu kritisieren, denn ich hatte meinen Vater auch in anderer Hinsicht enttäuscht ...«

»Inwiefern?«, hakte Tido de Boer interessiert nach.

»Ich bin nach dem Studium seinem Wunsch, in die Firma einzusteigen, nicht nachgekommen. Dabei wusste ich, dass es Vaters größter Wunsch war, dass ich sein Nachfolger bei der Uhlendorf-Technik werde.«

Ewers ließ sich das Gehörte einige Sekunden durch den Kopf gehen. Dann meinte er: »Wir haben bereits zweimal mit Ihrem Vetter Gretus Banter telefoniert, der Ihre polnische Verwandtschaft meiner Meinung nach ungewöhnlich scharf attackiert hat. Können Sie sich vorstellen, warum er Ihrer Stiefmutter und ihren Söhnen immer wieder unterstellt, sie hätten bei Ihrem Vater nur *abkassieren* wollen, um es einmal salopp zu formulieren?«

Henning Uhlendorf verzog ein wenig spöttisch den Mund. »Ach, der Gretus! Hören Sie nicht auf ihn! Der findet immer ein Haar in der Suppe, hört überall die

Flöhe husten und ist auch ein sehr aufbrausender Mensch. Ich weiß, wie er über Olga und ihre Söhne denkt, aber glauben Sie mir, ich teile seine Ansicht nicht. Ich sehe in Olga keine Erbschleicherin. Und ehrlich gesagt, verstehe ich auch nicht ganz, warum Sie den Tod meines Vaters noch einmal untersuchen wollen. Wie ich das sehe, hatte Papa einfach zu viel getrunken und ist auf der Treppe ausgerutscht. So tragisch das auch ist ...«

»Dennoch gibt es gewisse Anhaltspunkte, die den Verdacht nahe legen, dass ihr Vater unter Umständen auf der Treppe zu Fall gebracht worden ist. Und bevor dieser Verdacht nicht ausgeräumt ist, müssen Sie uns schon erlauben, unsere Ermittlungen fortzusetzen«, erwiderte Ewers. »Bevor Sie ganz nach San Francisco übersiedeln, hoffen wir bei diesen Ermittlungen auf Ihre Unterstützung.«

»Trotzdem kann ich nicht so recht an Ihre Mord-Theorie glauben. Wer sollte denn so etwas tun?«, beharrte der junge Mann mit gerunzelter Stirn.

»Das versuchen wir ja gerade herauszufinden«, entgegnete Ewers und bot Henning eine Tasse Tee an. Doch Henning Uhlendorf lehnte dankend ab. Also ergriff Ubbo Ewers erneut das Wort: »Ich will offen zu Ihnen sein: Dr. Ebeling stellte bei Ihrem Vater eine Knöchelverletzung fest, die, wie wir jetzt wissen, höchstwahrscheinlich von einem Schlag herrührt, mit dem Ihr Vater auf der Treppe zu Fall gebracht worden ist. Wir haben die Situation am Seglerhaus nachgestellt – so, wie wir sie uns vorstellen – und haben bei dem ... Probanden eine sehr ähnliche Verletzung feststellen können.«

»Sie haben was? Sie haben den Sturz nachgestellt? Herr Ewers, Sie müssen zugeben, das ist eine recht ungewöhnliche Art, Ermittlungen anzustellen ...« Henning schüttelte den Kopf und sah Ubbo Ewers ungläubig an.

Der Kommissar nickte. »Das gebe ich gern zu, aber wie dem auch sei ... Noch einmal: Unser Proband wurde durch einen Schlag gegen den Knöchel zu Fall gebracht, und er trug eine ganz ähnliche Knöchelverletzung wie Ihr Vater davon, das ist das eine. Bedenken Sie zum anderen, dass Ihr Vater nicht auf dem steilen ersten Treppenstück – der Treppe, die vom Restaurant hinunterführt – ins Straucheln geriet, sondern erst nach der kleinen Plattform, auf der drei Treppen zusammenkommen und auf der sich noch eine weitere Person befunden haben kann.«

Doch Henning wirkte noch immer nicht überzeugt. »Mit Verlaub, aber das ist Unsinn.« Er lächelte ein wenig verlegen. »Auf der Treppe hat sich meines Wissens niemand außer Papa aufgehalten. Ich habe mich doch sofort umgedreht, als ich seinen Schrei gehört habe. Ich sah noch, wie mein Vater von der Plattform stürzte. Da hätte ich diesen mysteriösen zweiten Mann doch ebenfalls sehen müssen. Da war aber keiner ...«

»Vielleicht hat sich Mr. Unbekannt ja auf der Kaimauer aufgehalten, als er Ihren Vater zu Fall brachte, und ist dann blitzschnell auf der anderen Seite verschwunden?«, unterbrach Ewers den jungen Mann und bemerkte, dass er ein wenig unsicher geworden war.

»Die Kaimauer, hm ...«, murmelte Henning, doch dann schüttelte er den Kopf. »Ich kann es mir einfach nicht vorstellen. Wir standen ja alle unten vor dem Seglerhaus – bis auf Olga, sie wollte nach den Taxen schauen.«

»Waren wirklich alle Gäste unten zusammen?«, vergewisserte sich der Kommissar.

»Ich glaube schon, ja.«

»Sie *glauben* es. So, so. Aber stellen Sie sich die Situation doch noch einmal vor: Könnte einer von Ihnen unbemerkt auf die Kaimauer geklettert sein – bis zur Plattform vor der steileren Seglerhaus-Treppe – und Ihren Vater mit einem Schirm oder Stock zu Fall gebracht haben? Ist das Ihrer Meinung nach *theoretisch* möglich?«

Henning zuckte die Schultern, doch dann nickte er: »Theoretisch schon, klar, aber ...«

»Die Herren Saalmann und Hammes können wir wohl außen vor lassen. Sie haben ausgesagt, die Feier schon früher verlassen zu haben, etliche Minuten vor dem allgemeinen Aufbruch.«

»Das stimmt«, sagte Henning Uhlendorf. »Sie haben sich noch von mir verabschiedet ...«

Ewers seufzte leise. »Herr Uhlendorf, bitte versuchen Sie sich zu erinnern, wer mit Ihnen vor dem Seglerhaus stand, als Ihr Vater stürzte. Es könnte sehr wichtig sein«, mahnte er.

»Wie gesagt, Olga Stocheck ging in Richtung Spedition davon, um nach den Taxen Ausschau zu halten. Suzie stand auf jeden Fall neben mir. Die polnischen Frauen hielten sich ganz in unserer Nähe auf, da bin ich ziemlich sicher ...«

»Und der Bruder Ihrer Freundin? Wo war der eigentlich zum Zeitpunkt des Unfalls?«, mischte sich de Boer neugierig ein.

»Hang?« Henning Uhlendorf wirkte plötzlich beunruhigt, und die Beamten tauschten einen schnellen Blick miteinander. »Er ist behindert«, wich er leise aus.

»Ja«, meinte Ewers, »aber danach haben wir nicht

gefragt. Sehen Sie, Olga Uhlendorf, ihre Söhne und deren Freundinnen haben übereinstimmend ausgesagt, dass Hang sich zum Zeitpunkt des Sturzes an den Eisenstufen herabhangelte ...«

»Sie glauben doch nicht im Ernst, dass Hang meinen Vater zu Fall gebracht haben könnte?«, rief Henning entsetzt und fuhr sich aufgeregt durch das dichte Haar.

»Wenn nicht er, wer dann?«, fragte Tido de Boer hartnäckig.

»Keine Ahnung«, antwortete Uhlendorf junior. »Die Feier verlief harmonisch«, behauptete er, während ihm plötzlich der Morgen nach dem tragischen Unfall ins Gedächtnis kam. Er musste auf einmal daran denken, dass Hang aus seiner Abneigung gegen Franz keinen Hehl gemacht hatte. Aber sollte er ihn deshalb ...? Nein, das konnte Henning sich beim besten Willen nicht vorstellen! Die ruhige Stimme des Kommissars riss ihn aus seinen Erinnerungen:

»Sehen Sie, der Täter handelte impulsiv. Er hatte vielleicht gar nicht die Absicht, Ihren Vater umzubringen. Vielleicht wollte er nur seiner Wut auf ihn Luft machen. Betrachten Sie die Sache doch einmal unter diesem Gesichtspunkt!«

Henning griff in die Tasche seiner Jeans, zog ein weißes Taschentuch hervor und wischte sich über die Stirn. »Puh, da bringen Sie mich ja ganz schön ins Schwitzen!«, gab er leise zu. »Aber ich glaube, ich kann Ihnen nicht helfen. Und Sie verdächtigen allen Ernstes Olga Stocheck oder ihre Söhne?«

Ewers zuckte vage die Schultern. »Es kann fast jeder gewesen sein – sogar der behinderte Hang kann Ihren Vater beim Turnen an der Treppe zu Fall gebracht haben, ob beabsichtigt oder nicht.«

»Hang war es nicht!«, rief Henning Uhlendorf offensichtlich verärgert aus. »Er hat an der Treppe geturnt, das stimmt. Aber das war vor Vaters Sturz. Ich ging zu ihm und brachte ihn zu seiner Schwester.«

»Das sagen *Sie*«, erwiderte Tido de Boer. »Die Polen stellen die Sache anders dar. Oder können Sie sich vorstellen, dass sie Hang verdächtig machen und so den Verdacht von sich selbst ablenken wollen?«

»Unsinn, das haben die doch gar nicht nötig!«, begehrte Henning auf. »Wladyslaw zum Beispiel ist ein ganz Netter. Er hat studiert und arbeitet nun bei der Polnischen Nationalbank. Seine Freundin kommt aus reichem Haus. Leszek ist zwar etwas aufgeblasen, so ein Mucki-Mann eben – aber ihm und seiner Freundin traue ich so eine hinterhältige Tat auch nicht zu. Nein, Sie müssen sich einfach irren.«

»In Ordnung, Herr Uhlendorf. Ich denke, das war es fürs Erste. Wir fertigen über dieses Gespräch ein Protokoll an, das wir Dr. Banter zustellen. Er kann es Ihnen dann zur Unterschrift zukommen lassen.«

Henning stand auf und schaute auf die Uhr. »Ist gut. Ich fahre jetzt nach Norderney. Olga ... Stocheck hat mich eingeladen. Es geht um die Aufteilung der Hinterlassenschaft meines Vaters, die im Testament nicht aufgeführt ist.« Er schlüpfte in seinen Mantel und reichte den Beamten zum Abschied die Hand.

»Ich verlasse mich auf Ihre Verschwiegenheit«, sagte Ewers noch, und Henning Uhlendorf nickte. Dann wandte er sich zur Tür und überließ die Beamten ihren Gedanken und Mutmaßungen.

An diesem trüben Tag Ende November stand Jupp Leydecker, Redakteur bei der *Niederrheinischen Tages-*

zeitung, vor dem Nachrichten-Ticker in der Redaktion und blickte überrascht auf die kurze dpa-Meldung. Wieder und wieder las er den Text, schüttelte nachdenklich den Kopf und ließ die verrückte stürmische Nacht im Hafen von Norderney Revue passieren, die er wohl sein ganzes Leben lang nicht vergessen würde. Versonnen schmunzelte er vor sich hin – obwohl die Meldung einen eher traurigen Hintergrund hatte. Ein Mann war in dunkler Nacht eine Treppe hinuntergestürzt, und die Polizei suchte nach möglichen Zeugen.

Wieder las Jupp den Text. Das Datum stimmte, oder? Rasch ging er in sein Büro zurück und blätterte in seinem Timer. Tatsächlich, an jenem verlängerten Wochenende war er mit seiner Freundin Helma auf Norderney gewesen ...

Nachdenklich trat er an die Kaffeemaschine, schenkte sich eine Tasse Kaffee ein und setzte sich wieder an seinen Schreibtisch. Es war, als wäre es gestern gewesen. Jupp sah wieder die Umrisse einer Segelyacht vor sich, die im matten Licht der Laterne im Wasser schaukelte ...

Obwohl der Polizeiaufruf für die Leser im Neuss-Grevenbroicher Raum nur am Rande interessant sein konnte, entschloss er sich, die Pressemeldung in der morgigen Ausgabe zu platzieren. Warum er dies tat – darüber wollte er sich lieber keine Rechenschaft ablegen. Da gab es gewisse Peinlichkeiten, die seine Freundin Helma und ihn betrafen, Peinlichkeiten während eines verlängerten Wochenendes auf Norderney. Mit einem unguten Gefühl griff er nach dem Telefonhörer und wählte die Nummer der Düsseldorfer Apotheke, in der Helma seit zwei Jahren arbeitete. Er musste sie dringend sprechen ...

Dichter Seenebel hing über Norderney, den ein aufgebrister Wind aus Südwest langsam, aber sicher zum Festland trieb.

Die Wachtmeister van Oost und Marschner versahen an diesem Tag den Streifendienst. Sie hatten den Wagen vor dem Café *Oase* abgestellt und sahen sich auf dem verwaisten Parkplatz um.

»Komm, werfen wir noch rasch einen Blick auf den Strand«, meinte Hinni van Oost zu seinem Kollegen, und dieser nickte gelangweilt.

»Wie öde«, schimpfte er, »die Tage bis Weihnachten sind auf der Insel wirklich die ruhigsten im ganzen Jahr. Abgesehen von den Sanatoriumsgästen, sieht man überall nur Rentner.«

Sie liefen langsam über den von den Herbststürmen mit Sand bedeckten, befestigten Weg zum Dünenkamm und sahen sich um. Alles war wie immer: Da gab es nichts als eine weite Dünenlandschaft und unaufhörlich gegen den Strand rollende Wellen. Am fernen Horizont hob sich ein vorbeifahrender Frachter vom milchigen Grau ab, zwei junge Reiterinnen galoppierten, gefolgt von einem bellenden Hund, über den ansonsten menschenleeren Strand.

»Fahren wir zur ›Weißen Düne‹!«, entschied van Oost und machte sich mit Marschner auf den Rückweg zu ihrem Streifenwagen.

Wenig später waren sie schon unterwegs. Bald kam der Leuchtturm in Sicht, der auf einer mit Gras und Moos bewachsenen Düne in den trüben Himmel ragte.

Aus dem Funkgerät klang die Stimme eines Kollegen vom Revier.

Mimke Marschner griff zum Sprechgerät: »Zentrale? Wir befinden uns am Karl-Rieger-Weg und fahren in Richtung ›Weiße Düne‹.«

»Die Neybo-Werft hat einen Einbruch in eine Yacht gemeldet«, kam es aus dem Funkgerät.

»All up Stee!«, antwortete Marschner. »Wir sind schon auf dem Weg.«

Besonnen lenkte van Oost den Wagen der Meierei entgegen, bog am Rupertsburger Wäldchen in die Deichstraße und fuhr zum Hafen. Sie passierten das Sieltor und parkten auf dem Werftgelände.

Als die Polizisten ausstiegen, kam ihnen ein dunkelblonder Mann Mitte vierzig in Jeans und Troyer entgegen. »Volkmar Adinga«, stellte er sich vor, »ich bin hier der Schiffsbaumeister.«

Aus der Werfthalle drangen Arbeitsgeräusche zu ihnen herüber. Eisen schlug auf Eisen, zumindest hörte es sich so an. »Van Oost, das ist mein Kollege Marschner. Was genau liegt denn an?«, wollte der Wachtmeister wissen.

»In eine Yacht ist eingebrochen worden. Kommen Sie, ich führe Sie hin«, bat Adinga und lief aufgeregt neben den Polizeibeamten her. »Wir hatten den Auftrag bekommen, die ›Osna‹ – so heißt die Yacht – ein wenig aufzumöbeln. Der Besitzer, Herr Doktor Useweg aus Osnabrück, hatte uns mitgeteilt, dass er aus Krankheitsgründen das Schiff verkaufen möchte. Er hat wohl schon einen Interessenten gefunden, der sich die ›Osna‹ in absehbarer Zeit ansehen will. Na ja, jedenfalls wollte ich sie mir heute schon mal vornehmen. Und da sah ich die Bescherung ...«

Der Abstellplatz des Yachtclubs Norderney grenzte gleich an das Firmengelände der Werft. Adinga führte die Wachtmeister an ausrangierten Jollen zu einem Trailer, auf der die »Osna« aufgebockt war. Eine Leiter lehnte am Schiffsrumpf.

Auf van Oosts Stirn hatte sich eine steile Falte gebildet. »Stand die Leiter bereits da, oder haben Sie sie benutzt, um an Deck zu klettern?«

»Ich habe sie dort hingestellt«, antwortete der Schiffsbaumeister. »Aber ich denke, es bereitete den Einbrechern keinerlei Schwierigkeiten, über die Achse des Trailers an Bord zu steigen. Kommen Sie bitte mit.«

Sie folgten Adinga an Bord und betraten die Plicht.

»Schauen Sie sich das mal an. Die Kerle haben die Tür aufgebrochen«, schimpfte Volkmar Adinga. »Aber das war auch nicht schwer. Ein kräftiger Fußtritt wird ausgereicht haben.« Unter Deck erwartete sie ein chaotisches Bild. Leere Cola- und Bierdosen und eine angebrochene Sektflasche bedeckten eine Ecke der Kajüte, auf dem Boden vor dem kleinen Tisch lagen Decken, zerwühlte Schlafsäcke und zwei gelbe Regenjacken. »Die haben hier wohl gepennt! Ich kenne Dr. Useweg nämlich als einen höchst peniblen Mann, der hat dieses Chaos bestimmt nicht zurückgelassen. Oje, er weiß ja noch gar nichts von seinem Glück ...« Adinga ließ einen tiefen Seufzer hören, schüttelte verärgert den Kopf und stapfte vor den Polizisten in die Pantry. Hier bot sich ihnen ein ähnliches Bild: Schmutzige Tassen und Teller standen in der Spüle, ein beschmutztes Handtuch lag auf dem Boden.

»Wie lange liegt die ›Osna‹ schon hier?«, erkundigte sich Hinni van Oost.

»Viel zu lange schon«, meinte der Schiffsbaumeister. »Soweit ich informiert bin, ist der Eigner in diesem Jahr überhaupt nicht gesegelt.«

»Ich werde den Kollegen Meyers von der Kripo einschalten. Die Rowdys haben bestimmt Fingerabdrücke hinterlassen«, entschied Marschner.

Gemeinsam verließen sie die Yacht. Van Oosts Blick

streifte zufällig das Seglerhaus des Yachtclubs. »Es ist noch gar nicht lange her, da stürzte von dieser Treppe ein Segler in den Tod«, sagte er aus seinen Gedanken heraus.

Adinga nickte. »Ja, Franz Uhlendorf. Ich kannte den Mann. Er war zwar noch nicht lange Clubmitglied, aber ein erfahrener Segler und angenehmer Mensch.«

Die Sonne lugte verstohlen zwischen den dichten grauen Wolken hindurch und tauchte das Werftgelände für einen kurzen Moment in freundlicheres Licht. Doch der Wind war sehr kalt. »So, ich werde wieder in der Werft gebraucht«, verkündete der Schiffsbaumeister und zeigte zur Werfthalle hinüber. »Falls Sie noch etwas wissen müssen, kommen Sie ruhig rüber. Meinem Chef, Tade Focken, dem Besitzer der Werft, richte ich aus, dass Ihre Leute sich noch genauer auf der ›Osna‹ umsehen.« Damit stapfte er brummend davon.

Ein wenig verloren schaute sich Hinni van Oost auf dem Werftgelände um. Der kalte Wind fuhr unangenehm durch den Stoff seiner Uniformjacke. Wie lange brauchte Mimke denn, um den Kollegen Meyers von der Spurensicherung zu verständigen? Oder sollte er lieber im Wagen warten? Ja, das ist am besten, entschied er und wollte sich gerade auf den Weg machen, als sein Blick erneut am Seglerhaus des Yachtclubs hängen blieb. Wieder musste er an die reglose Gestalt am Fuße der Eisentreppe denken, an die kleine Hochzeitsgesellschaft – hauptsächlich Polen –, die wie erstarrt neben dem Toten gestanden hatte. Erst vor einigen Tagen hatte er gelesen, dass die Nordener Kripo den Fall noch immer bearbeitete und nach Zeugen suchte. Ein Fremdverschulden wurde nicht mehr ausgeschlossen.

Neugierig geworden, änderte Wachtmeister van Oost

die Richtung und schlug den Weg zum Seglerhaus ein. Das Gelände war bei dieser ungemütlichen Witterung menschenleer, nur ein kleiner Lichtschimmer im ersten Stock verriet, dass sich jemand in den Restauranträumen befinden musste. Der Wirt? Eine Putzfrau? Oder hatten sich an diesem Morgen schon einige Segler getroffen? Wohl kaum.

Grübelnd schlenderte Hinni van Ost zur Eisentreppe hinüber und stieg langsam die Stufen zur Kaimauer hinauf. Wenn er sich recht an die Aussage des jungen Uhlendorf erinnerte, war dessen Vater von der kleinen Plattform dort in die Tiefe gestürzt. Sein Gesichtsausdruck verriet deutliches Unbehagen, als er die steilere Treppe zu dem Restaurant hinaufschaute und sich dann zur Seite zur Kaimauer wandte und auf das Mauer-Plateau trat. Von hier aus konnte er das graue Meer sehen, das sachte seine Wellen an den Strand schickte. Das Sandgelände unmittelbar unter ihm war nur spärlich mit Gras und einigem Unkraut bewachsen. Doch selbst das wirkte zu dieser trüben Jahreszeit seltsam grau. Aber was war das? Direkt unter ihm, am Fuß der Kaimauer, blitzte van Oost etwas Rotes entgegen. Rasch ließ er sich auf die andere Seite der Mauer gleiten und bückte sich. Es war ein Kugelschreiber aus Plastik, wie es sie zu Tausenden gab. Meist wurden sie zu Werbezwecken an Kunden verteilt. Mit einem Taschentuch streifte Wachtmeister van Oost sorgfältig den Sand ab und las den Werbeschriftzug: *Lankes Bronski, Danzig.*

Danzig?, überlegte Hinni van Oost. Und erst nach einer kleinen Schrecksekunde wurde ihm klar, was ein Kugelschreiber aus Polen, der hinter der Kaimauer im Sand lag, unter Umständen bedeuten konnte.

Am Himmel über Norderney trieben weißgraue Wolken. Das Fährschiff näherte sich im aufgewühlten Wasser der Flut dem Anlegeplatz, schob sich langsam in den Moleneinschnitt und rieb den Rumpf an den mächtigen seitlichen Rammbalken.

Wenig später schon verließen bereits die ersten Fahrgäste das Schiff, unter ihnen auch Ubbo Ewers und Tido de Boer, die angeregt miteinander plauderten.

Freddo Meyers, der im Schatten des Reedereigebäudes auf die Kollegen aus Norden gewartet hatte, kannte Ubbo Ewers von einem Lehrgang in Bremen und hatte den Kollegen einige Male in den vergangenen Jahren getroffen. So war es ihm auch ein besonderes Vergnügen gewesen, ihn über den Fund des Wachtmeisters van Oost zu informieren.

Da Ewers, wie er am Vortag am Telefon erklärt hatte, ohnehin vorgehabt hatte, auf die Insel zu kommen, um den Wirt des Seglerhauses zu der Hochzeitsgesellschaft zu befragen, wollte Meyers bei dieser Gelegenheit noch einmal auf den Kugelschreiber mit dem polnischen Schriftzug zu sprechen kommen. Ob er etwas mit dem Fall Franz Uhlendorf zu tun hatte, mussten die Kollegen aus Norden klären.

Über Ubbo Ewers' bärtiges Gesicht ging ein Strahlen, und seine wachen Augen blitzten auf, als er den recht schmächtigen Beamten aus Norderney entdeckte. »Moin, Meyers! Na, was macht Ihr Rücken? Macht er Ihnen immer noch zu schaffen?«, wollte er wissen.

Freddo Meyers schüttelte den Kopf. »Nein, seit der Kur im August hab ich kaum noch Beschwerden. Schön, Sie zu sehen!« Er reichte beiden Kollegen die Hand, und de Boer flachste:

»Machen Sie's doch wie mein Chef: Legen Sie sich

einen Garten zu, schuften Sie darin bis zum Umfallen, und Sie fühlen sich fit wie ein Turnschuh.«

»Komm du erst mal in mein Alter, dann sprechen wir uns wieder«, ging Ubbo Ewers auf den spöttischen Ton seines Mitarbeiters ein und klopfte ihm gut gelaunt auf den Rücken. »Aber wir sollten uns etwas beeilen. Der Wirt erwartet uns sicher bereits.«

Während sie sich über das Gelände des Yachtclubs dem Seglerhaus näherten, wandte sich Meyers noch einmal an Ubbo Ewers: »Vorab die schlechte Nachricht, dann hab ich's wenigstens hinter mir: Der besagte rote Kugelschreiber wird noch einmal genau auf Fingerabdrücke untersucht. Doch es sieht so aus, als hätte der Kollege van Oost, als er den Sand abwischte, auch die meisten Fingerabdrücke vernichtet.«

»Aha«, meinte Kommissar Ewers, »es wäre auch zu schön gewesen, wenn uns der Fund tatsächlich einen Hinweis auf den möglichen Täter gegeben hätte.« Er seufzte. »Aber der Kuli muss ja gar nichts mit unserem Fall zu tun haben. Schließlich arbeiten in den gastronomischen Betrieben während der Saison eine Reihe Polen hier. Doch was sollten die auf dem unwirtlichen Gelände hinter der Kaimauer zu suchen haben?« Er zuckte die Schultern und meinte dann: »Na ja, eines wissen wir zumindest: Der Kugelschreiber kann nicht allzu lange dort gelegen haben, wenn er immer noch schreibtüchtig ist, wie Sie mir gestern am Telefon erzählten. Wir werden sehen ...«

Sie hatten die Treppe erreicht und stiegen – alle drei mit leisem Unbehagen – die Eisenstufen nach oben, öffneten die Tür und betraten das Restaurant.

Als der Wirt, ein rothaariger Mann mittleren Alters, sie erblickte, verließ er den Tresen und kam auf sie zu. »Nehmen Sie doch schon einmal in der *Nautiker-Stube*

Platz«, bat er, nachdem er die Beamten begrüßt hatte, »dort ist auch Franz Uhlendorfs Hochzeit gefeiert worden.«

Sie folgten ihm in das rustikal eingerichtete Zimmer.

»Wenn Sie schon etwas zu sich nehmen wollen? Mein Kellner, Heiko Smets, kommt gleich zu Ihnen. Er hat auch während der Hochzeitsfeier bedient. Ich werde mich ein wenig später zu Ihnen setzen, wenn Sie erlauben.« Er nickte den Männern freundlich zu und ging wieder zurück an den Tresen.

»Urgemütlich«, stellte Kommissar Ewers nach einem Blick auf die Fotos und historischen Dokumente an den Wänden fest und setzte sich dann zu seinen Kollegen an den Ecktisch. »Sollen wir eine Kleinigkeit essen?«

De Boer nickte. »Ich könnte schon was vertragen.«

»Wir Insulaner bevorzugen ja bekanntlich Fisch«, meinte Meyers gut gelaunt und reichte seinen Begleitern die Speisekarten an. Und für einen Moment vertieften sie sich schweigend in die Lektüre. Wenig später erschien der Ober an ihrem Tisch und nahm die Bestellung auf. Die Beamten aus Norden entschieden sich für Rotbarschfilet an Remouladensauce, mit Petersilienkartoffeln und Salat. Meyers zögerte einen Moment und bestellte dann grüne Heringe mit Bratkartoffeln. Der Kellner, ein junger strohblonder Mann, lächelte freundlich, notierte sich die Getränkewünsche und zog sich wieder zurück.

»So, dann wollen wir mal«, meinte Freddo Meyers und sah seine Kollegen fragend an, »oder sollen wir mit dem Fall Uhlendorf bis nach dem Essen warten?« Als Ewers und de Boer den Kopf schüttelten, fuhr er mit einem feinen Lächeln fort: »Nach unserem Telefonat gestern hat mir die Sache nämlich keine Ruhe mehr gelassen. Und natürlich wollte ich vor Ihnen auch nicht ganz untätig wirken. Also habe ich der Witwe Uhlendorf mal ein wenig ... nachspioniert, mich in der Wohnanlage diskret nach ihr erkundigt.« Als der Kellner erneut an ihren Tisch trat und die Getränke servierte, brach er einen Moment in seinen Ausführungen ab und setzte dann hinzu: »Zum einen trägt sie als Katholikin keine Trauerkleidung, aber das muss heutzutage ja nichts mehr heißen. Dennoch scheint Olga Uhlendorf auch sonst nicht öffentlich als die trauernde Witwe aufzutreten. Angeblich kauft sie viel und gern in den eleganten Boutiquen der Insel ein, speist in feinen Restaurants, fährt viel Fahrrad und besucht regelmäßig Sauna und Wellenbad.«

»Sagen Sie bloß, Sie sind ihr ins türkische Bad gefolgt? Das nenne ich Einsatz!«, spottete Ubbo Ewers und nippte an seinem Pils.

»Nein, nein«, versicherte Meyers und ließ sein sonores Lachen hören, »aber wenn man die Nachbarn befragt, wird man ja so einiges gewahr. Und die Nachbarin, an die ich geraten bin, war besonders redselig. Sie erzählte mir nicht ohne Neid, dass Olga Uhlendorf regelmäßig Konzerte auf dem Festland besucht und für den Silvesterabend eine sehr teure Karte für eine Gala gekauft hat. Die Nachbarin schloss nicht aus, dass sie wieder Anschluss an zahlungskräftige Herren sucht ...«

»Lieber Meyers, Sie wollen doch wohl nicht andeuten, dass wir es mit einer Heiratsschwindlerin zu tun haben, die ihre Männer – sobald sie sicher sein kann zu erben – sofort wieder ›abstößt‹? Dass sie es war, die im Festtagskleid auf die Mauer stieg und ihren frisch angetrauten Franz die Treppe hinunterstieß? Wo in ihrem Hochzeitskleid soll sie denn den Kugelschreiber mit der polnischen Aufschrift versteckt haben?«

Meyers winkte verlegen ab. »Nein, ich will nicht sagen, dass ich sie als Täterin favorisiere! Ich habe nur wiedergegeben, was mir die – zugegebenermaßen ein wenig missgünstige – Nachbarin erzählt hat. Außerdem weiß ich von dem Fall zu wenig, um überhaupt jemanden konkret zu verdächtigen.«

»Natürlich können wir Olga Uhlendorf als mögliche Täterin nicht völlig ausschließen – immer vorausgesetzt, jemand hat beim Sturz des Unternehmers ›nachgeholfen‹. Vielleicht hat Franz Uhlendorfs Reichtum bei ihrer Eheschließung eine gewisse Rolle gespielt, und sehr wahrscheinlich hoffte sie auch, als wohlhabende Frau Uhlendorf ihre Söhne in Polen besser unterstützen zu können – aber als Täterin ...? Ich weiß nicht.« Ewers zuckte nachdenklich die Schultern, dann fügte er lächelnd hinzu: »Natürlich weist ein Kugelschreiber mit einer polnischen Beschriftung – wenn er denn überhaupt irgendwohin weist – nach Polen. In unserem Fall nach Danzig, wo meines Wissens Leszek Stocheck mit seiner Lebensgefährtin wohnt. Aber beweisen lässt sich ohne Fingerabdrücke gar nichts.«

Ewers unterbrach sich, als der Kellner das Essen servierte, und für eine Weile genossen die Beamten schweigend die vorzüglich zubereiteten friesischen Speisen. Als Heiko Smets das Geschirr abräumen wollte, richtete Kommissar Ewers das Wort an ihn: »Wie uns Ihr Chef erzählte, haben Sie doch am Hochzeitstag des Seglers Franz Uhlendorf bedient. Dürfen wir Ihnen einige Fragen zu diesem Tag stellen?«

»Ja, der Chef hat mich schon darauf vorbereitet. Aber ich weiß gar nicht, was ich Ihnen dazu erzählen soll. Aufgefallen ist mir im Grunde nämlich gar nichts ...«

»Es war für Sie zunächst also eine Feier wie jede andere, ja?«, mischte sich Tido de Boer ein. »Alle Gäste waren bester Laune, scherzten, feierten und genossen den Tag?«

»Ja, eigentlich schon. Mir ist nur aufgefallen, dass in dieser kleinen Runde so viele verschiedene Nationalitäten vertreten waren. Deutsche, Polen, sogar zwei Chinesen ...« Der Kellner schwieg einen Moment, dann meinte er: »Übrigens, wenn Sie von guter Laune reden. Da herrschte nicht den ganzen Tag eitel Sonnenschein ...«

Ewers war hellhörig geworden. »Werden Sie ruhig ein wenig genauer.«

Heiko Smets runzelte einen Moment die Stirn, dann sagte er leise: »Ich will ja nicht indiskret sein ... Na ja, aber wenn Sie ermitteln ... Also, so, wie ich das sah, gab's den ersten Knatsch, als der Sohn des Bräutigams, dieser Henning, mit den zwei Chinesen im Schlepptau hier aufkreuzte und die hübsche Chinesin auch noch als seine zukünftige Frau präsentierte. Jedenfalls ist dem alten Uhlendorf da der Kragen geplatzt. Ich hörte, wie er den behinderten Jungen ›Affe‹ nannte. Da ist Henning Uhlendorf ganz schön die Kinnlade nach unten geklappt, und die Laune des jungen Chinesen war auch erst einmal dahin. Jedenfalls hat er eine ganze Weile missmutig vor sich hin gestarrt, auch wenn ich nicht sicher bin, ob er den alten Uhlendorf überhaupt verstanden hat ...«

Kommissar Ewers lächelte anerkennend. »Sehen Sie, da konnten Sie uns schon eine Neuigkeit erzählen. Ist Ihnen sonst noch etwas aufgefallen, Herr Smets? Soviel wir wissen, blieb Franz Uhlendorf nach dem

Tee mit zwei Herren in der *Nautiker-Stube* zurück. War das eine fröhliche Runde?«

»Nein, fröhlich nicht gerade. Aber die drei – ihrem Aussehen nach waren die beiden Herren bei Franz Uhlendorf Geschäftsleute – unterhielten sich sehr angeregt. Zunächst blätterten sie in einem Prospekt, diskutierten, warfen sich irgendwelche Zahlen an den Kopf und gossen sich einige Gläser Cognac hinter die Binsen ... äh, ich meine, sie bestellten immer wieder Cognac nach.«

»Hatten Sie denn den Eindruck, dass sie wie alte Freunde miteinander redeten? Lachten sie viel?«, meldete sich Freddo Meyers zu Wort.

»Nein, sie lachten nicht, aber sie zankten sich auch nicht lautstark. Sie wirkten eher ein wenig ... Wie soll ich sagen? Verkniffen, ja, sie wirkten verkniffen! Trotz des vielen Cognacs. Vor allem nachdem Franz Uhlendorf einen Stapel Glückwunschkarten gegen die Wand gepfeffert hatte. Ich hab sie noch aufgehoben ...«

»Und die polnischen Gäste, welchen Eindruck machten die auf Sie?«, hakte Ewers nach.

Heiko Smets fuhr sich durch das dichte Haar. »Puh, das ist schwer ... Ich habe ja auch von dem, was sie sich erzählten, nichts verstanden. Sie haben sich auf Polnisch unterhalten. Außer Frau Uhlendorf ...«

»Welchen Eindruck hatten Sie denn von ihnen gewonnen?«, wiederholte der Kommissar.

»Ehrlich gesagt, habe ich mir bis heute keine Gedanken darüber gemacht. Es waren zwei Pärchen, die sich, glaube ich, recht gut amüsierten. Sie haben auch oft Getränke nachbestellt – auf Englisch – und waren offenbar von der Feier und von Franz Uhlendorfs Lebensart recht beeindruckt. Aber er war auch ein beeindruckender Mann, finde ich. Irgendwie so weltmännisch ...« Er warf einen raschen Blick zur Tür und wandte sich dann zum Gehen. »Mein Chef braucht mich offenbar da vorn, entschuldigen Sie bitte. Mehr kann ich Ihnen sowieso nicht sagen. Tut mir leid.«

Als Heiko Smets die *Nautiker-Stube* verließ, gesellte sich der Wirt des Seglerhauses zu den Beamten. »So, Schichtwechsel«, meinte er augenzwinkernd und nahm ebenfalls am Ecktisch Platz. »Jetzt hätte ich einen Moment Zeit für Sie, bevor ich mich um die Vorbereitungen für den Tee kümmern muss. Ich erwarte später noch eine kleinere Gesellschaft. Wie kann ich Ihnen denn helfen?«

Die Kriminalbeamten sahen sich abwartend an, dann erklärte Ewers: »Wie Sie wissen, geht es um die Hochzeit des Unternehmers Uhlendorf. Uns interessieren Ihre Beobachtungen während der Feier, Ihre Eindrücke, alles, was Ihnen vielleicht aufgefallen ist ...«

»Es war ein rundum gelungenes Fest, fand ich zunächst. Franz Uhlendorf hat sich auch nicht lumpen lassen. Die Gäste waren zufrieden, die Stimmung war ausgezeichnet. Vor allem am späteren Abend. Da habe ich noch mein Akkordeon geholt und aufgespielt. Alle Gäste, sogar die polnischen, gingen aus sich heraus. Selbst die hübsche junge Chinesin sang ein Volkslied aus ihrer Heimat. Doch, es war schön«, versicherte er noch einmal und strich sich gedankenverloren durch seinen roten Bart.

»Und der behinderte Chinese? Welchen Eindruck hat der auf Sie gemacht?«, wollte de Boer wissen.

Der Wirt winkte ab. »Ach, der war gut drauf. Ich glaube, er hat den Abend sehr genossen. Er trank zwar keinen Alkohol, aber er hatte Spaß.«

»Fiel denn jemand aus der Rolle?«, erkundigte sich Ubbo Ewers. »Ich meine, aufgrund des Alkohols?«

»Nein, nein, so betrunken war niemand. Auch Franz Uhlendorf, der mächtig dem Alkohol zugesprochen hatte, verließ, nachdem er bei mir gezahlt hatte, aufrecht das Lokal, das müssen Sie mir glauben. *So* betrunken wirkte er gar nicht. Hätte ich gewusst, wie angeschlagen er ist, hätte ich ihm doch die Treppe hinuntergeholfen«, versicherte er und sah ein wenig beunruhigt von einem Beamten zum anderen.

»Nein, ich wollte Ihnen auch keinen Vorwurf machen, um Gottes willen«, beeilte sich Kommissar Ewers zu versichern. »Wann erfolgte denn der allgemeine Aufbruch?«

Wieder strich sich der Wirt über seinen Bart. »Ich glaube, das war kurz vor dreiundzwanzig Uhr. Die Manager der Firma verabschiedeten sich als Erste, vielleicht gegen zweiundzwanzig Uhr dreißig, ich weiß es nicht mehr genau. Kurz danach bestellte die Braut die Taxen. Ich hatte sie noch zum Telefon in mein Büro geführt. Ja, und dann brachen auch die anderen Gäste auf. Nur Franz Uhlendorf saß noch am Tisch in der *Nautiker-Stube* und trank seinen Cognac. Er winkte mich zu sich, und wir rechneten ab.«

»Wie wirkte er da auf Sie?«

»Er bedankte sich für die gute Beköstigung.«

»Ist Ihnen sonst nichts an ihm aufgefallen?«, fragte Ubbo Ewers neugierig nach.

»Er war nicht mehr so ausgelassen wie kurz zuvor. Doch das schrieb ich seiner Erschöpfung nach dem langen Tag zu. Aber sonst ...? Ach ja, während ich die einzelnen Posten zusammenrechnete, wollte er plötzlich von mir wissen, ob ich ihn für einen entschlossenen Mann hielte. Natürlich konnte ich die Frage bejahen. Dann nickte er zufrieden und murmelte: ›Und als solchen wird mich nun auch manch anderer kennen lernen.‹«

Ubbo Ewers sah dem Wirt fest in die Augen. »Können Sie sich vorstellen, auf was oder wen Franz Uhlendorf mit dieser Bemerkung anspielte?«, erkundigte er sich, doch der Wirt schüttelte den Kopf.

»Nein, keine Ahnung. Beim besten Willen nicht. Unter uns: Ich habe sie dem Cognac zugeschrieben. Auch wenn so ein echter Seebär einiges vertragen kann – manch einer fängt dann an zu übertreiben oder wird sentimental ...«

»Und dann verließ Herr Uhlendorf das Lokal?«

»Ja, und ich half Heiko, die Tische in der *Nautiker-Stube* abzuräumen. Da ertönte auch schon der schreckliche Schrei ...« Er verfiel einen Moment in dumpfes Schweigen, dann fuhr er leise fort: »Sie können mir glauben: Den Anblick werde ich mein Lebtag nicht vergessen. Der Kai sah im matten Licht der Bordscheinwerfer der ›Bernhard Gruben‹ so gespenstisch aus! Und wie er da lag, dieser starke, selbstsichere Mann! Der Maat des Seenotrettungskreuzers hatte schon den Rettungswagen verständigt – vergebens. Da kam leider jede Hilfe zu spät.«

Nachdenklich trat Ubbo Ewers an diesem Freitagmorgen ans Fenster seines Büros.

Nach einer sternklaren Nacht mit starkem Frost waren am Morgen dunkle Wolken über der Küste aufgezogen. Gebietsweise war es zu starken Schneefällen gekommen, die den Berufsverkehr behindert hatten. Auch Ubbo hatte länger als üblich gebraucht, um das Alte Weinhaus zu erreichen.

Noch am Vorabend hatten sie Staatsanwalt Wenninga über die Ergebnisse der Befragungen im Seglerhaus informiert. Wieder und wieder hatte Ewers überlegt, wie sie nun weiter vorgehen sollten. Vor allem hätte er gern gewusst, was es mit Franz Uhlendorfs seltsamer Bemerkung, die er kurz vor seinem Tod gemacht hatte, auf sich hatte. Wer hatte ihn als entschlossen kennen lernen sollen? Wem gegenüber hatte Uhlendorf andere Saiten aufziehen wollen?

Als Erstes wollte der Kommissar Henning Uhlendorf noch einmal vorladen, um ihn nach seinen Beobachtungen hinsichtlich der Animositäten zwischen Franz Uhlendorf und Hang, dem Chinesen, zu befragen. Angesichts der neuen Sachlage ließ sich die »Kletterpartie« des jungen Mannes plötzlich auch anders deuten. War es möglich, dass Franz Uhlendorf Hang so beleidigt hatte, dass dieser sich aus verletztem Stolz an ihm gerächt hatte? Hatte der Chinese die Beleidigung überhaupt verstanden?

Nach der Aussage des Kellners ließ sich aber auch die von den Herren Saalmann und Hammes erwähnte Harmonie mit dem ehemaligen Chef infrage stellen. Am besten würde es sein, sie noch einmal nach den Hintergründen des Gesprächs zu befragen. Was genau hatte Franz Uhlendorf an den Neuinvestitionen der Uhlendorf-Technik nicht gepasst?

Und wie hatten Olgas Söhne auf Uhlendorf gewirkt?

Es klopfte kurz an die Tür, und Mareike Odinga trat ein. »Moin«, grüßte sie gut gelaunt. »Tido kommt etwas später. Er hat von unterwegs aus angerufen. Auf den Straßen geht erst mal nichts mehr.« Sie wedelte mit einem Fax in der Luft herum. »Hier, das ist vom LKA gekommen. Ich glaube, darauf habt ihr schon gewartet!«

Interessiert nahmt Ubbo Ewers das Fax entgegen, verließ das Fenster und setzte sich an seinen Schreibtisch. In den vergangenen Tagen hatten sie bei den polnischen Behörden Leumundszeugnisse für Leszek und Wladyslaw Stocheck beantragt, die ihnen nun vom LKA übermittelt worden waren. Ewers las:

Ihre Anfrage: Leumund des polnischen Staatsangehörigen Leszek Stocheck, Gericht/Kripo Danzig, Abt. EDLS/Aktenzeichen LS/2677/MFI.

Leszek Stocheck, geb. am 29. Januar 1971, wohnhaft in Danzig, Browarna 76, ist 1989 wegen Autodiebstahls in Danzig und Widerstand gegen die Staatsgewalt nach einer Demonstration 1990 vorbestraft. Die Strafen wurden z.T. auf Bewährung ausgesetzt, sind aber inzwischen abgegolten.

Leszek Stocheck wurde bisher nicht wieder auffällig. Er diente in der polnischen Volksarmee als Gruppenführer einer Panzereinheit. Die Personalakte bescheinigt ihm Verlässlichkeit, Umsicht, Leistungsbereitschaft und Verantwortungsbewusstsein sowie die Fähigkeit zur Menschenführung.

Die Auskunft des polnischen Justizministeriums erfolgte über die Kripo Danzig und das Innenministerium des Landes Niedersachsen ...

Nachdenklich las Kommissar Ewers das Schreiben weiter. Anders als sein Bruder Leszek galt Wladyslaw Stocheck bisher als unbescholtenes Blatt. Er hatte sein Studium mit Auszeichnung bestanden und arbeitete bei der Polnischen Nationalbank.

Mit dem Fax in der Hand trat Ewers wieder ans Fenster und sah gedankenverloren dem Schneetreiben zu, das in der letzten Stunde offenbar stärker geworden war. Noch einmal las er das Schreiben des LKA.

Konnte man aus der Tatsache, dass Leszek Stocheck vorbestraft war, irgendetwas für den Fall Franz Uhlendorf ableiten? Wohl kaum, musste der Kommissar sich seufzend eingestehen. Bei dem Autodiebstahl handelte es sich um eine so genannte »Jugendsünde«, und ein Delikt wie Widerstand gegen die Staatsgewalt war ein weites Feld, vor allem im Jahr neunzehnhundertneunzig in Polen. Die Personalakte der polnischen Volksarmee bescheinigte Leszek Stocheck einen festen Charakter ... Solange sie nichts Konkretes gegen ihn in der Hand hatten, mussten sie in ihm einen mehr oder weniger unauffälligen polnischen Bürger sehen. Nein, es galt zunächst, woanders anzusetzen, entschied Ewers.

Gegen zwölf Uhr erreichten die Kommissare das Firmengelände der Uhlendorf-Technik in Wilhelmshaven. Sie waren im stetig stärker werdenden Schneetreiben nur schleppend vorangekommen. Obwohl die Straßen inzwischen gestreut und recht gut befahrbar waren, kam der Verkehr immer wieder zum Erliegen. Mehr als einmal hatte Ewers mit dem Gedanken gespielt umzukehren, doch dies immer wieder verworfen. Er hatte das unbefriedigende Gefühl, in seinen Ermittlungen auf der Stelle zu treten, und wollte etwas unternehmen. Vielleicht würde ein zweites Gespräch mit den Leitern der Uhlendorf-Technik etwas Neues ergeben ...

Die hübsche brünette Empfangsdame geleitete Ewers und de Boer diesmal nach kurzer Anmeldung sofort in das Direktorenzimmer.

»Moin«, grüßte Kommissar Ewers beim Eintreten und reichte dem Diplom-Kaufmann Saalmann, der über einigen Akten saß, die Hand. Sein Assistent tat es ihm nach.

»Da haben Sie sich aber ein schlechtes Wetter für Ihren Ausflug ausgesucht«, meinte Johannes Saalmann augenzwinkernd. »Was ist denn so wichtig, dass Sie sich bei Eis und Schnee zu uns auf den Weg machen?« Er sah freundlich von einem Beamten zum anderen.

»Der Tod Ihres ehemaligen Chefs«, antwortete Ubbo Ewers nur.

»Ich dachte, wir hätten Ihnen schon alles gesagt, was wir wissen«, erwiderte Saalmann und erhob sich. »Na ja, dann kommen Sie mal mit. Mein Partner, Kurt Hammes, hält sich im anderen Flügel des Werks auf. Wir gehen am besten ins Besucherzimmer.« Er öffnete die Tür und führte die Beamten einen breiten geklinkerten Flur entlang. »Dieser Anbau ist neu«, erklärte der Kaufmann, »hier befinden sich die Werbe- und die Exportabteilung«, fügte er nicht ohne Stolz hinzu.

Ubbo Ewers nickte. »Ich erinnere mich. Die Halle C, nicht wahr?«, meinte er.

»Richtig«, stimmte Saalmann lächelnd zu. »Schließlich besuchen uns mächtige Geschäftspartner aus Asien und den Vereinigten Staaten. Da ist ein ansprechendes Besucherzimmer unverzichtbar. Es macht keinen guten Eindruck, wenn man diese Leute zwischen geöffneten Aktendeckeln empfängt, wissen Sie?«

»Klar«, meinte Tido de Boer, doch als Ewers einen raschen Blick mit ihm tauschte, sah er, dass es in Tidos Augen amüsiert blitzte. Aber da waren sie auch schon angekommen.

Saalmann öffnete eine schwere Eichentür mit handgeschmiedeten Eisenbeschlägen, bat die Beamten einzutreten und schloss hinter ihnen die Tür.

Ewers sah sich anerkennend um. Den glänzenden Parkettboden bedeckten dicke Perserteppiche, eine antike friesische Lampe aus blau-weißer Keramik spendete ein warmes Licht. Die Wände waren weiß verputzt, was die schweren alten Eichenbalken an der Decke noch besser zur Geltung brachte. Alles in allem ein Empfangszimmer, das sich sehen lassen konnte.

Sie nahmen an einem großen Eichentisch Platz, der die Mitte des Raumes ausfüllte. Von einem alten, offenbar sehr kostbaren Kaminofen mit Delfter Kacheln ging eine behagliche Wärme aus.

In diesem Moment öffnete sich die Tür erneut, und Diplom-Ingenieur Kurt Hammes trat mit einem unsicheren Lächeln zu ihnen.

De Boer lachte jungenhaft und wies mit einer allumfassenden Handbewegung auf den Raum. »Urgemütlich«, lobte er. »Unsere Besucher müssen sich mit weit weniger Komfort begnügen. Aber was soll's, nicht?«

Hammes wusste offenbar mit dieser Bemerkung nichts anzufangen und wechselte einen raschen Blick mit seinem Kompagnon, bevor auch er sich setzte.

»Also, meine Herren«, ergriff dann Johannes Saalmann wieder das Wort. »Was führt Sie heute denn genau zu uns? Sie müssen wissen, dass ich es wieder einmal recht eilig habe. Morgen fliege ich nämlich nach Japan und habe für die Verhandlungen dort noch einiges vorzubereiten.«

Ewers nickte. »Wir bewegen uns ja in kleineren Radien. Norden – Wilhelmshaven – Norderney – Jever ... Na ja, macht Ihnen das Reisen eigentlich noch Spaß, Herr Saalmann?«

Der Kaufmann zuckte die Schultern. »Ach, was heißt *Spaß*? Einem Geschäftsmann bleibt heutzutage kaum etwas anderes übrig – zumindest nicht, wenn er in globalen Zusammenhängen denkt und seine Geschäfte danach ausrichtet. Außerdem fliege ich nach wie vor noch sehr gern. Aber um mir diese Frage zu stellen, sind Sie sicher nicht bei diesem Wetter nach Wilhelmshaven gekommen, habe ich Recht?« Er lächelte sein einnehmendes Lächeln, und seine forschenden Augen waren interessiert auf den Kommissar gerichtet.

»Es geht noch einmal um den Hochzeitsabend, der so tragisch endete. Bei unseren Vernehmungen sind wir auf einige Ungereimtheiten beziehungsweise Unklarheiten gestoßen, über die wir mit Ihnen noch einmal sprechen möchten. Vielleicht gelingt es uns, dann etwas klarer zu sehen.«

»Aber wie gesagt, zum Zeitpunkt des Unglücks waren wir ja längst nicht mehr im Seglerhaus«, wandte Hammes irritiert ein. »Wie könnten wir Ihnen da denn noch weiterhelfen?«

»Es geht zum Beispiel um Franz Uhlendorfs Verhältnis zu dem jungen behinderten Chinesen, der mit seiner Schwester und Henning Uhlendorf bei der Feier erschien. Die polnischen Gäste haben übereinstimmend ausgesagt, dass er zum Zeitpunkt des Sturzes an der Treppe ... geturnt haben soll. Das hat uns ein wenig nachdenklich gestimmt.«

»Ja, keine Ahnung. Da waren wir doch längst weg«, wiederholte der Diplom-Ingenieur.

»Wie wurde Hang denn von Franz Uhlendorf aufgenommen?«, hakte de Boer nach.

Über Kurt Hammes' Nasenwurzel bildete sich eine steile Falte. »Henning erschien mit seinen Begleitern um einiges später. Als sie eintraten, waren natürlich erst einmal alle Augen auf sie gerichtet: Henning in Begleitung einer schönen Chinesin und eines offensichtlich verkrüppelten jungen Mannes. Na ja, wir waren alle überrascht, als er Suzie Kin als seine Verlobte vorstellte. Franz, der offenbar bis zu diesem Zeitpunkt nichts von der Liaison seines Sohnes gewusst hatte, fiel aus allen Wolken. An den Gedanken, eine chinesische Schwiegertochter zu bekommen, musste er sich erst einmal gewöhnen. Ja, und Hangs Anblick war – wie soll ich sagen? – auch nicht eben alltäglich ...«

»Wie genau hat Franz Uhlendorf auf die beiden jungen Chinesen reagiert?«, wollte Ewers ruhig wissen und hielt Kurt Hammes' Blick fest. »Versuchen Sie, sein Verhalten mit einem Wort zu beschreiben, bitte.«

»Hm, unfreundlich hat er reagiert, sehr unfreundlich. Er hat Hang schließlich als ›Affen‹ beschimpft, was uns alle irgendwie ... unangenehm berührt hat. Der Junge hat mir leidgetan. Er hat es mit seinen stark verkrüppelten Armen schon schwer genug ...«

Saalmann nickte. »Ja, dieser Hang war auch ganz schön pikiert und hat den guten Franz erst einmal nicht mehr beachtet. Auch wenn er die Beschimpfung vielleicht nicht verstanden hat, so hat Franz' Blick Bände gesprochen.«

»Und vielleicht ist so ein behinderter Junge ja auch empfindlicher, was die Reaktionen seiner Umwelt angeht«, warf Hammes nachdenklich ein. »Wie gesagt, mir war Franz Uhlendorfs Verhalten peinlich.«

»Aber Sie verdächtigen Hang Kin doch wohl nicht, Franz Uhlendorf von der Treppe gestoßen zu haben?« Ungläubig sah Johannes Saalmann die beiden Beamten an, doch Ubbo Ewers winkte nur ab.

»Wer weiß?«, meinte er lapidar und wollte dann wissen: »Und wie reagierte der Junior auf das unfreundliche Verhalten seines Vaters?«

Saalmann lachte. »Henning? Ach, der ist ein Dickkopf! Das ist er immer schon gewesen, stimmt's, Kurt? Trotzdem bemühte er sich, die Bemerkung seines Vaters zu ignorieren, begrüßte scheinbar ohne Groll die liebe ›Stiefmutter‹ in ihrem eleganten Kleid und knüpfte recht schnell Kontakt zu deren Söhnen und ihren Begleiterinnen. Irgendwann erzählte er seinem Vater dann von seiner Anstellung in San Francisco.« Der Diplom-Kaufmann schmunzelte und schüttelte dann den Kopf. »Na, das war natürlich nicht der beste Zeitpunkt, um seinem alten Herrn zu eröffnen, dass er wieder nicht mit ihm in der Firma rechnen konnte. Sie können sich denken, dass Franz Uhlendorf von den Neuigkeiten seines Sohnes insgesamt nicht unbedingt begeistert war.«

»Aber Henning hat in der Uhlendorf-Technik nun die Anteile seines Vaters übernommen, oder?«, erkundigte sich de Boer, und Saalmann nickte sichtlich zufrieden.

»Ja, es gab bei den Verhandlungen gar keine Schwierigkeiten. Aber er streicht ja auch eine schöne Stange an Zinsen ein«, berichtete Johannes Saalmann augenzwinkernd und lehnte sich auf seinem Stuhl zurück.

»Ich hätte mich auch gefreut, wenn Henning als Ingenieur in die Firma eingestiegen wäre«, räumte Kurt Hammes ein. »Aber aufgeschoben ist bekanntlich ja nicht aufgehoben. Er hat sich nun mal für die wissenschaftliche Laufbahn entschieden ...«

Für einen Moment stockte das Gespräch, dann meinte Ubbo Ewers ohne Übergang: »Wir haben natürlich auch schon andere Zeugen befragt, und uns ist berichtet worden, dass Sie mit Ihrem ehemaligen Chef bei Ihrer Unterhaltung unter sechs Augen in Streit gerieten.« Der Kommissar übertrieb bewusst, um die beiden Herren ein wenig aus der Reserve zu locken. »Ging es dabei um die Neuerrichtung der Halle C?«

Johannes Saalmann lachte auf. »Streit? Ach, was! Wir hatten doch keinen Streit! Wer hat Ihnen denn diesen Bären aufgebunden? Anfangs war Franz Uhlendorf etwas verärgert darüber, dass wir wegen unseres gesteigerten Exportanteils Kapazitätsanpassungen vorgenommen hatten. Er besaß ja wegen seines Kommanditistenanteils nach wie vor das Recht auf Anhörung – großzügig formuliert: Er besaß ein eingeschränktes Mitspracherecht, aber kein Vetorecht. Doch er hatte, wie gesagt, schon im Vorfeld nicht mehr auf unsere Einladungen zu Konferenzen und so weiter reagiert. Und seit er auf Freiersfüßen wandelte, schien er gar kein Interesse mehr an der Uhlendorf-Technik zu haben. Und so wurden wir erst einmal selbst aktiv.« Saalmann schaute abwartend von einem Beamten zum anderen, doch als diese schwiegen, fuhr er fort: »Der Bau der Halle C brachte ihm ja auch keine finanziellen Einbußen ein. Seine ... Nörgeleien am Hochzeitstag beruhten allein auf der Tatsache, dass er sich von uns übergangen fühlte. Seine Eitelkeit war verletzt, aber das war nichts Ernstes, ehrlich nicht.«

»Aber zumindest war die Auseinandersetzung mit Ihnen der Grund dafür, dass er mehr als sonst trank?«, mischte sich de Boer wieder ein.

Hammes schüttelte den Kopf. »Dafür gab es mehrere Gründe, er war ja auch in Feierlaune, schließlich hatte er an diesem Morgen seine geliebte Olga geheiratet, Henning hatte seinen Doktor summa cum laude bestanden ... Er hatte viele Gründe, einmal ordentlich zu feiern!«

»Mit Sicherheit ist ihm nach dem Gespräch noch aufgegangen, dass auch er von der Expansion der Uhlendorf-Technik auf lange Sicht nur profitieren konnte«, warf Johannes Saalmann nachdenklich ein. »Außerdem konnte Franz eine Menge vertragen.«

»Und worüber ist er dann so außer sich geraten, dass er im Verlauf des Gespräches mit Ihnen die Glückwunschkarten gegen die Wand gedonnert hat«, fragte Tido in seiner gewohnt flapsigen Art.

»Ach, das!« Wieder lachte Johannes Saalmann unbefangen. »Sehen Sie, unter uns: Er war stinksauer, dass Henning tatsächlich nach San Francisco gehen wollte. Schon einmal hatte er vergebens auf seinen Firmeneinstieg gehofft – damals, als es Henning nach Singapur zog ... Aber uns ist es gelungen, Franz wieder milde zu stimmen. Er war ohnehin ein temperamentvoller Mensch, da können Sie jeden in der Firma fragen. Franz konnte vielleicht aufbrausen – auch früher als Firmenchef! Doch genauso schnell beruhigte er sich normalerweise wieder.«

»So, so. Na ja«, meinte Kommissar Ewers und schaute einen Moment schweigend vor sich hin. »Ich würde Sie beide noch einmal gern zu den polnischen Gästen befragen. Welchen Eindruck haben Sie von ihnen gewonnen?«

Hammes sah die Beamten offen an. »Einen guten. Olga Uhlendorf ist eine sympathische Frau, die Franz sehr geliebt hat. Sie leidet unter seinem Tod. Ihre Söhne sind recht nette junge Leute ...«

»Ja, ich hab mich lange mit den beiden unterhalten, vor allem mit diesem ... Wladyslaw«, warf Saalmann ein. »Ein gebildeter, interessierter junger Mann, der viel von den wirtschaftlichen Zusammenhängen in Europa versteht. Er wird seinen Weg machen, ganz sicher. Aber dieser Leszek und seine ... Perle – entschuldigen Sie, na, mein Fall war Leszek nicht. Marke

›Muskeln statt Bildung‹, wenn Sie wissen, was ich meine. Und ich hatte auch das Gefühl, dass es ihm bei der Freude über die Hochzeit seiner Mutter vor allem darum ging, dass sie eine so gute Partie gemacht hat ... Aber ich kann mich ja auch täuschen.«

»Wie dem auch sei«, erwiderte Ewers, gab seinem Assistenten ein Zeichen und erhob sich. »Dann wollen wir Sie nicht länger aufhalten. Erst einmal vielen Dank – und viel Erfolg in Japan, Herr Saalmann.« Sie schüttelten sich noch einmal die Hände. Wenig später traten die beiden Beamten den Heimweg nach Norden an.

Während Kommissar Ewers den Wagen langsam über die gestreuten Straßen lenkte, sprachen die beiden Beamten aus Norden nur wenig. Jeder von ihnen hing seinen Gedanken nach, die allesamt um den Fall Uhlendorf kreisten. Aus dem Radio erklang leise Musik, und mehr als einmal stieß Ubbo Ewers einen leisen Fluch aus, weil sie schlechter als erwartet vorankamen. Als sein Handy sich lautstark meldete, zögerte er einen Moment, dann sah er auf dem Display, dass der Anruf aus Norderney kam – vom Kollegen Freddo Meyers.

Ubbo Ewers betätigte die Freisprechanlage und rief gespannt: »Meyers, seien Sie gegrüßt! Was gibt's so Dringendes, dass Sie mich über Handy anrufen?«

»Moin, Herr Kollege«, kam es zurück, und Meyers ließ sein sonores Lachen hören, dass so gar nicht zu seiner schmächtigen Gestalt passen wollte. »Ich hab es schon im Präsidium versucht. Frau Odinga hat mir die Nummer gegeben, denn ich habe einige Neuigkeiten, die Sie brennend interessieren dürften. Es geht um den Kugelschreiber aus Danzig. Die Untersuchung der

Fingerabdrücke war wider Erwarten erfolgreich ...« Er ließ die Worte noch ein wenig auf die Kollegen wirken. Offenbar genoss er es in vollen Zügen, Ewers und de Boer ein wenig zappeln zu lassen. Das bestätigte sein Lachen, das er der kurzen Pause folgen ließ.

Ubbo Ewers seufzte. »Nur raus damit, Meyers. Ich bin ganz Ohr. Außerdem muss ich zugeben, dass wir einen stichhaltigen Beweis wirklich gut gebrauchen können ...«

»Ich hatte Ihnen ja erzählt, dass mein Kollege van Oost unglücklicherweise alle Fingerabdrücke auf dem Kugelschreiber abgewischt hat. Doch so schlimm war's offensichtlich doch nicht. Wir haben Glück gehabt! Also, werter Kollege ... Bei der genauen Untersuchung des Kulis konnte ein einziger Fingerabdruck sichergestellt werden, der Abdruck eines Daumens, beziehungsweise ein großer Teil davon. So, und nun kommt's. Wegen des Danziger Firmennamens und weil wir den Abdruck bundesweit nicht identifizieren konnten, habe ich mich an das LKA gewandt und ...«

»Kommen Sie doch bitte zum Punkt«, unterbrach Kommissar Ewers den Norderneyer Kollegen in gequältem Tonfall und wechselte einen leicht genervten Blick mit Tido de Boer, der belustigt vor sich hin grinste.

»Eben ist das Fax vom LKA gekommen. Der Daumenabdruck stammt von Leszek Stocheck!«, kam es triumphierend zurück.

»Bingo!«, rief Tido und haute mit der flachen Hand auf die Ablage vor dem Beifahrersitz, danach blieb es im Wagen erst einmal still.

Doch Ubbo Ewers hatte sich schnell wieder gefasst. »Na, endlich«, murmelte er und fügte dann lauter hinzu: »Das ist wirklich eine erfreuliche Mitteilung, Meyers. Endlich haben wir etwas, wo wir ansetzen können! Vielen Dank. Somit dürfte feststehen, dass dieser Kugelschreiber wirklich Leszek Stocheck gehört hat. Nun wird er uns erklären müssen, wie der Kuli an diese unwirtliche Stelle hinter der Kaimauer gelangt ist.«

»Was heißt *erklären*?«, meinte Tido de Boer gut gelaunt. »Es ist doch nicht vorschnell geurteilt, wenn ich mal vermute, dass er ihn dort verloren hat, als er von der Treppe über die Mauer gesprungen ist – nach dem Anschlag auf Uhlendorfs Leben!«

»Vorsicht, Tido«, warnte Ewers leise. »Dass Leszek Stocheck wirklich der Mörder ist, wissen wir noch nicht.« Und lauter fügte er hinzu: »Aber der Fingerabdruck auf dem Kugelschreiber gibt uns zumindest endlich die Möglichkeit, ihn ein wenig in den Schwitzkasten zu nehmen. Herr Stocheck muss glaubhaft erklären können, wie der Kuli hinter die Mauer gekommen ist, sonst sieht es wirklich nicht gut für ihn aus.« Kommissar Ewers wirkte sehr zufrieden, als er sich nun mit der Hand durch sein dichtes Haar fuhr und einen kurzen Blick auf die Freisprechanlage warf. »Meyers, Sie und Ihre Leute haben uns sehr geholfen, erst einmal vielen Dank. Das LKA lässt uns den Bericht doch sicher noch zukommen? Es könnte sein, dass wir mit den polnischen Behörden in Kontakt treten müssen.«

»Sie bekommen das Fax noch heute«, kam es durch die Leitung. »Alles Gute für die weiteren Ermittlungen«, fügte Freddo Meyers hinzu. »Und halten Sie mich bitte über den Fall Uhlendorf auf dem Laufenden. Ich muss zugeben, dass ich nun doch Blut geleckt habe ...«

Ewers lachte leise. »Darauf haben Sie mein Wort. Ich

rufe Sie an, wenn wir mehr über Leszek Stochecks Rolle in diesem Fall wissen. All up Stee!«

»Jetzt wird es Zeit, dass du den Wagen nach Norden bringst. Auf uns wartet eine Menge Arbeit«, meinte Tido de Boer, und es klang sehr ungeduldig. Doch als er keine Antwort erhielt und Ubbo Ewers' nachdenkliches Gesicht bemerkte, wollte er wissen: »Was ist denn los, Chef? Warum so ernst?«

Kommissar Ewers schenkte seinem Assistenten ein kleines Lächeln, dann meinte er: »Natürlich ist es ein Erfolg, dass der Fingerabdruck identifiziert werden konnte. Doch ich möchte mich nicht zu früh freuen. Wie gesagt: Die Tatsache, dass der Kuli offenbar Leszek Stocheck gehört, beweist noch nicht einwandfrei, dass der junge Pole auch der Mörder gewesen ist. Jeder kann während der Feier den Kugelschreiber an sich genommen und ihn bei dem Sprung über die Mauer verloren haben ...«

Aus Tidos Gesicht war das zufriedene Lächeln abrupt verschwunden. Er schwieg eine Weile, schaute aus dem Fenster und ließ die friesische Winterlandschaft an sich vorbeiziehen. »Hm, stimmt«, brummte er nach einer Weile unwillig. »Es wär ja auch zu schön gewesen ...«

»Versteh mich nicht falsch. Leszek Stocheck *kann* durchaus tatsächlich der Mörder sein, und ich möchte die Gelegenheit auch unbedingt nutzen, ihn persönlich zu befragen. Ich denke, die Beweislage reicht aus, um ihn nach Deutschland zu zitieren – notfalls mithilfe eines Auslieferungsantrags, zumindest aber eines Amtshilfe-Ersuchens. Deshalb müssen wir noch heute mit Deerk Wenninga sprechen. Er soll sich darum kümmern. Dennoch dürfen wir uns nicht auf Leszek Stocheck als Täter versteifen. Es ist nach wie vor denkbar, dass jemand anderes Uhlendorf die Treppe hinuntergestoßen hat. Vielleicht hat dieser Jemand sich den Kuli während der Feier geliehen, ihn unbewusst an sich genommen und aus Versehen nach der Tat verloren – vielleicht hat er aber auch bewusst den Verdacht von sich ablenken und Leszek verdächtig machen wollen und hat deshalb Leszeks Kugelschreiber hinter der Kaimauer, wo sonst kaum jemand hinkommt, fallen lassen ... In der Hoffnung, dass er von uns gefunden wird.«

Tido nickte wieder, doch man sah ihm deutlich an, dass ihm diese Version nicht behagte. »Ja, klar. Aber wer könnte das gewesen sein? Überlegen wir mal, was wir von den einzelnen Gästen wissen. Wenn ich daran denke, was alle Hochzeitsgäste übereinstimmend ausgesagt haben, müssten wir die beiden jungen polnischen Frauen, die Freundinnen der Stocheck-Brüder eigentlich vorerst ausschließen. Auch Henning Uhlendorf hat uns erzählt hat, dass sie in seiner Nähe gestanden haben, als der Schrei ertönte. Offenbar auch Suzie Kin ...«

»Ja«, unterbrach der Kommissar ihn, »aber Olga Uhlendorf könnte – streng genommen – im Dunkeln unbemerkt vom Speditionsgelände zurückgekommen sein. Auch wenn ich mir nur schlecht vorstellen kann, wie sie in ihrem Kleid auf der Kaimauer herumgeturnt sein soll. Doch was wissen wir von Hang, dem jungen Chinesen, den Uhlendorf wenige Stunden zuvor schwer beleidigt hatte?«

»Er kletterte am Geländer herum und könnte Franz Uhlendorf gestoßen haben. Auch wenn Henning behauptet, er habe dort geturnt, *bevor* der Schrei seines Vaters ertönte. Aber können wir ihm in diesem Punkt glauben?«

Ewers zuckte die Schultern. »Zugegeben: Ich würde ihm gern glauben. Sieh mal, die Entfernung von der Treppe bis zum Fundort des Kulis beträgt ungefähr fünf Meter. Hältst du es für möglich, dass der chinesische Junge mit seinen – laut Kurt Hammes – stark verkrüppelten Armen den Kuli gezielt so weit werfen konnte? Irgendwie mag ich das nicht so recht glauben, außerdem kam der Wind, wenn ich mich recht an das Protokoll erinnere, an jenem Abend vom Meer her, was den Wurf für ihn noch erschwert haben dürfte. Nein, wenn der Kugelschreiber bewusst dort platziert worden ist, müssen wir von einer – zumindest oberflächlich – geplanten Tat ausgehen. Aber wenn ich mir Hang als möglichen Täter vorstelle, gehe ich gleichzeitig von einer reinen Effekthandlung aus. Ich mag einfach nicht glauben, dass Hang in seiner Wut auf Franz Uhlendorf daran gedacht hat, vor dem Schlag noch rasch falsche Indizien zu streuen ... Nein, als einzige Verdächtige bleiben in der Tat die Stocheck-Brüder – wegen des Kulis vor allem Leszek. Und eben ihre Mutter ...«

Wieder schwieg Ubbo Ewers nachdenklich, und während er den Wagen über den Marktplatz von Norden lenkte, meinte er: »Wie gesagt, ich möchte Leszek Stocheck auf jeden Fall persönlich verhören und ihn richtig in die Mangel nehmen – in Deutschland, bei uns in Norden, selbst wenn das einen Riesenaufwand erfordert. Vielleicht war Stocheck es, vielleicht auch nicht. Sollte aber einer seiner Verwandten der Täter sein, wird der mit Sicherheit nervös werden. Vielleicht macht der Täter dann einen Fehler, der uns auf seine Spur bringt ...«

Tido de Boer seufzte. »Hoffentlich lässt sich der Staatsanwalt von deiner Theorie überzeugen und hilft uns dabei, mit den polnischen Behörden über einen Auslieferungsantrag beziehungsweise ein Amtshilfe-Ersuchen zu verhandeln!«

»Wenn Meyers uns den Bericht vom LKA gefaxt hat, werden wir ihn an Wenninga weiterleiten und ihm unseren Standpunkt ausführlich auseinander legen. Ich bin sicher, dass er ähnlich denken wird wie wir.«

Kommissar Ewers sollte sich nicht täuschen. Nachdem Deerk Wenninga über den neuen Ermittlungsstand in Kenntnis gesetzt worden war – Ubbo Ewers und Tido de Boer hatten noch am selben Tag ein einstündiges Telefonat mit dem Staatsanwalt in Aurich geführt –, versprach er, sich gleich am nächsten Tag mit den polnischen Behörden in Verbindung zu setzten. Wegen der bevorstehenden Feiertage waren die drei Beamten übereingekommen, dass die Angelegenheit keinen zeitlichen Aufschub duldete, und hatten beschlossen, schnell aktiv zu werden. Über die Staatsanwaltschaft Oldenburg wollte Deerk Wenninga ein Rechtshilfe-Ersuchen an das polnische Justizministerium stellen. Außerdem musste das Innenministerium über das geplante Vorgehen informiert werden. Um sicherzugehen, dass die polnischen Behörden in dieser Sache mit dem nötigen Engagement vorgingen, hatte Wenninga sich nach einigem Zögern entschlossen, dem Ersuchen das Stichwort »Dringender Tatverdacht« hinzuzufügen.

Allen Beteiligten war klar, dass ihr Vorhaben riskant war und nicht nur in Polizeikreisen für einigen Wirbel sorgen würde. Doch die Zeit drängte, wollten sie in den Ermittlungen endlich einen Schritt weiterkommen.

Leszek Stocheck stand an diesem Morgen mit einem Kunden in der zugigen Reparaturhalle und schickte sich an, den aufgebockten Skoda mithilfe der hydraulischen Hebevorrichtung zu Boden zu lassen. Am Vortag hatte er den Auspuff ausgewechselt, einen Ölwechsel vorgenommen und die Bremsbeläge erneuert. Er wollte dem Kunden eben den alten schadhaften Auspuff zeigen, als sein Chef in Begleitung zweier Herren die Halle betrat.

»Leszek«, rief er mit unverhohlenem Ärger in der Stimme. »Die Herren möchten dich sprechen.« Er warf seinem jungen Mitarbeiter einen viel sagenden Blick zu und wandte sich dann dem Kunden zu: »Kommen Sie noch einen Moment in mein Büro. Herr Stocheck wird Ihnen gleich den Wagen aus der Halle fahren.«

»Das wird nicht gehen, entschuldigen Sie«, mischte sich der jüngere der beiden Besucher ein. Er trug eine dunkle Lederjacke und blaue Jeans. »Mein Name ist Korkije, Kripo Danzig. Mein Kollege und ich haben den Auftrag, Herrn Stocheck vorläufig in Untersuchungshaft zu nehmen. Dem Staatsanwalt liegt ein Ersuchen der deutschen Polizei vor.«

Leszek Stocheck schaute ungläubig von einem zum anderen. »Was soll das?«, brauste er dann auf. »Das kann doch nicht Ihr Ernst sein! Worum geht es denn überhaupt? Sie können doch nicht einfach hier hereinspazieren und mich ...«

Weiter kam er nicht, denn Korkije schnitt ihm mit einer entschiedenen Handbewegung das Wort ab. »Wir wissen auch nicht genau, was Ihnen zur Last gelegt wird, aber es scheint etwas Ernstes zu sein. Bitte fügen Sie sich unseren Anweisungen und begleiten Sie uns.«

Sein Kollege nickte. »Interpol«, erklärte er und wandte sich zum Gehen, als wäre damit alles gesagt.

»Das ist doch Irrsinn«, schimpfte Leszek und schaute seinem Chef hilflos nach, der mit dem Kunden die Reparaturhalle verließ. Doch Korkije packte ihn entschlossen am Arm.

»Kommen Sie bitte. Sie haben bestimmt noch eine andere Hose im Spind. In dem Blaumann können Sie uns ja schlecht begleiten. Führen Sie uns also zum Personalraum.«

Plötzlich kam es Leszek so vor, als wäre die Zeit zurückgedreht worden. Eine Reihe von Verhören kam ihm in den Sinn, die alle ähnlich verlaufen waren, und er ballte seine Hände, die er in den Taschen verborgen hatte, zu Fäusten. Im ersten Impuls wollte er zuschlagen und davonrennen, doch er beherrschte sich. Was hätte es auch gebracht? Er hatte die Pistolentaschen, die die Beamten umgegürtet hatten, längst bemerkt. Also versuchte er es anders: »Ich habe mir nichts zuschulden kommen lassen. Das müssen Sie mir glauben«, beteuerte er und schaute Korkije flehentlich an.

Doch der ließ sich davon offenbar nicht beeindrucken. »Das wird sich noch herausstellen. Bitte, Herr Stocheck ...«

Leszek war vor seinem Spind stehen geblieben, nahm die schwarze Levis-Jeans heraus und warf Korkije einen vorwurfsvollen Blick zu.

Der lächelte entschuldigend. »Sie müssen verstehen, dass wir Sie nicht allein lassen können, während Sie sich umziehen. Machen Sie es uns doch nicht so schwer.«

Leszek verzog spöttisch den Mund, zog sich dann aber widerspruchslos um, folgte den Beamten zu ihrem Wagen und nahm zwischen ihren auf der Rückbank Platz. Er fühlte sich wie ein Gefangener. Als der Fahrer, dessen Gesicht Leszek nicht sehen konnte, den Motor startete, hörte Leszek Korkije sagen:

»Aus dem Präsidium können Sie Ihre Freundin anrufen und sie darüber in Kenntnis setzen, dass Sie für einige Zeit in Untersuchungshaft genommen werden. Bitten Sie sie, dass sie Sie mit den nötigsten Kleidungsstücken versorgt.«

Leszek wollte wieder aufbegehren, doch als er Korkijes entschlossenen Blick sah, sackte er in sich zusammen. Während sich der Polizeiwagen durch den Verkehr der Innenstadt dem Präsidium näherte, verfiel Leszek in dumpfes Schweigen. Mit unbewegter Miene starrte er aus dem Fenster auf die weihnachtlich geschmückte Stadt, ohne die hellen Lichterketten, die Weihnachtsbäume und die vielen Passanten auf den Gehsteigen wahrzunehmen.

Gegen Mittag lichtete sich der Himmel über Norderney ein wenig, doch der aufgebriste Nordwestwind trieb nach wie vor Regenwolken dem Festland entgegen.

Nach einem kurzen Blick aus dem Fenster verließ Olga Uhlendorf ihre luxuriöse Wohnung, stieg auf dem Parkplatz vor der Wohnanlage in ihren Mercedes und fuhr über die Winterstraße zum Supermarkt. Sie hatte die Kinder über Weihnachten auf die Insel eingeladen und wollte sie zum Fest so richtig verwöhnen. Am Morgen hatte sie bereits alles in die Wege geleitet, damit Wladyslaw und Leszek sowie ihren zukünftigen Schwiegertöchtern die Flugtickets rechtzeitig zugestellt wurden.

Gut gelaunt parkte sie den Mercedes, nahm sich einen Einkaufswagen und schlenderte bereits wenig später an den zum Bersten gefüllten Lebensmittelregalen entlang. Und während Süßigkeiten, Knabberzeug sowie Gewürze, Fertigsoßen und Käse für das Fondue in ihren Einkaufswagen wanderten – das Rinderfilet wollte sie am Heiligabend beim Fleischer besorgen –, musste sie an die kargen Jahre in Polen denken, wo das Weihnachtsessen meist nur sehr bescheiden ausgefallen war. Für einen Moment wanderten ihre Gedanken auch zu Franz, dem sie ihren neuen Wohlstand zu verdanken hatte und der so gern mit ihr Weihnachten gefeiert hätte. Der gute Franz ...

Doch sie wollte sich die Vorfreude auf das Fest und den Besuch der Kinder nicht trüben lassen. Entschlossen schob sie daher alle traurigen Gedanken zur Seite, bezahlte an der Kasse und lud ihre Einkäufe in den Wagen. Auf dem Heimweg hielt sie noch bei einem Gartencenter an, erstand eine kleine Blautanne mit Wurzelballen und ließ sie sich in den Kofferraum laden. Die Kinder würden Augen machen ...

Bereits eine halbe Stunde später hatte sie alle Lebensmittel ausgepackt und in die Schränke geräumt; die Blautanne stand in einem großen Übertopf vor dem Balkonfenster (der Hausmeister hatte Olga dabei geholfen, sie in den Aufzug und in die Wohnung zu transportieren). Vielleicht würde sie schon heute damit anfangen, die Tanne zu schmücken. Ach, das Leben konnte auch schön sein, ging es Olga durch den Kopf.

Nein, sie konnte sich nicht beklagen. Den Kindern ging es gut. Wladyslaw hatte sich in seinem Beruf eingearbeitet und hatte hervorragende Aufstiegschancen, Marzenas erste Lehrproben waren mit »sehr gut« benotet worden. Und wie Agniezka ihr am Vortag am

Telefon erzählt hatte, hatte sie in der Boutique ein gutes Weihnachtsgeschäft verzeichnen können. Sie mache sich als Geschäftsführerin, hatte sie Olga versichert und noch eine wunderbare Neuigkeit für sie in petto gehabt: Leszek war ab Januar eine Lohnerhöhung versprochen worden. Dann sollte er den Blaumann gegen einen Anzug tauschen. Sein Chef hatte ihn zum Autoverkäufer befördert, weil Leszek sich im Umgang mit den Kunden als sehr geschickt erwiesen hatte.

Olga hatte sich gerade eine Tasse Tee gekocht und wollte es sich mit einem Roman auf der Couch gemütlich machen, als das Telefon sie aus ihren Gedanken riss. Sie fuhr alarmiert zusammen, als sie wenig später Agniezkas aufgeregte Stimme hörte. Wortfetzen wie »Leszek ... verhaftet ... Mordverdacht ... Franz Uhlendorf ...« drangen wie von fern an Olgas Ohr, und sie spürte eine Hitzewelle in sich aufsteigen. Augenblicklich traten ihr Schweißperlen auf die Stirn, und sie sank kraftlos auf einen Stuhl im Flur neben dem Telefontisch. Die Wände um sie herum begannen sich zu drehen. Immer wieder schüttelte sie mechanisch den Kopf. Nein, nein, schrie es in ihr.

»Was soll ... Leszek ... getan haben?«, stammelte sie endlich tonlos.

»Die Polizei wirft ihm vor, deinen Franz auf der Treppe in mörderischer Absicht zu Fall gebracht zu haben«, kam es aufgelöst zurück. »So ein Schwachsinn! Sie haben ihn vorläufig in U-Haft genommen und wollen ihn nach den Feiertagen sogar nach Norden ausliefern – angeblich zu einem Verhör ...«

Olga hörte nicht mehr, was Agniezka noch alles hervorstieß. Plötzlich stiegen wieder all jene Bilder vor ihrem geistigen Auge auf, die sie seit Wochen zu vergessen suchte. Der stürmische Abend ... Der dunkle Kai ... Die nicht enden wollende Mauer, an der sie entlanggelaufen war, um die Taxen herbeizuwinken ... Der schreckliche Schrei und die gespenstische Stille, die ihm gefolgt war ... Franz reglos am Boden ... Franz, der die Augen nicht mehr öffnen wollte ... Henning, der sich um ihn bemühte ... Vergeblich ... Und dann brach es aus ihr heraus: »Leszek *war* es nicht! Er war es nicht, verdammt noch mal! Warum lässt man meine Kinder nicht endlich in Ruhe?« Verzweifelt brach sie in Tränen aus, und es dauerte eine Weile, bis sie sich wieder gefangen hatte. »Hör zu, Agniezka«, sagte sie dann beschwörend, »wir müssen die Nerven behalten, das ist ganz wichtig, verstehst du?«

Doch sie bekam nicht gleich eine Antwort. Sie hörte nur, dass Agniezkas Atem stockend ging.

»Und wenn ... Leszek ... Mama, er war nicht bei mir, als dein Franz ... als Franz auf den Kai stürzte und verstarb!« Nach diesem Geständnis war es auch um Agniezkas Fassung geschehen, und sie schluchzte verzweifelt auf.

»Mein Gott, Kind, behalte das bloß für dich! Kein Sterbenswörtchen darf nach außen dringen. Niemand darf wissen, dass Leszek zum Zeitpunkt des ... Unfalls nicht bei dir war! Niemand, hörst du? Ich muss mich auf dich verlassen können, Agniezka!« Olgas Stimme klang schon wieder völlig gefasst.

Fast kalt, dachte Agniezka und bekam es erneut mit der Angst zu tun. »Mama, sag mir, dass er es nicht war, bitte!«, flehte sie hilflos.

»Leszek war es nicht, mein Kind! Aber ich muss jetzt Schluss machen. Ich werde mein Möglichstes tun, damit die Unschuld meines Sohnes bewiesen wird«, erklärte sie. »Reiß dich zusammen, Agniezka, und denk daran: zu niemandem ein Wort ...« Damit legte Olga auf, ging ins Schlafzimmer hinüber und nahm einen kleinen Koffer zur Hand, in den sie die nötigsten Sachen packte.

Am Nachmittag des siebenundzwanzigsten Dezember wurde den Beamten Ewers und de Boer Besuch gemeldet.

»Herr Ewers, ein Herr Leydecker, ein Journalist aus Neuss, möchte Sie sprechen. Er ist in Begleitung einer jungen Dame. Es geht um den Fall Uhlendorf«, meinte Wachmann Berenzen, der an diesem Tag den Pfortendienst im Alten Weinhaus versah.

»Teilen Sie den beiden bitte mit, dass ich wegen der laufenden Ermittlungen nicht befugt bin, der Presse über den Fall Auskunft zu geben. Geben Sie dem Herrn bitte die Telefonnummer des Staatsanwaltes Deerk Wenninga«, erwiderte Ubbo Ewers abwesend.

»Moment«, bat Berenzen, und Ewers hörte ihn mit jemandem sprechen. »Herr Ewers«, drang es dann wieder an sein Ohr, »Herr Leydecker und seine Begleitung sind auf der Durchreise zur Insel. Die beiden sagen, sie möchten eine Aussage machen.«

»Na schön«, seufzte Ewers, »dann schicken Sie sie zu uns hoch.«

Wenig später klopfte es, und nach einem kurzen »Herein« betrat ein junges Paar ein wenig schüchtern das Dienstzimmer. Der junge Mann, der sich als Jupp Leydecker vorstellte, war mittelgroß und recht kräftig. Seine braunen Augen wanderten unruhig von einem Beamten zum anderen. Die Frau an seiner Seite, seine Lebensgefährtin, wie er sagte, hieß Helma Olligs und hatte ihr blondes, mittellanges Haar zu einem Pferdeschwanz gebunden. Auf Ewers Bitte hin nahmen sie vor dem Schreibtisch Platz.

»Was kann ich denn für Sie tun?«, erkundigte sich Kommissar Ewers freundlich und schaute die beiden Besucher aufmunternd an. Ihre Unsicherheit war ihnen deutlich ins Gesicht geschrieben.

»Ja, also ...«, begann Jupp Leydecker unbehaglich und wechselte einen raschen Blick mit seiner Lebensgefährtin. »Wir möchten den Jahreswechsel auf Norderney feiern ...«

Ewers lächelte freundlich. »So, so. Und warum glauben Sie, dass uns das interessieren könnte?«, fragte er und zwinkerte den beiden gut gelaunt zu.

»Nein, nein, darum geht es ja nicht. Wir möchten eine Aussage machen – zum Fall Uhlendorf«, antwortete Leydecker. »Schon vor einiger Zeit sah ich die dpa-Meldung, dass Sie Zeugen suchen, die sich in der Nacht, in der Franz Uhlendorf starb, auf dem Hafengelände aufgehalten haben ...«

»Und dann melden Sie sich erst jetzt?«, mischte sich Tido de Boer irritiert ein und warf den beiden jungen Besuchern einen vorwurfsvollen Blick zu.

Leydecker nickte verlegen. »Ja, und das tut uns auch leid. Aber uns ist die ganze Angelegenheit sehr peinlich. Denn da gibt es noch etwas, was kein gutes Licht auf uns beide wirft. Doch wir wollen alles wiedergutmachen ...«

Ubbo Ewers seufzte vernehmlich, dann lächelte er den jungen Mann an. »So schlimm wird's schon nicht sein. Am besten wäre es, Sie fingen noch einmal ganz von vorn an. Also, was geschah an jenem Abend, als Franz Uhlendorf starb?«

Leydecker seufzte und begann zu erzählen: »Helma und ich hatten uns am Nachmittag des betreffenden

Tages auf dem Fährschiff kennen gelernt; wir beide wollten das Wochenende mit unseren Kegelclubs auf der Insel verbringen.« Er schaute seine Lebensgefährtin liebevoll an, und sie nickte und sagte mit weicher, melodischer Stimme:

»Ja, abends trafen wir uns dann im *Klabautermann* wieder – und es war Liebe auf den ersten Blick ...«

»Das stimmt«, kam Jupp Leydecker ihr zu Hilfe, »der berühmte Funke sprang sofort über. Irgendwann verspürten wir den Wunsch, allein zu sein, und wollten einen ausgiebigen Strandspaziergang machen. Unsere Freunde hatten vor, in irgendeine Disco zu gehen. Na ja, wir kauften eine Flasche Sekt – einige Dosen Cola und Bier hatte ich noch in meinem Rucksack – und bummelten los. Es war an dem Abend zwar sehr windig, aber das störte uns nicht, weil wir bis über beide Ohren verliebt waren. Zunächst schlenderten wir zum Fähranleger und kamen irgendwann ins Hafengelände.« Wieder warf er Helma einen liebevollen Blick zu, und sie schien dies zum Anlass zu nehmen, selbst das Wort zu ergreifen:

»Ja, und da musste ich ... plötzlich austreten.« Wieder bekamen ihre Wangen einen rosigen Schimmer. »Im Seglerhaus sahen wir Licht und stiegen die Treppe zu den Restaurationsräumen hinauf, doch dort feierte eine ›Geschlossene Gesellschaft‹, wie uns das Schild an der Tür verriet.«

Leydecker nickte. »Ich schlug Helma dann vor, im Schatten der Mauer Schutz zu suchen, und zog mich ein wenig zurück ...«

Ewers lachte ungezwungen. »Ist das die Peinlichkeit, die Sie eingangs erwähnten? Aber dabei haben Sie sicher etwas beobachtet, nicht wahr?«

»Während ich zur Kaimauer ging, nahm ein Mann

in der Dunkelheit den gleichen Weg. Doch er blieb nicht wie ich im Schatten der Mauer stehen, sondern verschwand hinter der Mauer in der Dunkelheit. Ich hörte ihn noch in einer fremden Sprache fluchen – zumindest hörte es sich wie ein Fluch an«, erzählte sie. »Wir suchten Schutz in der Nähe eines aufgebockten Schiffes. Irgendwie war es uns auch peinlich, wir wagten nicht, zur Treppe zu gehen, um das Gelände zu verlassen. Vor uns lag die Kaimauer, hinter der sich der seltsame Mann immer noch aufhalten musste.«

»Ja«, meldete sich Leydecker wieder zu Wort. »Wir hörten ein Geräusch, das von der Mauer kam, dann verließen einige Leute palavernd das Seglerhaus und betraten den Kai. ›Da ist er wieder, der Mann!‹, flüsterte Helma mir zu, doch wir sahen ihn nur kurz im fahlen Licht. Er näherte sich vom Plateau der Mauer der Treppe ... Und wenig später ertönte ein schrecklicher Schrei.« Der Journalist verstummte. Und Helma Olligs sagte:

»Ja, und dann war auf dem Kai die Hölle los. Das gleißende Licht eines Scheinwerfers streifte suchend über den Mauerrand, doch der Mann war verschwunden, jedenfalls konnten wir ihn nirgends mehr sehen. Irgendwie spürten wir, dass etwas Schlimmes passiert sein musste. Wenig später hörten wir auch das Martinshorn, sahen Blaulicht ...« Als sie zu stocken begann, kam Leydecker ihr zu Hilfe:

»... und Helma begann plötzlich zu weinen. Ich wollte sie trösten, sagte, das alles ginge uns nichts an, und zog sie auf den Trailer, auf dem eine Yacht aufgebockt war. Und weil wir beide unsere Hotelschlüssel nicht bei uns hatten – ich hatte meinen meinem Kumpel überlassen, und Helma hatte es dummerweise ebenso gemacht –, kletterten wir an Bord und ...« Er sah dem Kommissar ruhig in die Augen und schüttelte bei der Erinnerung über sich selbst den Kopf. »Herr Ewers, wir können heute selbst nicht mehr verstehen, was an jenem Abend in uns gefahren ist, aber wir haben tatsächlich die Tür zur Kajüte aufgebrochen und die Nacht an Bord dieses Schiffes verbracht. Wir waren ja auch schon leicht angeheitert, aber das ist keine Entschuldigung. Sehen Sie, *das* ist die peinliche Angelegenheit ...«

»Ich verstehe. Sie wissen, dass Sie sich strafbar gemacht haben?«, fragte Ubbo Ewers leise.

Der Journalist nickte. »Ja, und ich glaube, wir hätten uns nicht bei Ihnen gemeldet, wenn ich nicht die dpa-Meldung gelesen hätte. Vielleicht hat dieser mysteriöse Mann, den wir beobachtet haben, ja etwas mit dem Fall zu tun. Nur deshalb haben wir uns bei Ihnen gemeldet. Bitte entschuldigen Sie, dass wir so lange damit gezögert haben, aber diese Nacht wird ja für uns Konsequenzen haben ...«

»Das steht auf einem anderen Blatt, und darum werden sich auch unsere Kollegen kümmern müssen. Unser Interesse gilt jenem Unbekannten, den Sie beobachtet haben. Wie sah er aus?«

»War er groß, klein, dick oder dünn?«, meldete sich Tido de Boer zu Wort, als die beiden jungen Leute nachdenklich schwiegen.

»Er war ein wenig größer als ich. Vielleicht ein Meter achtzig oder so. Und er war gesetzt«, antwortete der Journalist nach einigem Überlegen.

»Und wie war er gekleidet?«

»Du hast ihn einmal aus der Nähe gesehen, Helma«, wandte sich Leydecker an seine Lebensgefährtin.

»Hm«, machte die. »Er trug keine Jeans, sondern eine dunkle Hose, ich glaube, eine Tuchhose und einen

Mantel. Ich bemerkte die Schöße, die im Wind wehten, als er an mir vorbeilief. Und er war dunkelhaarig.«

»Sie erwähnten einen Fluch in einer fremden Sprache«, meinte der Kommissar und wechselte einen raschen Blick mit seinem Assistenten. »Könnten Sie sich vorstellen, um welche Sprache es sich dabei handelte?«

Helma Olligs schwieg eine Weile. »Tja, ich bin nicht sicher, aber es könnte Russisch oder so was gewesen sein. Russisch oder Polnisch oder Tschechisch ...«

Tido de Boer stieß laut den Atem aus, doch ein Blick seines Vorgesetzten ließ ihn verstummen.

»Und wie bewegte sich der Mann?«, wollte der Kommissar wissen. Er konnte die leise Aufregung, die ihn ergriffen hatte, nicht ganz verhehlen. »Bewegte er sich bedächtig, gehetzt, schwerfällig, sportlich, leichtfüßig ...?«

»Auf keinen Fall leichtfüßig, eher gesetzt oder ... tapsig«, antwortete Jupp Leydecker bestimmt, und Helma Olligs nickte.

»Und Sie wissen nicht, wohin sich der Unbekannte nach dem Vorfall begab?«, hakte de Boer nach.

Die beiden Besucher schüttelten den Kopf. »Nein«, versicherte Frau Olligs, »wir hörten den Schrei, aber der Mann blieb verschwunden.« Sie seufzte schwer. »So, nun wissen Sie alles. Es war eine verrückte Nacht. Jetzt sind wir auf dem Weg nach Norderney, um unsere Verlobung zu feiern.« Helma lächelte fein. »Wir möchten uns allerdings vorher bei dem Besitzer der Yacht entschuldigen und den Schaden, den wir angerichtet haben, ersetzen.«

Ewers nickte. »Wir fertigen schon einmal ein kurzes Protokoll an und nehmen Ihre Personalien auf. Auf der Insel wenden Sie sich in dieser Angelegenheit am besten an meinen Kollegen Freddo Meyers. Ich muss Ihnen sagen, dass es sich um Einbruch handelt. Aber seien Sie gewiss, dass ich in dieser Angelegenheit ein gutes Wort für Sie einlegen werde. Vielleicht hilft uns Ihre Aussage bei unseren Ermittlungen ja weiter.«

Die beiden wirkten zerknirscht, doch sie nickten tapfer.

Und Kommissar Ewers lächelte. »Wissen Sie was? Während mein Kollege de Boer das Protokoll verfasst, brühe ich uns allen erst einmal einen echten friesischen Tee auf.«

Eine halbe Stunde später hatten die beiden jungen Leute das Dienstzimmer verlassen.

»Wer hätte das gedacht?«, meinte de Boer aufgeräumt. »Das Netz zieht sich zu. Der polnische Fluch spricht ja wohl für sich, was, Chef?«

Ubbo Ewers nickte. »Ja, wenn es denn wirklich ein polnischer Fluch war. Aber wir wissen ja gar nicht, wie Leszek Stocheck eigentlich aussieht. Er ist uns nie zu Gesicht gekommen, aber vielleicht kann Olga Stocheck uns mit einem Foto weiterhelfen.« Er blätterte in seinem Telefonverzeichnis und wählte. Doch am anderen Ende der Leitung sprang nur der Anrufbeantworter an. »Hm, sie ist nicht da«, murmelte Ubbo ärgerlich.

Tido de Boer nickte. »Wie ich diese Frau einschätze, ist sie bestimmt nach Danzig gereist, um ihrem geliebten Sohn beizustehen und ihn mithilfe ihres Anwalts von jedem Verdacht zu befreien.«

Der Kommissar brummte etwas Unverständliches, lehnte sich in seinem Stuhl zurück und sagte dann:

»Wahrscheinlich tut sie ihr Bestes, um die Auslieferung nach Deutschland zu verhindern. Ob es deshalb so lange dauert? Die polnischen Behörden haben sich noch immer nicht gemeldet. Na ja ... Wer kann uns denn sonst eine Beschreibung von Leszek Stocheck geben? Die polnischen Kollegen um ein Foto zu bitten dauert mir zu lange. Die Wachleute von Norderney, die den vermeintlichen Unfall aufgenommen haben, werden sich wohl kaum an den jungen Polen erinnern können, und der Wirt und der Kellner Smets ...? Ich weiß nicht, ob sie in der Lage sind, uns eine detaillierte Beschreibung zu geben. Und Henning Uhlendorf hält sich wieder in den Staaten auf ...«

»Saalmann und Hammes«, fiel es de Boer ein. »Saalmann hat sich doch lange mit den Polen unterhalten. Er wird Leszek Stocheck beschreiben können.«

»Na, dann haben wir morgen schon was vor«, meinte Ewers und erhob sich. »Komm, Tido, trinken wir im *Mamsell* noch ein Feierabendbier! Morgen ist auch noch ein Tag.«

Die Empfangsdame der Uhlendorf-Technik begrüßte die beiden Beamten aus Norden am nächsten Morgen wie zwei alte Bekannte.

»Sagen Sie nichts. Wir haben Pech«, meinte Ewers gut gelaunt. »Herr Saalmann hält sich in Honolulu auf, und Herr Hammes nimmt gerade an einer wichtigen Besprechung teil und ist nicht für uns zu sprechen.«

Sie schmunzelte und schüttelte den Kopf. »Nein, ganz falsch. Für heute sind keine besonderen Termine eingetragen. Folgen Sie mir bitte ins Besucherzimmer.«

Ewers und de Boer hatten kaum an dem großen Konferenztisch Platz genommen, als Kurt Hammes schon zu ihnen trat und sie freundlich begrüßte. »Die Herren Kommissare sind unermüdlich im Einsatz, selbst zwischen den Tagen ...«, meinte er mit einem nicht zu deutenden Lächeln.

»Da geht es uns wie Ihnen«, erwiderte Tido de Boer flapsig und zwinkerte dem Diplom-Ingenieur zu. »Nein, im Ernst, wir sind noch mal in Sachen Franz Uhlendorf unterwegs.«

»Ja, und wir sitzen über dem Jahresabschluss«, meinte Hammes und nahm neben Ubbo Ewers Platz. »Der gute Franz wäre sehr erfreut gewesen, hätte er die Zahlen gesehen ...«

»Nun wird ja Henning Uhlendorf von Ihrem Erfolg profitieren«, sagte Ubbo Ewers, »er ist doch bestimmt ein angenehmer Kompagnon, oder?«

Kurt Hammes nickte. »Er ist überhaupt ein angenehmer Mensch. Wie gesagt, ich hätte ihn gern für die Firma gewonnen. Während er nun in San Francisco ist, nimmt sein Vetter, Dr. Banter, die Rechte wahr, die Henning vertraglich zustehen.«

»Kann er eigentlich Einfluss auf die Unternehmensentscheidungen nehmen?«, wollte de Boer wissen.

»Nur in geringem Umfang. Sein Recht auf einen angemessenen Gewinnanteil haben wir dahingehend geändert, dass seine Kommanditisteneinlage ohne Rücksicht auf die Höhe des Gewinns fest verzinst wird und ...«

»Der Anwalt seines Vaters deutete gegenüber unserem Vorgesetzten einmal an, dass Henning mehr hätte erreichen können, hätte er sich vor dem Vertragsabschluss von ihm juristisch beraten lassen«, unterbrach Kommissar Ewers den Ingenieur. »Wir verstehen von solchen Dingen nicht viel und möchten Ihnen auch nicht zu nahe treten. Aber wie sehen Sie das?«

Hammes wirkte einen Moment überrascht, dann antwortete er: »Sehen Sie, auf der anderen Seite – und das hat Jost Arenz offenbar übersehen – rückt Henning bei Verlustgeschäften des Unternehmens in die Rolle eines Gläubigers. Er haftet nicht mit seiner Einlage. Außerdem hat er das Recht, bei außergewöhnlichen Maßnahmen und Entscheidungen gehört zu werden.« Er reckte ein wenig trotzig das Kinn vor und fuhr fort: »Eine faire Regelung für einen jungen, wohlhabenden Mann, der sich im Ausland wissenschaftlichen Aufgaben widmet, finde ich.«

In diesem Moment trat die hübsche brünette Mitarbeiterin vom Empfang ein und bot den Herren Tee an, den sie gern annahmen. Als sie sich eben zurückziehen wollte, gesellte sich Johannes Saalmann zu Ihnen. »Guten Tag, Herr Ewers, guten Tag, Herr de Boer. Ich hoffe, Sie haben erholsame Feiertage verbracht. Sie müssen entschuldigen, dass ich Sie einen Moment warten ließ, ich hatte noch ein wichtiges Telefonat zu führen.«

»Kein Problem«, meinte de Boer schmunzelnd, »jetzt sind Sie ja da. Kommen Sie, trinken Sie einen Tee mit uns«, fügte er aufgeräumt hinzu, und Johannes Saalmann stimmte in sein Lachen ein.

»Sehr freundlich von Ihnen! Da sage ich nicht nein«, frotzelte der Geschäftsmann. »Was machen Ihre Ermittlungen im Fall Uhlendorf?«, wandte er sich dann an Ewers.

»Wir stehen vielleicht kurz vor der Aufklärung. Dennoch wollten wir Ihnen noch einige Fragen stellen«, antwortete der Kommissar.

»Na, da gratuliere ich aber! Und wer ist der Täter?«,

fragte Saalmann interessiert, führte die Teetasse an die Lippen und nahm einen Schluck.

»Darüber möchten wir noch nichts Genaues sagen«, entschied der Kommissar. »Das werden Sie sicher verstehen. Wir haben uns nur daran erinnert, dass Sie lange bei den jungen Leuten am Tisch gesessen haben – bei Henning, seinen chinesischen Begleitern und den Gästen aus Polen.«

»Das stimmt, ich habe mich vor allem mit Wladyslaw Stocheck angeregt unterhalten, aber ich glaube, das erzählte ich schon«, erwiderte Johannes Saalmann und sah den Kommissar in Erwartung seiner Fragen gespannt an.

»Beschreiben Sie uns doch bitte einmal Wladyslaw ...«, meinte Ewers und wechselte einen kurzen Blick mit seinem Assistenten.

»Er ist ein hübscher Bengel, finde ich«, meinte Saalmann nach einer Weile, »er kommt auf seine schöne Mutter, ist recht groß und hat eine sportliche Figur. Auch von seinem Wesen her ist er ein feiner Junge, nicht, Kurt?«

Kurt Hammes nickte. »Ja, das war auch mein Eindruck, obwohl du dich ja viel ausgiebiger mit ihm unterhalten hast ...«

»Und wie müssen wir uns seinen Bruder Leszek vorstellen?«

Johannes Saalmann lachte. »Das genaue Gegenteil, Herr Ewers! Muskeln statt Geist. Masse statt Klasse, könnte man auch sagen.« Er grinste. »Nein, im Ernst, er ist lange nicht so gebildet wie sein Bruder und auch äußerlich eher grobschlächtig.«

»Wie würden Sie ihn denn beschreiben? Ist er klein, groß, dick, gesetzt, füllig ...?«, wollte Tido wissen.

»Er ist ungefähr so groß wie ich«, meinte Saalmann

und strich über seinen kleinen Bauch, »aber durchtrainiert, eben wie ein Bodybuilder.«

»Und wie bewegt er sich? Locker, sportlich, schwerfällig oder leichtfüßig?«, hakte Ewers nach.

»An dem ist nichts locker«, lachte der Diplom-Kaufmann, »nein, er bewegt sich wie ein Muskelmann: eher schwerfällig. – Ach, wie soll ich das beschreiben? Kannst du dazu was sagen, Kurt?«

Sein Kompagnon schüttelte den Kopf. »Ich kann mich gar nicht mehr daran erinnern, ich weiß nur noch, dass er langes schwarzes Haar hat, das er aber im Nacken zu einem kleinen Zopf zusammengebunden hatte. Unter uns: Mein Fall war dieser Leszek nicht.«

»Und Sie wissen auch nicht mehr, was er auf der Feier trug?«, wandte sich der Kommissar an Kurt Hammes.

Der zuckte die Schultern. »Beim besten Willen nicht, nein.«

»Ich nehme mal an, dass er wie wir anderen auch einen Anzug und einen Mantel oder eine Jacke getragen hat. Zumindest ist er mir nicht aufgefallen, weil er schlecht angezogen war«, meinte Johannes Saalmann nach kurzem Überlegen.

Ubbo Ewers nickte. »Es interessiert uns auch nur, weil uns Zeugenaussagen vorliegen, die besagen, dass sich ein Unbekannter in dunklen Hosen mit fliegenden Jackenschößen vor und hinter der Kaimauer aufgehalten hat, als Franz Uhlendorf in die Tiefe stürzte.«

»Nein«, sagte Hammes, »tut mir leid. Da kann ich Ihnen wirklich nicht weiterhelfen.«

Als sich Ewers und de Boer wenig später mit den besten Wünschen für das neue Jahr verabschiedeten, begleiteten Saalmann und Hammes sie noch zum Ausgang und wünschten, dass es den Beamten gelingen möge, den Fall wie erhofft in Kürze aufzuklären.

Doch zu Hause in Norden erwartete Kommissar Ewers eine Enttäuschung. Auf seinem Schreibtisch im Präsidium fand er ein Fernschreiben von der Staatsanwaltschaft Danzig:

Staatsanwaltschaft Danzig / Attentat auf deutschen Bürger Franz Uhlendorf / Tatort Norderney

Staatsanwaltschaft Aurich z.H. Herrn Deerk Wenninga

Kripo Norden z.H. Herrn Kriminalkommissar Ubbo Ewers

Betr.: Ihr Gesuch auf Auslieferung des polnischen Staatsbürgers Leszek Stocheck, wohnhaft Browarna 76, Danzig

Sehr geehrte Damen und Herren,

die Staatsanwaltschaft Danzig hat nach Überprüfung der gegen den polnischen Staatsbürger Leszek Stocheck erhobenen Vorwürfe dem Antrag des Strafverteidigers Bronislaw Tobinski, Warschau stattgegeben und verfügt, Ihrerseits eine erneute Beweisaufnahme durchzuführen.

Die Beweisführung der vorliegenden Anklageschrift ist nicht stichhaltig genug, um Leszek Stocheck die Ausführung der Tat zweifelsfrei zur Last zu legen. Ihrem Antrag, den Verdächtigen der deutschen Gerichtsbarkeit zuzuführen, kann daher nicht stattgegeben werden.

Leszek Stochecks Anwalt Bronislaw Tobinski ist vom Gericht autorisiert, mit Ihnen diesbezüglich Kontakt aufzunehmen. Er wird sich mit Ihnen in Verbindung setzen.

Mit freundlichen Grüßen

A. Koska, Staatsanwaltschaft Danzig

Ärgerlich las Ewers das Fernschreiben ein zweites

Mal. Auch Staatsanwalt Wenninga in Aurich gehörte zu den im Kopf angegebenen Empfängern. Es war also nicht nötig, ihm das Fernschreiben zuzufaxen. Kopfschüttelnd legte er das Schreiben auf Tidos Schreibtisch, der sich den Nachmittag freigenommen hatte, und trat ans Fenster. Das graue Einerlei draußen hätte seine Stimmung nicht besser widerspiegeln können. Es war einfach wie verhext! Was sie auch taten, sie traten auf der Stelle. Natürlich hatten sie mit diesem negativen Bescheid rechnen müssen – und doch, Ewers hatte sich von der Vernehmung des jungen Polen eine Menge versprochen ...

Na, mussten sie eben den Fall noch einmal von einer anderen Seite aufrollen. Doch nicht mehr heute, entschied Ubbo Ewers. Nicht mehr heute.

Ubbo Ewers war ausgesprochen schlecht gelaunt, als er um Viertel nach elf am Montagmorgen mit seinem Assistenten am Fähranleger von Norderney das Fährschiff verließ. Während der Überfahrt hatte er kein Wort mit Tido de Boer gewechselt, sondern nur nachdenklich vor sich hin gestarrt. Seine Züge hatten sich nur einmal ein wenig erhellt – nämlich als er eine Gruppe Seehunde beobachtet hatte, die fröhlich auf einer Sandbank getollt hatten.

Und auch jetzt stapfte er schweigend neben seinem Kollegen durch das Hafengelände der Wohnanlage entgegen, in der Olga Uhlendorf wohnte. Die Beamten hatten sich an diesem Morgen bei ihr angemeldet.

»Ach, Chef, nun mach doch nicht so ein Gesicht«, meinte Tido und knuffte Ewers leicht in die Seite. »Ich habe heute schon in aller Frühe mit dem Staatsanwalt telefoniert. Er sagt, diese ›Hinhalte-Technik‹ sei im Umgang mit ausländischen Behörden schon Tradition.«

»Als ob ich das nicht wüsste!«, brummte der Kommissar. »Der Schutz des eigenen Staatsbürgers geht vor – da sind die Ansprüche ausländischer Polizeiapparate zweitrangig. Aber wir kommen einfach nicht weiter. Das ist es, was mir stinkt!«

Tido nickte. »Und jetzt das Gespräch mit Frau Uhlendorf! Das ist reine Zeitverschwendung – sie hätte uns das Foto auch schicken können. Sie wird uns das Hohe Lied der Unschuld ihres Sohnes singen und frohlocken und triumphieren, dass es ihr gelungen ist, den guten Leszek vor uns zu beschützen. Der von ihr engagierte Strafverteidiger hat uns ja schön die Tour vermasselt.«

»Wir werden sehen«, erwiderte Ewers wortkarg und verfiel wieder in grimmiges Schweigen.

Während sie weitergingen, mussten sie gegen den starken Wind ankämpfen, der ihnen entgegenwehte. Zum Glück regnete es nicht mehr. Nach einer halben Stunde hatten sie die exklusive Wohnanlage an der Kaiserstraße erreicht und betraten die Vorhalle des Hauses B. Ewers drückte auf die Klingel.

Offenbar hatte Olga Uhlendorf am Fenster gestanden und sie kommen sehen, denn sie betätigte den Türöffner, ohne sich vorher über die Sprechanlage nach den Besuchern zu erkundigen.

Sie erwartete die beiden Beamten an der Wohnungstür. An diesem Tag trug sie einen Troyer und Cordjeans und hatte ihr schwarzes Haar zu einem langen Zopf geflochten. Als sie Ewers und de Boer hereinbat, lächelte sie ein wenig spöttisch. »Guten Tag, meine Herren. Legen Sie bitte ab!«

»Nein, danke«, erwiderte Ubbo Ewers. »Wir wollen es heute kurz machen«, sagte er, als er ihrer Bitte folgte und im Wohnzimmer Platz nahm.

»Hoffentlich. Sie können es mir ruhig glauben: Mein Sohn Leszek hat mit dem Tod meines Mannes nichts zu tun. Ihnen wird ja inzwischen bekannt sein, dass einer der bedeutendsten Anwälte Warschaus Ihre Version widerlegt hat.« Sie lächelte wieder, und diesmal wirkte es sogar abfällig. »Sehen Sie, meine Herren, ich bin es langsam leid, von Ihnen immer wieder attackiert zu werden. Erst verdächtigen Sie meinen Sohn Wladyslaw und seine Freundin, an einem Einbruch beteiligt gewesen zu sein – und jetzt unterstellen Sie meinem zweiten Sohn Leszek noch Schlimmeres! Ich führe ihr ständiges Misstrauen inzwischen darauf zurück, dass wir Polen sind ...«

»Ich bitte Sie«, unterbrach Ewers sie ärgerlich. »Wir haben in beiden Fällen unsere Gründe gehabt. Leider muss ich Ihnen sagen, dass wir Ihren Sohn Leszek immer noch verdächtigen, Ihren Mann von der Treppe gestoßen zu haben. Neben dem Fingerabdruck auf dem Kugelschreiber haben sich nun auch noch Zeugen gemeldet, die Ihren Sohn indirekt belastet haben. Deshalb sind wir hier. Haben Sie ein aktuelles Foto Ihres Sohnes Leszek?«

Olga Uhlendorf hatte die Lippen fest zusammengepresst und warf dem Kommissar einen bösen Blick zu, doch dann nickte sie und erhob sich. Sie trat an den Eichenschrank, zog eine Schublade auf und entnahm ihr eine kleine Schachtel, mit der sie zur Sitzgruppe zurückkam. Mit fahrigen Händen kramte sie zwischen den Fotografien und zog schließlich einige Aufnahmen heraus, die sie Ubbo Ewers wortlos reichte. Als der Kommissar sie eingehend betrachtete, erklärte sie: »Das war nach der Meisterprüfung, Aufnahmen jüngeren Datums hab ich nicht von ihm.«

Ubbo Ewers nickte und betrachtete den jungen Mann auf dem Foto genauer. Er trug ein Jackett, ein weißes Hemd, eine Krawatte und eine dunkle Hose. Das schwarze Haar war noch recht kurz geschnitten. Leszek Stocheck hatte, wie Hammes und Saalmann ausgesagt hatten, eine kräftige Figur.

»Treibt ihr Sohn eigentlich Kraftsport?«, wollte de Boer wissen, nachdem er sich die Fotos ebenfalls angesehen hatte. »Er wirkt so ... stark.«

Olga Uhlendorf lächelte stolz. Offenbar hatte Tido den richtigen Ton getroffen. »Oh, ja, und er ist recht erfolgreich. Sehen Sie, ich verstehe nicht viel davon, aber er hat im vergangenen Jahr bei einer Stadtmeisterschaft ohne große Vorbereitung den ersten Preis gemacht. Das hat er von meinem ersten Mann, er war auch sehr sportlich.« Sie wirkte wieder ein wenig besänftigt und schaute rasch von einem Beamten zum anderen. »Darf ich Ihnen eine Tasse Tee anbieten. Ich muss sagen, ich bin ein richtiger Teefan geworden, seit ich auf Norderney lebe.«

Ewers schüttelte den Kopf und lächelte freundlich. »Nein, danke, wir haben noch auf der Fähre Tee getrunken. Ich muss Ihnen einige Fragen zu Leszek stellen ...« Er beobachtete, wie sich das Gesicht der Witwe wieder verfinsterte, doch er fuhr in harmlosem Ton fort: »Ihr Sohn müsste um die ein Meter achtzig groß sein und hat eine muskulöse Figur ...«

»Das stimmt, er ist sogar einsdreiundachtzig groß. Sein Vater war auch ein stattlicher, gut aussehender Mann.« Wieder sah sie beide Beamte misstrauisch an, dann sagte sie: »Ich weiß nicht, was Sie von Leszeks

Größe ableiten wollen, aber was es auch ist: Er war es nicht! Er hat mit Franz' Tod nichts zu tun.«

»Dennoch müssen wir Ihnen diese Fragen stellen, Frau Uhlendorf«, erwiderte Ubbo Ewers ruhig. »Sehen Sie, unsere Ermittlungen sind noch nicht abgeschlossen und ...«

»Ermittlungen«, schimpfte sie leise und straffte trotzig die Schultern. »Ich kann ja doch nichts gegen Ihre Fragen unternehmen. Also, was wollen Sie wissen?«

»Können Sie sich daran erinnern, was Ihr Sohn an Ihrem Hochzeitstag trug?«, fragte de Boer. »Eine Jacke oder einen Mantel?«

»Ich kann mich sogar genau daran erinnern«, antwortete sie, »ich habe ihm nämlich die Kleider finanziert: Also, er trug einen anthrazitfarbenen Wollanzug, ein weißes Hemd und eine gemusterte Krawatte.«

»Und darüber? Hatte er vielleicht auch einen Mantel oder eine lange Jacke dabei?«

»Einen Trenchcoat, einen echten Burberry. Ein sehr gutes Stück. Ich habe den Trenchcoat selbst gekauft und Leszek damit bei seiner Ankunft auf der Insel überrascht.«

»Wie lang ist der Mantel?«, hakte Kommissar Ewers leise nach.

Sie schüttelte so vorwurfsvoll den Kopf, dass ihr langer Zopf auf ihrem Rücken tanzte. »Sie können vielleicht Fragen stellen! Na, bis zur Wade. Außerdem hat er eine Knopfleiste und einen Gürtel. So, das ist alles, was ich Ihnen zu diesem Mantel sagen kann.«

»Trug Leszek den Mantel an jenem Abend geöffnet oder geschlossen?«

»Also, das weiß ich wirklich nicht mehr!«, begehrte Olga Uhlendorf empört auf. »Ich wüsste auch nicht, warum das von Bedeutung wäre.«

Ewers seufzte. »Ich erwähnte es bereits: Es gibt Zeugen, die einen Mann in der Dunkelheit beobachtet haben, kurz bevor Franz Uhlendorf stürzte. Und sie konnten diesen Mann recht detailliert beschreiben.«

»Offen oder geschlossen, was weiß ich!«, murmelte Olga. »Es war an dem Abend recht stürmisch. Wahrscheinlich hat er ihn geschlossen. Aber ich habe mich nicht darum gekümmert. Ich habe mich um die Taxen gekümmert.«

Tido de Boer ließ nicht locker. »Verließ Leszek beim allgemeinen Aufbruch als Erster die *Nautiker-Stube*?«

Die Witwe Uhlendorf machte eine resignierte Bewegung mit der Hand. »Wenn ich mich recht erinnere, gab es an der Garderobe ein kleines Gedränge. Er wird wohl seiner Lebensgefährtin in den Mantel geholfen haben. Mein Sohn ist nämlich gut erzogen, müssen Sie wissen.« Letzteres hatte wieder sehr spitz geklungen, und Kommissar Ewers beeilte sich zu erwidern:

»Das glaube ich Ihnen unbesehen. Aber etwas anderes: Wenn Sie in wenigen Worten beschreiben sollten, wie sich ihr Junge bewegt, wie würden Sie es tun? Er ist ja Bodybuilder. Ist sein Gang ... gelassen, ein wenig behäbig oder gar schwerfällig?«

Jetzt ließ Olga Uhlendorf ein glockenhelles Lachen hören. »Behäbig? Schwerfällig?«, wiederholte sie, sichtlich amüsiert. »Nein, ganz und gar nicht. Gelassen war Leszek eigentlich noch nie. Selbst vor dem Fernseher kann er nicht stillsitzen. Er ist im Grunde immer in Bewegung.« Sie schüttelte wieder den Kopf, dann kniff sie kaum merklich die Augen zusammen. »Aber hören Sie: Wir können uns das alles sparen, denn als Franz' Schrei ertönte und ich vom Speditionsgelände zurückkehrte, habe ich Leszek bei seinem Bruder und bei Agniezka und Marzena stehen sehen. Also kann er

Franz doch nicht von der Treppe gestoßen haben. Egal, was Ihre Zeugen behaupten ...«

Ewers wechselte einen raschen Blick mit seinem Assistenten, dann wandte er sich wieder an die Witwe: »Wir werden sehen, Frau Uhlendorf. Bedenken Sie, dass Sie, nachdem Sie den Schrei hörten, noch eine Weile brauchten, um zum Seglerhaus zurückzukehren. In der Zeit kann Ihr Sohn Leszek wieder über die Kaimauer geklettert sein und sich zu der wartenden Gruppe unterhalb des Seglerhauses gesellt haben. Dass er sich jenseits der Mauer aufgehalten hat, ist jedoch sehr wahrscheinlich. Denken Sie bitte an seinen Kugelschreiber ...«

»Und wenn er da war – was hat er Ihrer Meinung nach dort gemacht?«, meinte Tido und ließ die Witwe nicht aus den Augen.

Olga Uhlendorf schoss nun das Blut in den Kopf, kleine Schweißperlen traten ihr auf die Stirn. »Das ist ungeheuerlich! Und ich möchte Sie bitten, jetzt zu gehen. Den Kugelschreiber kann jeder dort hingeworfen haben, wie mein Anwalt glaubhaft dargelegt hat. Ich gebe zu, dass Leszek seinem Vater und mir in seiner Jugend einigen Kummer gemacht hat, aber zu dieser grässlichen Tat, die Sie ihm zur Last legen, hätte er sich niemals hinreißen lassen! Niemals, hören Sie?«

Sie folgte de Boer und Ewers in den Flur. Als sie an dem kleinen Telefontisch vorbeikamen, fiel dem Kommissar eine Broschüre über die Uhlendorf-Technik ins Auge. Er wandte sich noch einmal zu Frau Uhlendorf um und wies auf das dünne Heft. »Ist das das Geschenk, das die Herren Saalmann und Hammes Ihrem Mann zur Hochzeit machten?«

Die Witwe nickte, und mit einer abrupten Geste ergriff sie die Broschüre und reichte sie Ubbo Ewers.

»Nehmen Sie sie mit, um Himmels willen. Meinem Mann hat ohnehin nicht viel daran gelegen! Und mich interessiert sie nicht.«

»Nicht viel daran gelegen?«, hakte der Kommissar leise nach. »Wie kommen Sie darauf?«

»Mein Mann hatte sie, wie ich nach seinem Tod von dem Kellner in der *Nautiker-Stube* erfuhr, wütend an die Wand geworfen. Ich habe sie selbst aufgehoben. Eine Glückwunschkarte lag auch noch in der Ecke.«

»Wissen Sie, warum er das getan hat?«

»Nein, ich habe ihn nicht danach gefragt. Und nun gehen Sie bitte.«

Kommissar Ewers fluchte, als er an diesem Morgen die Tür zum Alten Weinhaus öffnete. Nach den wenigen Metern von seinem Auto bis hierher war er wieder einmal fast völlig durchnässt. Seit dem vergangenen Abend goss es in Strömen – es war, als wollte die Welt untergehen. Als er nun einen Blick auf seine Armbanduhr warf, fluchte er ein zweites Mal: »Verdammt noch mal, das fängt ja gut an!«

»Moin, Herr Kollege! Fröhlich soll man den Tag beginnen. Na, heute mit dem linken Fuß zuerst aufgestanden?« Wachtmeister Berenzen grinste den Kommissar aus der Pförtnerloge jungenhaft an. Doch Ewers brummte nur einen knappen Morgengruß und machte sich dann schnurstracks auf den Weg in sein Dienstzimmer, wo er sicher schon erwartet wurde. Ausgerechnet heute Morgen musste er sich verspäten!

Bereits für halb neun hatten sich nämlich Henning Uhlendorf und Dr. Gretus Banter angesagt, und Ubbo Ewers wusste, dass der Tag des jungen Uhlendorf beinahe bis zur letzten Minute verplant war. Für die wenigen Tage, in denen er sich in Deutschland aufhielt, hatte er sich einiges vorgenommen: Er wollte endlich sein Elternhaus in Rüstersiel verkaufen und hatte von einem Makler eine Reihe von Besichtigungsterminen machen lassen, außerdem galt es, einen Mieter für seine Eigentumswohnung in Aachen zu finden. Zudem war er mit Hammes und Saalmann, den Leitern der Uhlendorf-Technik, verabredet. Dennoch hatte er sich gern bereit erklärt, den Beamten noch für einige Fragen zur Verfügung zu stehen.

Und nun war er zu spät ... Ubbo Ewers fuhr sich noch einmal mit der Hand durch sein nasses Haar und betrat, ein entschuldigendes Lächeln auf den Lippen, sein Büro.

Bei seinem Eintreten erhoben sich Henning und Dr. Banter – ein groß gewachsener blonder Mann in einem edlen Kaschmir-Sakko, der für Ewers' Geschmack ein wenig zu blasiert wirkte – von ihren Stühlen und reichten dem Beamten die Hand. Tido de Boer winkte lässig aus dem Hintergrund und meinte:

»So, da wir nun komplett sind – wie wär's denn mit einer Tasse Tee?«

Doch Henning Uhlendorf winkte ab: »Nein, vielen Dank. Ich bin wirklich ein wenig knapp dran. Ich muss heute Morgen noch nach Wilhelmshaven in Vaters Firma, und dann geht's auch gleich weiter aufs Festland, wo wir am Nachmittag die ersten Besichtigungstermine für das Haus haben ...« Er seufzte und lächelte Ubbo Ewers, der seinen Mantel an die Heizung hängte und nun an seinem Schreibtisch Platz nahm, offen an. »Deshalb wäre ich ganz froh, wenn Sie recht bald Ihre Fragen stellen könnten. Wie weit sind denn Ihre Ermittlungen gediehen?« Henning schaute interessiert von Ewers zu de Boer und wieder zurück und ließ sich wie sein Vetter wieder vor dem Schreibtisch nieder. Sein Gesicht war leicht gebräunt, und der graue V-Ausschnitt-Pullover stand ihm gut.

»Wir stehen vielleicht kurz vor der Aufklärung«, antwortete Kommissar Ewers ebenso freundlich. »Daran, dass ihr Vater Opfer eines Anschlags wurde, haben wir keinen Zweifel mehr. Und so, wie es aussieht, haben wir auch den Täter gefunden, zumindest weisen verschiedene Indizien in ein und dieselbe Richtung. Doch ich möchte mich zu keiner Vorverurteilung verleiten lassen.«

»Wen haben Sie denn in Verdacht?«, erkundigte sich Henning sofort und schaute gespannt von einem zum anderen.

»Sagen wir es so: Wir ermitteln im Moment in eine bestimmte Richtung, die Spur führt nach Polen ...«

Henning winkte ab. »Ach, Herr Kommissar, das kann ich einfach nicht glauben! Auch wenn mein Vetter anderer Meinung ist«, und dabei warf er Gretus Banter einen belustigten Blick zu, »ich finde, dass die Polen nette Leute sind, ganz ehrlich. Besonders Wladyslaw war mir sympathisch.«

Kommissar Ewers räusperte sich. »Es geht uns auch im Moment eher um Leszek Stocheck, seinen Bruder. Einige Indizien weisen darauf hin, dass er es war, der Ihren Vater von der Treppe gestoßen hat. Wir haben zum Beispiel hinter der Kaimauer einen roten Kugelschreiber gefunden mit dem Aufdruck einer Danziger Firma. Und dieser Kuli trägt Stochecks Fingerabdrücke. Und mal im Ernst: Was soll Leszek Stocheck im unwirtlichen Gelände hinter der Kaimauer anderes vorgehabt haben, als sich dort zu verstecken? Zumal bei diesem stürmischen Wetter? So gut wie fest steht aber, dass ihr Vater von jemandem, der sich auf der Kaimauer aufhielt, in die Tiefe gestürzt wurde. Außerdem haben sich Zeugen gemeldet, die einen Mann kurz vor dem Sturz Ihres Vaters an und hinter der Mauer beobachtet haben. Er stieß einen polnischen Fluch aus. Und die Beschreibung passt auf Leszek Stocheck ...«

Henning schüttelte den Kopf, dann beugte er sich vor. »Ich kann das nicht glauben, ich kann es einfach nicht glauben, nein. Leszek war bestimmt nicht der Täter!« Er schaute seinen Cousin Hilfe suchend an, doch der schwieg und betrachtete angelegentlich seine Fingernägel. Da seufzte Henning und sagte: »Allerdings, wo Sie es erwähnen ... Leszek benutzte wirklich einen roten Kugelschreiber mit Werbeaufdruck, als er mir seine Telefonnummer in Danzig notierte. Mir fiel der Kuli nur auf, weil er so schrecklich schmierte und ich dachte: Mein Gott, es geht doch nichts über einen Markenkuli ...« Wieder schüttelte er den Kopf. »Aber noch einmal: Ich glaube nicht, dass Leszek der Täter ist. Wie haben denn die Zeugen, die Sie erwähnten, den Mann an der Kaimauer beschrieben?«

»Wie Leszek Stocheck eben«, warf Dr. Gretus Banter trocken ein, und Henning warf ihm einen irritierten Blick zu.

Ubbo Ewers fand den Anwalt alles andere als sympathisch, dennoch bemühte er sich, ihm freundlich zu begegnen. »Das stimmt. Sie sahen einen ungefähr ein Meter achtzig großen, kräftigen Mann mit dunklen Haaren, der einen dunklen Mantel und dunkle Hosen trug. Trifft diese Beschreibung auf Leszek Stocheck zu?«

Henning Uhlendorf schwieg eine Weile, dann nickte er. »Ja, das schon ... Der Mantel – so ein edles englisches Modell – ist mir am Nachmittag bei unserem Hafenspaziergang aufgefallen ...«

Kommissar Ewers griff in seine Ablagemappe und zog ein Blatt Papier heraus. Stichpunktartig las er noch einmal vor, wie Jupp Leydecker und Helma Olligs den mysteriösen Mann an der Kaimauer beschrieben hatten. Als er bei den Worten »gesetzt und tapsig« ankam, lachte Henning laut auf.

»Nein, Herr Kommissar, bei aller Liebe nicht! Leszek bewegt sich schnell und wendig. Der sitzt keine Minute still und ist mir während des Essens mit seiner ständigen Zappelei sogar auf die Nerven gegangen. Er ist zwar kräftig, ja, aber er bewegt sich sehr leichtfüßig. Um tapsig und gesetzt eine Treppe hinunterzusteigen, müsste er sich schon sehr verstellen ...«

»Vielleicht hat er das ja getan! Vielleicht war das alles Tarnung«, warf Banter ein und warf seinem Cousin einen viel sagenden Blick zu. »Könnte doch sein.«

Ewers seufzte, ging aber nicht weiter auf diese Bemerkung ein. »Hm ... Als sie unten am Kai standen, haben Sie ihn denn da gesehen? Hielt er sich in Ihrer Nähe auf?«

»Ich weiß es nicht genau – zumindest standen Agniezka und Marzena bei Suzie und mir. Das habe ich ja schon ausgesagt. Ich ging dann noch einmal zur Treppe, um Hang zu holen. Aber ich habe auch nicht die ganze Zeit auf Leszek und Wladyslaw geachtet. Und dann ging ja auch schon alles sehr schnell ...« Wie um seine Worte noch einmal zu unterstreichen, hob Henning ratlos die Schultern. »Ich glaube, ich kann Ihnen nicht helfen. Es tut mir leid.«

Kommissar Ewers nickte. »Dann noch etwas anderes: Der Anwalt Ihres Vaters hat angedeutet, dass Sie sich bei Antritt der Kommanditisteneinlage besser gestanden hätten, wenn Sie seine Beratung in Anspruch genommen hätten. Wie sehen Sie das heute?«

»Das mag schon sein«, gab der junge Mann unumwunden zu, »doch im Nachhinein ist man immer klüger. Sehen Sie, Papas Nachfolger boten mir nicht nur gute Konditionen, sie handelten auch schnell. Und das war mir recht, weil ich doch bald wieder ins Ausland aufbrechen wollte.« Er schwieg und schaute einen Moment schweigend vor sich hin. »Und sie gaben mir die Gelegenheit, eine eigene Entscheidung zu treffen«, fügte er dann noch leise hinzu.

Da ergriff Gretus Banter das Wort: »Die Herren Saalmann und Hammes gerieten nach dem plötzlichen Tod meines Onkels ein wenig in die Bredouille. Sie befürchteten wohl nach den getätigten Investitionen Liquiditätsschwierigkeiten, falls Henning die Beteiligung an ihrem Unternehmen kündigen würde. Sein Anteil stand in der Bilanz auf der Aktivseite und zählte zum beleihbaren Eigenkapital. Ihr Kreditlimit wäre in den Keller gesunken. Eile war angesagt«, erklärte der Anwalt und griff in seine Innentasche. »Darf ich?«, fragte er und hielt eine Zigarettenschachtel hoch.

Ewers nickte, und Tido erhob sich, um einen Aschenbecher zu holen.

»Ich kannte Papas Testament nicht«, sagte Henning Uhlendorf nun, nahm dankbar eine Zigarette, die Banter ihm anbot, und zündete sie an. »Papa hatte allerdings beim Abschluss des Beteiligungsvertrages mit Hammes und Saalmann verfügt, dass sein Anteil mir nach seinem Ableben zur Verfügung stehen sollte – mit einem Kündigungsrecht. Ich fühle mich in keiner Weise von Papas Nachfolgern über den Tisch gezogen«, versicherte er noch einmal.

»Das bestätige ich gern«, meldete sich Banter wieder zu Wort. »Die Bedingungen waren recht akzeptabel.«

»Die Rechte an den Patenten fielen allerdings nach Papas Tod an die Firma zurück. Die Tantiemen stehen mir nicht mehr zu«, warf Henning ein. Er drückte die Zigarette im Aschenbecher aus und erhob sich. »Aber wenn Sie sonst keine Fragen mehr haben, würde ich mich nun gern verabschieden. Ich habe noch viel vor, bevor ich mich wieder auf den Weg nach San Francisco mache.«

Ewers nickte, doch Tido de Boer fiel noch etwas ein. »Ich habe mir in der Vergangenheit des Öfteren Gedanken über den Bruder Ihrer Lebensgefährtin gemacht. Beschreiben Sie uns doch einmal kurz, in welcher seelischen Verfassung Hang war, kurz bevor und nachdem Ihr Vater zu Tode stürzte.«

Auf Henning Uhlendorfs Stirn erschien eine steile Falte. »Was soll das denn jetzt noch? Ihre Spur weist doch in eine ganz andere Richtung.« Er legte die Jacke, die er eben hatte überstreifen wollen, noch einmal zur Seite und setzte sich wieder. »Ich habe Ihnen doch schon erzählt, dass Hang vor Vaters Sturz an der Treppe turnte. Ich habe ihn dann an die Hand genommen und bin zu Suzie und den anderen gegangen.«

»Und wie verhielt er sich, als Ihr Vater reglos am Boden lag?«

»Das weiß ich, ehrlich gesagt, nicht mehr. Da hatte ich weiß Gott anderes zu tun.« Henning fuhr sich beunruhigt mit der Hand durch das Haar. »Ich denke, er stand bei Suzie, während ich mich um meinen Vater bemühte. Ja, so wird es gewesen sein! Sehen Sie, ich will keinen Hehl daraus machen, dass mein Vater ihn bei seiner Ankunft beleidigt hatte, aber im Verlauf der Feier war Hang wieder guter Dinge – und mein Vater auch. Das ist wirklich alles, was ich Ihnen sagen kann. Bitte, lassen Sie mich jetzt gehen. Falls sich noch weitere Fragen ergeben sollten, können Sie mich ja an meiner Arbeitsstelle in San Francisco anrufen.« Er griff in seine Jackentasche und reichte Ewers eine Visitenkarte. »Suzie und ich haben zwar ein Appartement gefunden, das ich kaufen möchte, aber einen Telefonanschluss haben wir dort noch nicht. Trotzdem: Wenn ich Ihnen helfen kann, tu ich das gern. Aber jetzt muss ich los.«

Ubbo Ewers lächelte und stand ebenfalls auf. Dann reichte er den beiden Besuchern zum Abschied die Hand und dankte ihnen für den Besuch. »Brechen Sie nicht alle Zelte hinter sich ab, junger Mann«, richtete er sich dann noch einmal an Henning Uhlendorf. »Kommen Sie hin und wieder noch einmal in Ihre friesische Heimat.«

Henning lächelte ein wenig überrascht, dann nickte er. »Das werde ich tun, Herr Kommissar. Ihnen alles Gute.« Und nach einem knappen Gruß schloss sich hinter ihm und seinem Vetter die Bürotür.

Skeptisch schaute Kommissar Ewers zum grauen Winterhimmel empor, als er gegen halb zehn den Wagen abschloss. Er hatte eben seine Tochter Hedda, die an diesem Morgen mit einer Jugendfreizeit in die Skiferien fuhr, zur Bushaltestelle gebracht. Über Ewers' Gesicht ging ein liebevolles Lächeln, und er schüttelte über sich selbst den Kopf. Noch immer hatte er sich nicht an den Gedanken gewöhnt, dass sein »kleines Mädchen« inzwischen groß geworden war und allein Urlaub machte ...

Na ja, jetzt wartete ein neuer Arbeitstag auf ihn. Er

hatte keine Zeit, Trübsal zu blasen. Ihm kam in den Sinn, dass Deerk Wenninga sein Rechtshilfeersuchen an die polnischen Behörden erneuert und ein weiteres Mal darum gebeten hatte, Leszek Stocheck nach Deutschland auszuliefern. Die Beweisschrift hatte der Staatsanwalt um die Aussagen der beiden Inselurlauber aus Neuss erweitert. Sie erhofften sich sowohl von der Personenbeschreibung, die auf Leszek Stocheck zutraf (Größe, Kleidung, Haarfarbe), als auch von der Erwähnung des polnischen Fluchs etwas. Dass der Gang des mutmaßlichen Täters, den Olligs und Leydecker als »gesetzt und tapsig« beschrieben hatten, so gar nicht zu den Aussagen Olga und Henning Uhlendorfs passen wollte, die betont hatten, dass Leszek sich eher hektisch und leichtfüßig bewege, hatte Wenninga wohlweislich unter den Tisch fallen lassen. Ob sie heute etwas von den Behörden in Danzig hörten?

Als Kommissar Ewers die Tür zu seinem Dienstzimmer öffnete, wedelte Tido de Boer schon aufgeregt mit einem Schreiben in der Luft herum, das er seinem Vorgesetzten auch sofort reichte, noch bevor dieser aus der Jacke schlüpfen konnte.

»Schau mal, vor zwanzig Minuten bekamen wir dieses schöne Fax«, meinte Tido und ließ Ubbo Ewers nicht aus den Augen, der überrascht murmelte:

»Absender ist dieser Tobinski, der Strafverteidiger des jungen Stocheck, so, so ...« Gespannt begann er zu lesen:

Betreff Vorwurf des Totschlags gegen meinen Mandanten Herrn Leszek Stocheck / Amtliches Kennzeichen ... / Auslieferungsantrag / Rechtshilfeersuchen / Amtsgericht Danzig

Sehr geehrte Herren,

mein Mandant Leszek Stocheck hat in meinem Beisein vor dem Richter zu Ihrer erweiterten Anklageschrift Stellung bezogen und erneut glaubhaft seine Unschuld beteuert. Sowohl seine Lebensgefährtin Agniezka Andelkowski als auch sein Bruder Wladyslaw Stocheck und Marzena Malowski haben unter Eid ausgesagt, dass Leszek Stocheck am besagten Abend gemeinsam mit ihnen das Seglerhaus verlassen hat und sich die ganze Zeit über – bis zum Sturz des Franz Uhlendorf – in Sichtkontakt zu ihnen aufgehalten hat.

In Anbetracht der zum Teil verwandtschaftlichen Beziehungen der Zeugen mit Leszek Stocheck unterliegen ihre Aussagen zugegebenermaßen einer gewissen Skepsis.

Den in der Nähe des Tatortes aufgefundenen Kugelschreiber identifizierte Leszek Stocheck als sein Eigentum. Nach seinen Angaben ist er ihm während der Hochzeitsfeier abhanden gekommen.

Anlässlich des gerichtlichen Ablehnungsbescheides des von Ihnen gestellten Auslieferungsantrages bitte ich Sie um einen Termin, um mich mit Ihnen zu beraten.

Mein Mandant hat sich bereit erklärt, sich für eine Gegenüberstellung mit Ihren Zeugen zur Verfügung zu halten.

Herr Leszek Stocheck befindet sich nach der Hinterlegung einer Kaution in Höhe von umgerechnet zwanzigtausend Mark auf freiem Fuß und kommt inzwischen wieder seinen beruflichen Verpflichtungen nach.

Mit freundlichen Grüßen
Bronislaw Tobinski

Als Ewers den Blick hob, sah er in Tido de Boers besorgtes Gesicht.

»Chef«, sagte Tido eindringlich, »wir müssen überlegen, was auf uns zukommen kann, wenn wir das Angebot dieses Winkeladvokaten annehmen. Zugegeben, der Kugelschreiber kann auf der Feier von Hand zu Hand gegangen sein ...«

Ewers nickte. »Und bei einer Gegenüberstellung könnte dieser Tobinski erfahren, dass unsere Zeugen auch leicht alkoholisiert waren ...«

»Dennoch bin ich sicher, dass sie die Wahrheit gesagt haben!«, unterbrach de Boer den Kommissar ärgerlich.

Der seufzte. »Ja, trotzdem steht für uns einiges auf dem Spiel. Und wir können bei der Aktion auch viel Porzellan zerschlagen. Angenommen, bei der Gegenüberstellung erfährt die Gegenseite von dem Einbruch in die Yacht, von dem Alkoholkonsum – eine solche Beweisführung zerreißt ein Mann wie Tobinski in der Luft – und doch bin auch ich sicher, dass wir Olligs und Leydecker glauben können.« Er erhob sich und trat mit steifen Beinen ans Fenster. »Überlassen wir also Wenninga die Entscheidung. Ich faxe ihm Tobinskis Schrieb.«

Als Ubbo Ewers die Haustür aufschloss, kam ihm seine Frau lächelnd entgegen und küsste ihn zärtlich auf die Wange. »Na, Schatz, wie war dein Tag?«, fragte sie, doch Ubbo winkte schlecht gelaunt ab.

»Ich habe dir heute Abend nur ein paar Schnitten gemacht, ich muss gleich los: Yoga, du weißt schon ...«

Er nickte und ging ins Schlafzimmer. »Kannst du mir sagen, wo mein Jogging-Anzug ist?«, rief er Altje zu, denn er hatte sich schon auf dem Heimweg dazu entschlossen, endlich einmal wieder eine Runde zu laufen, um einen klaren Kopf zu bekommen. Danach wollte er es sich mit einem Glas Bier bequem machen und den Fall Uhlendorf einmal ganz einfach vergessen – nur für diesen einen Abend.

»Im Kleiderschrank, er ist frisch gewaschen«, antwortete Altje aus der Diele und fügte hinzu: »Ich bin jetzt weg, mach's gut!« Es klimperte leise – sicher hatte sie soeben nach dem Autoschlüssel gegriffen –, dann hörte Ubbo, wie die Haustür hinter ihr ins Schloss fiel. Wenig später war er auch schon umgezogen und lief los: an der Norddeicher Straße entlang und am Fährhaus vorbei, dann umrundete er die Mole, an der weiße Fährschiffe lagen, lief durch den Fischereihafen und den Osthafen und kehrte über die Tunnelstraße nach Hause zurück.

Obwohl er sich verschwitzt und ein wenig erschöpft fühlte, ging es ihm besser. Der Ärger des Tages war von ihm abgefallen – der Feierabend konnte kommen. Ubbo duschte, schlüpfte in Unterwäsche, Jeans und Sweat-Shirt und machte es sich im Wohnzimmer mit einem Glas Bier bequem. Während er das Pils in kleinen Schlucken trank, machten sich seine Gedanken selbstständig – und wanderten zurück zu dem Angebot des polnischen Strafverteidigers. Sollten sie sich darauf einlassen?

Wenn er an die Fotos dachte, die er von Leszek Stocheck gesehen hatte, musste er sagen, dass sie mit der Personenbeschreibung, die Leydecker und Olligs gegeben hatten, übereinstimmten. Größe, Haarfarbe, Kleidung, sogar der polnische Fluch – all das schien darauf hinzuweisen, dass die Zeugen wirklich Leszek Stocheck bei seinem Sprung über die Mauer gesehen hatten. Sein Kuli war dort gefunden worden. Alles deutete darauf hin, dass Leszek den Anschlag auf Uhlendorf verübt hatte. Und das Motiv? Er hatte gewusst, dass seine Mutter erben und ihn an diesem Erbe teilhaben lassen würde.

Doch auf der anderen Seite war da der tapsige, schwerfällige Gang, den die Zeugen beschrieben hatten, und Stocheck bewegte sich angeblich unruhig und war hektisch und beweglich ... Sollte Banter Recht haben? Hatte Leszek sich beim Abstieg von der Treppe des Seglerhauses bewusst verstellt, um mögliche Zeugen in die Irre zu führen? Es klang recht unwahrscheinlich, ganz auszuschließen war es allerdings nicht. Seufzend erhob sich Ubbo und ging in die Küche, um sich noch ein Glas Bier einzuschenken. Als er am Telefontisch in der Diele vorbeikam, fiel sein Blick auf die Broschüre der Uhlendorf-Technik, ein farbiger Din A5-Prospekt. Neugierig geworden, klemmte er ihn sich unter den Arm und beschloss, ein wenig darin zu blättern.

Wenig später nahm er wieder auf der bequemen Couch Platz und begann in der zugegebenermaßen recht interessant erzählten Firmengeschichte zu lesen. Die Uhlendorf-Technik hatte nach der Schließung der Olympia-Werke mit dazu beigetragen, Wilhelmshaven als Industriestandort zu erhalten. Erst jetzt, da man sich auf die Expo 2000 vorbereitete, begann sich die Stadt an der Jade wieder auf ihre See- und Hafentradition zu besinnen und machte mit futuristischen Bauvorhaben auf sich aufmerksam.

Kein Zweifel, Franz Uhlendorf hatte als Unternehmer Pioniergeist bewiesen. Auch wenn er nicht zu den mächtigsten Unternehmerpersönlichkeiten des Landes gehört hatte, gebührte ihm Hochachtung. Wie seinen beiden Nachfolgern, den jungen Akademikern Saalmann und Hammes, die mit Mut, dem nötigen Know-how und großer Risikobereitschaft neue Absatzmärkte erschlossen, Innovationen durchgesetzt und der Firma zu weiterem Wachstum verholfen hatten. Sichtbarer Beweis dafür schien die Halle C zu sein, deren Foto Ewers nun versonnen betrachtete.

Uhlendorf senior musste sich über die eigenmächtige Handlungsweise seiner Nachfolger ja sehr geärgert haben, wenn er diese Broschüre und die Glückwunschkarten erbost an die Wand geworfen hatte. Was genau hatte ihn denn so aufgebracht? Neugierig blätterte Ewers noch einmal in der Broschüre, als könnte sie ihm die Antwort geben. Sorgfältig studierte er Seite um Seite, betrachtete die Fotos genauer und las die Bildunterschriften noch einmal. Plötzlich stutzte er. Auf der Doppelseite, die die Bauzeichnung der Halle C zeigte, fand er eine handschriftliche Notiz. In einer großzügigen, geschwungenen Schrift stand da zu lesen:

Das ist ja wohl die Höhe!!!

Drei Ausrufezeichen. Nachdenklich blätterte Ewers weiter, nahm noch einen Schluck Bier und legte schließlich die Broschüre zur Seite. Sollte der Bau der Halle C Franz Uhlendorf doch mehr verärgert haben, als die Herren Saalmann und Hammes zugegeben hatten. Oder war es nur ein Detail des Bauvorhabens, was seinen Ärger geweckt hatte? Ewers seufzte tief auf und beschloss, doch noch ein wenig fernzusehen. Schließlich hatte er sich fest vorgenommen, den Fall Uhlendorf an diesem Abend einmal ruhen zu lassen.

Als Kommissar Ewers am nächsten Morgen sein Dienstzimmer betrat, kam er nicht gleich dazu, aus seinem Mantel zu schlüpfen – das Telefon auf seinem

Schreibtisch läutete Sturm, zumindest kam es Ubbo Ewers so vor.

Er stellte nur rasch die Tasche ab und hastete zum Apparat. »Ewers, Kripo Norden.«

»Moin, Herr Kollege«, vernahm er die tiefe Stimme des Staatsanwaltes. »Ich habe Ihr Fax erst heute Morgen bekommen, da ich gestern Nachmittag außer Haus war. Ein gerissener Hund, dieser Tobinski, das muss ich sagen ...« Er ließ die Bemerkung einige Sekunden in der Luft hängen. Das lässt nichts Gutes hoffen, dachte Ewers. Und da sprach Deerk Wenninga auch schon weiter:

»Herr Ewers, ich habe mir die Entscheidung nicht leicht gemacht, das müssen Sie mir glauben, aber ich rate vorerst von der Gegenüberstellung zwischen Ihren Zeugen und Leszek Stocheck ab – auch wenn ich ihn nach wie vor für den Täter halte. Dennoch fürchte ich, dass eine Gegenüberstellung negative Konsequenzen für uns haben würde, wenn der Alkoholkonsum beziehungsweise der Einbruch der beiden Neusser ans Licht käme. Sehen Sie, ich habe mich in dieser Angelegenheit bereits sehr weit aus dem Fenster gelehnt, und ich werde mich auch noch einmal schriftlich an die Behörden in Polen wenden, um eine Auslieferung des Leszek Stocheck zu erwirken, aber wir sollten uns nicht auf Tobinskis Angebot einlassen. Nein.« Wieder schwieg Wenninga einen Augenblick, dann sagte er in eindringlichem Ton: »Ich bin sicher, dass wir auf dem richtigen Weg sind, und möchte Sie bitten, nach weiteren Indizien zu suchen, die Leszek Stochecks Täterschaft eindeutig beweisen.«

Ubbo Ewers versuchte, sich seine Resignation nicht anmerken zu lassen, und erwiderte so entschlossen wie möglich: »Wir werden unser Bestes tun. Sobald wir diesbezüglich etwas Neues wissen, setzen wir Sie darüber in Kenntnis.«

»Noch einen schönen Tag«, meinte Deerk Wenninga, dann knackte es in der Leitung, das Gespräch war unterbrochen.

An diesem Freitag kehrte Diplom-Ingenieur Kurt Hammes bereits um sechzehn Uhr dreißig in das weitläufige Haus am Rande von Wilhelmshaven zurück. Er freute sich auf ein Wochenende mit der Familie – vielleicht würden sie endlich wieder einmal etwas zusammen unternehmen können. Doch als er die Haustür aufschloss und Minna Weiters, die langjährige Haushälterin, ihm entgegenkam, bekamen seine Hoffnungen einen ersten Dämpfer.

»Guten Tag, Herr Hammes«, grüßte sie ihn und nahm ihm den Mantel ab, »ich soll Ihnen von Ihrer Frau ausrichten, dass sie mit Frau Buss zum Tennisspielen verabredet ist und im Anschluss Henni und Hanni vom Reiterhof abholt. Nils ist mit seiner Freundin nach Wilhelmshaven gefahren, der Junge will ins Kino gehen.«

Kurt Hammes wirkte enttäuscht. »Na, dann muss ich eben meinen Tee allein einnehmen. Oder haben Sie Lust, mir Gesellschaft zu leisten, Frau Weiters?«

»Gern, ich hab heute nichts Besonderes vor. Ich hol rasch den Tee. Machen Sie es sich doch schon mal im Esszimmer bequem.«

Wenig später servierte sie ihm eine Tasse dampfenden Tee und stellte den Kluntjebecher auf den Tisch. Sich selbst schenkte sie auch eine Tasse ein und nahm ebenfalls am Esstisch Platz. »Ach, Herr Hammes, seien Sie froh, dass Ihre Lieben so unternehmungslustig und sportlich sind! Meine Schwester arbeitet in der Bodelschwinghschen Anstalt. Die kann Ihnen ganz andere Geschichten erzählen«, versuchte sie, ihn zu trösten. Sie nahm selten ein Blatt vor den Mund, und das hatte sie auch nicht nötig, denn sie gehörte im Grunde zur Familie. Schließlich war Minna Weiters schon seit Nils Geburt vor achtzehn Jahren im Haus.

»Ich beschwere mich ja gar nicht«, sagte er und nahm einen Schluck Tee. »Schließlich finanziere ich den ›Wanderzirkus‹ ja – und ich finanziere ihn gern«, fügte er dann hinzu. Er stellte die leere Tasse auf den Unterteller und schaute kurz auf die Uhr. »Aber wissen Sie was? Wenn alle anderen ausgeflogen sind, unternehme ich noch eine kleine Radtour. Mir brummt ohnehin der Kopf. Richten Sie Gabriele doch bitte aus, dass ich gegen neunzehn Uhr dreißig zurück sein werde.« Er stand auf, und Minna Weiters bemerkte die steile Falte, die sich zwischen seinen Augenbrauen gebildet hatte.

Kurt Hammes wirkt hektisch – und ärgerlich, überlegte die langjährige Hausbedienstete. »Es macht Ihnen Spaß, mit dem Rad zu fahren, das Ihnen die Belegschaft geschenkt hat, nicht wahr?«, fragte sie, und ohne auf eine Antwort zu warten, erkundigte sie sich: »Wohin soll's denn heute gehen?«

»Ach, ich glaube, ich fahre über den Deich am Ölhafen entlang, dann rüber nach Rüstersiel bis zur ›Schönen Aussicht‹ und komme über Voslapp zurück«, antwortete er und stand auf. »Für diese Strecke brauche ich mehr als zwei Stunden. Dann bekomme ich auch wieder einen freien Kopf.«

»... und hoffentlich gute Laune«, murmelte Minna Weiters, doch das hörte er bereits nicht mehr. Er hatte das Zimmer schon verlassen.

Als die Haushälterin in der Küche das Geschirr in die Spülmaschine räumte und alles für das Abendessen richtete, sah sie, wie Kurt Hammes sich vor dem Haus aufs Fahrrad schwang und kräftig in die Pedalen trat. »Na, denn mal los! Wenn er raus nach Rüstersiel will, dann hat er erst mal Gegenwind«, sagte sie zu sich selbst. »Fahren Sie vorsichtig«, murmelte sie noch, auch wenn er es nicht mehr hören konnte. Da begann im Flur das Telefon zu läuten. Sie wischte sich die nassen Finger an der Schürze ab, verließ die Küche und meldete sich. »Bei Hammes.«

»Ich würde gern Herrn Hammes sprechen«, vernahm sie eine Männerstimme, die sie nicht auf Anhieb einordnen konnte. Sie war nicht einmal sicher, ob sie die Stimme zuvor schon einmal gehört hatte. »Er ist nicht im Hause«, antwortete sie aus diesen Gedanken heraus. »Er ist zu einer Fahrradtour über den Deich nach Rüstersiel unterwegs und will raus zur ›Schönen Aussicht‹.«

»Wann wollte er denn zurück sein?«

»Gegen neunzehn Uhr dreißig. Soll ich ihm etwas ausrichten?«

»Nein, danke, ich melde mich später noch einmal.«

Frau Weiters zuckte die Schultern, verabschiedete sich und legte auf. Die Leute werden auch immer unhöflicher, schimpfte sie im Stillen. Zu meiner Zeit hat man sich am Telefon noch mit Namen gemeldet.

Über Wilhelmshaven fiel früh die Dämmerung ein. Erste Sterne erstrahlten am Himmel. Ein zunehmender Mond verbreitete diffuses Licht. Die Lampen der Löschbrücke im Ölhafen schienen eine Promenade zu beleuchten, die weit in die See hineinragte. Am Kopf des Piers pumpte ein Tanker seine Ladung in die Pipeline. Er hatte die Positionslichter gesetzt und die Deckstrahler eingeschaltet.

Der Wind war schneidend kalt und wehte recht stark aus östlicher Richtung. Doch den einsamen Radfahrer auf dem Deich kümmerte es nicht.

Außer ihm spazierten nur einige Gäste des »Ölhafen-Hotels« über den Deich, um vor dem Abendessen noch ein wenig frische Luft zu schnappen. Sie sahen den Radfahrer, der, sportlich über den Lenker gebeugt, mächtig in die Pedalen trat und dem nur wenige Kilometer entfernten Rüstersiel entgegenfuhr.

Im Revier an der Ebertstraße in Rüstersiel versah Wachtmeister Imken den Spätdienst. Er saß an seinem Schreibtisch und ordnete einige Belege der »Freud-und-Leid-Kasse«, versah sie mit Nummern und warf nur hin und wieder einen Blick auf die Telefonanlage. Seit einigen Jahren schon verwaltete er die Kasse, in die die Kollegen der Dienststelle und er einzahlten, um zu besonderen Anlässen wie Jubiläen, Hochzeiten, Beförderungen, aber auch bei Todesfällen auf eine gewisse Summe zurückgreifen zu können. In der nächsten Woche würde Hauptwachtmeister Poppen in den verdienten Ruhestand gehen. Doch so, wie es aussah, reichte der Inhalt der Kasse nicht für den Präsentkorb, den sie dem Kollegen zum Abschied schenken wollten.

Da werde ich wohl noch einmal mit dem Klingelbeutel rumgehen müssen, dachte Imken seufzend, als das Telefon ihn aufhorchen ließ. Noch ganz in Gedanken versunken, griff er zum Hörer und meldete sich.

»Joe Williams. Do you speak English?«, kam es zurück.

Der Anrufer war aufgeregt, erkannte Imken alarmiert. »Yes«, antwortete er rasch, obwohl das stark übertrieben war. Dennoch gelang es ihm, den Worten des Anrufers zu folgen, der, wie er sagte, aus einer Telefonzelle im kleinen Hafen von Rüstersiel anrief. Ein Mann brauche dort ärztliche Hilfe. Er sei mit dem Rad in der Nähe des Hotels *Schöne Aussicht* gestürzt und bewege sich nicht mehr. Imken hörte ein Rauschen, dann war das Gespräch unterbrochen.

»Mister?«, rief er noch, doch er bekam keine Antwort mehr. »Mist, einfach aufgelegt!«, schimpfte er vor sich hin, dann griff er erneut zum Hörer, benachrichtigte einen Rettungswagen und schickte einen Streifenwagen zum Hotel *Schöne Aussicht*. Noch immer verärgert, fertigte er eine Aktennotiz an und widmete sich dann wieder den Belegen der »Freud-und-Leid-Kasse«. Doch er konnte nicht verhindern, dass seine Gedanken dabei zurück zu dem englischsprachigen Anrufer wanderten. Verantwortungslos, sich nicht für die Zeugenaussage bereitzuhalten, grollte Wachtmeister Imken noch immer. Er wird sich verdrückt haben und einfach seinen eigenen Interessen nachgehen, als wäre nichts geschehen. War es ein Engländer oder ein Amerikaner gewesen? Vielleicht zählte er zur Besatzung eines Öltankers oder hatte mit dem gigantischen Projekt zu tun, mit dem Wilhelmshaven an der Weltausstellung teilnahm. Imken hob die Schultern. Vielleicht würden die Kollegen vom Streifendienst Genaueres erfahren. Über kurz oder lang würden sie zum Revier zurückkommen. Imken selbst hatte vorerst Besseres zu tun ...

Die erneute Stellungnahme des Staatsanwaltes Deerk Wenninga schien auf polnischer Seite die bezweckte

Wirkung zu haben. Bronislaw Tobinski übte sich in Geduld, und der Fall Uhlendorf lag auf Eis. Das war der Nachteil ...

Doch der Schein trog, wie sich bald herausstellen sollte.

Am Mittwochmorgen, die Beamten Ewers und de Boer machten gerade Frühstückspause, klagte Tido de Boer seinem Vorgesetzten sein Leid: Wieder einmal hatte es Ärger mit seinem Vermieter gegeben. Die Heizung war ausgefallen, und nach einer bitterkalten Nacht hatte der Hauswirt, ein pensionierter Lehrer, für die Reparatur gesorgt und Tido zur Zahlung der hohen Rechnung des Klempner-Notdienstes aufgefordert. Doch das sei Sache des Vermieters, fand dieser. Er hatte sich geweigert, die Rechnung zu begleichen.

Ubbo Ewers nickte. »Junge, denk an meine Worte: Irgendwann verkauft ein Mann aus Ärger seine Freiheit und entschließt sich zum Bauen.« Er zwinkerte Tido zu und biss mit großem Appetit in sein Frühstücksbrötchen.

»Hm, da ist was dran«, meinte de Boer nachdenklich. »Mir stinkt es schon lange, Monat für Monat so viel Geld in fremde Taschen zu zahlen. Und wir haben uns auch schon umgehört: Wir interessieren uns für ein Grundstück in Norddeich, das ...«

Das Telefon auf Ewers' Schreibtisch läutete, und der Kommissar schluckte rasch den letzten Bissen seines Brötchens herunter, räusperte sich und griff zum Hörer. »Kripo Norden, Ewers«, meldete er sich und freute sich, dass man ihm nicht anhörte, dass er gerade etwas gegessen hatte.

»Banter hier«, kam es zurück, und Ewers drückte

die Lautsprechertaste. Gerade rechtzeitig, denn der Anwalt fuhr schon fort:

»Herr Kommissar, guten Morgen! Mein Vetter Henning rief mich aus San Francisco an. Er war nicht sicher, ob Sie davon gehört haben ...«

»Worum geht es denn?«, hakte Ewers nach und nahm noch rasch einen Schluck Tee.

»Diplom-Ingenieur Kurt Hammes von der Uhlendorf-Technik ist am Freitag bei einem Fahrradunfall ums Leben gekommen. Er ist bei aufkommender Dunkelheit in Rüstersiel gestürzt, in der Nähe der Brücke. Die Beisetzung hat bereits stattgefunden. Wir wissen auch nur davon, weil Johannes Saalmann, sein Kompagnon, Henning per E-Mail darüber informierte, dass er die Absicht habe, die Firma an die TTAG zu verkaufen, da er sich bei der wachsenden Konkurrenz ohne Hammes, den ›Motor für das bisher überlegene Know-how der Uhlendorf-Technik‹, so hat er sich ausgedrückt, nicht in der Lage sehe, die Firma auf Erfolgskurs zu halten. Trotz hervorragender Auftragslage! Er bat Henning, dem Verkauf zuzustimmen. Die TTAG habe garantiert, seine Kommanditisteneinlage zu den vertraglich festgelegten Bedingungen zu übernehmen«, trug Dr. Gretus Banter vor.

Kommissar Ewers warf seinem Assistenten einen fragenden Blick zu, doch der zuckte ebenfalls ratlos die Schultern. »So, so«, sagte Ubbo Ewers in den Hörer, »dass der Diplom-Ingenieur tödlich verunglückt ist, tut uns sehr leid. Und dass Saalmann an einen Verkauf denkt, ist im Grunde nachzuvollziehen ...«

»Die Uhlendorf-Technik hatte für Hammes eine hohe Lebensversicherung abgeschlossen, die nun nicht seiner Familie zusteht, sondern dem Eigenkapital der Firma zugerechnet wird. Von dieser Versicherung profitiert nun auch mein Vetter.«

»Manager sind für eine Firma sehr wichtig ...«, erwiderte Ewers vage. Ihm war immer noch nicht klar, worauf der Rechtsanwalt hinauswollte. Was bezweckte er mit seinem Anruf?

»Ich habe Henning geraten, dem Verkauf der Firma zuzustimmen. Eine bombensichere Anlage seines Erbes. Henning hat mich autorisiert, für ihn entsprechende Schritte in die Wege zu leiten. Ich habe bereits mit Saalmann ein Gespräch geführt. Die Witwe Gabriele Hammes und ihr erwachsener Sohn Nils haben dem Transfer ebenfalls zugestimmt. Saalmann versicherte immer wieder, ihm sei die Entscheidung nicht leicht gefallen. Zum Zeitpunkt des Fahrradunfalls befand er sich auf dem Rückflug von Korea und bedauerte, dass er Gabriele, der Witwe, nicht eher beistehen konnte ...«

»Lieber Herr Banter«, unterbrach Ewers ihn, »das sind ja eine Menge Informationen. Und noch einmal: Der Tod des Diplom-Ingenieurs geht auch mir zu Herzen. Schließlich kreuzten sich unsere Wege mehrmals, und ich habe Kurt Hammes als einen sympathischen, entgegenkommenden Mann erlebt. Aber sagen Sie mir doch: Warum rufen Sie uns an und erzählen uns das alles?«

»Mein Vetter bat mich darum«, kam es knapp zurück.

Ewers schwieg einen Moment überrascht, dann fragte er: »Befand Ihr Vetter sich am Tag des Unfalls noch in Deutschland?«

»Ja, wegen notarieller Angelegenheiten – und wegen des Verkaufs des Hauses in Rüstersiel. Doch an der Beisetzung konnte er schon nicht mehr teilnehmen. Er hatte in den USA Termine«, antwortete Gretus Banter.

»Haben Sie recht herzlichen Dank für Ihren Anruf und grüßen Sie Henning Uhlendorf sehr herzlich«, meinte der Kommissar noch, dann legte er nach kurzem Gruß auf. Als er das Gesicht seines Assistenten sah, musste er lachen. »Was ist, Tido? Welche Laus ist dir denn über die Leber gelaufen?«

»Ach, ich kann diesen Banter einfach nicht leiden! Möchte wissen, was er wieder mal mit seinem Anruf bezweckt. Das ist doch das größte Schlitzohr vor dem Herrn ...«

Ewers nickte, wirkte aber seltsam abwesend. »Komisch, schon wieder ein tödlicher Sturz, der zweite in wenigen Monaten – noch dazu im selben Personenkreis. Kurt Hammes war einer von Franz Uhlendorfs Nachfolgern, gehörte zu den Hochzeitsgästen ... Gut, Hammes stürzte mit dem Fahrrad – aber ungewöhnlich ist es schon, findest du nicht?«

»Ja«, antwortete Tido und erhob sich, um sein Butterbrotpapier in den Mülleimer zu werfen. »Und ich wäre dafür, dass wir der Witwe Hammes in absehbarer Zeit einen Besuch abstatten.«

»Aber wir lassen noch einige Tage ins Land gehen. Sie muss sich nach dem Tod ihres Mannes erst einmal fassen«, entschied Ubbo Ewers. »Noch ist die Wunde zu frisch. Doch auch mich interessiert, ob sie uns etwas über den Verkauf der Uhlendorf-Technik erzählen kann – weißt du, mir kommt diese Sache irgendwie ein wenig überstürzt vor. Bei unserem letzten Besuch in der Firma schwärmte Hammes noch von den guten Zahlen ...«

Am Donnerstagmorgen zwei Wochen später zeigte sich der Himmel über Rüstersiel in winterlichem Grau in Grau, als Ubbo Ewers und Tido de Boer vor dem Revier an der Ebertstraße aus dem Wagen stiegen, die Dienststelle betraten und vor dem Tresen stehen blieben.

Einer spontanen Regung folgend, hatte der Kommissar an diesem Morgen entschieden, dass es nicht schaden konnte, sich einmal den Unfallbericht zum tödlichen Fahrradsturz des Diplom-Ingenieurs Hammes anzusehen. Je länger er über die seltsame Dopplung nachgedacht hatte, dass beide Leiter der Uhlendorf-Technik, der alte und der neue, an den Folgen eines Sturzes gestorben waren, desto stärker war sein Bedürfnis, den vermeintlichen Unfall genauer unter die Lupe zu nehmen.

»Moin«, grüßte er den jungen Mann, der im Revier Dienst tat. »Mein Name ist Ewers von der Kripo Norden. Mein Assistent de Boer begleitet mich. Vor ungefähr drei Wochen ist in Rüstersiel ein gewisser Kurt Hammes tödlich verunglückt. Er war Zeuge in einem wichtigen Fall, den zu lösen uns bisher nicht ganz gelungen ist«, erklärte er mit einem freundlichen Lächeln und überließ es Tido de Boer weiterzusprechen.

»Ja«, meinte der, »wir interessieren uns für den Unfallbericht. Sehen Sie, auch in unserem bislang ungelösten Fall ging es um einen Sturz mit Todesfolge ...«

»Ich erinnere mich an den Unfall in Rüstersiel. Mein Kollege Imken hatte an diesem Abend Dienst. Moment bitte, ich gebe Kommissar Winkler Bescheid. Er wird Ihnen weiterhelfen können.« Er griff zum Telefonhörer und kündigte den Besuch der Kripo-Beamten aus Norden an. Dann schaute er wieder zu Ewers hinüber und sagte: »Herr Winkler erwartet Sie. Zimmer zweiundzwanzig, zweite Etage.«

Wenig später saßen Ewers und de Boer dem Kollegen aus Rüstersiel gegenüber, der sie freundlich empfangen hatte. Sie hatten ihm bereits ihr Anliegen erklärt und berichtet, dass sie auf dem Weg zu der Witwe Hammes seien, um ihr zu kondolieren, und hinzugefügt, dass es sich bei dem Toten um einen wichtigen Zeugen in einem ihrer Fälle gehandelt hatte – einem Fall, dessen Aufklärung ihnen große Schwierigkeiten bereite.

Kommissar Winkler, ein ungefähr fünfzigjähriger Mann, dessen blondes Haar sich an der Stirn schon deutlich lichtete, sah misstrauisch von einem Beamten zum anderen. Dann wollte er wissen: »Und Sie sehen zwischen den beiden Fällen einen Zusammenhang?«

»Nicht unbedingt«, antwortete Ewers schnell. »Doch wir würden uns gern ein Bild vom Unfallhergang machen können.«

»Wachtmeister Imken versah an dem Abend den Spätdienst. Er hat einen Bericht angefertigt und ihm eine Bandaufnahme beigefügt. So weit ich mich erinnere, war da etwas kurios. Aber einen Moment bitte.« Er erhob sich und trat an einen Aktenschrank, dem er wenig später einen Ordner entnahm. Kommissar Winkler schlug ihn auf und setzte sich wieder an den Tisch. »Ja, die Beamten fanden Kurt Hammes am Fuß der Deichtreppe in Rüstersiel. Zu diesem Zeitpunkt lebte er noch, auch als der Krankenwagen mit dem Notarzt eintraf und ihn zum Reinhard-Nieter-Krankenhaus brachte. Doch der Mann erlag nach einer Not-Operation seinen Verletzungen«, berichtete Winkler. Er schaute kurz auf, dann fuhr er fort: »Der Arzt führte die schwere Schädelverletzung eindeutig auf den Fahrradsturz zurück, daher wurde die Sache von uns auch nicht genauer untersucht. Doch das Kuriosum, das ich eingangs erwähnte, war dies: Ein Amerikaner oder Engländer, der sich als Joe Williams vorstellte, meldete den Unfall. Er rief hier in der Wache an und legte dann einfach auf, ohne zu erklären, wo wir ihn erreichen konnten oder ob er den Sturz beobachtet hatte. Warten Sie ...« Er nahm eine Kassette zur Hand, trat damit an einen Rekorder und spielte den Kollegen aus Norden den Anruf noch einmal vor. Dann spulte er das Band zurück und drückte erneut auf die Starttaste.

Als die Aufnahme endete, blieb es einen Moment ganz still im Dienstzimmer. Auf Ubbo Ewers' Stirn stand eine steile Falte.

»Und dieser Joe Williams hat sich auch später nicht mehr gemeldet«, erklärte Winkler.

»Welche Gründe könnte es dafür geben?«, überlegte Tido de Boer laut.

»Die Angst, in etwas hineingezogen zu werden. So ganz kann es dem Mann ja nicht an Hilfsbereitschaft mangeln, sonst hätte er nicht angerufen ...«, meinte Winkler nachdenklich.

Die große Villa mit Reetdach und Gauben zählte zu den schönsten Häusern der schmucken Wiesenhof-Siedlung. Der gepflegte Vorgarten machte selbst an diesem grauen, verregneten Wintertag Eindruck.

Ewers parkte den Wagen auf der gepflasterten Auffahrt vor der Doppelgarage, die ebenfalls reetgedeckt war.

»Ein tolles Anwesen«, murmelte de Boer bewundernd, »doch nun ist sein Besitzer tot.« In seiner Stimme schwang ehrliches Bedauern mit. Er blickte durch das Autofenster auf die mächtige Eingangstür mit ihren seitlichen Butzenfenstern.

Kommissar Ewers zog den Schlüssel aus dem Zündschloss und stieg aus. »Ein tüchtiger Mann, der es im Leben zu etwas gebracht hat. Schade um ihn!«

Tido de Boer folgte ihm in den Nieselregen und trat neben ihm zur Haustür. Ewers klingelte.

»Ja, bitte?«, kam es blechern durch die Sprechanlage.

Der Kommissar stellte sich und seinen Begleiter vor. »Wir hatten in der Stadt zu tun und kommen, um Frau Hammes verspätet unser Beileid auszudrücken. Wir haben ihren Gatten sehr geschätzt ...«

»Einen Moment bitte«, hörten sie wieder die blecherne Frauenstimme, dann ertönte der Türsummer, und Ewers drückte die Tür auf.

Sie betraten eine mit Marmor ausgelegte, weitläufige Diele; seitlich befand sich neben einem antiken Eichenschrank die Garderobe. In einer Ecke standen ein kleiner Eichentisch und hochlehnige Stühle. Die Frontseite bildete eine geklinkerte Wand mit einer Eichentür, die gerade eine ungefähr sechzigjährige Frau mit grauem Haar, ernstem, faltigen Gesicht und wachen blauen Augen öffnete. Sie trug einen schwarzen Tuchrock, eine silbergraue Bluse und eine anthrazitfarbene Wollweste und erinnerte Tido de Boer unwillkürlich an seine geliebte Großmutter, die, zwar deutlich älter, in Mittegroßefehn am Kanal wohnte und die er unbedingt mal wieder besuchen wollte – vielleicht schon am Wochenende, nahm er sich vor.

Die ältere Dame hatte sie nun erreicht und gab ihnen die Hand. »Mein Name ist Weiters. Ich helfe Frau Hammes seit vielen Jahren im Haushalt. Kommen Sie bitte mit, ich habe Sie Gabriele Hammes bereits gemeldet.«

Sie folgten ihr durch ein großes Kaminzimmer mit schweren Deckenbalken in ein elegant eingerichtetes Wohnzimmer mit flämischen Möbeln, holzgetäfelter Decke und einer wuchtigen Essecke, über der eine alte friesische Steingutlampe hing.

Durch die Sprossenfenster fiel diffuses Licht ins Zimmer, die Wände zierten Ölbilder des verstorbenen Dangaster Malers Ratzewill.

»Ich werde Ihnen einen Tee zubereiten«, erklärte Frau Weiters und zog sich leise zurück. Wie auf ein geheimes Stichwort öffnete sich auf der gegenüberliegenden Zimmerseite eine Tür, und eine etwas mollige blonde Frau – offenbar Gabriele Hammes – betrat den Wohnraum und reichte ihnen die Hand. Das Lächeln, das ihren hübschen Mund umspielte, wirkte traurig, doch ihre flinken blauen Augen wanderten aufmerksam von einem Besucher zum anderen. »Es ist sehr nett, dass Sie mir einen Kondolenz-Besuch abstatten«, sagte sie nun mit weicher, melodischer Stimme und bat die Beamten, Platz zu nehmen. »Mein Mann gehörte ja eher zu Ihren dienstlichen Bekannten.« Während sie sich an der klobigen Eichen-Essgruppe den Männern gegenüber niederließ, fügte sie hinzu: »Kurz vor seinem Tod hat Kurt mir noch erzählt, dass Franz' Tod so gut wie aufgeklärt sei. Ja, und nur wenige Monate nach Franz stirbt auch mein Kurt ...« Sie schwieg eine Weile, und eine kleine Träne löste sich aus ihrem Augenwinkel. »Dabei fuhr er sonst nie ohne Schutzhelm. Er war versessen auf seine Fahrradtouren. Wann immer die Zeit es ihm erlaubte, radelte er sich den beruflichen Stress vom Leibe.« Gabriele Hammes sah Ewers traurig an. »Sein Fahrrad war sein ganzer Stolz, müssen Sie wissen. Er hatte es von der Belegschaft zum fünfzigsten Geburtstag geschenkt bekommen – ein Rad mit allen Finessen ...« Mit einer trotzigen Geste wischte sie sich die Träne von der Wange, dann straffte sie entschlossen ihre Schultern.

»Sind Sie der Meinung, dass Ihr Mann den Sturz überlebt hätte, wenn er wie sonst seinen Schutzhelm getragen hätte?«, wollte de Boer vorsichtig wissen.

»Ja, ganz bestimmt«, erklärte sie. »Das hat mir Dr. van Velde vom Reinhard-Nieter-Krankenhaus auch bestätigt.«

»Gnädige Frau«, sagte Ewers nun, »wir möchten Ihnen in aller Form unser Beileid aussprechen. Wir haben Ihren Mann bei den wenigen Gelegenheiten, bei denen wir ihn trafen, schätzen gelernt. Wir hoffen, dass es Ihnen und Ihren Kindern mit der Zeit gelingt, den Verlust zu verkraften ...«

Gabriele Hammes nickte dankbar, dann wanderte ihr Blick zur Tür, die Frau Weiters soeben öffnete. Die Haushälterin servierte den Tee und wollte sich zurückziehen, als Frau Hammes sie mit einem leisen Ruf zurückhielt und sie bat, sich doch zu ihnen zu setzen.

Minna Weiters nickte lächelnd und folgte der Bitte der Hausherrin.

Während sich alle mit Tee, Kluntje und Sahne bedienten, wollte Ubbo Ewers wissen: »Dr. Banter, der Vetter des jungen Henning Uhlendorf, informierte uns über den Unfalltod Ihres Mannes und teilte uns mit, dass Herr Saalmann mit Ihrer Zustimmung und der Ihres Sohnes die Firma an die TTAG zu verkaufen beabsichtigt. Soweit wir wissen, hat auch Uhlendorf junior diese Lösung akzeptiert.«

Die Stimmung in diesem eleganten Raum war bedrückend, und einige Sekunden blieb es ganz still. Dann hörten sie, wie Gabriele Hammes tief seufzte und erwiderte: »Ich habe mich nie um die Geschäfte meines Mannes gekümmert. Aber so, wie ich Johannes verstanden habe, gibt es weit und breit keinen Ingenieur, der Kurt ersetzen könnte. Sehen Sie, mein Mann war Kopf der Entwicklungsabteilung – ohne ihn geht es da einfach nicht mehr weiter. Uns allen erscheint die Übernahme der Firma durch die TTAG als die beste Lösung.«

»Nun ist er also vergessen, der Lärm um die Halle C, nicht wahr?«, meinte Kommissar Ewers einer spontanen Regung folgend. Es war vielleicht nicht der beste Zeitpunkt, aber ihm war Franz Uhlendorfs seltsame Notiz in der Firmen-Broschüre plötzlich wieder eingefallen.

Doch Gabriele Hammes winkte ein wenig spöttisch ab. »Ach, der gute Franz!«, murmelte sie. »Er hat meinem Mann und Johannes zuletzt wohl misstraut und muss mächtig gezetert haben. Dabei hat er dazu keinen Grund gehabt – in all den Jahren konnte er sich auf seine Direktoren immer verlassen. Und nun fährt das voll getakelte Schiff mit Volldampf in den Hafen der Konkurrenz. Und wir haben uns von Bord begeben und winken ihm nach ...«, meinte sie ein wenig prosaisch und führte ihre Teetasse an die Lippen. »Ach, ich kann mich einfach nicht damit abfinden, dass Kurt tot ist! Und den Kindern fehlt der Vater schrecklich!«, fügte sie hinzu, und wieder traten Tränen in ihre Augen.

Minna Weiters streichelte ihrer Chefin liebevoll über

den Arm. »Ich habe Herrn Hammes als Letzte der Familie, zu der ich mich nach all den Jahren zähle, lebend gesehen. ›Fahren Sie vorsichtig‹, habe ich noch gesagt, aber er war schon draußen und radelte los. Er hat mich nicht mehr gehört ...«

»Wann genau haben Sie Herrn Hammes zum letzten Mal gesehen?«, hakte Ewers nach. Ihm war aufgefallen, dass die ältere Frau sehr nervös wirkte und immer wieder Gabriele Hammes' Blick suchte, auch jetzt. Doch die Jüngere bemerkte es nicht, sie weinte leise vor sich hin.

»Hier im Haus«, antwortete Frau Weiters nun. »Er kam an jenem Freitagnachmittag früher als sonst aus der Firma. Wir haben noch einen Tee zusammen getrunken. Gabriele – entschuldigen Sie, ich duze Frau Hammes seit einiger Zeit – war Tennis spielen und wollte danach die Mädchen vom Reitstall abholen. Herr Hammes wirkte irgendwie aufgebracht, darüber hatte ich mich noch gewundert. Ja, und irgendwann entschloss er sich, über den Deich am Ölhafen entlang nach Rüstersiel und Voslapp zu radeln. Er klagte über leichten Kopfschmerz und erhoffte sich von der Bewegung an der frischen Luft Erleichterung.« Sie erhob sich und schenkte allen Tee nach. »Nachdem Herr Hammes das Haus verlassen hatte, wollte ich in der Küche noch einen Imbiss fürs Abendessen zubereiten – da läutete das Telefon. Ein Mann wünschte Herrn Hammes zu sprechen. Ich habe ihm erzählt, dass er eine Fahrradtour über den Deich nach Rüstersiel unternehmen wolle und ...«

Gabriele Hammes zuckte zusammen und warf ihrer Haushälterin einen überraschten Blick zu. »Davon weiß ich ja gar nichts. Warum hast du mir das nicht erzählt, Minna?«

»Ich habe nicht mehr daran gedacht. Und ich hielt es auch nicht für wichtig, denn er wollte ja später wieder anrufen ...« Sie schaute einen Moment irritiert vor sich hin. »Das hat er aber nicht getan, fällt mir gerade auf, jedenfalls nicht an diesem Abend. Ich bin ja im Haus geblieben, um Gabriele und den Kindern beizustehen ...«

»Wer war der Anrufer?«, hakte Kommissar Ewers nach.

»Er nannte seinen Namen nicht. Aber er hatte eine recht tiefe Stimme.«

»Bei mir hat an jenem Abend auch niemand mehr angerufen ...«, sagte Gabriele Hammes beunruhigt.

Ewers runzelte die Stirn und fuhr sich mit einer müden Geste über die Augen. »War der Anrufer Engländer oder Amerikaner?«, wollte er dann wissen.

»Nein, auf keinen Fall!«, erklärte Minna Weiters und schaute den Kommissar verwirrt an. »Wieso fragen Sie das?«

»Ein Amerikaner oder Engländer informierte die Polizei von einer Telefonzelle in Rüstersiel aus über den Unfall und forderte den Rettungsdienst an«, antwortete Ubbo Ewers. »Dann machte er sich aus dem Staub.«

»Leider waren seine Bemühungen umsonst«, meinte Gabriele Hammes bitter. »Mein Mann verstarb kurz nach der Not-Operation.«

Der Kommissar seufzte. »Wie spät war es, als Sie von dem Unfall Ihres Mannes erfuhren, Frau Hammes?« Er verspürte Mitleid mit der jungen Witwe, die wieder zu weinen begonnen hatte.

Sie hob den Blick, und ihre Augen schwammen in Tränen. »Kurz vor einundzwanzig Uhr läutete es an der Tür. Zwei Polizeibeamte überbrachten mir die

Nachricht. Ich bin sofort mit Minna zum Krankenhaus gefahren. Es waren die schlimmsten Stunden meines Lebens, das können Sie mir glauben. Diese schreckliche Angst! Ich habe so gehofft – und dann war doch alles umsonst! Gegen halb elf trat Dr. van Velde zu uns und teilte uns mit, dass Kurt seinen Verletzungen erlegen sei.« Sie hob die Hände vors Gesicht und schluchzte haltlos auf.

Kommissar Ewers dachte, dass es Zeit sei, sich zu verabschieden. Ihre Fragen regten die Witwe noch zu sehr auf. Doch er musste mehr erfahren, denn der anonyme Anruf hatte ihn aufmerken lassen. Da fuhr Gabriele Hammes auch schon fort:

»In meiner Verzweiflung habe ich bei Saalmanns angerufen. Ich wollte unbedingt Anette sprechen, mit der ich befreundet bin, aber sie hielt sich an dem Abend in Göttingen bei ihrer Tochter auf, und Johannes war noch nicht aus Korea zurück, sagte mir der Sohn am Telefon ...« Sie schnäuzte in ein Taschentuch, das Minna Weiters ihr fürsorglich gereicht hatte. »Sie müssen entschuldigen«, bat sie dann, »doch es kommt immer wieder einfach über mich.«

»Da gibt es nichts zu entschuldigen«, versicherte Ewers, »und wir werden uns auch gleich verabschieden«, aber eine Frage hätte ich noch: Herr Saalmann und ihr Mann hatten sich während der Hochzeitsfeier ihres früheren Chefs mit Franz Uhlendorf gestritten. Wissen Sie, worum es dabei genau ging?«

»Das ist doch Schnee von gestern!«, rief die Witwe ungewohnt aufgebracht. »Ich denke, der Fall ist aufgeklärt!« Sie erhob sich und machte ein paar Schritte durchs Zimmer, bevor sie sich wieder zu ihnen setzte.

»So gut wie aufgeklärt«, entgegnete Ewers sanft.

»Aber vielleicht gibt es irgendeinen Zusammenhang zwischen den beiden Todesfällen. Hatte Ihr Mann Feinde? Gab es Ärger in der Firma? Hatte er vielleicht Streit mit seinem Kompagnon?«

Gabriele Hammes schaute den Kommissar verunsichert an. »Mit Johannes? Nicht dass ich wüsste. Nein, die beiden haben sich hervorragend ergänzt, und sie waren auch irgendwie aufeinander angewiesen. Das war wie in einer langjährigen Ehe. Es kam höchstens mal zu kleineren Meinungsverschiedenheiten ...«

»Und gab es in letzter Zeit solche kleineren ›Ehe-Streitereien‹«, mischte sich Tido in das Gespräch.

Gabriele Hammes hob die Schultern. »Ich weiß es nicht. Kurt hat sich mir zumindest nicht anvertraut. Aber jetzt, wo sie fragen ... Er war in letzter Zeit oft ungehalten und reagierte gereizt, wenn ich ihn nach den Geschäften fragte. Aber mehr kann ich Ihnen dazu wirklich nicht sagen«, versicherte sie leise.

Kommissar Ewers nickte und erhob sich. »Frau Hammes, Frau Weiters«, er reichte beiden die Hand, »ich danke Ihnen für das Gespräch und wünsche Ihnen alles erdenklich Gute. Wenn Sie ein wenig zur Ruhe gekommen sind – schauen Sie sich doch bitte einmal im Arbeitszimmer Ihres Mannes nach möglichen Unterlagen, nach Notizen oder irgendetwas anderem um, das seine Gereiztheit erklären könnte.«

Die Hausherrin nickte. »Ja, gut«, antwortete sie verwirrt und wandte sich an ihre Haushälterin: »Minna, begleite die Herren doch bitte hinaus. Herzlichen Dank für Ihren Besuch, meine Herren.« Damit wandte sie sich der Tür zu, durch die sie das Zimmer betreten hatte, drehte sich noch einmal kurz um und verschwand nach einem knappen Nicken.

An der Haustür bedankten sich die Beamten ein weiteres Mal bei Minna Weiters, und Kommissar Ewers bat: »Könnten Sie uns bitte Ihre Adresse und Telefonnummer notieren? Es ist nicht ausgeschlossen, dass wir uns in Kürze noch einmal mit einigen Fragen an Sie wenden müssen. Und Frau Hammes geht die Sache verständlicherweise noch sehr nah ...«

Frau Weiters nickte, doch sie war sichtlich irritiert, trat zur Garderobe und notierte etwas auf einem Zettel, den sie Ewers reichte. »Und warum?«, erkundigte sie sich dann.

»Wegen des anonymen Anrufers«, antwortete Ubbo Ewers und trat mit seinem Assistenten in den Nieselregen hinaus.

Minna Weiters aber stand noch in der geöffneten Haustür, als Ewers den Wagen vom Grundstück der Familie Hammes lenkte, und schaute den Männern mit einem Gesichtsausdruck nach, den Ubbo Ewers nicht recht zu deuten wusste.

Am Freitagmorgen trieb ein starker Südwind dichte Regenwolken über das Land. Regen klatschte gegen die Scheiben des Alten Weinhauses und ließ es in der Dienststube mit den abgenutzten Büromöbeln behaglicher erscheinen, als es in Wirklichkeit war.

Kommissar Ewers legte soeben den Telefonhörer auf die Gabel zurück. Er hatte mit Dr. van Velde, dem Chefarzt des Reinhard-Nieter-Krankenhauses gesprochen, sich noch einmal nach den Verletzungen des verstorbenen Kurt Hammes erkundigt und nachgehakt, ob ein Fremdverschulden bei diesen Verletzungen tatsächlich völlig auszuschließen sei.

»Der Patient hatte an jenem Tag keinen Sturzhelm

getragen. Er verstarb an den Folgen einer Fraktur der Schädeldecke. Auch die Operation konnte ihn nicht mehr retten«, hatte der Mediziner freundlich geantwortet. »Und die Untersuchungen, die bei uns vorgenommen wurden, lieferten keinen Hinweis auf ein Fremdverschulden.«

»Schließen Sie es ganz und gar aus?«

Dr. van Velde hatte einen Moment gezögert. Dann hatte er erwidert: »Sehen Sie, wenn ein Mensch mit dem Kopf auf eine harte Kante aufschlägt, beispielsweise auf eine Betonkante, unterscheidet sich die Verletzung nicht wesentlich von der, die ein Schlag mit einem harten Gegenstand, zum Beispiel einem Hammer, hinterlässt. Aber in diesem Fall hatte ich keine Veranlassung, von einem Mord auszugehen. Bei einem Fahrradsturz denkt man zuerst an einen Unfall.« Es hatte nicht ironisch, sondern völlig sachlich geklungen.

Kommissar Ewers dachte noch eine Weile über das Gehörte nach, dann fiel ihm ein, was er sich auf der Fahrt ins Büro vorgenommen hatte. Noch immer waren sie im Fall Uhlendorf nicht weitergekommen, und die polnischen Behörden schwiegen sich nach wie vor aus. Auch Deerk Wenningas letztes Schreiben hatte bisher nichts bewirkt. Deshalb wollte er dem Journalisten aus Neuss und seiner Lebensgefährtin ein Foto von Leszek Stocheck zukommen lassen. Vielleicht konnten die beiden ihn darauf als den Mann identifizieren, der sich in der Dunkelheit an der Kaimauer am Seglerhaus aufgehalten hatte. Kurz informierte er den Staatsanwalt darüber, dann ging er zu Tido de Boer hinüber, der im Nebenzimmer mit Mareike Odinga plauderte, die nun bald in die neuen Bundesländer übersiedeln würde. Er bat seinen Assistenten, Jupp

Leydecker das Foto mit einem kurzen Begleitschreiben zukommen zu lassen.

Dann wählte Ewers die Nummer der Uhlendorf-Technik und ließ sich mit Johannes Saalmann verbinden. Er musste sich einen Moment gedulden, dann meldete sich der Diplom-Kaufmann. Auch ihm drückte Ewers zunächst einmal seine Anteilnahme aus.

»Vielen Dank, Herr Kommissar. Ja, Kurts Tod ist beruflich wie privat ein herber Schlag für mich«, antwortete Johannes Saalmann. »Kurt fehlt mir an allen Ecken und Enden. Wir stehen vor schwierigen Aufgaben – wir, damit meine ich Gabriele Hammes, ihren Sohn Nils, Henning Uhlendorf und mich –, denn wir haben uns zum Verkauf der Firma an die TTAG entschlossen. Nur so können wir die Arbeitsplätze und den Standort Wilhelmshaven sichern.«

»Ich habe es schon gehört«, antwortete Ubbo Ewers. »Sehen Sie, Herr Saalmann, ihr Kompagnon und Sie waren Zeugen in einem wichtigen Fall. Mir lag viel daran, Ihnen mein Mitgefühl und das meines Assistenten de Boer auszudrücken.«

»Danke, das ist eine sehr nette Geste. Aber mal etwas anderes: Konnten Sie den Kerl, der Franz Uhlendorf zu Fall brachte, eigentlich inzwischen überführen? Ich habe gar nichts in der Zeitung gelesen.«

»So schnell schießen die Preußen bekanntlich nicht«, erwiderte der Kommissar ausweichend, doch er lachte unfroh auf.

»Das trifft auch auf die Abwicklung der Firmenübergabe zu«, sagte Saalmann seufzend. »Der mächtige Partner stellt Bedingungen. Ein gesundes Fressen für teure Gutachter. Na, zum Glück haben wir eine treue internationale Kundschaft. Aber selbst der Betriebsrat und die Gewerkschaft mischen in dieser Sache mit. Dennoch wird unterm Strich der Verkauf für uns alle zu einem befriedigenden Ergebnis führen«, meinte Saalmann abschließend.

»Und Sie?«, erkundigte sich Ubbo Ewers. »Werden Sie Wilhelmshaven verlassen?«

»Sehr wahrscheinlich«, kam es zurück. »Ich bin Manager und genieße im asiatischen Raum einen guten Ruf. Eine koreanische Firma ist bereits an mich herangetreten, doch ich habe mich noch nicht entschieden. Ich habe ja auch Familie. Da fällt ein Wechsel nicht so leicht.« Saalmann schwieg einen Moment, dann fuhr er entschlossen fort: »Na, für die anderen Teilhaber ist der Verkauf ebenfalls nur von Vorteil. Gabriele Hammes muss sich, zumindest in finanzieller Hinsicht, keine Sorgen machen, und für Henning gibt es keine Änderungen. Er bleibt Kommanditist unter Beibehaltung aller Bedingungen.«

»Ja, dann ... Noch einmal alles Gute, Herr Saalmann!«

»Danke, Ihnen auch.«

Ubbo Ewers hatte noch nicht den Hörer aufgelegt, als Tido de Boer ins Zimmer stürmte und aufgeregt mit einem kleinen Karton in der Luft herumfuchtelte. »Guck mal, Chef, was gerade per Kurier gekommen ist!« Er hielt Ewers ein in Silberfolie eingeschlagenes Paket entgegen, das ungefähr so groß war wie eine Pralinenschachtel. »Absender ist dieser Tobinski. Na, mach schon auf«, drängte er. »Ich platze sonst vor Neugier.«

Ewers lachte und riss die Folie ab. Doch das Lächeln verschwand aus seinem Gesicht und machte einem Ausdruck der Verwunderung Platz, als er den Inhalt des Päckchens in Händen hielt: eine Videokassette sowie ein kurzes Begleitschreiben. »Nicht zu glauben, hör mal zu!«, murmelte er, nachdem er den Brief aufgefaltet und kurz überflogen hatte:

»Sehr geehrte Herren,

mein Mandant Leszek Stocheck hat sich freundlicherweise für die beigefügte Aufnahme zur Verfügung gestellt und hofft, dass sie dazu beitragen wird, Sie endlich von seiner Unschuld zu überzeugen.

Falls Ihnen jedoch die vorliegende Dokumentation – aus welchen Gründen auch immer – nicht genügt, bieten wir Ihnen erneut eine Gegenüberstellung zwischen meinem Mandanten und den von Ihnen erwähnten Zeugen an.

Hochachtungsvoll
Bronislaw Tobinski«

Ewers verzog genervt das Gesicht. »Dieser Kerl lässt nicht locker. Aber mal sehen, was er uns da geschickt hat! Laden wir den Staatsanwalt zur Premiere ein. Im kleinen Konferenzraum befindet sich ein Videorekorder.« Sprach's und wählte umgehend die Nummer Deerk Wenningas in Aurich.

Im kleinen Konferenzraum war es mucksmäuschenstill, als Kommissar Ewers auf die Starttaste des Videorekorders drückte.

Gebannt waren drei Augenpaare auf den Bildschirm des TV-Gerätes gerichtet. Eine Weile sah man nichts als Schnee, dann waren verschiedene Namen zu lesen, und eine Art Ansager (Bronislaw Tobinski?) erschien im Bild. Er erklärte etwas auf Polnisch, dann schwenkte die Kamera, und Leszek Stocheck trat vor.

Kommissar Ewers erkannte ihn sofort, auch wenn

Stochecks Haar deutlich länger war als auf den Fotos, die sie von seiner Mutter bekommen hatten.

Szene eins: Stocheck trägt einen blauen Overall, betritt entschlossenen Schrittes eine Werkstatt und begibt sich unter einen Wagen, der sich auf einer hydraulischen Hebevorrichtung befindet. Er macht sich mit verschiedenen Werkzeugen an dem Wagen zu schaffen und schaut immer wieder einmal in die Kamera.

Schnitt. Leszek Stocheck trägt nun Jeans und eine schwarze Nappalederjacke. Er steigt in einen Kleinwagen und fährt davon. Ein Teil von Danzig – nicht unbedingt der schönste – ist zu sehen.

Schnitt. Die Kamera begleitet Leszek Stocheck eine steile Treppe hinauf. Offenbar handelt es sich um ein Mietshaus. Eine schöne junge Frau öffnet die Tür (wahrscheinlich Agniezka, seine Lebensgefährtin). Es folgen Bilder der Wohnung.

Schnitt. Leszek Stocheck unter einem trüben Winterhimmel in einem leeren Stadion. Er läuft im durchgeschwitzten Trikot seine Bahnen und lacht in die Kamera.

Wie ein Sieger, dachte Tido de Boer ärgerlich und schnaubte leise.

Schnitt. Dunkler Abend. Ein Strand mit auflaufenden Wellen. Leszek Stocheck trägt den langen dunkelblauen Trenchcoat, während er durch den Sand wandert. Die Mantelschöße umspielen seine Waden. Er betritt eine weit ins Meer hineinragende Mole, die sich in der Dunkelheit zu verlieren scheint.

»Zopott«, entfuhr es dem Staatsanwalt leise, und er beobachtete, wie erneut Namen über den Bildschirm flimmerten. Dann war alles schwarz.

»Das war's wohl«, meinte de Boer seufzend.

»Ein schweres Geschütz«, murmelte Deerk Wenninga.

»Ja«, Ubbo Ewers nickte, »da war von einem tapsigen, schwerfälligen Gang tatsächlich nichts zu sehen«, brummte er und schaute resigniert vor sich hin. Sollten sie die ganze Zeit einem Phantom nachgejagt sein? War Leszek Stocheck tatsächlich unschuldig?

Tido de Boer war wohl das Gleiche durch den Kopf gegangen, und er begehrte wütend auf: »Und was ist mit dem roten Kugelschreiber, hm? Ach, die feine Olga Uhlendorf hat wirklich keine Kosten und Mühen gescheut, um ihren Sohnemann rauszuhauen!«

Der Staatsanwalt zuckte resigniert die Schultern. »Wie dem auch sei: Wir sahen im Film einen jungen, recht sympathischen Mann, oder? Einen Mann, der regelmäßig seinem Beruf nachgeht und Sport treibt. Und der sich leichtfüßig und federnd bewegt.«

De Boer nickte grimmig. »Unsere Zeugen werden beeindruckt sein – und mit ihrem schlechten Gewissen zu kämpfen haben! Mist!«

»So, wie es aussieht, müssen wir den Fall noch einmal neu aufrollen«, murmelte Ubbo Ewers leise vor sich hin.

»Wie auch immer«, sagte Wenninga abschließend. »Schicken Sie diesem Leydecker und seiner Lebensgefährtin auch eine Kopie des Videobandes zu. Danach werden wir weitersehen ...«

Ubbo Ewers hatte sich freigenommen, denn seine Frau Altje hatte an diesem Tag Geburtstag. Sie hatte sich von Ubbo einen gemeinsamen Küstenausflug gewünscht.

Schon früh an diesem Morgen waren die beiden gut

gelaunt aufgebrochen. Während der Fahrt zum Anleger in Nessmersiel scherzten, diskutierten und lachten sie viel. Das Wetter spielte ausnahmsweise mit, am Himmel trieben weiße Schäfchenwolken, und die Luft war klar. Vom Deich aus genossen sie die Aussicht bis hinüber nach Baltrum. Hand in Hand unternahmen sie einen Spaziergang durch den Fischereihafen von Accumersiel, fuhren anschließend weiter nach Bensersiel und schauten dem Fährschiff zu, das vom Kai ablegte und der Insel Langeoog entgegenstampfte. In Neuharlingersiel schlenderten sie an der Sielmauer entlang, nahmen auf einer Bank Platz und genossen die frische Seeluft und den Sonnenschein, während sie den Fischern zuschauten, die in Jeans und Troyern ihre vollen Krabbenkisten von Bord der Fischerkutter hievten. Die Luft war erfüllt vom Geschrei der Möwen.

Obwohl Ubbo den freien Tag und die Gesellschaft seiner Frau genoss, konnte er nicht verhindern, dass er immer wieder an das Videoband aus Danzig und den verstorbenen Kurt Hammes denken musste. Auch hatte ihn eine seltsame Unruhe gepackt, die er sich nicht so recht erklären konnte.

Nach einem kurzen Imbiss in einem Café setzten die beiden ihre Küstenrundfahrt fort. Die Weiden trugen bereits frisches Gras, und ein grüner Schimmer lag auf den Feldern. Ihr nächstes Ziel war Horumersiel, wo Ubbo und Altje einen Spaziergang über die Hafenpromenade unternahmen. Die Stege waren bereits für die Segelsaison zu Wasser gelassen. Irgendwann zeigte Ewers auf ein altes Backsteinhaus. »Sieh mal, da wohnt Johannes Saalmann, der Leiter der Uhlendorf-Technik, mit seiner Familie«, meinte er, und Altje folgte interessiert seinem Blick. Die Fassade wirkte alt und ehrwürdig, weiße Organza-Vorhänge schmückten die Fenster.

»Das Haus hat sicher einiges gekostet«, überlegte Altje laut, »die tolle Lage mit Hafenblick ... Doch ich finde, es wirkt kalt.«

Ubbo zuckte die Schultern. »Ja? Es sieht aber ziemlich nobel aus. Na ja, Saalmann kann es sich leisten. Komm, schlendern wir hinüber zum Café-Restaurant *Schöne Aussicht* und essen was Leckeres zu Mittag.« Doch auch in dem gemütlichen friesischen Lokal gelang es Ubbo nicht, sich ganz zu entspannen und einmal Arbeit Arbeit sein zu lassen. Beinahe wie von selbst wanderten seine Gedanken wieder zu dem Unfall, der vor einiger Zeit ganz in der Nähe, am Fuß der Deichtreppe, passiert war. Zu den seltsamen Anrufen im Revier an der Ebertstraße und im Hause Hammes, zum Verkauf der Uhlendorf-Technik und zu Franz Uhlendorf, dem Firmengründer, der sich an seinem letzten Lebenstag über irgendetwas, was die neue Firmenleitung betraf, schrecklich aufgeregt haben musste.

Altje bemerkte, dass ihr Mann nicht so recht bei der Sache war, und streifte ihn mit einem liebevollen Blick, als sie registrierte, dass er sogar die vorzüglich zubereitete geräucherte Scholle, die er sich bestellt hatte, nicht wirklich zu würdigen wusste.

Nachdem er die Rechnung beglichen hatte und sie sich dem Ausgang zuwandten, meinte Ubbo auch schon: »Altje, sei mir nicht böse, aber ich muss auf dem Weg in die Stadt noch mal ins Revier an der Ebertstraße.«

»Ist das weit?«

Ubbo schüttelte den Kopf. »Nein, die Ebertstraße liegt ganz in der Nähe der Innenstadt.«

Altje lachte und strich ihm liebevoll über den Rücken. »Weißt du was? Dann bring mich doch in die Stadt, und während du tust, was du nicht lassen kannst, bummle ich durch die Geschäfte. Vielleicht lässt du mir noch ein wenig Taschengeld da?« Sie zwinkerte ihm verschmitzt zu, und Ubbo drückte sie zärtlich an sich.

»So machen wir's, mein Schatz. Und um sechzehn Uhr treffen wir uns im *Café Köhler* und beschließen den Tag, wie du es gern möchtest.«

Ewers hatte seine Frau wie geplant in die Stadt gebracht und sich dann zielstrebig ins Revier an der Ebertstraße begeben, wo – eine glückliche Fügung? – Wachtmeister Imken Dienst tat, der großes Verständnis gezeigt hatte, als Ubbo ihm von den Ermittlungen im Fall Uhlendorf berichtet hatte, in dem der verstorbene Kurt Hammes ein wichtiger Zeuge gewesen war. Zugegebenermaßen hatte Kommissar Ewers in diesem Punkt ein wenig übertrieben, doch ihm war im Café-Restaurant *Schöne Aussicht* mit Blick auf das Hafengelände eine Idee gekommen, die er sofort in die Tat umsetzen wollte.

Im Revier Ebertstraße hatte er sich deshalb die Kassette mit der Unfallmeldung aushändigen lassen, war wieder ins Auto gestiegen und hatte sich nach einem kurzen Blick auf den Stadtplan auf den Weg in die Heilig-Land-Straße gemacht.

Vor dem Haus mit der Nummer achtundzwanzig stellte er den Wagen am Straßenrand ab, stieg aus und wandte sich dem rot geklinkerten Siedlungshaus zu, in dem Minna Weiters und ihr Mann wohnten. Vom Revier aus hatte er sich kurz bei den Weiters' angemeldet. Das Haus wirkte sehr gepflegt. Neben einem grün gestrichenen Gartentürchen befand sich der Briefkasten. Er trug den Werbeschriftzug der *Wilhelmshavener Zeitung*.

Ein mit Waschbeton-Platten ausgelegter Weg führte zur Haustür. Auch sie war grün gestrichen. An der Wand lehnten zwei Hollandräder älteren Baujahrs, die noch gut in Schuss waren. Ewers warf rasch einen Blick auf das Türschild und nickte zufrieden. Er war offenbar richtig. *Hajo und Minna Weiters*, stand da zu lesen.

Er hatte kaum den Klingelknopf berührt, als die Tür auch schon geöffnet wurde. Ein älterer Herr Anfang sechzig blickte Ubbo Ewers neugierig an. Sein Gesicht mit den buschigen grauen Augenbrauen und den flinken braunen Augen war leicht gerötet. Er trug eine beigefarbene Cordhose und einen Troyer und wirkte noch sehr rüstig. »Sie sind also der Kommissar aus Norden«, meinte der Hausherr, bevor Ubbo Ewers sich vorstellen konnte. »Ich heiße Hajo Weiters. Kommen Sie rein!«

Während Ewers ihm in das kleine Siedlungshaus folgte, fuhr Weiters mit seiner tiefen Stimme auch gleich fort: »Ich war bis vor zwei Jahren Chief auf dem Tonnenleger ›Altjördens‹ – und nun, da ich das Rentnerleben genießen könnte, leide ich an Rheuma in den Schultern!«

»Aber ich habe mir sagen lassen, dass Seeleute eine hohe Lebenserwartung haben«, konterte Ewers augenzwinkernd, und Hajo Weiters lachte dröhnend. Sie waren einen Korridor entlanggegangen; eine steile Treppe führte ins Obergeschoss. Vor einer der weiß lackierten Türen blieb Weiters stehen und machte eine einladende Bewegung: »Nur herein in die gute Stube«, sagte er und bat den Kommissar, am gedeckten Esstisch, der eine Seite des Wohnzimmers einnahm, Platz zu nehmen.

Ewers kam der Aufforderung gern nach und sah sich interessiert im Zimmer um. Die eine Wand bedeckte ein Schrank mit Schiebetüren, Regalaufsatz und vielen Schubladen. Unter dem Fenster stand eine Couch mit weißen Häkelkissen, gegenüber der Fernseher. An der mit Raufaser tapezierten Wand hingen hinter Glas das Portrait eines jungen, gut aussehenden Mannes und ein Ölgemälde, das ein Schiff mit wuchtigem Bug und hohen Aufbauten zeigte. Vermutlich der Tonnenleger »Altjördens«, überlegte Ewers nach kurzem Blick auf Hajo Weiters.

In diesem Moment betrat Minna Weiters mit einem Tablett, auf dem sich Teekanne, Sahnekännchen und Kluntjebecher befanden, das Wohnzimmer und lächelte dem Kommissar ein wenig unsicher zu. Sie trug an diesem Tag Cordjeans und einen Troyer wie ihr Mann, ihr graues Haar wirkte frisch frisiert. »Guten Tag, Herr Kommissar«, meinte sie freundlich und reichte ihm die Hand. »Ich denke doch, Sie trinken einen Tee mit uns.«

»Gern, Frau Weiters, für eine Tasse reicht meine Zeit«, erwiderte Ewers und bedankte sich, als Minna Weiters ihm Tee einschenkte.

Sie nickte und sagte dann: »Viel Zeit habe ich auch nicht. Ich muss gleich wieder los – zu Gabriele Hammes und den Kindern.«

»Sie haben ein schönes Anwesen«, bemerkte Ewers und warf einen interessierten Blick in den gepflegten Garten, in dem überall schon bunte Frühlingsblüher ihre Köpfe der Sonne entgegenstreckten.

»Ja, jetzt hab ich auch Zeit, ihn zu hegen und zu

pflegen«, erklärte Hajo Weiters mit seiner dröhnenden Bassstimme. »Doch mir fehlt die See. Hatte ich Ihnen erzählt, dass ich neunzehnhundertachtzig noch zur Besatzung des Leuchtturms Mellum-Plate gehörte? Da war ich ...«

»Hajo, das interessiert den Herrn Kommissar nicht«, fiel ihm seine Frau mit liebevollem Spott ins Wort, und Ubbo Ewers beeilte sich zu versichern:

»Ein andermal gern, Herr Weiters. Doch heute muss ich Ihre Frau noch etwas fragen.« Dann wandte er sich wieder an Minna Weiters: »Haben Sie einen Kassettenrekorder? Ich würde Ihnen gern etwas vorspielen.«

Sie nickte und wies mit dem Kopf auf einen kleinen Hi-Fi-Turm, der neben der Couch stand.

Ewers griff in seine Jackentasche und reichte Frau Weiters die Kassette aus dem Revier. »Sie müssen sie nicht mehr zurückspulen«, erklärte er. Er beobachtete, wie Minna Weiters das Band einlegte und auf die Starttaste drückte. Sie fuhr sichtbar zusammen, als die sonore Stimme des englischsprachigen Anrufers ertönte, doch sie schwieg, den Blick aus dem Fenster gerichtet. Während Hajo Weiters sein Pfeifenetui zur Hand nahm und damit begann, seine Pfeife zu stopfen, spulte seine Frau die Kassette zurück und lauschte der Stimme vom Band ein weiteres Mal. Sie zog die Stirn kraus, hob die Schultern und stellte das Gerät schließlich ab. »Das war Englisch«, stellte sie überflüssigerweise fest. »Aber Sie wollen sicher wissen, ob das der Anrufer war, der sich an Kurt Hammes' Todestag nach ihm erkundigte.« Wieder zuckte sie die Schultern, und Ewers sank der Mut. »Ich weiß es nicht. Diese Stimme hier – sie klang irgendwie anders als die des Anrufers, wenn dessen Stimme auch ähnlich war. Sie war recht tief. Doch sie hörte sich abgehackter an, gehetzter. Ich kann mich natürlich täuschen, der Mann auf dem Band spricht ja Englisch ...«, wiederholte sie und warf dem Kommissar einen hilflosen Blick zu.

Er wartete geduldig ab, ob Minna Weiters noch etwas einfallen würde. Doch sie schwieg. Ubbo Ewers schenkte beiden ein kleines Lächeln, nahm einen letzten Schluck Tee und erhob sich. »Na ja, hätte ja sein können«, sagte er dann und reichte den Eheleuten die Hand. »Haben Sie jedenfalls vielen Dank für Ihre Bemühungen – und entschuldigen Sie die Störung.«

»Keine Ursache«, versicherte sie, »und wenn Sie weitere Fragen haben – kommen Sie ruhig wieder.«

»Ja«, pflichtete ihr Mann ihr bei, während er Ubbo Ewers zur Haustür brachte. »Kommen Sie wieder, Herr Kommissar. Dann kann ich Ihnen auch die Geschichte mit dem Leuchtturm erzählen. Sie wissen schon.«

Als Ewers am Donnerstagmorgen sein Dienstzimmer betrat, saß sein Assistent de Boer mit missmutigem Gesicht an seinem Schreibtisch. Er hatte die langen Beine weit von sich gestreckt und war tief in seinen Stuhl gesunken.

»Moin, alter Junge«, grüßte Ubbo Ewers, doch er erhielt als Antwort nur ein grimmiges Grunzen. »Sag, hast du schlecht geträumt, Tido? Oder warum guckst du so grantig aus der Wäsche«, versuchte er zu spotten, doch auch Ewers beschlich auf einmal ein ungutes Gefühl. Was mochte wohl geschehen sein?

»Die Wirklichkeit kann grausamer sein als der schlimmste Albtraum«, antwortete Tido. »Eben haben dieser Jupp Leydecker und seine Freundin angerufen.

Sie sind sich sicher, dass Leszek Stocheck, den sie auf dem Band gesehen haben, nicht der Mann ist, der sich kurz vor Franz Uhlendorfs Tod am Kai herumgetrieben hat. Einerseits habe er sich völlig anders bewegt, andererseits habe der rätselhafte Unbekannte auch insgesamt älter und gesetzter gewirkt. Und falls der Mantel, den Stocheck auf dem Videoband trägt, der sei, den er bei der Hochzeit seiner Mutter getragen hat, so sind Leydecker und Olligs völlig sicher, dass der Mantel des Mannes am Kai deutlich kürzer gewesen sei. Vor allem die Schöße seien ihnen aufgefallen ...«

Ubbo Ewers nickte, er wirkte gar nicht überrascht. »Das haben wir uns doch schon gedacht, Tido. Kein Grund, so ein Gesicht zu schneiden. Mit dieser Aussage ist Leszek Stocheck aus dem Schneider. Zumindest haben wir nun nichts Wirksames mehr gegen ihn in der Hand.«

»Ja, und heute Morgen kam auch schon ein Fax vom Staatsanwalt. Die polnischen Behörden schließen die Akte Stocheck. Und willst du wissen, mit welcher Begründung? Mangels Beweisen! Was ist denn mit dem Kugelschreiber und dem polnischen Fluch, verdammt noch mal? Und dieser Bronislaw Tobinski ist doch ein ausgebuffter Typ. Glaubst du, es ist schwer, jemanden in einem Film anders darzustellen, als er in Wirklichkeit ist? In null Komma nichts hat er aus Leszek Stocheck den netten jungen Mann von nebenan gemacht. Pah, da lach ich doch!«

Wieder nickte der Kommissar. »Es ist höchste Zeit, den Fall von einer anderen Seite zu betrachten«, sagte er besänftigend. »Ich habe auch schon damit angefangen.«

Tido hob den Kopf und sah seinen Vorgesetzten interessiert an. »Und?«

Ubbo Ewers lachte. »Ich habe mich gestern mit einem alten Schulkameraden getroffen, der lange Jahre in England und den Vereinigten Staaten gelebt hat. Ihm habe ich die Kassette aus dem Revier Ebertstraße vorgespielt. Und er ist sich ziemlich sicher, dass der Anrufer entweder ein Native-Speaker ist oder zumindest sehr gut Englisch spricht. Allerdings hat der Anrufer einen *deutlich* amerikanischen Akzent.«

Tido brummte. »Ach, das wissen wir doch längst! Was soll das, Chef?«

»Ja, ich habe mir gestern Nacht aber noch einmal Gedanken über die Todesfälle gemacht. Wenn du an all die Leute denkst, denen wir bei unseren Ermittlungen begegnet sind – wer von ihnen spricht so gut Englisch, beziehungsweise von wem dürfen wir es annehmen?«

De Boer hatte sich ruckartig in seinem Stuhl aufgerichtet und beugte sich nun nach vorn. »Na, zum Beispiel Henning Uhlendorf. Er war als Doktorand in Singapur, hat dort an der Uni auf Englisch unterrichtet – und nun lebt er in San Francisco! Chef, das gibt's doch nicht!«

Ewers hob die Schultern und ließ sie wieder fallen, dann lächelte er. »Und wer hält sich sonst noch oft im englischsprachigen Ausland auf oder muss sich häufig der englischen Sprache bedienen?«

Tido wirkte einen Moment ein wenig ratlos. Dann sagte er leise: »Saalmann, Johannes Saalmann ...«

Der Kommissar lächelte wieder. »Ich war ja gestern bei Frau Weiters, um ihr das Band aus dem Revier Ebertstraße vorzuspielen. Sie war sich nicht ganz sicher, ob sie die Stimme des Mannes hörte, der im Hause Hammes anrief, als der Hausherr zu seiner Fahrradtour aufgebrochen war. Dessen Stimme habe gehetzter geklungen, sei aber auch recht tief gewesen ...«

»Komm bitte zum Punkt, ich halt's nicht aus!«, rief Tido in komischer Verzweiflung.

Ewers lachte und beschloss, seinen jungen Assistenten nicht länger auf die Folter zu spannen. »Ich war zunächst enttäuscht, dass ich höchstwahrscheinlich nicht von ein und demselben Anrufer ausgehen konnte. Doch dann habe ich mir weitere Gedanken gemacht: Gehen wir mal davon aus, dass es Henning Uhlendorf war, der die Kollegen in Rüstersiel über Hammes' Unfall informiert hat ... Passt in diesen Zusammenhang nicht auch der Anruf seines Vetters hier bei uns? Gretus Banter sagte doch, Henning Uhlendorf habe ihn gebeten, uns von Hammes' Tod zu erzählen. Und plötzlich fiel mir auch wieder ein, dass wir im Todesfall Franz Uhlendorf im Grunde auch auf Banters Anruf hin angefangen haben zu ermitteln ...«

Tido nickte versonnen. Dann meinte er: »Ja, an dem Tag, als Hammes starb, befand sich Henning auch noch in Rüstersiel – wegen des Verkaufs seines Elternhauses. Und zu Hammes' Beerdigung war er schon wieder in den Staaten ... Du hältst also Hennings Bitte an Banter, uns zu informieren, für einen Hinweis an uns, auch im Todesfall Hammes zu ermitteln? Warum will Henning das?« Er schaute einen Moment schweigend vor sich hin und meinte dann: »Na ja, wenn er selbst etwas mit der Sache zu tun gehabt hätte, hätte er uns nicht auf den Plan gerufen – soviel steht schon mal fest.«

»Vielleicht weiß er etwas von Hammes' Sorgen, die ihn in seinen letzten Lebenswochen quälten. Denk an Gabriele Hammes' Worte! Vielleicht hatten diese Sorgen etwas mit der Firma zu tun. Möglicherweise weiß

Henning darüber Bescheid, weil er Kommanditist ist. Vielleicht weiß er in diesem Zusammenhang auch von gewissen Meinungsverschiedenheiten, was die Firmenleitung angeht ...«

»Du denkst an einen Streit mit Saalmann?!«

»Möglich wäre es doch, oder nicht? Vielleicht war die viel gepriesene ›Ehe‹ zwischen den beiden Firmenchefs zuletzt nicht mehr so gut, wie Gabriele Hammes und Saalmann uns glauben lassen wollen.« Er griff in seine Schreibtischschublade und nahm eine zweite Kassette heraus. »Komm, Tido, ruf doch mal kurz bei Frau Hammes und Frau Weiters an und kündige uns an. Ich möchte beiden etwas vorspielen.«

»Zwei Kassetten?«, wunderte sich Tido de Boer und schaute überrascht von der Kassette in Ewers' rechter Hand zu der, die er eben aus seiner Jackentasche zog. »Was ist denn auf der zweiten Kassette?«

Ewers schmunzelte und erwiderte geheimnisvoll: »Ich habe gestern Abend noch jemanden angerufen und das Gespräch aufgezeichnet. Lass dich einfach überraschen und melde uns bei den Damen Hammes und Weiters an.«

Gabriele Hammes öffnete ihnen zwei Stunden später die Tür, begrüßte sie freundlich und führte sie in das Kaminzimmer.

»Entschuldigen Sie die Störung, aber es haben sich noch einige Fragen ergeben. Ich hoffe, wir stören nicht«, begann Ewers die Unterhaltung.

Sie schüttelte den Kopf. »Nein, nein, ich nehme mir gern die Zeit. Ihr Kollege«, sie streifte Tido de Boer mit einem raschen Blick, »hat mich am Telefon auch neugierig gemacht. Um welche Aufnahme geht es denn?

Soll ich mir die Stimme des amerikanischen Anrufers anhören?«

Ubbo Ewers wirkte ein wenig erstaunt. »Ja, genau, hat Frau Weiters schon mit Ihnen darüber gesprochen?«

Gabriele Hammes trug einen dunkelblauen Rollkragenpullover, der ihr gut stand, und eine graue Hose. Sie nickte. »Aber ich verstehe nicht, was Sie damit bezwecken. Mein Mann ist tot, keiner kann ihm mehr helfen ...«

»Trotzdem möchten wir Sie bitten, sich den Gesprächsmitschnitt anzuhören. Vielleicht kennen Sie den Anrufer ja«, erklärte der Kommissar und gab Tido de Boer ein Zeichen, den Rekorder, den sie mitgebracht hatten, rasch anzuschließen. Dies war schnell geschehen. Er schob die Kassette in den Rekorder und spielte den Telefonmitschnitt ab.

Gabriele Hammes lehnte sich in ihrem Sessel zurück und lauschte der Stimme mit ernstem Gesicht. Als das Band endete, bat sie de Boer, es zurückzuspulen und noch einmal abzuspielen. »Amerikanisch«, murmelte sie dann. »Ich verstehe sogar, was der Mann sagt. Kurt, die Kinder und ich waren ja mehrmals in den Staaten ...« Als sie Kommissar Ewers ansah, hatte er das Gefühl, als blitzte in ihren Augen so etwas wie Unsicherheit oder Unruhe auf.

»Haben Sie die Stimme schon mal gehört?«, erkundigte er sich und sah sie aufmerksam an. Doch sie zuckte vage die Schultern. »Ich bin mir nicht sicher. Dieses Amerikanisch ... Könnte ich die Aufnahme noch einmal hören?«

»Klar«, meinte Tido und drückte erneut auf die Starttaste, nachdem er einen bedeutungsvollen Blick mit dem Kommissar gewechselt hatte. Die weiß was, schienen seine Augen zu sagen, doch da machte Gabriele Hammes die Hoffnungen der Beamten zunichte:

»Sehen Sie, ich bin mir nicht sicher. Zuerst dachte ich, die Stimme zu kennen, doch ich fürchte, ich habe mich geirrt. Es *kann* nicht sein!« Sie schüttelte entschieden den Kopf und griff nach der silbernen Zigarettendose, die auf dem Tisch stand. »Darf ich?«, fragte sie, und Ubbo Ewers entging nicht, dass ihre Hände leicht zitterten, als sie die Zigarette anzündete. »Darf ich Ihnen eine Zigarette anbieten?«, fügte sie leise hinzu.

»Nein, danke«, antwortete Ewers, »wir möchten Sie auch gar nicht lange aufhalten. Frau Hammes, Sie hatten doch zunächst das Gefühl, die Stimme zu kennen. Darf ich fragen, an wen Sie gedacht haben?«

»Nein, dürfen Sie nicht! Denn ich habe mich geirrt und möchte niemanden in diese traurige Angelegenheit hineinziehen, der nichts damit zu tun hat.« Sie zog an ihrer Zigarette und inhalierte tief den Rauch. »Sie sehen, wie weit es wieder mit mir gekommen ist. Ich habe zwanzig Jahre nicht geraucht – und nun bin ich fast wieder Kettenraucherin. Ich verkrafte Kurts Tod einfach nicht.« Wie schon bei ihrem letzten Besuch fing Gabriele Hammes an zu weinen. Offenbar war die Witwe mit ihren Nerven am Ende.

Eigentlich wäre es besser, sie nun allein zu lassen, dachte Ewers, doch er hoffte immer noch, dass sie sich über ihren ersten Verdacht, was die Stimme auf dem Band anging, äußern würde.

»Sie sprachen von der guten Zusammenarbeit zwischen Ihrem Mann und Herrn Saalmann. Die beiden waren ja auch ein erfolgreiches Team. Kann es denn sein, dass ihr Mann irgendwelche Neider hatte?«, erkundigte sich Ubbo Ewers.

»Das mag sein, aber ich kenne seine ehemaligen Kollegen nicht gut. Wer ihm oder Johannes unter Umständen etwas neidet, kann ich nicht sagen!« Sie hatte die Zigarette inzwischen ausgedrückt und mit einem Taschentuch ihre Tränen getrocknet. »Johannes befand sich ja noch auf dem Rückflug von Korea, als ich bei den Saalmanns anrief«, fügte sie zusammenhanglos hinzu, und Tido de Boer nickte.

»Sagen Sie«, meinte er dann, »führte Ihr Mann vielleicht zufällig Tagebuch? Oder machte er sich irgendwelche Notizen zu einschneidenden Ereignissen in seinem Leben – egal, ob im geschäftlichen oder privaten?«

Gabriele Hammes hob nur müde die Schultern. »Ich weiß es nicht. Er hat an Sonn- und Feiertagen viele Stunden in seinem Arbeitszimmer verbracht, aber was genau er da getan hat, kann ich Ihnen ehrlich nicht sagen.«

»Studieren Sie bitte einmal die Unterlagen Ihres Mannes, vielleicht finden Sie ja etwas, was für uns interessant sein könnte – irgendwelche Hinweise«, bat Ewers, der bemerkte, dass Frau Hammes wieder mit den Tränen kämpfte.

»Hinweise?«, begehrte sie mit rauer Stimme auf, und ihre Augenlider flackerten. »Hinweise worauf?«

»Darauf, dass ihr Mann Feinde hatten. Hinweise darauf, dass auch er Opfer eines Anschlags wurde.«

Gabriele Hammes sprang auf. Auf ihrem Gesicht spiegelten sich Fassungslosigkeit, Entsetzen und Empörung. »Das kann ja wohl nicht Ihr Ernst sein!«, rief sie außer sich. »Wie kommen Sie auf so einen Unsinn? Mein Mann war allseits beliebt, da können Sie fragen, wen Sie wollen.«

»Bitte beruhigen Sie sich«, bat Ubbo Ewers. »Wir

möchten doch nur sagen, dass wir diese Möglichkeit – und mehr soll es auch nicht sein: nur eine Möglichkeit – nicht ganz ausschließen wollen. Wir werden deshalb auch entsprechende Recherchen anstellen.«

Die blonde Witwe schüttelte den Kopf, immer wieder, es wirkte beinahe mechanisch. »Ich bin mehrmals zur Unfallstelle gefahren«, berichtete sie, »um dort Blumen abzulegen. Der Neuengrodendeich-Weg ist am Siel nur so mit Schlaglöchern übersät, der bucklige Deichrand mit Gras und Pflanzen bedeckt. Da kann man leicht mit dem Fahrrad stürzen.«

»Liebe Frau Hammes, ich hoffe, dass Sie Recht haben«, entgegnete der Kommissar mitfühlend, »es ist schon schwer genug, einen geliebten Menschen durch einen Unfall zu verlieren. Jedenfalls bedanken wir uns, dass Sie sich noch einmal für uns Zeit genommen haben. Lassen Sie sich bitte durch den Kopf gehen, ob Sie die Stimme auf dem Band nicht doch schon mal irgendwo gehört haben, und bitte, schauen Sie sich im Arbeitszimmer Ihres Mannes um. Ich finde, falls jemand die Schuld an seinem Tod trägt, soll er dafür auch bezahlen.«

Gabriele Hammes nickte abwesend, verabschiedete sich und begleitete die Beamten zur Tür.

Hajo Weiters stand im Vorgarten seines kleinen Hauses und lugte über den Gartenzaun. Eine dichte grüne Buchsbaumhecke bewahrte ihn davor, sofort entdeckt zu werden, und so gelang es ihm, die beiden Beamten ordentlich zu erschrecken, als sie in den Garten traten und sich der Haustür näherten.

»Hallo, Herr Kommissar«, rief er dröhnend, »da sind Sie ja endlich!«, rief er und wieselte auf die Beamten zu. »Ich wollte Ihnen doch noch von meiner Arbeit auf dem Leuchtturm erzählen!«

»Ich fürchte, ich muss Sie schon wieder enttäuschen«, entgegnete Kommissar Ewers lächelnd und stellte dem Rentner seinen Begleiter vor. »Aber ich muss Ihrer Frau noch eine andere Kassette vorspielen. Wenn ich das nächste Mal komme, dann besuche ich nur Sie – versprochen.«

Hajo Weiters lachte sein lautes Lachen. »Ich nehme Sie beim Wort, dann also herein in die gute Stube.«

Als sie ins Wohnzimmer traten, gesellte sich auch Minna Weiters dazu. »Sie müssen entschuldigen, aber viel Zeit habe ich nicht. Ich muss gleich zu Gabriele. Mein Dienst fängt ja an ...«

Ewers warf einen raschen Blick auf seine Armbanduhr. »Stimmt, wir haben uns verspätet. Sie müssen entschuldigen. Erlauben Sie?« Als Minna Weiters nickte, legte er die zweite Kassette, die er eingesteckt hatte, in den Rekorder neben der Couch ein und drückte auf die Starttaste. Er hatte eigens für diese »Vorführung« das Band präpariert und den Namen des Gesprächspartners herausgeschnitten. Die Laufzeit des Bandes betrug nur zweieinhalb Minuten. Genug Zeit für Minna Weiters, die mit gerötetem Gesicht der Aufnahme lauschte. Ewers hatte noch nicht auf die Stopptaste gedrückt, da erklärte sie auch schon: »Ja, dieser Mann kann der Anrufer gewesen sein, dem ich von Herrn Hammes' Radtour erzählt habe. Ja, ich glaube, er war's ...« Sie wirkte mit einem Mal ganz aufgeregt. »Doch wenn ich mich recht erinnere, klingt die Stimme auf Ihrem Band irgendwie natürlicher, lockerer – ich weiß nicht, wie ich es beschreiben soll. So, als hätte der Mann bei seinem Anruf im Hause Hammes seine Stimme verstellt. Und die Stimme auf dem Band kommt mir auch irgendwie bekannt vor. Könnte ich es noch einmal hören?«, bat sie und schaute unruhig von einem Beamten zum anderen.

Ubbo Ewers kam ihrer Bitte nur zu gern nach. Auch er konnte eine gewisse Aufregung nicht verbergen, als er erneut den Rekorder bediente.

»Kein Zweifel«, erklärte Frau Weiters, als die Aufnahme erneut endete. »Das ist der Mann, der Kurt Hammes sprechen wollte. Und ich kenne auch die Stimme. Ich weiß nur nicht, woher. Doch ich denke darüber nach, ich verspreche es Ihnen. Ich komme bestimmt noch drauf.«

»Und *Sie* versprechen mir, dass Sie in den nächsten Tagen wiederkommen, Herr Kommissar«, mischte sich Hajo ein. »Ich zeig Ihnen dann auch ein paar Fotos von meiner Zeit auf der ›Altjördens‹.«

»Wird gemacht«, versicherte Ubbo Ewers schon an der Haustür. »Vielen Dank, Frau Weiters. Sie haben etwas gut bei mir.«

Doch sie schien ihm gar nicht zuzuhören. Während sie in ihren Mantel schlüpfte, um sich auf den Weg zur Villa der Familie Hammes zu machen, ließ sie die Frage nicht mehr los, woher sie nur die Stimme kannte, die sie eben auf dem Band gehört hatte. Sie war sicher, dass sie sie kannte ...

Gabriele Hammes huschte leise ins Bad und atmete erleichtert auf, weil weder Minna noch die Kinder sie auf dem Weg über den Korridor gesehen hatten.

Müde ließ sie das Waschbecken voll kaltes Wasser laufen und wusch sich das verweinte Gesicht. Ihre Augen waren rot unterlaufen, die Lider dick geschwollen. So konnte sie unmöglich zu den anderen hinuntergehen. Seufzend nahm sie einen Waschlappen, tränkte ihn mit kaltem Wasser, wrang ihn nur leicht aus und drückte ihn sich auf die Lider. Die Kälte verschaffte ihr Erleichterung, zumindest kam es ihr so vor.

Gabriele hatte geglaubt, sich mit dem Tod ihres Mannes inzwischen ein wenig abgefunden zu haben. Der Schmerz, den sein Verlust ihr bereitete, war ihr täglicher Begleiter, und sie hatte gehofft, dass die Zeit ihr helfen würde, den Schicksalsschlag anzunehmen – doch die Vorstellung, dass ihr geliebter Kurt einem gemeinen Anschlag zum Opfer gefallen war, hatte alle Wunden wieder umso tiefer aufgerissen. Der Gedanke war ihr einfach unerträglich, und alles in ihr wehrte sich, diese *Möglichkeit*, wie Kommissar Ewers sich ausgedrückt hatte, in Betracht zu ziehen. Die Vorstellung war einfach ungeheuerlich ...

Als sie sich nun das Gesicht abtrocknete und noch ein wenig Makeup auftrug, fühlte sie sich immer noch wie zerschlagen. Doch sie musste sich zusammenreißen. Wenn es jemanden gab, der Kurt auf dem Gewissen hatte, musste er überführt werden! Gabriele warf noch einen prüfenden Blick in den Spiegel, straffte sich und ging hinunter in die Küche.

»Minna«, wandte sie sich leise an ihre Haushaltshilfe, die ihr längst zu einer guten Freundin geworden war. »Bereite du den Kindern das Abendessen zu und iss mit ihnen. Ich habe noch in Kurts Arbeitszimmer zu tun und ... möchte dabei nicht gestört werden.«

Minna schaute sie mitfühlend an, dann nickte sie. »Ich verstehe, Gabriele«, sagte sie nur und wandte sich wieder ihrer Arbeit zu.

Kommissar Ewers küsste seine Frau liebevoll auf die Wange, als er an diesem Abend nach Hause kam. An der Garderobe sah er ihre Sporttasche stehen, und ihm fiel ein, dass sie heute wieder ihren Yoga-Abend hatte.

»Du brauchst mir nichts zu essen zu richten«, sagte er, weil er merkte, dass sie es eilig hatte, »ich mach mir gleich ein paar Schnitten, denn ich habe sowieso keinen großen Appetit.«

»Hallo, Papa«, ertönte es hinter ihm, und Hedda, seine Tochter, wedelte mit einem beschriebenen Klausurbogen durch die Luft. »Guck mal, ich hab in Mathe ein ›Gut‹ bekommen! Wie findest du mich?«

»Toll, mein Schatz«, antwortete Ubbo Ewers und drückte seine Tochter an sich. »Dann lass mal sehen!« Er nahm den Bogen entgegen und überflog die Rechenvorgänge. »Das ist ja eine freudige Überraschung, gut gemacht, Hedda!« Ubbo gab ihr die Klausur zurück und küsste sie auf die Wange. »Ich muss heute Abend noch den Bericht an den Staatsanwalt verfassen ...«

»Och«, rief Hedda, »kannst du das nicht oben im Arbeitszimmer erledigen? Ich würde gern den Hitchcock-Krimi im Fernsehen sehen. Da geht es spannender zu als bei deinen Fällen, Paps!«

»Das kann schon sein. Aber gut, ich geh nach oben. Tschüss, ihr zwei.« Er trat in die Vorratskammer, nahm eine Flasche Pils aus dem Kasten, stieg die Treppe hinauf und ging in das Arbeitszimmer, das er sich mit Altje teilte. Zufrieden schaute er sich um. Hier gab es keinen Fernseher und keinen Hitchcock, hier würde er in Ruhe über die Ermittlungen, die sie heute angestellt hatten, nachdenken können.

Nach dem Gespräch mit Minna Weiters konnten sie

es beinahe als erwiesen ansehen, dass Johannes Saalmann der Mann war, der – offenbar mit verstellter Stimme – an Kurt Hammes' Todestag im Hause Hammes anonym angerufen hatte. Denn die Aufnahme, die sie der Haushälterin vorgespielt hatten, war ein Mitschnitt, den Ewers von einem Telefongespräch angefertigt hatte, das er am Vortag unter einem Vorwand mit Johannes Saalmann geführt hatte.

Saalmann war also über die einzelnen Etappen von Hammes' Radtour genau informiert gewesen. Warum hatte er bei seinem Anruf die Stimme verstellt?

Hatte er auch, als Amerikaner getarnt, die Polizei über Hammes' Unfall informiert? Wohl kaum, denn angeblich hatte Saalmann sich zu dieser Zeit noch auf dem Rückflug von Korea befunden. Wie hätte er von Hammes' Fahrradunfall wissen können? Außerdem hatte Ewers sich das Band aus dem Revier x-mal angehört und die Stimme nicht als die Saalmanns identifizieren können, auch wenn Minna Weiters bei seinem ersten Besuch in diesem Punkt nicht hundertprozentig sicher gewesen war.

Warum hatte Johannes Saalmann sich anonym nach den Zielen von Hammes' Radtour erkundigt, wenn er gar nicht im Lande gewesen war? Wann war die Maschine in Seoul gestartet? Wann hatte sie landen sollen? Ewers machte sich eine Notiz und beschloss, an den deutschen Flughäfen und bei den Fluggesellschaften Erkundigungen einzuziehen. Vorerst wollte er den Geschäftsmann und seine Mitarbeiterin nicht selbst darauf ansprechen.

Und was war mit Henning Uhlendorf? Auch er konnte der Anrufer mit dem amerikanischen Akzent gewesen sein. Er hatte sich an Hammes' Todestag in Rüstersiel aufgehalten, könnte also Zeuge des Sturzes am Deich geworden sein. Doch warum hatte er sich als Amerikaner ausgegeben? Die Tatsache, dass Henning Uhlendorf seinen Vetter, den Anwalt aus Oldenburg, gebeten hatte, die Kripo Norden über den Tod des Diplom-Ingenieurs Hammes zu informieren, schien darauf hinzuweisen, dass er ein Interesse daran hatte, dass der vermeintliche Unfall von der Polizei untersucht wurde. Warum? Hatte er ein Verbrechen beobachtet? Wusste er etwas, das darauf hinwies, dass Hammes Opfer eines Anschlags geworden war? Gab es massive Unstimmigkeiten in der Firma Uhlendorf, die diese Vermutung nahe legten? Franz Uhlendorfs Notiz in der Firmen-Broschüre kam Ubbo Ewers wieder in den Sinn. Ja, es hatte bei der Uhlendorf-Technik Ärger gegeben, großen Ärger, bestimmt ... Ewers spürte es.

Auch wenn Gabriele Hammes nachdrücklich versichert hatte, ihr Mann sei allseits beliebt gewesen, auch wenn sie immer wieder die große Harmonie zwischen Saalmann und ihrem Mann betont hatte – irgendetwas hatte das Verhältnis der beiden Geschäftspartner getrübt. Ubbo Ewers war fast sicher, dass Kurt Hammes vor seinem Tod geschäftliche Sorgen oder Differenzen mit Saalmann belastet hatten. Bisher hatten sie von keinen privaten Kümmernissen gehört. Es schien keine Geliebte, keine untreue Ehefrau, keine finanziellen Schwierigkeiten oder Probleme mit den Kindern zu geben. Irgendetwas im Management der Uhlendorf-Technik musste für Turbulenzen gesorgt haben. Ja, es war höchste Zeit, Diplom-Kaufmann Saalmann genauer unter die Lupe zu nehmen!

Ubbo Ewers öffnete die Flasche und nahm einen tiefen Schluck Bier. Wie von selbst kamen ihm die Worte Dr. van Veldes wieder in den Sinn:

»Wenn ein Mensch mit dem Kopf auf eine harte Kante aufschlägt, beispielsweise auf eine Betonkante, unterscheidet sich die Verletzung nicht wesentlich von der, die ein Schlag mit einem harten Gegenstand, zum Beispiel einem Hammer, hinterlässt ...«

Hatte Kurt Hammes seinem Kompagnon Anlass gegeben, ihn zu töten? Hatte Saalmann am Deich auf ihn gewartet, ihn zur Rede gestellt und ihm – vielleicht im Verlauf eines Streites – auf den Kopf geschlagen und ihn samt Fahrrad an den Treppenstufen zu Fall gebracht? Oder hatte er ihm sogar aufgelauert?

Auch wenn Ubbo Ewers sich dagegen wehrte – der Gedanke, dass Hammes und Saalmann auch gemeinsam auf der Hochzeitsfeier ihres ehemaligen Chefs gewesen waren, der ebenfalls Opfer eines Sturzes geworden war, bereitete ihm Unbehagen. War es, anders als die Herren ausgesagt hatten, auf der Feier zu einem massiven Zerwürfnis zwischen den drei Geschäftspartnern gekommen?

Ewers rief sich die Zeugenaussagen des Journalisten Leydecker und seiner Freundin ins Gedächtnis. Hatten sie vielleicht Saalmann in der Dunkelheit an der Kaimauer beobachtet? War er entgegen seinen Aussagen noch einmal aus dem Hotel zurückgekommen? Es half alles nichts. Er musste als Erstes überprüfen, wann genau Johannes Saalmann den Flieger in Korea bestiegen hatte und wann er wieder zu Hause gewesen war. Hoffentlich würde man ihm auf den Flughäfen eine telefonische Auskunft geben!

Ewers wollte gerade nach dem Hörer greifen, als er erschreckt zusammenfuhr. Jemand kam ihm zuvor: Das Telefon läutete.

Gabriele Hammes saß am Schreibtisch ihres verstorbenen Mannes, einem antiken Stück, das sie vor einigen Jahren bei dem bekannten Antiquitätenhändler Areanus in Hesel erstanden hatten, und suchte nach Unterlagen, die dazu beitragen konnten, den Verdacht der Kripoleute aus Norden zu entkräften. Immer noch glaubte sie an einen selbstverschuldeten Unfall, es konnte nicht anders sein – es *durfte* nicht anders sein!

Wo sollte sie suchen? *Wonach* sollte sie suchen? Was hoffte der Kommissar zu finden?

Die Aktenordner enthielten keinen Hinweis. In der Schublade des Schreibtisches gab es nichts als Briefe, Postkarten von Freunden und Bekannten, Adressen- und Telefonbücher, Hotelbroschüren. Auch in den kleineren Schubfächern zu ihrer Linken fand Gabriele nichts Interessantes. Seufzend wandte sie sich der rechten Seite zu – ergebnislos. Bei der letzten Schublade hielt sie überrascht inne. Sie ließ sich nicht öffnen. Gabriele versuchte es noch einmal. Nein, offenbar war sie, anders als die anderen kleinen Laden, verschlossen. Seltsam.

Nachdem Gabriele vergeblich nach einem Schlüssel gesucht und sämtliche anderen Schlüssel des Schreibtischs ohne Erfolg ausprobiert hatte, verließ sie das Arbeitszimmer und stieg die Treppe hinunter. Erleichtert hörte sie, dass der Fernseher im Wohnzimmer eingeschaltet war. Henni und Hanni waren längst zu Bett gegangen – also war Nils heimgekommen!

»Hallo, Mama, bist du das?«, hörte sie ihn auch schon rufen. Er kam ihr in die Diele entgegen.

»Hallo, Nils. Schön, dass du schon da bist!« Sie streichelte ihm über die Wange. »Hör mal, ich ordne gerade Papas Unterlagen und brauche deine Hilfe ... Der Steuerberater hat mich um einige Aufzeichnungen gebeten«, flunkerte sie, »aber eine Schreibtisch-Schublade lässt sich nicht öffnen ...«

»Das haben wir gleich«, meinte Nils, lief in den Keller und folgte wenig später seiner Mutter mit einem Elektrobohrer in das Arbeitszimmer seines Vaters. Es dauerte keine halbe Minute, da hatte Nils das Schloss aufgebohrt. »Sei nicht böse, Mama, aber ich gehe wieder runter. Ich wollte mir gleich einen Hitchcock-Krimi im Fernsehen ansehen.«

»Ja, geh nur, dank dir!« Sie strich ihm noch einmal durch sein stoppeliges Haar, wartete, bis er die Zimmertür hinter sich geschlossen hatte und wandte sich dann dem Schreibtisch zu. Das Herz klopfte ihr bis zum Hals, als sie die kleine Lade langsam aufzog, und sie musste tief durchatmen. Sparbücher, Depot-Unterlagen hinterlegter Wertpapiere und mehrere kleine Kladden mit einem festen Einband aus scheckiger Presspappe, wie sie vor Jahren im Handel gewesen waren. Seltsam, wofür hat Kurt sie gebraucht?, ging es Gabriele durch den Kopf. Sie drehte die erste Kladde um und erschrak. *Markante Ereignisse. Teil eins,* stand da in Kurts Handschrift auf einem altmodischen Aufkleber. Es waren insgesamt fünf Kladden.

Kurt hatte Tagebuch geführt!

Mit zitternden Händen öffnete sie die erste Kladde und überflog die Überschriften, die allesamt in der Schrift des erwachsenen Kurt Hammes verfasst waren. *Gymnasium ... Abitur ... Immatrikulation ... Vorexamen ...* Gabriele blätterte weiter. Es war wie eine Reise in längst vergangene Zeiten. *Gabriele kennen gelernt ... Examen ... Verlobung ... Hochzeit ... Nils' Geburt ... Eintritt in die Uhlendorf-Technik ...* Allen wichtigen Ereignissen seines Lebens hatte Kurt eine Seite gewidmet.

Während sie las, tauchten längst vergessen geglaubte Bilder wieder vor ihrem geistigen Auge auf, und mehr als einmal musste sie innehalten, weil Tränen es ihr unmöglich machten weiterzulesen. Doch die Lektüre war zu fesselnd, um sie zu unterbrechen. Als Gabriele irgendwann die Überschrift *Halle C* ins Auge fiel, stutzte sie. Hastig blätterte sie weiter. Was kam nun? Gestochen sauber, mit einem Füllfederhalter geschrieben, waren auch die nächsten Überschriften: *Tod des Seniors ... Finanzmisere ... Henning stimmt zu ...* Bei dieser Überschrift musste sie unwillkürlich an den Amerikaner denken, der die Polizei über Kurts Sturz informiert hatte, und begann, den Text rasch zu überfliegen: *Gott sei Dank, er hat alles akzeptiert! Ein Aufatmen, ein Glücksfall für die Firma ... Henning ist ein dankbarer Partner ...* Als Nächstes folgten die Kapitel *Erster Millionenauftrag* und *Kripobesuch wegen Todessturz.* Mit angehaltenem Atem blätterte Gabriele weiter und weiter, bis sie auf einen Eintrag stieß, der ihr das Blut in den Adern gefrieren ließ. Minutenlang saß sie reglos da und versuchte, das Zittern, das ihren Körper ergriffen hatte, unter Kontrolle zu bringen. Endlich war sie in der Lage, nach dem Telefonbuch zu greifen. Sie wusste, was sie zu tun hatte.

Der Kommissar warf einen Blick auf seine Armbanduhr. Zehn vor neun. Hoffentlich hatte Altje keinen Unfall!, durchfuhr es ihn, und er hob beunruhigt den Hörer ab.

»Hier Gabriele Hammes, guten Abend, Herr Kommissar«, hörte er die Stimme der Ingenieurs-Witwe, die ungewohnt aufgeregt klang. »Entschuldigen Sie die späte Störung, aber ich bin mit meinen Nerven am

Ende. Ich suche Sie morgen früh im Präsidium auf, denn ich habe etwas Wichtiges herausgefunden, über das ich nicht am Telefon sprechen kann. Mein Sohn kann jeden Moment ins Zimmer kommen. Und ich möchte nicht, dass er davon erfährt. Vorerst nicht. Ich habe in den Unterlagen etwas Ungeheuerliches gefunden ...«

»Gut, Frau Hammes, wann soll ich da sein? Ich höre Ihrer Stimme an, dass Sie es sehr eilig haben ...«

»Ja«, kam es rau zurück. »Sagen wir, gleich um neun?«

»In Ordnung. Ich erwarte Sie«, erwiderte Ubbo Ewers und legte nach kurzem Gruß auf. Als er wieder zum Hörer griff, um sich bei der Auskunft nach der Nummer der Flughäfen Hannover, Düsseldorf, Frankfurt, Köln und Bremen zu erkundigen, spürte er, dass er nicht minder aufgeregt war als Gabriele Hammes wenige Minuten zuvor. Hatte Kurt Hammes' Witwe endlich das fehlende Puzzlestück gefunden, nach dem sie schon so lange suchten?

Ubbo Ewers hatte in der vergangenen Nacht schlecht geschlafen. Zu groß war seine Neugier, was Gabriele Hammes ihm zu sagen hatte. Gegen sieben Uhr hatte er sich bereits auf den Weg ins Alte Weinhaus gemacht, den Staatsanwalt aus dem Bett geklingelt und ihn ebenfalls für neun Uhr in die Dienststelle bestellt. Er hatte es sehr spannend gemacht und hoffte nun, dass Gabriele Hammes' Neuigkeiten wirklich so wichtig waren, wie sie angekündigt hatte.

Nun griff er nach dem Notizzettel, auf dem er sich am Vorabend einige Telefonnummern notiert hatte, und wählte die erste Nummer. Er hatte Glück, bekam sofort Anschluss und erhielt nach einigen Erklärungen die gewünschte Auskunft.

Tido de Boer stieß einen überraschten Laut aus, als er seinen Vorgesetzten schon so früh an seinem Schreibtisch vorfand. »Moin«, grüßte er. »Nanu, hast du dich mit deinen zwei Frauen gezankt? Du hast gestern Abend doch schon Überstunden gemacht. Oder warst du gar nicht zu Hause?«

Ubbo Ewers lachte. »Doch, mein Junge, ich bereite mich auf den Besuch der Witwe Hammes und des Staatsanwaltes vor. Sie müssten jeden Moment hier sein.«

Während Tido seine Wildlederjacke an den Haken hängte, warf er dem Kommissar noch einen raschen Blick zu. »Offenbar leide ich zurzeit an einem Informationsdefizit, dein feierliches Gesicht lässt zumindest darauf schließen.«

Ubbo reichte ihm den Bericht, den er am Vorabend noch spät verfasst und dem Staatsanwalt gefaxt hatte, und Tido vertiefte sich einige Minuten in die Lektüre. Dann klopfte es schon, und Gabriele Hammes und Deerk Wenninga traten fast gleichzeitig ins Zimmer.

Die Witwe wirkte blass und übernächtigt. Unter ihren Augen lagen tiefe Schatten, die auch ihr sorgfältig aufgetragenes Makeup nicht verbergen konnte. Ubbo Ewers und Tido de Boer begrüßten die Besucher und stellten sie einander vor. Dann bat der Kommissar die beiden in die Besucherecke und gesellte sich zu ihnen.

»Frau Hammes«, begann der Kommissar, »Sie riefen mich gestern Abend an und baten um diese Unterredung. Ich hoffe, es ist Ihnen recht, dass ich Staatsanwalt Wenninga zu unserem Gespräch gebeten habe. Er wollte heute ohnehin nach Norden kommen, um sich über den Stand der Ermittlungen zu informieren.«

»Ja, ja, das ist schon in Ordnung«, murmelte die Witwe und kramte in ihrer Umhängetasche. »Ich denke, mir ist gestern Abend etwas Wichtiges in die Hände gefallen, das ich Ihnen zeigen muss. Ich fand es in der verschlossenen Schreibtischschublade meines Mannes.« Sie zog eine altmodische Kladde aus der Tasche und fügte hinzu: »Ich hatte keine Ahnung, dass Kurt eine Art Tagebuch führte. Es liest sich wie die Aufzeichnungen für eine Biografie – alle wichtigen Erlebnisse seines Lebens sind vermerkt und beschrieben ...«

»Und diese Kladde enthält Eintragungen, die für unsere Ermittlungen wichtig sind?«, fragte der Staatsanwalt und beugte sich interessiert auf seinem Stuhl vor.

Gabriele Hammes nickte aufgeregt. »Ja, ich denke schon. Sehen Sie, ich kann es immer noch nicht fassen ... Vorab etwas anderes: Ich habe eben noch rasch meine Freundin Anette Saalmann angerufen – unter dem Vorwand, mit ihr shoppen gehen zu wollen, um auf andere Gedanken zu kommen. Bei dem Gespräch erfuhr ich, dass Johannes am Abend ein Essen für die Herren der TTAG gibt. Um elf Uhr holt er sie am Flughafen in Bremen ab. Die Verkaufsverhandlungen laufen den ganzen Tag über. Johannes Saalmann ist autorisiert, für Henning Uhlendorf, meinen Sohn und mich die Verkaufsgespräche zu einem Abschluss zu bringen!« Bei ihren Ausführungen hatte sie ihre Stimme immer mehr gehoben, ihre Wangen waren vor Aufregung gerötet.

»Dann wird es für die Uhlendorf-Technik also ernst«, erwiderte Deerk Wenninga, »aber was hat es mit der Kladde auf sich?« Er wies auf das Heft in ihrer Hand, und Gabriele Hammes legte es auf den Tisch zwischen ihnen. Ubbo Ewers wartete einen Moment, um dem Staatsanwalt nicht vorzugreifen, doch als dieser sich nicht rührte, nahm er die Kladde an sich und schlug sie auf. Gabriele Hammes hatte einige Lesezeichen – Fotos der Töchter – eingelegt, offenbar um die entscheidenden Textstellen zu markieren.

»Bedenken Sie, dass mein Mann Saalmann all die Jahre als seinen besten Freund betrachtet hat«, sagte sie leise. Entsetzen und Fassungslosigkeit standen in ihren Augen.

Schweigend las Kommissar Ewers die mit Füllfederhalter angefertigten Ausführungen, dann reichte er die Kladde Deerk Wenninga. Zuletzt durfte Tido de Boer die Aufzeichnungen des Verstorbenen lesen. Er stieß einen leisen Pfiff aus, als er mit der Lektüre endete, und schaute seinen Vorgesetzten ungläubig an.

»Liebe Frau Hammes«, sagte dieser, »überlassen Sie uns die Kladde. Ich versichere Ihnen, dass wir nicht weiter in den Eintragungen Ihres Mannes schnüffeln werden. Wenn Sie möchten, können Sie nun auch nach Hause fahren. Sie wirken müde ...«

Gabriele Hammes nickte. »Das bin ich auch. Ach, es tut mir so leid um Anette! Sie ist doch meine Freundin. Es ist einfach nicht zu fassen!« Sie nahm ihre Tasche und verließ ohne einen Abschiedsgruß das Dienstzimmer.

»Die Ärmste«, murmelte de Boer ungewohnt kleinlaut, »das war verständlicherweise ein Schock für sie ...«

»Ja«, stimmte der Kommissar ihm zu, »aber bevor wir nun losfahren – ruf doch bitte Gretus Banter an und informiere ihn über die Verkaufsgespräche, die heute stattfinden. Als Henning Uhlendorfs Anwalt muss er die Interessen seines Vetters bei den Verhandlungen mit der TTAG vertreten. Mit etwas Glück nimmt er ja auch Frau Hammes und ihren Sohn unter seine Fittiche.«

Tido blätterte in seiner Telefonliste und wählte die Nummer des Anwalts aus Oldenburg. Er ließ sich mit ihm verbinden und besprach sich kurz mit ihm. Dr. Banter versprach, sich sofort auf den Weg nach Wilhelmshaven zu machen. Mit etwas Glück würde er rechtzeitig im Bürokomplex der Uhlendorf-Technik erscheinen.

Kurz vor fünfzehn Uhr parkten Staatsanwalt Wenninga, Kommissar Ewers, Tido de Boer und zwei Polizisten der Dienststelle Ebertstraße vor dem Firmengebäude der Uhlendorf-Technik.

Dr. Banter, der an der Verkaufsverhandlung teilgenommen hatte, hatte Kommissar Ewers vor einer Stunde während einer Sitzungspause kurz über Handy angerufen und ihn über den Verlauf der Verhandlungen informiert. »Dem Verkauf der Firma an die TTAG steht nichts mehr im Weg. Saalmann ist guter Dinge.«

Als die Beamten sich nun raschen Schrittes dem Firmengebäude näherten, trat der Anwalt auf sie zu. Er hatte sie offenbar schon erwartet. Schmunzelnd reichte er Ubbo Ewers den Ausdruck einer E-Mail aus San Francisco.

»Von Henning Uhlendorf«, murmelte Ewers überrascht, während er den Kollegen im Laufschritt zum Eingang des Gebäudes folgte. Dann lachte er. »Oder soll ich lieber sagen: von Mr. Williams?«

Banter nickte und blieb vor dem Eingang stehen. Alles Weitere war nun Sache der Kriminalpolizei.

Zwei Minuten später stürmten die fünf Beamten in die luxuriöse Eingangshalle der Uhlendorf-Technik. Die brünette Mitarbeiterin am Empfang sah irritiert von einem zum anderen. »Was kann ich für Sie tun?«, fragte sie in unverbindlichem Ton, doch ihre Augen flackerten unruhig, als sie die Uniformen der beiden Wachtmeister registrierte.

»Wenninga, Staatsanwaltschaft Aurich«, stellte sich Deerk Wenninga vor, und sein Ton duldete keinen Widerspruch, als er fortfuhr: »Wir müssen sofort Ihren Chef, Herrn Saalmann, sprechen. Wir wissen, dass er sich in einer wichtigen Besprechung befindet. Doch die Angelegenheit, in der wir ihn sprechen müssen, ist noch wichtiger, und sie duldet keinen Aufschub. Bitte melden Sie uns an.«

Die Angestellte nickte und griff verunsichert zum Hörer. Sie wusste, dass sie gleich ein Donnerwetter erwarten würde, trotzdem meldete sie Saalmann ruhig und bestimmt den Besuch des Staatsanwaltes und seiner Begleiter. »Herr Saalmann bittet Sie in sein Büro. Er kommt sofort nach«, sagte sie, nachdem sie den Hörer aufgelegt hatte. Sie wollte sich eben erheben, um die Besucher zu begleiten, als Ubbo Ewers meinte:

»Sparen Sie sich die Mühe, wir kennen den Weg!« Und wenig später erreichten er und seine Kollegen den angewiesenen Raum. Die uniformierten Polizisten postierten sich gleich neben der Tür, die anderen traten weiter ins Zimmer, als auch schon Johannes Saalmann in das Büro stürmte.

»Was fällt Ihnen ein, mich gerade heute ...«, begehrte er auf, doch als er die Polizisten in Uniform bemerkte, verstummte er jäh, und Ewers kam es einen Moment so vor, als zuckte er heftig zusammen. Aber der

Geschäftsmann hatte sich schnell wieder unter Kontrolle und straffte die Schultern.

»Herr Saalmann, mein Name ist Wenninga, Staatsanwalt. Sie stehen unter dem Verdacht, einen Anschlag auf das Leben Ihres früheren Firmenchefs Franz Uhlendorf verübt zu haben. Zusätzlich werfen wir Ihnen vor, die Verantwortung für den Tod Ihres Kompagnons Kurt Hammes zu tragen. Ihnen wird zur Last gelegt, Hammes in der Dunkelheit aufgelauert und ihn durch einen Schlag lebensgefährlich verletzt zu haben.«

Saalmann wich alle Farbe aus dem Gesicht, und seine Augen verengten sich gefährlich. »Ich muss schon sehr bitten, meine Herren. Mäßigen Sie sich! Ihre Vorwürfe sind völlig aus der Luft gegriffen. Ich werde auf der Stelle meinen Anwalt einschalten ...«

»Das können Sie gleich gern tun«, erklärte Ewers scharf, »ja, das sollten Sie sogar tun.« Er griff in seine Jackentasche und zog, für Saalmann deutlich sichtbar, Kurt Hammes' Kladde hervor. »Wissen Sie, was das ist?«

Als der Geschäftsmann die Schrift seines ehemaligen Kompagnons auf dem Etikett erkannte, lachte er höhnisch auf. »... das Tagebuch einer Mimose, nehme ich an, die ...«

Kommissar Ewers unterbrach ihn: »Das Tagebuch eines lauteren, nachdenklichen Mannes, Herr Saalmann, das für uns sehr aufschlussreich war – in jeder Hinsicht.« Während er sprach, beobachtete er zufrieden, dass die beiden Polizisten, die die Tür hinter Saalmann bewachten, enger zusammenrückten.

»Pah, was mag da schon drinstehen?«, zischte Saalmann, doch in seinen Augen las Ewers Unsicherheit und ... Angst, und er wusste nun, dass sie fast am Ziel waren.

»Was hier drinsteht?«, wiederholte er leise. »Zum Beispiel, dass es während der Hochzeitsfeier Ihres Seniorchefs Franz Uhlendorf zu einem heftigen Streit zwischen Ihnen, Kurt Hammes und dem alten Uhlendorf gekommen ist. Die Errichtung der Halle C sowie die von Ihnen angedeuteten Verkaufsabsichten, die Sie für die nähere Zukunft in den Raum stellten, hatten Franz Uhlendorf so erzürnt, dass er Ihnen beiden damit drohte, sämtliche Gelder aus der Firma zu ziehen. Und das sofort. Diese Maßnahme hätte Ihnen das Genick gebrochen, weil die Firma nach der Errichtung der Halle C über kein freies Kapital mehr verfügte. Hätte Uhlendorf seine Drohung wahr gemacht, hätte das das Aus für die Uhlendorf-Technik bedeutet. Zumindest aber das Aus für Ihre hochtrabenden Pläne, was die Expansion in Richtung Asien anging.«

Saalmann kam einen Schritt auf Kommissar Ewers zu und lächelte spöttisch.

»Ja, und? Mehr können Sie doch nicht beweisen?«, stieß er zwischen zusammengepressten Zähnen hervor.

»Was, wenn doch?«, fragte Ubbo Ewers ebenso leise. Er schlug die Kladde auf, blätterte und meinte dann: »Hier schreibt Kurt Hammes, dass Sie zwar mit ihm früher als die anderen Gäste das Seglerhaus verlassen haben, doch Sie haben nicht, wie Sie beide ausgesagt haben, zusammen noch einen Schlummerdrink an der Hotel-Bar genommen – das haben wir inzwischen überprüft: Hammes trank diesen Drink einsam und allein –, sondern Sie sind an die Kaimauer zurückgegangen und haben Franz Uhlendorf den tödlichen Schlag versetzt. Und weil Kurt Hammes das ahnte und Sie damit unter Druck setzte, musste auch er sterben.«

Es war mucksmäuschenstill im Raum, als Ewers erneut zu blättern begann. »Sehen Sie hier«, sagte er dann. »Unter dem Stichwort *TTAG* steht ausführlich vermerkt, dass Hammes nicht mit dem Verkauf der Uhlendorf-Technik einverstanden war. Doch es gelang ihm nicht, Sie von der Idee abzubringen. Und während Sie in Korea nach einem neuen Aufgabengebiet für sich selbst suchten, entschloss Hammes sich, Sie mit seinem Wissen unter Druck zu setzen und auszusagen, dass Sie zu der Zeit, als Uhlendorf die Treppe hinunterstürzte, nicht mit ihm im Hotel waren. Damit hätten Sie kein Alibi mehr gehabt ...«

Saalmann lachte höhnisch auf, und sein Gesicht war nur noch eine hasserfüllte Fratze. Alle Weltgewandtheit schien von ihm abgefallen zu sein, als er Kommissar Ewers am Kragen der Jacke packte und außer sich vor Wut schüttelte. »Diese Idioten, diese hirnverbrannten Idioten! Was wussten diese Sesselfurzer denn schon davon, wie es auf dem internationalen Markt aussieht? Nichts, sage ich Ihnen, gar nichts! Der vertrottelte Franz hatte in seinem Leben doch noch nie weiter als über seinen Tellerrand hinausgesehen. Er war noch auf dem Stand seines eigenen Großvaters und wollte mir – Johannes Saalmann – erzählen, wo's langgeht, und mir den Geldhahn zudrehen! Ihm war doch sowieso alles scheißegal geworden, kannte nur noch seine polnische Schlampe! Und Kurt, das Weichei! Immer zögerlich, immer weinerlich, der totale Fachidiot. Im Erfinden war er groß – doch völlig weltfremd. Der konnte mit seinem Kleinhirn gar nicht ermessen, dass ich mit dem Verkauf der Firma doch nur sein Bestes wollte – ach, was rede ich: unser aller Bestes! Wir wären gemachte Männer gewesen: er, Henning und ich. Und da fällt ihm ein, mich in Seoul anzurufen und mir zu drohen! Er, für den ich unermüdlich mit geschuftet habe! Ruft mich an und erklärt mir so mir nichts, dir nichts, dass er euch Bullen erzählt, dass ich nicht mit ihm im Hotel war! Dieses Weichei!« Saalmann gab dem Kommissar einen Schubs und ließ sein Revers los. Er war nicht wieder zu erkennen. Taumelnd ging er ein paar Schritte zurück und stützte sich mit einer Hand auf einem Regal auf, in dem einige Aktenordner untergebracht waren.

Kommissar Ewers ging langsam auf Johannes Saalmann zu. Dabei ließ er ihn nicht aus den Augen. »Herr Saalmann, Sie stürzten Franz Uhlendorf von der Treppe des Seglerhauses. Um den Verdacht auf Leszek Stocheck zu lenken, entwendeten Sie seinen Kugelschreiber und warfen ihn hinter die Kaimauer. Außerdem stießen Sie einige polnische Wörter aus, die sich wie ein Fluch anhörten. Sagen Sie, können Sie Polnisch?«

»Pah, ich hab doch lange genug bei diesem polnischen Pack gesessen, um mir ein paar Brocken anzueignen«, erwiderte Johannes Saalmann kalt und warf überheblich den Kopf in den Nacken. »Dieser Leszek Stocheck war ganz scharf auf Franz' Geld, er hätte ihn am liebsten selbst die Treppe runtergestoßen, wenn er den Mumm gehabt hätte!«

»Und bei Kurt Hammes? Wie gingen Sie da vor?«, fragte Kommissar Ewers leise, ohne auf Saalmanns Worte einzugehen. »Wir wissen, dass Sie früher aus Seoul zurückgekehrt sind. Der Lufthansa-Flug von Seoul nach Frankfurt verlief ohne Störungen. Ihre Maschine landete bereits um zwölf Uhr dreißig in Frankfurt. Um vierzehn Uhr bestiegen Sie die Anschlussmaschine nach Bremen. Hammes hatte Ihnen am Telefon gedroht, und Sie beschlossen, ihn auszuschalten, riefen bei ihm zu Hause an – Ihre Stimme wurde eindeutig identifiziert, obwohl Sie sich alle Mühe gaben, sie zu verstellen – und erfuhren von der Radtour. Sie lauerten Kurt Hammes in der Dunkelheit auf, schlugen ihm auf den Kopf und ...«

»Nein!«, begehrte Saalmann auf, und er griff zornig nach Ewers' Arm. »Er ist gestürzt, der Trottel!«, schrie er außer sich. »Der war doch noch zu doof, um geradeaus zu fahren. Ich wollte nur mit ihm reden, deshalb rief ich bei ihm zu Hause an ...«

Ubbo Ewers sah ihm ruhig ins Gesicht, dann schüttelte er den Kopf. »Nein, Herr Saalmann, lassen Sie es gut sein. Sie sind bei der Tat beobachtet worden.« Ewers hatte sich im Bruchteil einer Sekunde zu diesem Bluff entschlossen. »Henning Uhlendorf war an diesem Tag in Rüstersiel, um das Haus seines Vaters zu verkaufen. Nach dem Essen entschloss er sich zu einem Spaziergang über den Deich – und beobachtete Sie, wie Sie Kurt Hammes mit einem harten Gegenstand über den Kopf fuhren. Er sah, wie Hammes stürzte und reglos liegen blieb.«

Laut Aussage hatte Henning Uhlendorf Johannes Saalmann jedoch nur dabei beobachtet, wie er panisch über das dunkle Deichgelände gehastet war. Dann hatte Henning den wie leblos daliegenden Hammes am Fuße der Deichtreppe neben seinem Rad gefunden und eins und eins zusammengezählt. Um nicht selbst verdächtig zu werden, hatte Henning, als Amerikaner Joe Williams getarnt, die Polizei verständigt.

»Er informierte uns. Seine Aussage liegt uns schriftlich vor«, erklärte Ewers noch.

Johannes Saalmann zuckte nur müde die Schultern, dann wandte er sich kurz zur Tür, die immer noch von den uniformierten Polizisten gesichert wurde. Als er seinen Blick erneut auf Kommissar Ewers richtete, stand in seinen Augen wieder der arrogante, leicht spöttische Ausdruck, den man von ihm kannte. Grinsend streckte er die Handgelenke aus. »Dann ist ja alles klar, meine Herren. Ersparen Sie uns weitere Diskussionen und nehmen Sie mich fest«, sagte er, würdigte das Zuschnappen der Handschellen mit einer leichten Verbeugung und ließ sich von den Beamten in Uniform abführen.

Als die kleine Gruppe das Firmengelände in Wilhelmshaven verließ, folgten ihr nur die Blicke der hübschen Empfangsdame, die immer noch eifrig ihren Dienst tat. »All up Stee«, murmelte sie leise, doch niemand hörte sie.

Wenn der Mensch der Natur gebieten kann, gibt es keine Sicherheit mehr diesseits von Eden

Ein kleines, verschwiegenes Tal in Kalifornien. Hier lebt seit den sechziger Jahren eine Hippie-Kommune. Nun aber soll ihr Dorf einem Stausee weichen. Doch die ›Kinder von Eden‹ wollen sich nicht aus ihrem Paradies vertreiben lassen und greifen in ihrer Not zu einem wahnwitzigen Plan: Sie drohen der Regierung, ein Erdbeben stattfinden zu lassen, das entsetzliche Folgen haben wird. Niemand nimmt ihre Ankündigung ernst. Nur die junge FBI-Agentin Judy Maddox, die bereits auf der Abschussliste ihrer Vorgesetzten steht, hat ihre Zweifel und versucht, die Katastrophe zu verhindern. Aber dann überschlagen sich die Ereignisse ...

›Gut recherchiert und nervenaufreibend spannend.‹
Brigitte

3–404–14535–6

BASTEI
LÜBBE

Ganz Norddeich gerät in Aufruhr, als bei einem Banküberfall ein Angestellter getötet wird. Die gesamte Stadt sucht fieberhaft den Mörder - ohne Erfolg. Denn anstatt die Tat aufzuklären, meldet die Polizei nach wenigen Wochen den Tod des einzigen Zeugen . Der unbeliebte Lehrer ist hinterrücks auf seiner Yacht erschlagen worden. Sind Schüler, Kollegen, die betrogene Ehefrau oder die blutjunge Geliebte des umstrittenen Pädagogen für die Bluttat verantwortlich? Oder gibt es einen Zusammenhang mit dem ersten Mord, der die Ermittler noch immer vor zahlreiche Rätsel stellt?

ISBN 3-404-14352-3

BASTEI
LÜBBE

Wer Theodor J. Reisdorf kennt, weiß, daß es bei ihm mörderisch zugeht. Als Meister des Friesenkrimis zeigt er seinen Lesern, daß das Leben an der Nordsee jederzeit tödlich enden kann. Urlaubsatmosphäre, traute Kleinstadtidylle – Reisdorf beweist, daß Spannung gerade dann entsteht, wenn das Drama passiert, wo man's nicht erwartet. Auch in diesem Band, der drei seiner besten Romane enthält, gönnt er seinen Fans nur hin und wieder eine klitzekleine Atempause – bis zum nächsten Mord ...

TÖDLICHE TEESTUNDE
DIE TOTE VOM NORDSTRAND
MORD IM FISCHERHAFEN

ISBN 3-404-13997-6

BASTEI
LÜBBE